La possibilité d'une île

DU MÊME AUTEUR

H.P. Lovecraft, Le Rocher, 1991. Rééd. préfacée par Stephen King, 2005.
Extension du domaine de la lutte, Maurice Nadeau, 1994.
Le Sens du combat, Flammarion, 1996.
Rester vivant suivi de *La Poursuite du bonheur*, Flammarion, 1997.
Interventions, Flammarion, 1998.
Les Particules élémentaires, Flammarion, 1998.
Renaissance, Flammarion, 1999.
Lanzarote, Flammarion, 2000.
Plateforme, Flammarion, 2001.

Michel Houellebecq

La possibilité d'une île

Fayard

Pour Antonio Muñoz Ballesta et sa femme Nico,
sans l'amitié et la grande gentillesse desquels
l'écriture de ce livre n'aurait pas été possible.

Soyez les bienvenus dans la vie éternelle, mes amis.

Ce livre doit sa naissance à Harriet Wolff, une journaliste allemande que j'ai rencontrée à Berlin il y a quelques années. Avant de me poser ses questions, Harriet a souhaité me raconter une petite fable. Cette fable symbolisait, selon elle, la position d'écrivain qui est la mienne.

Je suis dans une cabine téléphonique, après la fin du monde. Je peux passer autant de coups de téléphone que je veux, il n'y a aucune limite. On ignore si d'autres personnes ont survécu, ou si mes appels ne sont que le monologue d'un désaxé. Parfois l'appel est bref, comme si l'on m'avait raccroché au nez ; parfois il se prolonge, comme si l'on m'écoutait avec une curiosité coupable. Il n'y a ni jour, ni nuit ; la situation ne peut pas avoir de fin.

Sois la bienvenue dans la vie éternelle, Harriet.

Qui, parmi vous, mérite la vie éternelle ?

11

Mon incarnation actuelle se dégrade ; je ne pense pas qu'elle puisse tenir encore longtemps. Je sais que dans ma prochaine incarnation je retrouverai mon compagnon, le petit chien Fox.

Le bienfait de la compagnie d'un chien tient à ce qu'il est possible de le rendre heureux ; il demande des choses si simples, son ego est si limité. Il est possible qu'à une époque antérieure les femmes se soient trouvées dans une situation comparable – proche de celle de l'animal domestique. Il y avait sans doute une forme de bonheur domotique lié au fonctionnement commun, que nous ne parvenons plus à comprendre ; il y avait sans doute le plaisir de constituer un organisme fonctionnel, adéquat, conçu pour accomplir une série discrète de tâches – et ces tâches, se répétant, constituaient la série discrète des jours. Tout cela a disparu, et la série des tâches ; nous n'avons plus vraiment d'objectif assignable ; les joies de l'être humain nous restent inconnaissables, ses malheurs à l'inverse ne peuvent nous découdre. Nos nuits ne vibrent plus de terreur ni d'extase ; nous vivons cependant, nous traversons la vie, sans joie et sans mystère, le temps nous paraît bref.

12

La première fois que j'ai rencontré Marie22, c'était sur un serveur espagnol bas de gamme ; les temps de connexion étaient effroyablement longs.

La fatigue occasionnée
Par le vieux Hollandais mort
N'est pas quelque chose qui s'atteste
Bien avant le retour du maître.

2711, 325104, 13375317, 452626. À l'adresse indiquée j'eus la vision de sa chatte – saccadée, pixellisée, mais étrangement *réelle*. Était-elle une vivante, une morte ou une intermédiaire ? Plutôt une intermédiaire, je crois ; mais c'est une chose dont il était exclu de parler.

Les femmes donnent une impression d'éternité, avec leur chatte branchée sur les mystères – comme s'il s'agissait d'un tunnel ouvrant sur l'essence du monde, alors qu'il ne s'agit que d'un trou à nains tombé en désuétude. Si elles peuvent donner cette impression, tant mieux pour elles ; ma parole est compatissante.

La grâce immobile,
Sensiblement écrasante
Qui découle du passage des civilisations
N'a pas la mort pour corollaire.

Il aurait fallu cesser. Cesser le jeu, l'intermédiation, le contact ; mais il était trop tard. 258, 129, 3727313, 11324410.

La première séquence était prise d'une hauteur. D'immenses bâches de plastique gris recouvraient la plaine ; nous étions au nord d'Almeria. La cueillette des fruits et des légumes qui poussaient sous les serres était naguère effectuée par des ouvriers agricoles – le plus souvent d'origine marocaine. Après l'automatisation, ils s'étaient évaporés dans les sierras environnantes.

En plus des équipements habituels – centrale électrique alimentant la barrière de protection, relais satellite, capteurs – l'unité Proyecciones XXI,13 disposait d'un générateur de sels minéraux, et de sa propre source d'eau potable. Elle était éloignée des grands axes, et ne figurait sur aucune carte récente – sa construction était postérieure aux derniers relevés. Depuis la suppression du trafic aérien et l'établissement d'un brouillage permanent sur les bandes de transmission satellite, elle était devenue virtuellement impossible à repérer.

La séquence suivante aurait pu être un rêve. Un homme qui avait mon visage mangeait un yaourt dans une usine sidérurgique ; le mode d'emploi des machines-outils était rédigé en turc ; il était peu probable que la production vienne à redémarrer.

12, 12, 533, 8467.

Le second message de Marie22 était ainsi libellé :

Je suis seule comme une conne
Avec mon
Con.

245535, 43, 3. Quand je dis « je », je mens. Posons le « je » de la perception – neutre et limpide. Mettons-le en rapport avec le « je » de l'intermédiation – en tant que tel, mon corps m'appartient ; ou, plus exactement, j'appartiens à mon corps. Qu'observons-nous ? Une absence de contact. Craignez ma parole.

Je ne souhaite pas vous tenir en dehors de ce livre ; vous êtes, vivants ou morts, des *lecteurs*.

Cela se fait en dehors de moi ; et je souhaite que cela se fasse – ainsi, dans le silence.

Contrairement à l'idée requise,
La parole n'est pas créatrice d'un monde ;
L'homme parle comme le chien aboie
Pour exprimer sa colère, ou sa crainte.

Le plaisir est silencieux,
Tout comme l'est l'état de bonheur.

Le moi est la synthèse de nos échecs ; mais ce n'est qu'une synthèse partielle. Craignez ma parole.

Ce livre est destiné à l'édification des Futurs. Les hommes, se diront-ils, ont pu produire cela. Ce n'est pas rien ; ce n'est pas tout ; nous avons affaire à une production intermédiaire.

Marie22, si elle existe, est une femme dans la même mesure où je suis un homme ; dans une mesure limitée, réfutable.

J'approche, moi aussi, de la fin de mon parcours.

Nul ne sera contemporain de la naissance de l'Esprit, si ce n'est les Futurs ; mais les Futurs ne sont pas des êtres, au sens où nous l'entendons. Craignez ma parole.

première partie

Commentaire de Daniel24

DANIEL1,1

« Or, que fait un rat en éveil ? Il renifle. »
Jean-Didier – biologiste

Comme ils restent présents à ma mémoire, les premiers instants de ma vocation de bouffon ! J'avais alors dix-sept ans, et je passais un mois d'août plutôt morne dans un club *all inclusive* en Turquie – c'est d'ailleurs la dernière fois que je devais partir en vacances avec mes parents. Ma conne de sœur – elle avait treize ans à l'époque – commençait à allumer tous les mecs. C'était au petit déjeuner ; comme chaque matin une queue s'était formée pour les œufs brouillés, dont les estivants semblaient particulièrement friands. À côté de moi, une vieille Anglaise (sèche, méchante, du genre à dépecer des renards pour décorer son living-room), qui s'était déjà largement servie d'œufs, rafla sans hésiter les trois dernières saucisses garnissant le plat de métal. Il était onze heures moins cinq, c'était la fin du service du petit déjeuner, il paraissait impensable que le serveur apporte de nouvelles saucisses. L'Allemand qui faisait la queue derrière elle se figea sur place ; sa fourchette déjà tendue vers une saucisse s'immobilisa à mi-hauteur, le rouge de l'indignation emplit son visage. C'était un Allemand énorme, un colosse, plus de deux mètres, au moins cent cinquante kilos. J'ai cru un instant qu'il allait planter sa fourchette dans les yeux de l'octogénaire, ou la serrer par le cou et lui écraser la tête sur le distributeur de plats chauds. Elle, comme si de rien n'était, avec cet égoïsme sénile, devenu inconscient, des vieillards, revenait en trottinant vers sa table. L'Allemand prit sur lui, je sentis qu'il prenait énormément sur lui, mais son visage recouvra peu à peu son calme et il repartit tristement, sans saucisses, en direction de ses congénères.

À partir de cet incident, je composai un petit sketch relatant une révolte sanglante dans un club de vacances, déclenchée par des détails minimes contredisant la formule *all inclusive* : une pénurie de saucisses au petit déjeuner, suivie d'un supplément à payer pour le minigolf. Le soir même je présentai ce sketch lors de la soirée « Vous avez du talent ! » (un soir par semaine le spectacle était composé de numéros proposés par les vacanciers, à la place des animateurs professionnels) ; j'interprétais tous les personnages à la fois, débutant ainsi dans la voie du *one man show* dont je ne devais pratiquement plus sortir, tout au long de ma carrière. Presque tout le monde venait au spectacle d'après-dîner, il n'y avait pas grand-chose à foutre jusqu'à l'ouverture de la discothèque ; cela faisait déjà un public de huit cents personnes. Ma prestation obtint un succès très vif, beaucoup riaient aux larmes et il y eut des applaudissements nourris. Le soir même, à la discothèque, une jolie brune appelée Sylvie me dit que je l'avais beaucoup fait rire, et qu'elle appréciait les garçons qui avaient le sens de l'humour. Chère Sylvie. C'est ainsi que je perdis ma virginité, et que se décida ma vocation.

Après mon baccalauréat, je m'inscrivis à un cours d'acteurs ; s'ensuivirent des années peu glorieuses pendant lesquelles je devins de plus en plus méchant, et par conséquent de plus en plus caustique ; le succès, dans ces conditions, finit par arriver – d'une ampleur, même, qui me surprit. J'avais commencé par des petits sketches sur les familles recomposées, les journalistes du *Monde*, la médiocrité des classes moyennes en général – je réussissais très bien les tentations incestueuses des intellectuels en milieu de carrière face à leurs filles ou belles-filles, le nombril à l'air et le string dépassant du pantalon. En résumé, j'étais un *observateur acéré de la réalité contemporaine* ; on me comparait souvent à Pierre Desproges. Tout en continuant à me consacrer au *one man show*, j'acceptai parfois des invitations dans des émissions de télévision que je choisissais pour leur forte audience et leur médiocrité générale. Je ne manquais jamais de souligner cette médiocrité, subtilement toutefois : il fallait que le présentateur se sente un peu en danger, mais pas trop. En somme, j'étais un *bon professionnel* ; j'étais juste un peu surfait. Je n'étais pas le seul.

Je ne veux pas dire que mes sketches n'étaient pas drôles ; drôles, ils l'étaient. J'étais, en effet, un observateur acéré de la réalité contemporaine ; il me semblait simplement que c'était si élémentaire, qu'il restait si peu de choses à observer dans la réalité contemporaine : nous avions tant simplifié, tant élagué, tant brisé de barrières, de tabous, d'espérances erronées, d'aspirations fausses ; il restait si peu, vraiment. Sur le plan social il y avait les riches, il y avait les pauvres, avec quelques fragiles passerelles – l'*ascenseur social*, sujet sur lequel il était convenu d'ironiser ; la possibilité plus sérieuse de se ruiner. Sur le plan sexuel il y avait ceux qui inspiraient le désir, et ceux qui n'en inspiraient aucun : mécanisme exigu, avec quelques complications de modalité (l'homosexualité, etc.), quand même aisément résumable à la vanité et à la compétition narcissique, déjà bien décrites par les moralistes français trois siècles auparavant. Il y avait bien sûr par ailleurs les *braves gens*, ceux qui travaillent, qui opèrent la production effective des denrées, ceux aussi qui – de manière quelque peu comique, ou pathétique si l'on veut (mais j'étais, avant tout, un comique) – se sacrifient pour leurs enfants ; ceux qui n'ont ni beauté dans leur jeunesse, ni ambition plus tard, ni richesse jamais ; qui adhèrent cependant de tout cœur – et même les premiers, avec plus de sincérité que quiconque – aux valeurs de la beauté, de la jeunesse, de la richesse, de l'ambition et du sexe ; ceux qui forment, en quelque sorte, le *liant de la sauce*. Ceux-là ne pouvaient, j'ai le regret de le dire, pas constituer un *sujet*. J'en introduisais quelques-uns dans mes sketches pour donner de la diversité, de l'*effet de réel* ; je commençais quand même sérieusement à me lasser. Le pire est que j'étais considéré comme un *humaniste* ; un humaniste *grinçant*, certes, mais un humaniste. Voici, pour situer, une des plaisanteries qui émaillaient mes spectacles :

« Tu sais comment on appelle le gras qu'y a autour du vagin ?
– Non.
– La femme. »

Chose étrange, j'arrivais à placer ce genre de trucs sans cesser d'avoir de bonnes critiques dans *Elle* et dans *Télérama* ; il est vrai que l'arrivée des comiques beurs avait revalidé les dérapages machistes, et que je dérapais concrètement avec grâce : lâchage de carres, reprise, tout dans le contrôle. Finalement, le plus grand bénéfice du métier d'humoriste, et plus généralement de l'*attitude humoristique* dans la vie, c'est de pouvoir se comporter comme un salaud en toute impunité, et même de pouvoir grassement rentabiliser son abjection, en succès sexuels comme en numéraire, le tout avec l'approbation générale.

Mon humanisme supposé reposait en réalité sur des bases bien minces : une vague saillie sur les buralistes, une allusion aux cadavres des clandestins nègres rejetés sur les côtes espagnoles avaient suffi à me valoir une réputation d'*homme de gauche* et de *défenseur des droits de l'homme*. Homme de gauche, moi ? J'avais occasionnellement pu introduire dans mes sketches quelques altermondialistes, vaguement jeunes, sans leur donner de rôle immédiatement antipathique ; j'avais occasionnellement pu céder à une certaine démagogie : j'étais, je le répète, un bon professionnel. Par ailleurs j'avais une tête d'Arabe, ce qui facilite ; le seul contenu résiduel de la gauche en ces années c'était l'antiracisme, ou plus exactement le racisme antiblancs. Je ne comprenais d'ailleurs pas très bien d'où me venait ce faciès d'Arabe, de plus en plus caractéristique au fil des années : ma mère était d'origine espagnole et mon père, à ma connaissance, breton. Ma sœur par exemple, la petite pétasse, avait indiscutablement le type méditerranéen, mais elle n'était pas moitié aussi basanée que moi, et ses cheveux étaient lisses. On aurait pu s'interroger : ma mère s'était-elle montrée d'une fidélité scrupuleuse ? Ou avais-je pour géniteur un Mustapha quelconque ? Ou même – autre hypothèse – un Juif ? *Fuck with that* : les Arabes venaient à mes spectacles, massivement – les Juifs aussi d'ailleurs, quoique un peu moins ; et tous ces gens payaient leur ticket, plein tarif. On se sent concerné par les circonstances de sa mort, c'est certain ; par les circonstances de sa naissance, c'est plus douteux.

Quant aux *droits de l'homme*, bien évidemment, je n'en avais rien à foutre ; c'est à peine si je parvenais à m'intéresser aux droits de ma queue.

Dans ce domaine, la suite de ma carrière avait à peu près confirmé mon premier succès du club de vacances. Les femmes manquent d'humour en général, c'est pourquoi elles considèrent l'humour comme faisant partie des qualités viriles ; les occasions de disposer mon organe dans un des orifices adéquats ne m'ont donc pas manqué, tout au long de ma carrière. Au vrai, ces coïts n'eurent rien d'éclatant : les femmes qui s'intéressent aux comiques sont en général des femmes un peu âgées, aux approches de la quarantaine, qui commencent à sentir que l'affaire va mal tourner. Certaines avaient un gros cul, d'autres des seins en gant de toilette, parfois les deux. Elles n'avaient, en somme, rien de très bandant ; et quand l'érection diminue, quand même, on s'intéresse moins. Elles n'étaient pas très vieilles, non plus ; je savais qu'aux approches de la cinquantaine elles rechercheraient de nouveau des choses fausses, rassurantes et faciles – qu'elles ne trouveraient d'ailleurs pas. Dans l'intervalle, je ne pouvais que leur confirmer – bien involontairement, croyez-moi, ce n'est jamais agréable – la décroissance de leur valeur érotique ; je ne pouvais que confirmer leurs premiers soupçons, leur instiller malgré moi une vision désespérée de la vie : non ce n'était pas la maturité qui les attendait, mais simplement la vieillesse ; ce n'était pas un nouvel épanouissement qui était au bout du chemin, mais une somme de frustrations et de souffrances d'abord minimes, puis très vite insoutenables ; ce n'était pas très sain, tout cela, pas très sain. La vie commence à cinquante ans, c'est vrai ; à ceci près qu'elle se termine à quarante.

Daniel24,1

Regarde les petits êtres qui bougent dans le lointain ; regarde. Ce sont des hommes.

Dans la lumière qui décline, j'assiste sans regret à la disparition de l'espèce. Un dernier rayon de soleil rase la plaine, passe au-dessus de la chaîne montagneuse qui barre l'horizon vers l'Est, teinte le paysage désertique d'un halo rouge. Les treillages métalliques de la barrière de protection qui entoure la résidence étincellent. Fox gronde doucement ; il perçoit sans doute la présence des sauvages. Pour eux je n'éprouve aucune pitié, ni aucun sentiment d'appartenance commune ; je les considère simplement comme des singes un peu plus intelligents, et de ce fait plus dangereux. Il m'arrive de déverrouiller la barrière pour porter secours à un lapin, ou à un chien errant ; jamais pour porter secours à un homme.

Jamais je n'envisagerais, non plus, de m'accoupler à une femelle de leur espèce. Souvent territoriale chez les invertébrés et les plantes, la barrière interspécifique devient principalement comportementale chez les vertébrés supérieurs.

Un être est façonné, quelque part dans la Cité centrale, qui est semblable à moi ; il a du moins mes traits, et mes organes internes. Lorsque ma vie cessera, l'absence de signal sera captée en quelques nanosecondes ; la fabrication de mon successeur sera aussitôt mise en route. Dès le lendemain, le surlendemain au plus tard, la barrière de protection sera rouverte ; mon successeur s'installera entre ces murs. Il sera le destinataire de ce livre.

La première loi de Pierce identifie la personnalité à la mémoire. Rien n'existe, dans la personnalité, que ce qui est mémorisable (que cette mémoire soit cognitive, procédurale ou affective) ; c'est grâce à la mémoire, par exemple, que le sommeil ne dissout nullement la sensation d'identité.

Selon la seconde loi de Pierce, la mémoire cognitive a pour support adéquat le langage.

La troisième loi de Pierce définit les conditions d'un langage non biaisé.

Les trois lois de Pierce allaient mettre fin aux tentatives hasardeuses de downloading mémoriel par l'intermédiaire d'un support informatique au profit d'une part du transfert moléculaire direct, d'autre part de ce que nous connaissons aujourd'hui sous le nom de *récit de vie*, initialement conçu comme un simple complément, une solution d'attente, mais qui allait, à la suite des travaux de Pierce, prendre une importance considérable. Ainsi, cette avancée logique majeure allait curieusement conduire à la remise à l'honneur d'une forme ancienne, au fond assez proche de ce qu'on appelait jadis l'*autobiographie*.

Concernant le récit de vie, il n'y a pas de consigne précise. Le début peut avoir lieu en n'importe quel point de la temporalité, de même que le premier regard peut se porter en n'importe quel point de l'espace d'un tableau ; l'important est que, peu à peu, l'ensemble ressurgisse.

DANIEL1,2

« Quand on voit le succès des dimanches sans voiture, la promenade le long des quais, on imagine très bien la suite… »
Gérard – chauffeur de taxi

Il m'est à peu près impossible aujourd'hui de me souvenir *pourquoi* j'ai épousé ma première femme ; si je la croisais dans la rue, je ne pense même pas que je parviendrais à la reconnaître. On oublie certaines choses, on les oublie réellement ; c'est bien à tort qu'on suppose que toutes choses se conservent dans le sanctuaire de la mémoire ; certains événements, et même la plupart, sont bel et bien *effacés*, il n'en demeure aucune trace, et c'est tout à fait comme s'ils n'avaient jamais été. Pour en revenir à ma femme, enfin à ma première femme, nous avons sans doute vécu ensemble deux ou trois ans ; lorsqu'elle est tombée enceinte, je l'ai plaquée presque aussitôt. Je n'avais aucun succès à l'époque, elle n'a obtenu qu'une pension alimentaire minable.

Le jour du suicide de mon fils, je me suis fait des œufs à la tomate. Un chien vivant vaut mieux qu'un lion mort, estime justement l'Ecclésiaste. Je n'avais jamais aimé cet enfant : il était aussi bête que sa mère, et aussi méchant que son père. Sa disparition était loin d'être une catastrophe ; des êtres humains de ce genre, on peut s'en passer.

Après mon premier spectacle il s'est écoulé dix ans, ponctués d'aventures épisodiques et peu satisfaisantes, avant que je ne rencontre Isabelle. J'avais alors trente-neuf ans, et elle trente-sept ; mon succès public était très vif. Lorsque je gagnai mon premier million d'euros (je veux dire lorsque je l'eus réellement gagné, impôts déduits, et mis à l'abri dans un placement sûr), je compris que je n'étais pas un personnage balzacien. Un personnage balzacien venant de gagner son premier million d'euros songerait dans la plupart des cas aux moyens de s'approcher du second – à l'exception de ceux, peu nombreux, qui commenceront à rêver du moment où ils pourront compter en dizaines. Pour ma part je me demandai surtout si je pouvais arrêter ma carrière – avant de conclure que non.

Lors des premières phases de mon ascension vers la gloire et la fortune, j'avais occasionnellement goûté aux joies de la consommation, par lesquelles notre époque se montre si supérieure à celles qui l'ont précédée. On pouvait ergoter à l'infini pour savoir si les hommes étaient ou non plus heureux dans les siècles passés ; on pouvait commenter la disparition des cultes, la difficulté du sentiment amoureux, discuter leurs inconvénients, leurs avantages ; évoquer l'apparition de la démocratie, la perte du sens du sacré, l'effritement du lien social. Je ne m'en étais d'ailleurs pas privé, dans bien des sketches, quoique sur un mode humoristique. On pouvait même remettre en cause le progrès scientifique et technologique, avoir l'impression par exemple que l'amélioration des techniques médicales se payait par un contrôle social accru et une diminution globale de la joie de vivre. Reste que, sur le plan de la consommation, la précellence du XXe siècle était indiscutable : rien, dans aucune autre civilisation, à aucune autre époque, ne pouvait se comparer à la perfection mobile d'un centre commercial contemporain fonctionnant à plein régime. J'avais ainsi consommé, avec joie, des chaussures principalement ; puis peu à peu je m'étais lassé, et j'avais compris que ma vie, sans ce soutien quotidien de plaisirs à la fois élémentaires et renouvelés, allait cesser d'être simple.

À l'époque où je rencontrai Isabelle, je devais en être à six millions d'euros. Un personnage balzacien, à ce stade, achète un appartement somptueux, qu'il emplit d'objets d'art, et se ruine pour une danseuse. J'habitais un trois pièces banal, dans le XIVe arrondissement, et je n'avais jamais couché avec une *top model* – je n'en avais même jamais éprouvé l'envie. Il me semblait juste, une fois, avoir copulé avec un mannequin intermédiaire ; je n'en gardais pas un souvenir impérissable. La fille était bien, plutôt de gros seins, mais enfin pas plus que beaucoup d'autres ; j'étais, à tout prendre, moins surfait qu'elle.

L'entretien eut lieu dans ma loge, après un spectacle qu'il faut bien qualifier de *triomphal*. Isabelle était alors rédactrice en chef de *Lolita*, après avoir longtemps travaillé pour *20 Ans*. Je n'étais pas très chaud pour cette interview au départ ; en feuilletant le magazine, j'avais quand même été surpris par l'incroyable niveau de pétasserie qu'avaient atteint les publications pour jeunes filles : les tee-shirts taille dix ans, les shorts blancs moulants, les strings dépassant de tous les côtés, l'utilisation raisonnée des Chupa-Chups… tout y était. « Oui, mais ils ont un positionnement bizarre… » avait insisté l'attachée de presse. « Et puis, le fait que la rédactrice en chef se déplace elle-même, je crois que c'est un signe… »

Il y a paraît-il des gens qui ne croient pas au *coup de foudre* ; sans donner à l'expression son sens littéral il est évident que l'attraction mutuelle est, dans tous les cas, très rapide ; dès les premières minutes de ma rencontre avec Isabelle j'ai su que nous allions avoir une histoire ensemble, et que ce serait une histoire longue ; j'ai su qu'elle en avait elle-même conscience. Après quelques questions de démarrage sur le trac, mes méthodes de préparation, etc., elle se tut. Je feuilletai à nouveau le magazine.

« C'est pas vraiment des Lolitas… observai-je finalement. Elles ont seize, dix-sept ans.

– Oui, convint-elle ; Nabokov s'est trompé de cinq ans. Ce qui plaît à la plupart des hommes ce n'est pas le moment qui précède la puberté, c'est celui qui la suit immédiatement. De toute façon, ce n'était pas un très bon écrivain. »

Moi non plus je n'avais jamais supporté ce pseudo-poète médiocre et maniéré, ce malhabile imitateur de Joyce qui n'avait même pas eu la chance de disposer de l'élan qui, chez l'Irlandais insane, permet parfois de passer sur l'accumulation de lourdeurs. Une pâte feuilletée ratée, voilà à quoi m'avait toujours fait penser le style de Nabokov.

« Mais justement, poursuivit-elle, si un livre aussi mal écrit, handicapé de surcroît par une erreur grossière concernant l'âge de l'héroïne, parvient malgré tout à être un très bon livre, jusqu'à constituer un mythe durable, et à passer dans le langage courant, c'est que l'auteur est tombé sur quelque chose d'essentiel. »

Si nous étions d'accord sur tout, l'interview risquait d'être assez plate. « On pourrait continuer en dînant… proposa-t-elle. Je connais un restaurant tibétain rue des Abbesses. »

Naturellement, comme dans toutes les histoires sérieuses, nous avons couché ensemble dès la première nuit. Au moment de se déshabiller elle eut un petit moment de gêne, puis de fierté : son corps était incroyablement ferme et souple. C'est bien plus tard que je devais apprendre qu'elle avait trente-sept ans ; sur le moment je lui en donnai, tout au plus, trente.

« Comment est-ce que tu fais pour t'entretenir ? lui demandai-je.

– La danse classique.

– Pas de stretching, d'aérobic, rien de ce genre ?

– Non, tout ça c'est des conneries ; tu peux me croire sur parole, ça fait dix ans que je bosse dans les magazines féminins. Le seul truc qui marche vraiment, c'est la danse classique. Seulement c'est dur, il faut une vraie discipline ; mais ça me convient, je suis plutôt psychorigide.

– Toi, psychorigide ?

– Oui, oui… Tu verras. »

Ce qui me frappe avec le recul, lorsque je repense à Isabelle, c'est l'incroyable franchise de nos rapports, dès les premiers moments, y compris sur des sujets où les femmes préfèrent d'ordinaire conserver un certain mystère dans la croyance erronée que le mystère ajoute une touche d'érotisme à la relation, alors que la plupart des hommes sont au contraire violemment excités par une approche sexuelle directe. « Ce n'est pas bien difficile, de faire jouir un homme… m'avait-elle dit, mi-figue mi-raisin, lors de notre premier dîner dans le restaurant tibétain ; en tout cas, moi, j'y suis toujours parvenue. » Elle disait vrai. Elle disait vrai, aussi, lorsqu'elle affirmait que le secret n'a rien de spécialement extraordinaire ni d'étrange. « Il suffit, continua-t-elle en soupirant, de se souvenir que les hommes ont des couilles. Que les hommes aient une bite ça les femmes le savent, elles ne le savent même que trop, depuis que les hommes sont réduits au statut d'objet sexuel elles sont littéralement obsédées par leurs bites ; mais lorsqu'elles font l'amour elles oublient, neuf fois sur dix, que les couilles sont une zone sensible. Que ce soit pour une masturbation, une pénétration ou une pipe, il faut, de temps en temps, poser sa main sur les couilles de l'homme, soit pour un effleurement, une caresse, soit pour une pression plus forte, tu t'en rends compte suivant qu'elles sont plus ou moins dures. Voilà, c'est tout. »

Il devait être cinq heures du matin et je venais de jouir en elle et ça allait, ça allait vraiment bien, tout était réconfortant et tendre et je sentais que j'étais en train d'entrer dans une phase heureuse de ma vie, lorsque je remarquai, sans raison précise, la décoration de la chambre – je me souviens qu'à cet instant la clarté lunaire tombait sur une gravure de rhinocéros, une gravure ancienne, du genre qu'on trouve dans les encyclopédies animales du XIXe siècle.

« Ça te plaît, chez moi ?

– Oui, tu as du goût.

– Ça te surprend que j'aie du goût alors que je travaille pour un journal de merde ? »

Décidément, il allait être bien difficile de lui dissimuler mes pensées. Cette constatation, curieusement, me remplit d'une certaine joie ; je suppose que c'est un des signes de l'amour authentique.

« Je suis bien payée… Tu sais, souvent, il ne faut pas chercher plus loin.

– Combien ?

– Cinquante mille euros par mois.

– C'est beaucoup, oui ; mais en ce moment je gagne plus.

– C'est normal. Tu es un gladiateur, tu es au centre de l'arène. C'est normal que tu sois bien payé : tu risques ta peau, tu peux tomber à chaque instant.

– Ah… »

Là, je n'étais pas tout à fait d'accord ; je me souviens d'en avoir ressenti une nouvelle joie. C'est bien d'être en accord parfait, de s'entendre sur tous les sujets, dans un premier temps c'est même indispensable ; mais il est bien, aussi, d'avoir des divergences minimes, ne serait-ce que pour pouvoir les résorber ensuite par une discussion facile.

« Je suppose que tu as dû coucher avec pas mal de filles qui venaient à tes spectacles… poursuivit-elle.

– Quelques-unes, oui. »

Pas tant que ça, en réalité : il y en avait peut-être eu cinquante, cent au grand maximum ; mais je m'abstins de préciser que la nuit que nous venions de vivre était de très loin la meilleure ; je sentais qu'elle le savait. Pas par forfanterie ni par vanité exagérée, juste par intuition, par sens des rapports humains ; par une appréciation exacte, aussi, de sa propre valeur érotique.

« Si les filles sont attirées sexuellement par les types qui montent sur scène, poursuivit-elle, ce n'est pas uniquement qu'elles recherchent la célébrité ; c'est aussi qu'elles sentent qu'un individu qui monte sur scène risque sa peau, parce que le public est un gros animal dangereux, et qu'il peut à tout instant anéantir sa créature, la chasser, l'obliger à s'enfuir sous la honte et les quolibets. La récompense qu'elles peuvent offrir au type qui risque sa peau en montant sur scène, c'est leur corps ; c'est exactement la même chose qu'avec un gladiateur, ou un torero. Il serait stupide de s'imaginer que ces mécanismes primitifs ont disparu : je les connais, je les utilise, je gagne ma vie avec. Je connais exactement le pouvoir d'attraction érotique du rugbyman, celui de la rock star, de l'acteur de théâtre ou du coureur automobile : tout cela se distribue selon des schémas très anciens, avec de petites variations de mode ou d'époque. Un bon journal pour jeunes filles, c'est celui qui sait anticiper – légèrement – les variations. »

Je réfléchis une bonne minute ; il fallait que je lui fasse comprendre mon point de vue. C'était important, ou pas – disons que j'en avais envie.

« Tu as entièrement raison… dis-je. Sauf que, dans mon cas, je ne risque rien.

– Pourquoi ? » Elle s'était redressée sur le lit, et me considérait avec surprise.

« Parce que, même s'il prenait au public l'envie de me virer, il ne pourrait pas le faire ; il n'a personne à mettre à ma place. Je suis, très exactement, irremplaçable. »

Elle fronça les sourcils, me regarda ; le jour était levé maintenant, je voyais ses mamelons bouger au rythme de sa respiration. J'avais envie d'en prendre un dans ma bouche, de téter et de ne plus penser à rien ; je me dis quand même qu'il valait mieux la laisser réfléchir un peu. Ça ne lui prit pas plus de trente secondes ; c'était vraiment une fille intelligente.

« C'est vrai, dit-elle. Il y a chez toi une franchise tout à fait anormale. Je ne sais pas si c'est un événement particulier de ta vie, une conséquence de ton éducation ou quoi ; mais il n'y a aucune chance que le phénomène se reproduise dans la même génération. Effectivement, les gens ont besoin de toi plus que tu n'as besoin d'eux – les gens de mon âge, tout du moins. Dans quelques années, ça va changer. Tu connais le journal où je travaille : ce que nous essayons de créer c'est une humanité factice, frivole, qui ne sera plus jamais accessible au sérieux ni à l'humour, qui vivra jusqu'à sa mort dans une quête de plus en plus désespérée du *fun* et du sexe ; une génération de *kids* définitifs. Nous allons y parvenir, bien sûr ; et, dans ce monde-là, tu n'auras plus ta place. Mais je suppose que ce n'est pas trop grave, tu as dû avoir le temps de mettre de l'argent de côté.

– Six millions d'euros. » J'avais répondu machinalement, sans même y penser ; il y avait une autre question qui me tarabustait, depuis quelques minutes :

« Ton journal... En fait, je ne ressemble pas du tout à ton public. Je suis cynique, amer, je ne peux intéresser que des gens un peu enclins au doute, des gens qui commencent à être dans une ambiance de fin de partie ; l'interview ne peut pas rentrer dans ta ligne éditoriale.

– C'est vrai... » dit-elle calmement, avec un calme qui me paraît rétrospectivement surprenant – elle était si limpide et si franche, si peu douée pour le mensonge.

« Il n'y aura pas d'interview ; c'était juste un prétexte pour te rencontrer. »

Elle me regardait droit dans les yeux, et j'étais dans un tel état que ces seules paroles suffirent à me faire bander. Je crois qu'elle fut émue par cette érection si sentimentale, si humaine ; elle se rallongea près de moi, posa sa tête au creux de mon épaule et entreprit de me branler. Elle prit son temps, serrant mes couilles dans le creux de la paume, variant l'amplitude et la vigueur des mouvements de ses doigts. Je me détendis, m'abandonnant complètement à la caresse. Quelque chose naissait entre nous, comme un état d'innocence, et j'avais manifestement surestimé l'ampleur de mon cynisme. Elle habitait dans le XVIe arrondissement, sur les hauteurs de Passy ; au loin, un métro aérien traversait la Seine. La journée s'installait, la rumeur de la circulation devenait perceptible ; le sperme jaillit sur ses seins. Je la pris dans mes bras.

« Isabelle... lui dis-je à l'oreille, j'aimerais bien que tu me racontes comment tu es arrivée dans ce journal.

– Ça fait à peine plus d'un an, *Lolita* n'en est qu'à son numéro 14. Je suis restée très longtemps à *20 Ans*, j'ai occupé tous les postes ; Évelyne, la rédactrice en chef, se reposait entièrement sur moi. À la fin, juste avant que le journal soit racheté, elle m'a nommée rédactrice en chef adjointe ; c'était bien le moins, depuis deux ans c'est moi qui faisais tout le travail à sa place. Ça ne l'empêchait pas de me détester ; je me souviens du regard de haine qu'elle m'a lancé quand elle m'a transmis l'invitation de Lajoinie. Tu vois qui c'est, Lajoinie, ça te dit quelque chose ?

– Un peu...

– Oui, il n'est pas tellement connu du grand public. Il était actionnaire de *20 Ans*, actionnaire minoritaire, mais c'est lui qui avait poussé à la revente ; c'est un groupe italien qui avait racheté. Évelyne, évidemment, était virée ; les Italiens étaient prêts à me garder, mais si Lajoinie m'invitait à bruncher chez lui un dimanche matin c'est qu'il avait autre chose pour moi ; Évelyne le sentait, bien entendu, et c'est ça qui la rendait folle de rage. Il habitait dans le Marais, tout près de la place des Vosges. En arrivant, j'ai quand même eu un choc : il y avait Karl Lagerfeld, Naomi Campbell, Tom Cruise, Jade Jagger, Björk... Enfin, ce n'était pas exactement le genre de gens que j'étais habituée à fréquenter.

– Ce n'est pas lui qui a créé ce magazine pour pédés qui marche très fort ?

– Pas vraiment, au départ *GQ* n'était pas ciblé pédés, plutôt *macho second degré* : des bimbos, des bagnoles, un peu d'actualité militaire ; c'est vrai qu'au bout de six mois ils se sont aperçu qu'il y avait énormément de gays parmi les acheteurs, mais c'était une surprise, je ne crois pas qu'ils aient réussi à cerner exactement le phénomène. De toute façon il a revendu peu de temps après, et c'est ça qui a énormément impressionné la profession : il a revendu *GQ* au plus haut, alors qu'on pensait qu'il allait encore monter, et il a lancé *21*. Depuis *GQ* a périclité, je crois qu'ils ont perdu 40 % en diffusion nationale, et *21* est devenu le premier mensuel masculin – ils viennent de dépasser *Le Chasseur français*. Leur recette, à eux, est très simple : strictement métrosexuel. La remise en forme, les soins de beauté, les tendances. Pas un poil de culture, pas un gramme d'actu ; pas d'humour. Bref, je me demandais vraiment ce qu'il allait me proposer. Il m'a accueillie très gentiment, m'a présentée à tout le monde, m'a fait asseoir en face de lui. "J'ai beaucoup d'estime pour Évelyne..." a-t-il commencé. J'ai essayé de ne pas sursauter : *personne* ne pouvait avoir d'estime pour Évelyne ; cette vieille alcoolique pouvait inspirer le mépris, la compassion, le dégoût, enfin différentes choses, mais en aucun cas l'estime. Je devais m'apercevoir plus tard que c'était sa méthode de gestion de personnel : ne dire du mal de personne, en aucune circonstance, jamais ; toujours au contraire couvrir les autres d'éloges, aussi immérités soient-ils – sans évidemment s'interdire de les virer le moment venu. J'étais quand même un peu gênée, et je tentai de détourner la conversation sur *21*.

« "Nous de-vons..." il parlait bizarrement, en détachant les syllabes, un peu comme s'il s'exprimait dans une langue étrangère, "mes confrères sont, c'est mon im-pres-sion, beaucoup trop pré-oc-cup-pés par la presse a-mé-ri-caine. Nous res-tons des Eu-rop-péens... Pour nous, la ré-fé-rence, c'est ce qui se passe en An-gle-terre..."

« Bon, évidemment *21* était copié sur une référence anglaise, mais *GQ* également ; ça n'expliquait pas comment il avait senti qu'il fallait passer de l'un à l'autre. Y avait-il eu des études en Angleterre, un glissement du public ?

« "Pas à ma con-nais-sance... Vous êtes très jolie..." poursuivit-il sans relation apparente. "Vous pourriez être plus mé-dia-tique..."

« J'étais assise juste à côté de Karl Lagerfeld, qui mangeait sans discontinuer : il se servait dans le plat de saumon à pleines mains, trempait les morceaux dans la sauce à la crème et à l'aneth, enfournait le tout. Tom Cruise lui jetait de temps à autre des regards écœurés ; Björk par contre semblait absolument fascinée – il faut dire qu'elle avait toujours essayé de se la jouer poésie des sagas, énergie islandaise, etc., alors qu'elle était en fait conventionnelle et maniérée à l'extrême : ça ne pouvait que l'intéresser de se trouver en présence d'un sauvage authentique. J'ai soudain pris conscience qu'il aurait suffi d'enlever au couturier sa chemise à jabot, sa lavallière, son smoking à revers de satin, et de le recouvrir de peaux de bêtes : il aurait été parfait dans le rôle d'un Teuton des origines. Il attrapa une pomme de terre bouillie, la recouvrit largement de caviar avant de s'adresser à moi : "Il faut être médiatique, même un petit peu. Moi, par exemple, je suis *très* médiatique. Je suis une grosse patate médiatique..." Je crois qu'il venait d'abandonner son deuxième régime, en tout cas il avait déjà écrit un livre sur le premier.

« Quelqu'un a mis de la musique, il y a eu un petit mouvement de foule, je crois que Naomi Campbell s'est mise à danser. Je continuais à fixer Lajoinie, attendant sa proposition. En désespoir de cause j'ai engagé la conversation avec Jade Jagger, on a dû parler de Formentera ou quelque chose du genre, un sujet facile, mais elle m'a fait bonne impression, c'était une fille intelligente et sans manières ; Lajoinie avait les yeux mi-clos, il semblait s'être assoupi, mais je crois maintenant qu'il observait comment je me comportais avec les autres – ça aussi, ça faisait partie de ses méthodes de gestion de personnel. À un moment donné il a grommelé quelque chose mais je n'ai pas entendu, la musique était trop forte ; puis il a jeté un bref regard agacé sur sa gauche : dans un coin de la pièce, Karl Lagerfeld s'était mis à marcher sur les mains ; Björk le regardait en riant aux éclats. Puis le couturier est venu se rasseoir, m'a donné une grande claque sur les épaules en hurlant : "Ça va ? Ça va bien ?" avant d'avaler trois anguilles coup sur coup. "C'est vous la plus belle femme ici ! Vous les écrasez toutes !..." puis il a attrapé le plateau de fromages ; je crois qu'il m'avait vraiment prise en affection. Lajoinie le regardait dévorer le livarot avec incrédulité. "Tu es vraiment une grosse patate, Karl..." fit-il dans un souffle ; puis il se retourna vers moi et prononça : "Cinquante mille euros." Et c'est tout ; c'est tout ce qu'il a dit ce jour-là.

« Le lendemain je suis passée à son bureau, il m'en a expliqué un peu plus. Le magazine devait s'appeler *Lolita*. "Une question de décalage..." dit-il. Je comprenais à peu près ce qu'il voulait dire : *20 Ans*, par exemple, était surtout acheté par des filles de quinze, seize ans qui voulaient paraître affranchies sur tout, en particulier sur le sexe ; avec *Lolita*, il voulait opérer le décalage inverse. "Notre cible commence à dix ans... dit-il ; mais il n'y a pas de limite supérieure." Son pari, c'était que, de plus en plus, les mères tendraient à copier leurs filles. Il y a évidemment un certain ridicule pour une femme de trente ans à acheter un magazine appelé *Lolita* ; mais pas davantage qu'un top moulant, ou un mini-short. Son pari, c'était que le sentiment du ridicule, qui avait été si vif chez les femmes, en particulier chez les femmes françaises, allait peu à peu disparaître au profit de la fascination pure pour une jeunesse sans limites.

« Le moins qu'on puisse dire, c'est qu'il a gagné son pari. L'âge moyen de nos lectrices est de vingt-huit ans

– et ça augmente un peu tous les mois. Pour les responsables de pub, on est en train de devenir le *féminin de référence* – je te le dis comme on me l'a dit, mais j'ai un peu de mal à le croire. Je pilote, j'essaie de piloter, ou plutôt je fais semblant de piloter, mais au fond je n'y comprends plus rien. Je suis une bonne professionnelle, c'est vrai, je t'ai dit que j'étais un peu psychorigide, ça vient de là : il n'y a jamais de coquilles dans le journal, les photos sont bien cadrées, on sort toujours à la date prévue ; mais le contenu… C'est normal que les gens aient peur de vieillir, surtout les femmes, ça a toujours été comme ça, mais là… Ça dépasse tout ce qu'on peut imaginer ; je crois qu'elles sont devenues complètement folles. »

DANIEL24,2

Aujourd'hui que tout apparaît, dans la clarté du vide, j'ai la liberté de regarder la neige. C'est mon lointain prédécesseur, l'infortuné comique, qui avait choisi de vivre ici, dans la résidence qui s'élevait jadis – des fouilles l'attestent, et des photographies – à l'emplacement de l'unité Proyecciones XXI,13. Il s'agissait alors – c'est étrange à dire, et aussi un peu triste – d'une résidence balnéaire.

La mer a disparu, et la mémoire des vagues. Nous disposons de documents sonores, et visuels ; aucun ne nous permet de ressentir vraiment cette fascination têtue qui emplissait l'homme, tant de poèmes en témoignent, devant le spectacle apparemment répétitif de l'océan s'écrasant sur le sable.

Pas davantage nous ne pouvons comprendre l'excitation de la chasse, et de la poursuite des proies ; ni l'émotion religieuse, ni cette espèce de frénésie immobile, sans objet, que l'homme désignait sous le nom d'*extase mystique*.

Avant, lorsque les humains vivaient ensemble, ils se donnaient mutuelle satisfaction au moyen de contacts physiques ; cela nous le comprenons, car nous avons reçu le message de la Sœur suprême. Voici le message de la Sœur suprême, selon sa formulation intermédiaire :

« Admettre que les hommes n'ont ni dignité, ni droits ; que le bien et le mal sont des notions simples, des formes à peine théorisées du plaisir et de la douleur.

Traiter en tout les hommes comme des animaux – méritant compréhension et pitié, pour leurs âmes et pour leurs corps.

Demeurer dans cette voie noble, excellente. »

En nous détournant de la voie du plaisir, sans parvenir à la remplacer, nous n'avons fait que prolonger l'humanité dans ses tendances tardives. Lorsque la prostitution fut définitivement interdite, et l'interdiction effectivement appliquée sur toute la surface de la planète, les hommes entrèrent dans l'*âge gris*. Ils ne devaient jamais en sortir, du moins avant la disparition de la souveraineté de l'espèce. Nulle théorie vraiment convaincante n'a été formulée pour expliquer ce qui a toutes les apparences d'un suicide collectif.

Des robots androïdes apparurent sur le marché, munis d'un vagin artificiel performant. Un système expert analysait en temps réel la configuration des organes sexuels masculins, répartissait les températures et les pressions ; un senseur radiométrique permettait de prévoir l'éjaculation, de modifier la stimulation en conséquence, de faire durer le rapport aussi longtemps que souhaité. Il y eut un succès de curiosité pendant quelques semaines, puis les ventes s'effondrèrent d'un seul coup : les sociétés de robotique, dont certaines avaient investi plusieurs centaines de millions d'euros, déposèrent une à une leur bilan. L'événement fut commenté par certains comme une volonté de retour au naturel, à la vérité des rapports humains ; rien bien sûr n'était plus faux, comme la suite devait le démontrer avec évidence : la vérité, c'est que les hommes étaient simplement en train d'abandonner la partie.

DANIEL1,3

« Un distributeur automatique nous délivra un excellent chocolat chaud. Nous l'avalâmes d'un trait, avec un plaisir non dissimulé. »
Patrick Lefebvre – Ambulancier pour animaux

Le spectacle « ON PRÉFÈRE LES PARTOUZEUSES PALESTINIENNES » fut sans doute le sommet de ma carrière – médiatiquement s'entend. Je quittai brièvement les pages « Spectacles » des quotidiens pour entrer dans les pages « Justice–Société ». Il y eut des plaintes d'associations musulmanes, des menaces d'attentat à la bombe, enfin un peu d'action. Je prenais un risque, c'est vrai, mais un risque calculé ; les intégristes islamistes, apparus au début des années 2000, avaient connu à peu près le même destin que les punks. D'abord ils avaient été ringardisés par l'apparition de musulmans polis, gentils, pieux, issus de la mouvance tabligh : un peu l'équivalent de la new wave, pour prolonger le parallèle ; les filles à cette époque portaient encore un voile mais joli, décoré, avec de la dentelle et des transparences, plutôt comme un accessoire érotique en fait. Et puis bien sûr, par la suite, le phénomène s'était progressivement éteint : les mosquées construites à grands frais s'étaient retrouvées désertes, et les beurettes à nouveau offertes sur le marché sexuel, comme tout le monde. C'était plié d'avance, tout ça, compte tenu de la société où on vivait, il ne pouvait guère en aller autrement ; il n'empêche que, l'espace d'une ou deux saisons, je m'étais retrouvé dans la peau d'un *héros de la liberté d'expression*. La liberté, à titre personnel, j'étais *plutôt contre* ; il est amusant de constater que ce sont toujours les adversaires de la liberté qui se trouvent, à un moment ou à un autre, en avoir le plus besoin.

Isabelle était à mes côtés, et me conseillait avec finesse. « Ce qu'il faut, me dit-elle d'emblée, c'est que t'aies la racaille de ton côté. Avec la racaille de ton côté, tu seras inattaquable.

– Ils *sont* de mon côté, protestai-je ; ils viennent à mes spectacles.

– Ça suffit pas ; il faut que t'en rajoutes une couche. Ce qu'ils respectent avant tout, c'est la thune. T'as de la thune, mais tu le montres pas assez. Il faut que tu flambes un peu plus. »

Sur ses conseils, j'achetai donc une Bentley Continental GT, coupé « magnifique et racé », qui, selon *L'Auto-Journal*, « symbolisait le retour de Bentley à sa vocation d'origine : proposer des voitures sportives de très grand standing ». Un mois plus tard, je faisais la couverture de *Radikal Hip-Hop* – enfin, surtout ma voiture. La plupart des rappeurs achetaient des Ferrari, quelques originaux des Porsche ; mais une Bentley, ça les bluffait complètement. Aucune culture, ces petits cons, même en automobile. Keith Richards, par exemple, avait une Bentley, comme tous les musiciens sérieux. J'aurais pu prendre une Aston Martin, mais elle était plus chère, et finalement la Bentley était mieux, le capot était plus long, on aurait pu y ranger trois pétasses sans problème. Pour cent soixante mille euros, au fond, c'était presque une affaire ; en tout cas, en crédibilité racaille, je crois que j'ai bien rentabilisé l'investissement.

Ce spectacle marqua également le début de ma brève – mais lucrative – carrière cinématographique. À l'intérieur du show, j'avais inséré un court métrage ; mon projet initial, intitulé « PARACHUTONS DES MINIJUPES SUR LA PALESTINE ! », avait déjà ce ton de burlesque islamophobe léger qui devait plus tard tant contribuer à ma renommée ; mais sur le conseil d'Isabelle j'avais eu l'idée d'introduire un soupçon d'antisémitisme, destiné à contrebalancer le caractère globalement antiarabe du spectacle ; c'était la voie de la sagesse. J'optai donc pour un film porno, enfin une parodie de film porno – genre, il est vrai, facile à parodier – intitulé « BROUTE-MOI LA BANDE DE GAZA *(mon gros colon juif)* ». Les actrices étaient des beurettes authentiques, garanties neuf-trois – salopes mais voilées, le genre ; on avait tourné les extérieurs à la Mer de Sable, à Ermenonville. C'était comique – d'un comique un peu relevé, certes. Les gens avaient ri ; la plupart des gens. Lors d'une interview croisée avec Jamel Debbouze, il m'avait qualifié de « mec super-cool » ; enfin, ça n'aurait pas pu mieux tourner. À vrai dire, Jamel m'avait affranchi dans la loge juste avant l'émission : « Je peux pas t'allumer, mec. On a la même audience. » Fogiel, qui avait organisé la rencontre, s'est vite rendu compte de notre complicité, et s'est mis à péter de trouille ; il faut dire que ça faisait longtemps que j'avais envie de récurer cette petite merde.

Mais je me suis contenu, j'ai été très bien, *super-cool* en effet.

La production du spectacle m'avait demandé de couper une partie de mon court métrage – une partie, en effet, pas très drôle ; on l'avait tournée dans un immeuble en voie de démolition à Franconville, mais c'était censé se dérouler à Jérusalem-Est. Il s'agissait d'un dialogue entre un terroriste du Hamas et un touriste allemand, qui prenait tantôt la forme d'une interrogation pascalienne sur le fondement de l'identité humaine, tantôt celle d'une méditation économique – un peu à la Schumpeter. Le terroriste palestinien commençait par établir que, sur le plan métaphysique, la valeur de l'otage était nulle – puisqu'il s'agissait d'un infidèle ; elle n'était cependant pas négative – comme ç'aurait été le cas, par exemple, d'un Juif ; sa destruction n'était donc pas souhaitable, elle était simplement indifférente. Sur le plan économique, par contre, la valeur de l'otage était considérable – puisqu'il appartenait à une nation riche, et connue pour se montrer solidaire à l'égard de ses ressortissants. Ces préambules posés, le terroriste palestinien se livrait à une série d'expériences. D'abord, il arrachait une des dents de l'otage – à mains nues – avant de constater que sa valeur négociable en restait inchangée. Il procédait ensuite à la même opération sur un ongle – en s'aidant, cette fois, de tenailles. Un second terroriste intervenait, une brève discussion avait lieu entre les deux Palestiniens sur des bases plus ou moins darwiniennes. En conclusion ils arrachaient les testicules de l'otage, sans omettre de suturer soigneusement la plaie afin d'éviter un décès prématuré. D'un commun accord ils concluaient que la valeur biologique de l'otage était seule à ressortir modifiée de l'opération ; sa valeur métaphysique restait nulle, et sa valeur négociable très élevée. Bref, ça devenait de plus en plus pascalien – et, visuellement, de plus en plus insoutenable ; je fus d'ailleurs surpris de constater à quel point les trucages utilisés dans les films *gore* étaient peu onéreux.

La version intégrale de mon court métrage fut projetée quelques mois plus tard dans le cadre de « L'Étrange Festival », et c'est alors que les propositions cinématographiques commencèrent à affluer. Curieusement je fus recontacté par Jamel Debbouze, qui souhaitait sortir de son personnage comique habituel pour interpréter un *bad boy*, un vraiment méchant. Son agent lui fit vite comprendre que ce serait une erreur, et finalement rien ne s'est fait, mais l'anecdote me paraît significative.

Pour mieux la situer, il faut se souvenir qu'en ces années – les dernières années d'existence d'un cinéma français économiquement indépendant – les seuls succès attestables de la production française, les seuls qui pouvaient prétendre, sinon rivaliser avec la production américaine, du moins couvrir à peu près leurs frais, appartenaient au genre de la *comédie* – subtile ou vulgaire, les deux pouvaient marcher. D'un autre côté la reconnaissance artistique, qui permettait à la fois l'accès aux derniers financements publics et une couverture correcte dans les médias de référence, allait en priorité, dans le cinéma comme dans les autres domaines culturels, à des productions faisant l'apologie du mal – ou du moins remettant gravement en cause les valeurs morales qualifiées de « traditionnelles » par convention de langage, en une sorte d'anarchie institutionnelle se perpétuant à travers des mini-pantomimes dont le caractère répétitif n'émoussait nullement, aux yeux de la critique, le charme, d'autant qu'elle leur facilitait la rédaction de comptes rendus balisés, classiques, mais pouvant cependant se présenter comme novateurs. La mise à mort de la morale était en somme devenue une sorte de sacrifice rituel producteur d'une réaffirmation des valeurs dominantes du groupe – axées depuis quelques décennies sur la compétition, l'innovation et l'énergie plus que sur la fidélité et le devoir. Si la fluidification des comportements requise par une économie développée était incompatible avec un catalogue normatif de conduites restreintes, elle s'accommodait par contre parfaitement d'une exaltation permanente de la volonté et du *moi*. Toute forme de cruauté, d'égoïsme cynique ou de violence était donc la bienvenue – certains sujets, comme le parricide ou le cannibalisme, bénéficiant d'un petit *plus*. Le fait qu'un comique, reconnu comme comique, puisse en outre se mouvoir avec aisance dans les régions de la cruauté et du mal, devait donc nécessairement constituer, pour la profession, un électrochoc. Mon agent accueillit ce qu'il faut bien qualifier de *ruée* – en moins de deux mois, je reçus quarante propositions de scénarios différentes – avec un enthousiasme relatif. J'allais certainement gagner beaucoup d'argent, me dit-il, et lui aussi du même coup ; mais, en termes de notoriété, j'allais y perdre. Le scénariste a beau être un élément essentiel de la fabrication d'un film, il reste absolument inconnu du grand public ; et écrire des scénarios représentait quand même un vrai travail, qui risquait de me détourner de ma carrière de *showman*.

S'il avait raison sur le premier point – ma participation en tant que scénariste, coscénariste ou simple consultant au générique d'une trentaine de films ne devait pas ajouter un iota à ma notoriété –, il surestimait largement le second. Les réalisateurs de films, j'eus vite l'occasion de m'en rendre compte, ne sont pas d'un niveau très élevé : il suffit de leur apporter une idée, une situation, un fragment d'histoire, toutes choses qu'ils seraient bien incapables de concevoir par eux-mêmes ; on rajoute quelques dialogues, trois ou quatre saillies à la con – j'étais capable de produire à peu près quarante pages de scénario par jour –, on présente le produit, et ils s'émerveillent. Ensuite, ils changent d'avis tout le temps, sur tous les points – eux, la production, les acteurs, n'importe qui. Il suffit d'aller aux réunions de travail, de leur dire qu'ils ont entièrement raison, de réécrire suivant leurs instructions, et le tour est joué ; jamais je n'avais connu d'argent aussi facile à gagner.

Mon plus grand succès en tant que scénariste principal fut certainement « DIOGÈNE LE CYNIQUE » ; contrairement à ce que le titre pourrait laisser supposer, il ne s'agissait pas d'un film en costumes. Les cyniques, c'est un point en général oublié de leur doctrine, préconisaient aux enfants de tuer et de dévorer leurs propres parents dès que ceux-ci, devenus inaptes au travail, représentaient des bouches inutiles ; une adaptation contemporaine aux problèmes posés par le développement du quatrième âge n'était guère difficile à imaginer. J'eus un instant l'idée de proposer le rôle principal à Michel Onfray, qui bien entendu se montra enthousiaste ; mais l'indigent graphomane, si à l'aise devant des présentateurs de télévision ou des étudiants plus ou moins benêts, se déballonna complètement face à la caméra, il était impossible d'en tirer quoi que ce soit. La production en revint, sagement, à des formules plus éprouvées, et Jean-Pierre Marielle fut, comme à l'ordinaire, magistral.

À peu près à la même époque, j'achetai une résidence secondaire en Andalousie, dans une zone alors très sauvage, un peu au nord d'Almeria, appelée le parc naturel du Cabo de Gata. Le projet de l'architecte était somptueux, avec des palmiers, des orangers, des jacuzzis, des cascades – ce qui, compte tenu des conditions climatiques (il s'agissait de la région la plus sèche d'Europe), pouvait sembler participer d'un léger délire. Je l'ignorais complètement, mais cette région était la seule de la côte espagnole à avoir été jusque-là épargnée par le tourisme ; cinq ans plus tard, le prix des terrains était multiplié par trois. En somme, en ces années, j'étais un peu comme le roi Midas.

C'est alors que je décidai d'épouser Isabelle ; nous nous connaissions depuis trois ans, ce qui nous plaçait exactement dans la moyenne de fréquentation prémaritale. La cérémonie fut discrète, et un peu triste ; elle venait d'avoir quarante ans. Il me paraît évident aujourd'hui que les deux événements sont liés ; que j'ai voulu, par cette preuve d'affection, minimiser un peu le choc de la quarantaine. Non qu'elle l'ait manifesté par des plaintes, une angoisse visible, quoi que ce soit de clairement définissable ; c'était à la fois plus fugitif et plus poignant. Parfois – surtout en Espagne, lorsque nous nous préparions pour aller à la plage et qu'elle enfilait son maillot de bain – je la sentais, au moment où mon regard se posait sur elle, s'affaisser légèrement, comme si elle avait reçu un coup de poing entre les omoplates. Une grimace de douleur vite réprimée déformait ses traits magnifiques – la beauté de son visage fin, sensible était de celles qui résistent au temps ; mais son corps, malgré la natation, malgré la danse classique, commençait à subir les premières atteintes de l'âge – atteintes qui, elle ne le savait que trop bien, allaient rapidement s'amplifier jusqu'à la dégradation totale. Je ne savais pas très bien ce qui passait alors, sur mon visage, et qui la faisait tant souffrir ; j'aurais beaucoup donné pour l'éviter, car, je le répète, je l'aimais ; mais, manifestement, ce n'était pas possible. Il ne m'était pas davantage possible de lui répéter qu'elle était toujours aussi désirable, aussi belle ; jamais je ne me suis senti, si peu que ce soit, capable de lui mentir. Je connaissais le regard qu'elle avait ensuite : c'était celui, humble et triste, de l'animal malade, qui s'écarte de quelques pas de la meute, qui pose sa tête sur ses pattes et qui soupire doucement, parce qu'il se sent atteint et qu'il sait qu'il n'aura, de la part de ses congénères, à attendre aucune pitié.

DANIEL24,3

Les falaises dominent la mer, dans leur absurdité verticale, et il n'y aura pas de fin à la souffrance des hommes. Au premier plan je vois les roches, tranchantes et noires. Plus loin, pixellisant légèrement à la surface de l'écran, une surface boueuse, indistincte, que nous continuons à appeler la *mer*, et qui était autrefois la Méditerranée. Des êtres avancent au premier plan, longeant la crête des falaises comme le faisaient leurs ancêtres plusieurs siècles auparavant ; ils sont moins nombreux et plus sales. Ils s'acharnent, tentent de se regrouper, forment des meutes ou des hordes. Leur face antérieure est une surface de chair rouge, nue, à vif, attaquée par les vers. Ils tressaillent de douleur au moindre souffle du vent, qui charrie des graines et du sable. Parfois ils se jettent l'un sur l'autre, s'affrontent, se blessent par leurs coups ou leurs paroles. Progressivement ils se détachent du groupe, leur démarche se ralentit, ils tombent sur le dos. Élastique et blanc, leur dos résiste au contact du roc ; ils ressemblent alors à des tortues retournées. Des insectes et des oiseaux se posent sur la surface de chair nue, offerte au ciel, la picotent et la dévorent ; les créatures souffrent encore un peu, puis s'immobilisent. Les autres, à quelques pas, continuent leurs luttes et leurs manèges. Ils s'approchent de temps à autre pour assister à l'agonie de leurs compagnons ; leur regard à ces moments n'exprime qu'une curiosité vide.

Je quitte le programme de surveillance ; l'image disparaît, se résorbe dans la barre d'outils. Il y a un nouveau message de Marie22 :

Le bloc énuméré
De l'œil qui se referme
Dans l'espace écrasé
Contient le dernier terme.

247, 214327, 4166, 8275. La lumière se fait, grandit, monte ; je m'engouffre dans un tunnel de lumière. Je comprends ce que ressentaient les hommes, quand ils pénétraient la femme. Je comprends la femme.

DANIEL1,4

« Puisque nous sommes des hommes, il convient, non de rire des malheurs de l'humanité, mais de les déplorer. »
Démocrite d'Abdère

Isabelle s'affaiblissait. Ce n'était bien sûr pas facile, pour une femme déjà touchée dans sa chair, de travailler pour un magazine comme *Lolita* où débarquaient chaque mois de nouvelles pétasses toujours plus jeunes, toujours plus sexy et arrogantes. C'est moi, je m'en souviens, qui abordai la question en premier. Nous marchions au sommet des falaises de Carboneras, qui plongeaient, noires, dans des eaux d'un bleu éclatant. Elle ne chercha pas d'échappatoire, de faux-fuyant : effectivement, effectivement, il fallait maintenir dans son travail une certaine ambiance de conflit, de compétition narcissique, ce dont elle se sentait de jour en jour plus incapable. Vivre avilit, notait Henri de Régnier ; vivre use, surtout – il subsiste sans doute chez certains un noyau non avili, un noyau d'être ; mais que pèse ce résidu, face à l'usure générale du corps ?

« Il va falloir que je négocie mes indemnités de licenciement… dit-elle. Je ne vois pas comment je vais pouvoir faire ça. Le magazine marche de mieux en mieux, aussi ; je ne vois pas quel prétexte invoquer pour mon départ.

– Tu prends rendez-vous avec Lajoinie, et tu lui expliques. Tu lui dis simplement, comme tu me l'as dit. Il est vieux, déjà, je pense qu'il peut comprendre. Bien sûr c'est un homme d'argent, et de pouvoir, et ce sont des passions qui s'éteignent lentement ; mais, d'après tout ce que tu m'en as dit, je pense que c'est un homme qui peut être sensible à l'usure. »

Elle fit ce que je lui proposais, et ses conditions furent intégralement acceptées ; il faut dire que le magazine lui devait à peu près tout. Pour ma part, je ne pouvais pas encore terminer ma carrière – pas tout à fait. Bizarrement intitulé « EN AVANT, MILOU ! EN ROUTE VERS ADEN ! », mon dernier spectacle était sous-titré « 100 % dans la haine » – l'inscription barrait l'affiche, dans un graphisme à la Eminem ; ce n'était nullement une hyperbole. Dès l'ouverture, j'abordais le thème du conflit du Proche-Orient – qui m'avait déjà valu quelques jolis succès médiatiques – d'une manière, comme l'écrivait le journaliste du *Monde*, « singulièrement décapante ». Le premier sketch, intitulé « LE COMBAT DES MINUSCULES », mettait en scène des Arabes – rebaptisés « vermine d'Allah » –, des Juifs – qualifiés de « poux circoncis » – et même des chrétiens libanais, affligés du plaisant sobriquet de « morpions du con de Marie ». En somme, comme le notait le critique du *Point*, les religions du Livre étaient « renvoyées dos à dos » – dans ce sketch tout du moins ; la suite du spectacle comportait une désopilante saynète intitulée « LES PALESTINIENS SONT RIDICULES », dans laquelle j'enfilais une variété d'allusions burlesques et salaces autour des bâtons de dynamite que les militantes du Hamas s'enroulaient autour de la taille afin de fabriquer de la pâtée de Juif. J'élargissais ensuite mon propos à une attaque en règle contre toutes les formes de rébellion, de combat nationaliste ou révolutionnaire, en réalité contre l'action politique elle-même. Je développais bien sûr tout au long du show une veine *anarchiste de droite*, du style « un combattant mis hors de combat c'est un con de moins, qui n'aura plus l'occasion de se battre », qui, de Céline à Audiard, avait déjà fait les grandes heures du comique d'expression française ; mais au-delà, réactualisant l'enseignement de saint Paul selon lequel toute autorité vient de Dieu, je m'élevais parfois jusqu'à une méditation sombre qui n'était pas sans rappeler l'apologétique chrétienne. Je le faisais bien entendu en évacuant toute notion théologique pour développer une argumentation structurelle et d'essence presque mathématique, qui s'appuyait notamment sur le concept de « bon ordre ». En somme ce spectacle était un classique, et qui fut d'emblée salué comme tel ; ce fut sans nul doute mon plus grand succès critique. Jamais, de l'avis général, mon comique ne s'était élevé aussi haut – ou jamais il n'était tombé aussi bas, c'était une variante, mais qui voulait dire à peu près la même chose ; je me voyais fréquemment comparé à Chamfort, voire à La Rochefoucauld.

Sur le plan du succès public le démarrage fut un peu plus lent, jusqu'à ce que Bernard Kouchner se déclare « personnellement écœuré » par le spectacle, ce qui me permit de terminer à guichets fermés. Sur le conseil d'Isabelle je me fendis d'un petit « Rebond » dans *Libération*, que j'intitulai « Merci, Bernard ». Enfin ça se passait bien, ça se passait vraiment bien, ce qui me mettait dans un état d'autant plus curieux que j'en avais vraiment marre, que j'étais à deux doigts de lâcher l'affaire – si les choses avaient tourné mal, je crois que j'aurais détalé sans demander mon reste. Mon attirance pour le média cinématographique – c'est-à-dire pour un média mort, contrairement à ce qu'on appelait pompeusement à l'époque le *spectacle vivant* – avait sans doute été le premier signe en moi d'un désintérêt, voire d'un dégoût pour le public – et probablement pour l'humanité en général. Je travaillais alors mes sketches avec une petite caméra vidéo fixée sur un trépied et reliée à un moniteur sur lequel je pouvais contrôler en temps réel mes intonations, mes mimiques, mes gestes. J'avais toujours eu un principe simple : si j'éclatais de rire à un moment donné c'est que ce moment avait de bonnes chances de faire rire, également, le public. Peu à peu, en visionnant les cassettes, je constatai que j'étais gagné par un malaise de plus en plus vif, allant parfois jusqu'à la nausée. Deux semaines avant la première, la raison de ce malaise m'apparut clairement : ce qui m'insupportait de plus en plus, ce n'était même pas mon visage, même pas le caractère répétitif et convenu de certaines mimiques standard que j'étais bien obligé d'employer : ce que je ne parvenais plus à supporter c'était le *rire*, le rire en lui-même, cette subite et violente distorsion des traits qui déforme la face humaine, qui la dépouille en un instant de toute dignité. Si l'homme rit, s'il est le seul, parmi le règne animal, à exhiber cette atroce déformation faciale, c'est également qu'il est le seul, dépassant l'égoïsme de la nature animale, à avoir atteint le stade infernal et suprême de la *cruauté*.

Les trois semaines de représentation furent un calvaire permanent : pour la première fois je la connaissais vraiment, cette fameuse, cette atroce *tristesse des comiques* ; pour la première fois, je comprenais vraiment l'humanité. J'avais démonté les rouages de la machine, et je pouvais les faire fonctionner, à volonté. Chaque soir, avant de monter sur scène, j'avalais une plaquette entière de Xanax. À chaque fois que le public riait (et je pouvais le prévoir à l'avance, je savais doser mes effets, j'étais un professionnel confirmé), j'étais obligé de détourner le regard pour ne pas voir ces *gueules*, ces centaines de gueules animées de soubresauts, agitées par la haine.

Daniel24,4

Ce passage de la narration de Daniel1 est sans doute, pour nous, l'un des plus difficiles à comprendre. Les cassettes vidéo auxquelles il fait allusion ont été retranscrites, et annexées à son récit de vie. Il m'est arrivé de consulter ces documents. Étant génétiquement issu de Daniel1 j'ai bien entendu les mêmes traits, le même visage ; la plupart de nos mimiques, même, sont semblables (quoique les miennes, vivant dans un environnement non social, soient naturellement plus limitées) ; mais cette subite distorsion expressive, accompagnée de gloussements caractéristiques, qu'il appelait le *rire*, il m'est impossible de l'imiter ; il m'est même impossible d'en imaginer le mécanisme.

Les notes de mes prédécesseurs, de Daniel2 à Daniel23, témoignent en gros de la même incompréhension. Daniel2 et Daniel3 s'affirment encore capables de reproduire le phénomène, sous l'influence de certaines liqueurs ; mais pour Daniel4, déjà, il s'agit d'une réalité inaccessible. Plusieurs travaux ont été produits sur la disparition du rire chez les néo-humains ; tous s'accordent à reconnaître qu'elle fut rapide.

Une évolution analogue, quoique plus lente, a pu être observée pour les *larmes*, autre trait caractéristique de l'espèce humaine. Daniel9 signale avoir pleuré, en une occasion bien précise (la mort accidentelle de son chien Fox, électrocuté par la barrière de protection) ; à partir de Daniel10, il n'en est plus fait mention. De même que le rire est justement considéré par Daniel1 comme symptomatique de la cruauté humaine, les larmes semblent dans cette espèce associées à la compassion. On ne pleure jamais uniquement sur soi-même, note quelque part un auteur humain anonyme. Ces deux sentiments, la cruauté et la compassion, n'ont évidemment plus grand sens dans les conditions d'absolue solitude où se déroulent nos vies. Certains de mes prédécesseurs, comme Daniel13, manifestent dans leur commentaire une étrange nostalgie de cette double perte ; puis cette nostalgie disparaît pour laisser place à une curiosité de plus en plus épisodique ; on peut aujourd'hui, tous mes contacts sur le réseau en témoignent, la considérer comme pratiquement éteinte.

DANIEL1,5

« Je me détendis en faisant un peu d'hyperventilation ; pourtant, Barnabé, je ne pouvais m'empêcher de songer aux grands lacs de mercure à la surface de Saturne. »

Captain Clark

Isabelle accomplit ses trois mois légaux de préavis, et le dernier numéro de *Lolita* supervisé par elle parut en décembre. Il y eut une petite fête, enfin un cocktail, organisé dans les locaux du journal. L'ambiance était un peu tendue, dans la mesure où tous les participants se posaient la même question sans pouvoir la formuler de vive voix : qui allait la remplacer en tant que rédactrice en chef ? Lajoinie fit une apparition d'un quart d'heure, mangea trois blinis, ne donna aucune information utilisable.

Nous partîmes en Andalousie la veille de Noël ; s'ensuivirent trois mois étranges, passés dans une solitude à peu près totale. Notre nouvelle résidence s'élevait un peu au sud de San José, près de la Playa de Monsul. D'énormes blocs granitiques encerclaient la plage. Mon agent voyait d'un bon œil cette période d'isolement ; il était bon, selon lui, que je prenne un peu de recul, afin d'attiser la curiosité du public ; je ne voyais pas comment lui avouer que je comptais mettre fin.

Il était à peu près le seul à connaître mon numéro de téléphone ; je ne pouvais pas dire que je m'étais fait tellement d'amis, au cours de ces années de succès ; j'en avais, par contre, perdu pas mal. La seule chose qui puisse vous enlever vos dernières illusions sur l'humanité, c'est de gagner rapidement une somme d'argent importante ; alors on les voit arriver, les vautours hypocrites. Il est capital, pour que le dessillement s'opère, de *gagner* cette somme d'argent : les riches véritables, nés riches, et n'ayant jamais connu d'autre ambiance que la richesse, semblent immunisés contre le phénomène, comme s'ils avaient hérité avec leur richesse d'une sorte de cynisme inconscient, impensé, qui leur fait savoir d'entrée de jeu qu'à peu près toutes les personnes qu'ils seront amenés à rencontrer n'auront d'autre but que de leur soutirer leur argent par tous les moyens imaginables ; ils se comportent ainsi avec prudence, et conservent en général leur capital intact. Pour ceux qui sont nés pauvres, la situation est beaucoup plus dangereuse ; enfin, j'étais moi-même suffisamment salaud et cynique pour me rendre compte, j'avais réussi à déjouer la plupart des pièges ; mais des amis, non, je n'en avais plus. Les gens que je fréquentais dans ma jeunesse étaient pour la plupart des comédiens, de futurs comédiens ratés ; mais je ne pense pas que cela aurait été très différent dans d'autres milieux. Isabelle non plus n'avait pas d'amis, et n'avait été entourée, les dernières années surtout, que de gens qui rêvaient de prendre sa place. Nous n'avions ainsi personne à inviter, dans notre somptueuse résidence ; personne avec qui partager un verre de Rioja en regardant les étoiles.

Que pouvions-nous faire, donc ? Nous nous posions la question en traversant les dunes. Vivre ? C'est exactement dans ce genre de situation qu'écrasés par le sentiment de leur propre insignifiance les gens se décident à faire des enfants ; ainsi se reproduit l'espèce, de moins en moins il est vrai. Isabelle était passablement hypocondriaque, et elle venait d'avoir quarante ans ; mais les examens prénataux avaient beaucoup progressé, et je sentais bien que le problème n'était pas là : le problème, c'était moi. Il n'y avait pas seulement en moi ce dégoût légitime qui saisit tout homme normalement constitué à la vue d'un *bébé* ; il n'y avait pas seulement cette conviction bien ancrée que l'enfant est une sorte de nain vicieux, d'une cruauté innée, chez qui se retrouvent immédiatement les pires traits de l'espèce, et dont les animaux domestiques se détournent avec une sage prudence. Il y avait aussi, plus profondément, une horreur, une authentique horreur face à ce calvaire ininterrompu qu'est l'existence des hommes. Si le nourrisson humain, seul de tout le règne animal, manifeste immédiatement sa présence au monde par des hurlements de souffrance incessants, c'est bien entendu qu'il souffre, et qu'il souffre de manière intolérable. C'est peut-être la perte du pelage, qui rend la peau si sensible aux variations thermiques sans réellement prévenir de l'attaque des parasites ; c'est peut-être une sensibilité nerveuse anormale, un défaut de construction quelconque. À tout observateur impartial en tout cas il apparaît que l'individu humain *ne peut pas* être heureux, qu'il n'est en aucune manière conçu pour le bonheur, et que sa seule destinée possible est de propager le malheur autour de lui en rendant l'existence des autres aussi intolérable que l'est la sienne propre – ses premières victimes étant généralement ses parents.

Armé de ces convictions peu humanistes, je jetai les bases d'un scénario provisoirement intitulé « LE DÉFICIT DE LA SÉCURITÉ SOCIALE », qui reprenait les principaux éléments du problème. Le premier quart d'heure du film était constitué par l'explosion ininterrompue de crânes de bébés sous les coups d'un revolver de fort calibre – j'avais prévu des ralentis, de légers accélérés, enfin toute une chorégraphie de cervelle, à la John Woo ; ensuite, ça se calmait un peu. L'enquête, menée par un inspecteur de police plein d'humour, mais aux méthodes peu conventionnelles – je songeais à Jamel Debbouze – concluait à l'existence d'un réseau de tueurs d'enfants, supérieurement organisé, inspiré par des thèses proches de l'écologie fondamentale. Le M.E.N. (Mouvement d'Extermination des Nains) prônait la disparition de la race humaine, irrémédiablement funeste à l'équilibre de la biosphère, et son remplacement par une espèce d'ours supérieurement intelligents – des recherches avaient été menées parallèlement en laboratoire afin de développer l'intelligence des ours, et notamment de leur permettre d'accéder au langage (je songeais à Gérard Depardieu dans le rôle du chef des ours).

Malgré ce casting convaincant, malgré ma notoriété aussi, le projet n'aboutit pas ; un producteur coréen se déclara intéressé, mais se révéla incapable de réunir les financements nécessaires. Cet échec inhabituel aurait pu réveiller le moraliste qui sommeillait en moi (d'un sommeil du reste en général paisible) : s'il y avait eu échec et rejet du projet, c'est qu'il subsistait des *tabous* (en l'occurrence l'assassinat d'enfants), et que tout n'était peut-être pas irrémédiablement perdu. L'homme de réflexion, pourtant, ne tarda pas à prendre le dessus sur le moraliste : s'il y avait tabou, c'est qu'il y avait, effectivement, *problème* ; c'est pendant les mêmes années qu'apparurent en Floride les premières « childfree zones », résidences de standing à destination de trentenaires décomplexés qui avouaient sans ambages ne plus pouvoir supporter les hurlements, la bave, les excréments, enfin les inconvénients environnementaux qui accompagnent d'ordinaire la *marmaille*. L'entrée des résidences était donc, tout bonnement, interdite aux enfants de moins de treize ans ; des sas étaient prévus, sous la forme d'établissements de restauration rapide, afin de permettre le contact avec les familles.

Un pas important était franchi : depuis plusieurs décennies, le dépeuplement occidental (qui n'avait d'ailleurs rien de spécifiquement occidental ; le même phénomène se reproduisait quel que soit le pays, quelle que soit la culture, un certain niveau de développement économique une fois atteint) faisait l'objet de déplorations hypocrites, vaguement suspectes dans leur unanimité. Pour la première fois des gens jeunes, éduqués, d'un bon niveau socio-économique, déclaraient publiquement *ne pas vouloir* d'enfants, ne pas éprouver le désir de supporter les tracas et les charges associés à l'élevage d'une progéniture. Une telle décontraction ne pouvait, évidemment, que faire des émules.

Daniel24,5

Connaissant la souffrance des hommes, je participe à la déliaison, j'accomplis le retour au calme. Lorsque j'abats un sauvage, plus audacieux que les autres, qui s'attarde trop longtemps aux abords de la barrière de protection – il s'agit souvent d'une femelle, aux seins déjà flasques, brandissant son petit comme une supplique –, j'ai la sensation d'accomplir un acte nécessaire, et légitime. L'identité de nos visages – d'autant plus frappante que la plupart de ceux qui errent dans la région sont d'origine espagnole ou maghrébine – est pour moi le signe certain de leur condamnation à mort. L'espèce humaine disparaîtra, elle doit disparaître, afin que soient accomplies les paroles de la Sœur suprême.

Le climat est doux au nord d'Almeria, les grands prédateurs peu nombreux ; c'est sans doute pour ces raisons que la densité de sauvages reste élevée, encore que constamment décroissante – il y a quelques années j'ai même aperçu, non sans horreur, un troupeau d'une centaine d'individus. Mes correspondants témoignent du contraire, un peu partout à la surface du globe : très généralement, les sauvages sont en voie de disparition ; en de nombreux sites, leur présence n'a pas été signalée depuis plusieurs siècles ; certains en sont même venus à tenir leur existence pour un mythe.

Il n'y a pas de limitation au domaine des intermédiaires, mais il y a certaines certitudes. Je suis la Porte. Je suis la Porte, et le Gardien de la Porte. Le successeur viendra ; il doit venir. Je maintiens la présence, afin de rendre possible l'avènement des Futurs.

DANIEL1,6

« Il existe d'excellents jouets pour chiens. »
Petra Durst-Benning

La solitude à deux est l'enfer consenti. Dans la vie du couple, le plus souvent, il existe dès le début certains détails, certaines discordances sur lesquelles on décide de se taire, dans l'enthousiaste certitude que l'amour finira par régler tous les problèmes. Ces problèmes grandissent peu à peu, dans le silence, avant d'exploser quelques années plus tard et de détruire toute possibilité de vie commune. Depuis le début, Isabelle avait préféré que je la prenne par derrière ; chaque fois que je tentais une autre approche elle s'y prêtait d'abord, puis se retournait, comme malgré elle, avec un demi-rire gêné. Pendant toutes ces années j'avais mis cette préférence sur le compte d'une particularité anatomique, une inclinaison du vagin ou je ne sais quoi, enfin une de ces choses dont les hommes ne peuvent jamais, malgré toute leur bonne volonté, prendre exactement conscience. Six semaines après notre arrivée, alors que je lui faisais l'amour (je la pénétrais comme d'habitude par derrière, mais il y avait un grand miroir dans notre chambre), je m'aperçus qu'en approchant de la jouissance elle fermait les yeux, et ne les rouvrait que longtemps après, une fois l'acte terminé.

J'y repensai toute la nuit en descendant deux bouteilles d'un brandy espagnol passablement infect : je revis nos actes d'amour, nos étreintes, tous ces moments qui nous avaient unis : je la revis à chaque fois détournant le regard, ou fermant les yeux, et je me mis à pleurer. Isabelle se laissait jouir, elle faisait jouir, mais elle n'aimait pas la jouissance, elle n'aimait pas les signes de la jouissance ; elle ne les aimait pas chez moi, et sans doute encore moins chez elle-même. Tout concordait : chaque fois que je l'avais vue s'émerveiller devant l'expression de la beauté plastique il s'était agi de peintres comme Raphaël, et surtout Botticelli : quelque chose de tendre parfois, mais souvent de froid, et toujours de très calme ; jamais elle n'avait compris l'admiration absolue que je vouais au Greco, jamais elle n'avait apprécié l'extase, et j'ai beaucoup pleuré parce que cette part animale, cet abandon sans limites à la jouissance et à l'extase était ce que je préférais en moi-même, alors que je n'avais que mépris pour mon intelligence, ma sagacité, mon humour. Jamais nous ne connaîtrions ce regard double, infiniment mystérieux, du couple uni dans le bonheur, acceptant humblement la présence des organes, et la joie limitée ; jamais nous ne serions véritablement amants.

Il y eut pire, bien entendu, et cet idéal de beauté plastique auquel elle ne pouvait plus accéder allait détruire, sous mes yeux, Isabelle. D'abord il y eut ses seins, qu'elle ne pouvait plus supporter (et c'est vrai qu'ils commençaient à tomber un peu) ; puis ses fesses, selon le même processus. De plus en plus souvent, il fallut éteindre la lumière ; puis la sexualité elle-même disparut. Elle ne parvenait plus à se supporter ; et, partant, elle ne supportait plus l'amour, qui lui paraissait faux. Je bandais encore pourtant, enfin un petit peu, au début ; cela aussi disparut, et à partir de ce moment tout fut dit ; il n'y eut plus qu'à se remémorer les paroles, faussement ironiques, du poète andalou :

Oh, la vie que les hommes essaient de vivre !
Oh, la vie qu'ils mènent
Dans le monde où ils sont !
Les pauvres gens, les pauvres gens... Ils ne savent pas aimer.

Lorsque la sexualité disparaît, c'est le corps de l'autre qui apparaît, dans sa présence vaguement hostile ; ce sont les bruits, les mouvements, les odeurs ; et la présence même de ce corps qu'on ne peut plus toucher, ni sanctifier par le contact, devient peu à peu une gêne ; tout cela, malheureusement, est connu. La disparition de la tendresse suit toujours de près celle de l'érotisme. Il n'y a pas de relation épurée, d'union supérieure des âmes, ni quoi que ce soit qui puisse y ressembler, ou même l'évoquer sur un mode allusif. Quand l'amour physique disparaît, tout disparaît ; un agacement morne, sans profondeur, vient remplir la succession des jours. Et, sur l'amour physique, je ne me faisais guère d'illusions. Jeunesse, beauté, force : les critères de l'amour physique sont exactement les mêmes que ceux du nazisme. En résumé, j'étais dans un beau merdier.

Une solution se présenta, sur une bretelle de l'autoroute A2, entre Saragosse et Tarragone, à quelques dizaines de mètres d'un relais routier où nous nous étions arrêtés pour déjeuner, Isabelle et moi. L'existence des animaux domestiques est relativement récente en Espagne. Pays de culture traditionnellement catholique, machiste et violente, l'Espagne traitait il y a peu les animaux avec indifférence, et parfois avec une sombre cruauté. Mais le travail d'uniformisation se faisait, sur ce plan comme sur les autres, et l'Espagne se rapprochait des normes européennes, et particulièrement anglaises. L'homosexualité était de plus en plus courante, et admise ; la nourriture végétarienne se répandait, ainsi que les babioles New Age ; et les animaux domestiques, ici joliment dénommés *mascotas*, remplaçaient peu à peu les enfants dans les familles. Le processus n'en était pourtant qu'à ses débuts, et connaissait de nombreux ratés : il était fréquent qu'un chiot, offert comme un jouet pour Noël, soit abandonné quelques mois plus tard sur le bord d'une route. Il se formait ainsi, dans les plaines centrales, des meutes de chiens errants. Leur existence était brève et misérable. Infestés par la gale et d'autres parasites, ils trouvaient leur nourriture dans les poubelles des relais routiers, et finissaient généralement sous les pneus d'un camion. Ils souffraient surtout, effroyablement, de l'absence de contact avec les hommes. Ayant abandonné la meute depuis des millénaires, ayant choisi la compagnie des hommes, jamais le chien ne parvint à se réadapter à la vie sauvage. Aucune hiérarchie stable ne s'établissait dans les meutes, les combats étaient constants, que ce soit pour la nourriture ou la possession des femelles ; les petits étaient laissés à l'abandon, et parfois dévorés par leurs frères plus âgés.

Je buvais de plus en plus pendant cette période, et c'est après mon troisième anis, en titubant vers la Bentley, que je vis avec étonnement Isabelle, passant par une ouverture dans le grillage, s'approcher d'un groupe d'une dizaine de chiens qui stationnaient dans un terrain vague à proximité du parking. Je la savais d'un naturel plutôt timoré, et ces animaux étaient en général considérés comme dangereux. Les chiens, cependant, la regardaient approcher sans agressivité et sans crainte. Un petit bâtard blanc et roux, aux oreilles pointues, âgé de trois mois au maximum, se mit à ramper vers elle. Elle se baissa, le prit dans ses bras, revint vers la voiture. C'est ainsi que Fox fit son entrée dans nos vies ; et, avec lui, l'amour inconditionnel.

Daniel24,6

Le complexe entrelacement des protéines constituant l'enveloppe nucléaire chez les primates devait rendre pendant plusieurs décennies le clonage humain dangereux, aléatoire, et en fin de compte à peu près impraticable. L'opération fut par contre d'emblée un plein succès chez la plupart des animaux domestiques, y compris – quoique avec un léger retard – chez le chien. C'est donc exactement le même Fox qui repose à mes pieds au moment où j'écris ces lignes, ajoutant selon la tradition mon commentaire, comme l'ont fait mes prédécesseurs, au récit de vie de mon ancêtre humain.

Je mène une vie calme et sans joie ; la surface de la résidence autorise de courtes promenades, et un équipement complet me permet d'entretenir ma musculature. Fox, lui, est heureux. Il gambade dans la résidence, se contentant du périmètre imposé – il a rapidement appris à se tenir éloigné de la barrière de protection ; il joue au ballon, ou avec un de ses petits animaux en plastique (j'en dispose de plusieurs centaines, qui m'ont été légués par mes prédécesseurs) ; il apprécie beaucoup les jouets musicaux, en particulier un canard de fabrication polonaise qui émet des couinements variés. Surtout, il aime que je le prenne dans mes bras, et reposer ainsi, baigné par le soleil, les yeux clos, la tête posée sur mes genoux, dans un demi-sommeil heureux. Nous dormons ensemble, et chaque matin c'est une fête de coups de langue, de griffements de ses petites pattes ; c'est pour lui un bonheur évident que de retrouver la vie, et la clarté du jour. Ses joies sont identiques à celles de ses ancêtres, et elles demeureront identiques chez ses descendants ; sa nature en elle-même inclut la possibilité du bonheur.

Je ne suis qu'un néo-humain, et ma nature n'inclut aucune possibilité de cet ordre. Que l'amour inconditionnel soit la condition de possibilité du bonheur, cela les humains le savaient déjà, du moins les plus avancés d'entre eux. La pleine compréhension du problème n'a pas permis, jusqu'à présent, d'avancer vers une solution quelconque. L'étude de la biographie des saints, sur lesquels certains fondaient tant d'espoir, n'a apporté aucune lumière. Non seulement les saints, en quête de leur salut, obéissaient à des motifs qui n'étaient que partiellement altruistes (encore que la soumission à la volonté du Seigneur, qu'ils revendiquaient, ait dû bien souvent n'être qu'un moyen commode de justifier aux yeux des autres leur altruisme naturel), mais la croyance prolongée en une entité divine manifestement absente provoquait en eux des phénomènes d'abrutissement incompatibles à long terme avec le maintien d'une civilisation technologique. Quant à l'hypothèse d'un *gène de l'altruisme*, elle a suscité tant de déceptions que personne n'ose aujourd'hui en faire ouvertement état. On a certes pu démontrer que les centres de la cruauté, du jugement moral et de l'altruisme étaient situés dans le cortex pré-frontal ; mais les recherches n'ont pas permis d'aller au-delà de cette constatation purement anatomique. Depuis l'apparition des néo-humains, la thèse de l'origine génétique des sentiments moraux a suscité au moins trois mille communications, émanant à chaque fois des milieux scientifiques les plus autorisés ; aucune n'a pu, jusqu'à présent, franchir la barrière de la vérification expérimentale. En outre, les théories d'inspiration darwinienne expliquant l'apparition de l'altruisme dans les populations animales par un avantage sélectif qui en résulterait pour l'ensemble du groupe ont fait l'objet de calculs imprécis, multiples, contradictoires, avant de finalement sombrer dans la confusion et l'oubli.

La bonté, la compassion, la fidélité, l'altruisme demeurent donc près de nous comme des mystères impénétrables, cependant contenus dans l'espace limité de l'enveloppe corporelle d'un chien. De la solution de ce problème dépend l'avènement, ou non, des Futurs.

Je crois en l'avènement des Futurs.

DANIEL1,7

« Le jeu divertit. »
Petra Durst-Benning

Non seulement les chiens sont capables d'aimer, mais la pulsion sexuelle ne semble pas leur poser de problèmes insurmontables : lorsqu'ils rencontrent une femelle en chaleur, celle-ci se prête à la pénétration ; dans le cas contraire ils ne semblent en éprouver ni désir, ni manque particulier.

Non seulement les chiens sont en eux-mêmes un sujet d'émerveillement permanent, mais ils constituent pour les humains un excellent *sujet de conversation* – international, démocratique, consensuel. C'est ainsi que je rencontrai Harry, un ex-astrophysicien allemand, accompagné de Truman, son beagle. Naturiste paisible, d'une soixantaine d'années, Harry consacrait sa retraite à l'observation des étoiles – le ciel de la région était, m'expliqua-t-il, exceptionnellement pur ; dans la journée il faisait du jardinage, et un peu de rangement. Il vivait seul avec sa femme Hildegarde – et, naturellement, Truman ; ils n'avaient pas eu d'enfants. Il est bien évident qu'en l'absence de chien je n'aurais rien eu à dire à cet homme – même avec un chien, d'ailleurs, la conversation piétina quelque peu (il nous invita à dîner le samedi suivant ; il habitait à cinq cents mètres, c'était notre plus proche voisin). Heureusement il ne parlait pas français, et moi pas davantage allemand ; le fait d'avoir à vaincre la *barrière de la langue* (quelques phrases en anglais, des bribes d'espagnol) nous donna donc en fin de compte la sensation d'une *soirée réussie*, alors que nous n'avions fait deux heures durant que hurler des banalités (il était passablement sourd). Après le repas, il me demanda si je souhaitais observer les anneaux de Saturne. Naturellement, naturellement, je souhaitais. Eh bien c'était un spectacle merveilleux, d'origine naturelle ou divine qui sait, offert à la contemplation de l'homme qu'en dire de plus. Hildegarde jouait de la harpe, je suppose qu'elle en jouait *merveilleusement*, mais à vrai dire je ne sais pas s'il est possible de *mal* jouer de la harpe – je veux dire que, par construction, l'instrument m'a toujours paru incapable d'émettre autre chose que des sons mélodieux. Deux choses, je crois, m'ont empêché de m'énerver : d'une part Isabelle eut la sagesse, prétextant un état de fatigue, de souhaiter se retirer assez tôt, en tout cas avant que je ne finisse la bouteille de kirsch ; d'autre part j'avais remarqué chez l'Allemand une édition complète, reliée, des œuvres de Teilhard de Chardin. S'il y a une chose qui m'a toujours plongé dans la tristesse ou la compassion, enfin dans un état excluant toute forme de méchanceté ou d'ironie, c'est bien l'existence de Teilhard de Chardin – pas seulement son existence d'ailleurs, mais le fait même qu'il ait ou ait pu avoir des lecteurs, fût-ce en nombre limité. En présence d'un lecteur de Teilhard de Chardin je me sens désarmé, désarçonné, prêt à fondre en larmes. À l'âge de quinze ans j'étais tombé par hasard sur *Le Milieu Divin*, qu'un lecteur probablement écœuré avait laissé sur une banquette de la gare d'Étréchy-Chamarande. En l'espace de quelques pages, l'ouvrage m'avait arraché des hurlements ; de désespoir, j'en avais fracassé la pompe de mon vélo de course contre les murs de la cave. Teilhard de Chardin était bien entendu ce qu'il est convenu d'appeler un *allumé de première* ; il n'en était pas moins parfaitement déprimant. Il ressemblait un peu à ces scientifiques chrétiens allemands, décrits par Schopenhauer en son temps, qui, « une fois déposés la cornue ou le scalpel, entreprennent de philosopher sur les concepts reçus lors de leur première communion ». Il y avait aussi en lui cette illusion commune à tous les chrétiens de gauche, enfin les chrétiens centristes, disons aux chrétiens contaminés par la pensée progressiste depuis la Révolution, consistant à croire que la concupiscence est chose vénielle, de moindre importance, impropre à détourner l'homme du salut – que le seul péché véritable est le péché d'orgueil. Où était, en moi, la concupiscence ? Où, l'orgueil ? Et étais-je éloigné du salut ? Les réponses à ces questions, il me semble, n'étaient pas bien difficiles ; jamais Pascal, par exemple, ne se serait laissé aller à de telles absurdités : on sentait à le lire que les tentations de la chair ne lui étaient pas étrangères, que le libertinage était quelque chose qu'il aurait pu ressentir ; et que s'il choisissait le Christ plutôt que la fornication ou l'écarté ce n'était ni par distraction ni par incompétence, mais parce que le Christ lui paraissait définitivement plus *high dope* ; en résumé, c'était un auteur *sérieux*. Si l'on avait retrouvé des *erotica* de Teilhard de Chardin je crois que cela m'aurait rassuré, en un sens ; mais je n'y croyais pas une seconde. Qu'avait-il bien pu vivre, qui avait-il bien pu fréquenter, ce pathétique Teilhard, pour avoir de l'humanité une conception si bénigne et si niaise – alors qu'à la même époque, dans le même pays, sévissaient des salauds aussi considérables que Céline, Sartre ou Genet ? À travers ses dédicaces, les destinataires de sa correspondance, on parvenait peu à peu à le deviner : des BCBG catholiques, plus ou moins nobles, fréquemment jésuites. Des innocents.

« Qu'est-ce que tu marmonnes ? » m'interrompit Isabelle. Je pris alors conscience que nous étions sortis de chez l'Allemand, que nous longions la mer en fait, que nous étions en train de rentrer chez nous. Depuis deux minutes, m'informa-t-elle, je parlais tout seul, elle n'avait à peu près rien compris. Je lui résumai les données du problème.

« C'est facile, d'être optimiste... conclus-je avec âpreté, c'est facile d'être optimiste quand on s'est contenté d'un chien, et qu'on n'a pas voulu d'enfants.

– Tu es dans le même cas, et ça ne t'a pas rendu franchement optimiste... » remarqua-t-elle. « Ce qu'il y a, c'est qu'ils sont vieux... poursuivit-elle avec indulgence. Quand on vieillit on a besoin de penser à des choses rassurantes, et douces. De s'imaginer que quelque chose de beau nous attend dans le ciel. Enfin on s'entraîne à la mort, un petit peu. Quand on n'est pas trop con, ni trop riche. »

Je m'arrêtai, considérai l'océan, les étoiles. Ces étoiles auxquelles Harry consacrait ses nuits de veille, tandis qu'Hildegarde se livrait à des improvisations *free classic* sur des thèmes mozartiens. La musique des sphères, le ciel étoilé ; la loi morale dans mon cœur. Je considérai le trip, et ce qui m'en séparait ; la nuit était si douce, cependant, que je posai une main sur les fesses d'Isabelle – je les sentais très bien, sous le tissu léger de sa jupe d'été. Elle s'allongea sur la dune, retira sa culotte, ouvrit les jambes. Je la pénétrai – face à face, pour la première fois. Elle me regardait droit dans les yeux. Je me souviens très bien des mouvements de sa chatte, de ses petits cris sur la fin. Je m'en souviens d'autant mieux que c'est la dernière fois que nous avons fait l'amour.

Quelques mois passèrent. L'été revint, puis l'automne ; Isabelle ne paraissait pas malheureuse. Elle jouait avec Fox, soignait ses azalées ; je me consacrais à la natation et à la relecture de Balzac. Un soir, alors que le soleil tombait sur la résidence, elle me dit doucement : « Tu vas me laisser tomber pour une plus jeune... »

Je protestai que je ne l'avais jamais trompée. « Je sais... répondit-elle. À un moment, j'ai cru que tu allais le faire : sauter une des pétasses qui tournaient autour du journal, puis revenir vers moi, sauter une autre pétasse et ainsi de suite. J'aurais énormément souffert, mais peut-être que ç'aurait été mieux, au bout du compte.

– J'ai essayé une fois ; la fille n'a pas voulu. » Je me souvenais d'être passé le matin même devant le lycée Fénelon. C'était entre deux cours, elles avaient quatorze, quinze ans et toutes étaient plus belles, plus désirables qu'Isabelle, simplement parce qu'elles étaient plus jeunes. Sans doute étaient-elles engagées pour leur part dans une féroce compétition narcissique – les unes considérées comme mignonnes par les garçons de leur âge, les autres comme insignifiantes ou franchement laides ; il n'empêche que pour n'importe lequel de ces jeunes corps un quinquagénaire aurait été prêt à payer, et à payer cher, voire le cas échéant à risquer sa réputation, sa liberté et même sa vie. Que l'existence, décidément, était simple ! Et qu'elle était dépourvue d'issue ! En passant chercher Isabelle au journal j'avais entrepris une sorte de Biélorusse qui attendait pour poser en page 8. La fille avait accepté de prendre un verre, mais m'avait demandé cinq cents euros pour une pipe ; j'avais décliné. Dans le même temps, l'arsenal juridique visant à réprimer les relations sexuelles avec les mineurs se durcissait ; les croisades pour la castration chimique se multipliaient. Augmenter les désirs jusqu'à l'insoutenable tout en rendant leur réalisation de plus en plus inaccessible, tel était le principe unique sur lequel reposait la société occidentale. Tout cela je le connaissais, je le connaissais à fond, j'en avais fait la matière de bien des sketches ; cela ne m'empêcherait pas de succomber au même processus. Je me réveillai dans la nuit, bus trois grands verres d'eau coup sur coup. J'imaginais les humiliations qu'il me faudrait subir pour séduire n'importe quelle adolescente ; le consentement difficilement arraché, la honte de la fille au moment de sortir ensemble dans la rue, ses hésitations à me présenter ses copains, l'insouciance avec laquelle elle me laisserait tomber pour un garçon de son âge. J'imaginai tout cela, plusieurs fois répété, et je compris que je ne pourrais pas y survivre. Je n'avais nullement la prétention d'échapper aux lois naturelles : la décroissance tendancielle des capacités érectiles de la verge, la nécessité de trouver des corps jeunes pour enrayer le mécanisme… J'ouvris un sachet de salami et une bouteille de vin. Eh bien je paierai, me dis-je ; quand j'en serai là, quand j'aurai besoin de petits culs pour maintenir mon érection, je paierai. Mais je paierai les prix du marché. Cinq cents euros pour une pipe, qu'est-ce qu'elle se croyait, la Slave ? Ça valait cinquante, pas plus. Dans le bac à légumes, je découvris un Marronsuiss entamé. Ce qui me paraissait choquant, à ce stade de ma réflexion, ce n'était pas qu'il y ait des petites nanas disponibles pour de l'argent, mais qu'il y en ait qui *ne soient pas* disponibles, ou à des prix prohibitifs ; en bref, je souhaitais une régulation du marché.

« Cela dit, tu n'as pas payé... me fit remarquer Isabelle. Et, cinq ans plus tard, tu ne t'es toujours pas décidé à le faire. Non, ce qui va se passer, c'est que tu vas rencontrer une fille jeune – pas une Lolita, plutôt une fille de vingt, vingt-cinq ans – et que tu en tomberas amoureux. Ce sera une fille intelligente, sympa, sans doute plutôt jolie. Une fille qui aurait pu être une amie... » La nuit était tombée, je ne parvenais plus à distinguer les traits de son visage. « Qui aurait pu être moi... » Elle parlait calmement mais je ne savais pas comment interpréter ce calme, il y avait quand même quelque chose d'un peu inhabituel dans le ton de sa voix et je n'avais après tout aucune expérience de la situation, je n'avais jamais été amoureux avant Isabelle et aucune femme non plus n'avait été amoureuse de moi, à l'exception de Gros Cul mais c'était un autre problème, elle avait au moins cinquante-cinq ans lorsque je l'avais rencontrée, enfin c'est ce que je croyais à l'époque, elle aurait pu être ma mère me semblait-il, il n'était pas question d'amour de mon côté, l'idée ne m'était même pas venue, et l'amour sans espoir c'est autre chose, de très pénible il est vrai mais qui n'installe jamais la même proximité, la même sensibilité aux intonations de l'autre, pas même chez celui qui aime sans espoir, il est beaucoup trop perdu dans son attente frénétique et vaine pour garder la moindre lucidité, pour être capable d'interpréter correctement un signal quelconque ; en résumé j'étais dans une situation qui n'avait eu, dans ma vie, aucun précédent.

Nul ne peut voir par-dessus soi, écrit Schopenhauer pour faire comprendre l'impossibilité d'un échange d'idées entre deux individus d'un niveau intellectuel trop différent. À ce moment-là, de toute évidence, Isabelle pouvait voir *par-dessus moi* ; j'eus la prudence de me taire. Après tout, me dis-je, je pouvais aussi bien ne pas rencontrer la fille ; vu la minceur de mes relations, c'était même le plus probable.

Elle continuait à acheter les journaux français, enfin pas souvent, pas plus d'une fois par semaine, et de temps à autre me tendait un article avec un reniflement de mépris. C'est à peu près à la même époque que les médias français entamèrent une grande campagne en faveur de l'amitié, probablement lancée par *Le Nouvel Observateur*. « L'amour, ça peut casser ; l'amitié, jamais », tel était à peu près le thème des articles. Je ne comprenais pas l'intérêt d'asséner des absurdités pareilles ; Isabelle m'expliqua que c'était un *marronnier*, qu'on avait simplement affaire à une variation annuelle sur le thème : « Nous nous séparons, mais nous restons bons amis. » D'après elle, cela durerait encore quatre ou cinq ans avant que l'on puisse admettre que le passage de l'amour à l'amitié, c'est-à-dire d'un sentiment fort à un sentiment faible, était évidemment le prélude à la disparition de tout sentiment – sur le plan historique s'entend, car sur le plan individuel l'indifférence était de très loin la situation la plus favorable : ce n'était généralement pas en indifférence, encore moins en amitié, mais bel et bien en *haine* que se transformait l'amour une fois décomposé. À partir de cette remarque, je jetai les bases d'un scénario intitulé « DEUX MOUCHES PLUS TARD », qui devait constituer le point culminant – et terminal – de ma carrière cinématographique. Mon agent fut ravi d'apprendre que je me remettais au travail : deux ans et demi d'absence, c'est long. Il le fut moins en ayant entre les mains le produit fini. Je ne lui avais pas caché qu'il s'agissait d'un scénario de film, que je comptais réaliser et interpréter moi-même ; là n'était pas le problème, au contraire me dit-il, ça fait longtemps que les gens attendent, c'est bien qu'ils soient surpris, ça peut devenir *culte*. Le contenu, par contre... Franchement, est-ce que je n'allais pas un peu loin ?

Le film relatait la vie d'un homme dont la distraction favorite était de tuer les mouches à l'élastique (d'où le titre) ; en général, il les ratait – on avait quand même affaire à un long métrage de trois heures. La seconde distraction par ordre de préférence de cet homme cultivé, grand lecteur de Pierre Louÿs, était de se faire sucer la pine par des petites filles prépubères – enfin, quatorze ans au grand maximum ; ça marchait mieux qu'avec les mouches.

Contrairement à ce qu'ont répété par la suite des médias stipendiés, ce film ne fut pas un bide monumental ; il connut même un accueil triomphal dans certains pays étrangers, et dégagea en France d'assez confortables bénéfices, sans toutefois atteindre aux chiffres qu'on pouvait espérer compte tenu du caractère jusqu'à présent vertigineusement ascendant de ma carrière ; c'est tout.

Son insuccès critique, par contre, fut réel ; il me paraît aujourd'hui encore immérité. « Une peu reluisante pantalonnade » avait titré *Le Monde*, se démarquant habilement de ses confrères plus moralistes qui se posaient surtout, dans leurs éditoriaux, la question de l'interdiction. Certes il s'agissait d'une comédie, et la plupart des gags étaient faciles, voire vulgaires ; mais il y avait quand même certains dialogues, dans certaines scènes, qui me paraissent, avec le recul, être ce que j'ai produit de meilleur. En particulier en Corse, dans le long plan-séquence tourné sur les pentes du col de Bavella, où le héros (que j'interprétais) faisait visiter sa résidence secondaire à la petite Aurore (neuf ans), dont il venait de faire la conquête au cours d'un goûter Disney au Marineland de Bonifacio.

« C'est pas la peine d'habiter en Corse, lançait la fillette avec insolence, si c'est pour être dans un virage...

– Voir passer les voitures, répondait-il (répondais-je), c'est déjà un peu vivre. »

Personne n'avait ri ; ni au cours de la projection avec le public-test, ni lors de la première, ni au cours du festival de cinéma comique de Montbazon. Et pourtant, et pourtant, me disais-je, jamais je ne m'étais élevé aussi haut. Shakespeare aurait-il pu produire un tel dialogue ? Aurait-il seulement pu l'imaginer, le triste rustre ?

Au-delà du sujet bateau de la pédophilie (et même *Petit Bateau* ha ha ha, c'est comme ça que je m'exprimais à l'époque dans les interviews), ce film se voulait un vibrant plaidoyer contre l'*amitié*, et plus généralement contre l'ensemble des relations *non sexuelles*. De quoi en effet deux hommes auraient-ils bien pu *discuter*, à partir d'un certain âge ? Quelle raison deux hommes auraient-ils pu découvrir d'être ensemble, hormis bien sûr le cas d'un conflit d'intérêts, hormis aussi le cas où un projet quelconque (renverser un gouvernement, construire une autoroute, écrire un scénario de bande dessinée, exterminer les Juifs) les réunissait ? À partir d'un certain âge (je parle d'hommes d'un certain niveau d'intelligence, et non de brutes vieillies), il est bien évident que *tout est dit*. Comment un projet intrinsèquement aussi vide que celui de *passer un moment ensemble* aurait-il pu, entre deux hommes, déboucher sur autre chose que sur l'ennui, la gêne, et au bout du compte l'hostilité franche ? Alors qu'entre un homme et une femme il subsistait toujours, malgré tout, quelque chose : une petite attraction, un petit espoir, un petit rêve. Fondamentalement destinée à la controverse et au désaccord, la parole restait marquée par cette origine belliqueuse. La parole détruit, elle sépare, et lorsque entre un homme et une femme il ne demeure plus qu'elle on considère avec justesse que la relation est terminée. Lorsque au contraire elle est accompagnée, adoucie et en quelque sorte sanctifiée par les caresses, la parole elle-même peut prendre un sens différent, moins dramatique mais plus profond, celui d'un contrepoint intellectuel détaché, sans enjeu immédiat, libre.

Portant ainsi l'attaque non seulement contre l'amitié, mais contre l'ensemble des relations sociales dès l'instant qu'elles ne s'accompagnent d'aucun contact physique, ce film constituait – seul le magazine *Slut Zone* eut la pertinence de le noter – une apologie indirecte de la bisexualité, voire de l'hermaphrodisme. En somme, je renouais avec les Grecs. En vieillissant, on renoue toujours avec les Grecs.

Daniel24,7

Le nombre de récits de vie humains est de 6174, ce qui correspond à la première constante de Kaprekar. Qu'ils proviennent d'hommes ou de femmes, d'Europe ou d'Asie, d'Amérique ou d'Afrique, qu'ils soient ou non achevés, tous s'accordent sur un point, et d'ailleurs sur un seul : le caractère insoutenable des souffrances morales occasionnées par la vieillesse.

C'est sans doute Bruno1, dans sa concision brutale, qui en donne l'image la plus frappante lorsqu'il se décrit « plein de désirs de jeune avec un corps de vieux » ; mais tous les témoignages, je le répète, coïncident, que ce soit celui de Daniel1, mon lointain prédécesseur, ceux de Rachid1, Paul1, John1, Félicité1, ou celui, particulièrement poignant, d'Esperanza1. Vieillir, à aucun moment de l'histoire humaine, ne semble avoir été une partie de plaisir ; mais dans les années qui précédèrent la disparition de l'espèce c'était manifestement devenu à ce point atroce que le taux de morts volontaires, pudiquement rebaptisées *départs* par les organismes de santé publique, avoisinait les 100 %, et que l'âge moyen du départ, estimé à soixante ans sur l'ensemble du globe, approchait plutôt les cinquante dans les pays les plus avancés.

Ce chiffre était le résultat d'une longue évolution, à peine entamée à l'époque de Daniel1, où l'âge moyen des décès était beaucoup plus élevé, et le suicide des personnes âgées encore peu fréquent. Le corps enlaidi, détérioré des vieillards était cependant déjà l'objet d'un dégoût unanime, et ce fut sans doute la canicule de l'été 2003, particulièrement meurtrière en France, qui devait provoquer la première prise de conscience du phénomène. « La manif des vieux », avait titré *Libération* le lendemain du jour où furent connus les premiers chiffres – plus de dix mille personnes, en l'espace de deux semaines, étaient mortes dans le pays ; les unes étaient mortes seules dans leur appartement, d'autres à l'hôpital ou en maison de retraite, mais toutes quoi qu'il en soit étaient mortes *faute de soins*. Dans les semaines qui suivirent ce même journal publia une série de reportages atroces, illustrés de photos dignes des camps de concentration, relatant l'agonie des vieillards entassés dans des salles communes, nus sur leurs lits, avec des couches, gémissant tout le long du jour sans que personne ne vienne les réhydrater ni leur tendre un verre d'eau ; décrivant la ronde des infirmières, dans l'incapacité de joindre les familles en vacances, ramassant régulièrement les cadavres pour faire place à de nouveaux arrivants. « Des scènes indignes d'un pays moderne », écrivait le journaliste sans se rendre compte qu'elles étaient la preuve, justement, que la France était en train de devenir un pays moderne, que seul un pays authentiquement moderne était capable de traiter les vieillards comme de purs déchets, et qu'un tel mépris des ancêtres aurait été inconcevable en Afrique, ou dans un pays d'Asie traditionnel.

L'indignation convenue soulevée par ces images s'estompa vite, et le développement de l'euthanasie provoquée – ou, de plus en plus souvent, librement consentie – devait au cours des décennies qui suivirent résoudre le problème.

Il était recommandé aux humains d'aboutir, dans toute la mesure du possible, à un récit de vie *achevé*, ceci conformément à la croyance, fréquente à l'époque, que les derniers instants de vie pouvaient s'accompagner d'une sorte de révélation. L'exemple le plus souvent cité par les instructeurs était celui de Marcel Proust, qui, sentant la mort venir, avait eu pour premier réflexe de se précipiter sur le manuscrit de la *Recherche du temps perdu* afin d'y noter ses impressions au fur et à mesure de la progression de son trépas.

Bien peu, en pratique, eurent ce courage.

DANIEL1,8

« En somme, Barnabé, il faudrait disposer d'un puissant vaisseau, d'une poussée de trois cents kilotonnes. Alors, nous pourrions échapper à l'attraction terrestre et cingler parmi les satellites de Jupiter. »

Captain Clark

Préparation, tournage, postproduction, tournée promotionnelle restreinte (« DEUX MOUCHES PLUS TARD » était sorti simultanément dans la plupart des capitales européennes, mais je me limitai à la France et à l'Allemagne) : en tout, j'étais resté absent un peu plus d'un an. Une première surprise m'attendait à l'aéroport d'Almeria : un groupe compact d'une cinquantaine de personnes, massé derrière les barrières du couloir de sortie, brandissait des agendas, des tee-shirts, des affiches du film. Je le savais déjà d'après les premiers chiffres : le film, légèrement boudé à Paris, avait été un triomphe à Madrid – ainsi d'ailleurs qu'à Londres, Rome et Berlin ; j'étais devenu une star en Europe.

Le groupe une fois dispersé, j'aperçus, tassée sur un siège dans le fond du hall des arrivées, Isabelle. Là aussi, ce fut un choc. Habillée d'un pantalon et d'un tee-shirt informe, elle clignait des yeux en regardant dans ma direction avec un mélange de peur et de honte. Lorsque je fus à quelques mètres elle se mit à pleurer, les larmes ruisselaient le long de ses joues sans qu'elle essaie de les essuyer. Elle avait pris au moins vingt kilos. Même le visage, cette fois, n'avait pas été épargné : bouffie, couperosée, les cheveux gras et en désordre, elle était affreuse.

Évidemment Fox était fou de joie, sauta en l'air, me lécha le visage pendant un bon quart d'heure ; je sentais bien que ça n'allait pas suffire. Elle refusa de se déshabiller en ma présence, reparut vêtue d'un survêtement molletonné qu'elle portait pour dormir. Dans le taxi qui nous ramenait de l'aéroport, nous n'avions pas échangé une parole. Des bouteilles de Cointreau vides jonchaient le sol de la chambre ; le ménage, ceci dit, était fait.

J'avais suffisamment glosé, au cours de ma carrière, sur l'opposition entre l'érotisme et la tendresse, j'avais interprété tous les personnages : la fille qui va dans les gang-bangs et qui par ailleurs poursuit une relation très chaste, épurée, sororale, avec l'amour authentique de sa vie ; le benêt à demi impuissant qui l'accepte ; le partouzard qui en profite. La consommation, l'oubli, la misère. J'avais *déchiré de rire* des salles entières, avec ce genre de thèmes ; ça m'avait fait gagner, aussi, des sommes considérables. Il n'empêche que cette fois j'étais directement concerné, et que cette opposition entre l'érotisme et la tendresse m'apparaissait, avec une parfaite clarté, comme l'une des pires saloperies de notre époque, comme l'une de celles qui signent, sans rémission, l'arrêt de mort d'une civilisation. « Fini de rire, mon petit con… » me répétais-je avec une gaieté inquiétante (parce qu'en même temps la phrase tournait dans ma tête, je ne pouvais plus l'arrêter, et dix-huit comprimés d'Atarax n'y changèrent rien, il fallut au bout du compte que je me termine au Pastis-Tranxène). « Mais celui qui aime quelqu'un pour sa beauté, l'aime-t-il ? Non : car la vérole, qui tuera la beauté sans tuer la personne, fera qu'il ne l'aimera plus. » Pascal ne connaissait pas le Cointreau. Il est vrai aussi que, vivant à une époque où les corps étaient moins exhibés, il surestimait l'importance de la beauté du visage. Le pire est que ce n'était pas sa beauté, en premier lieu, qui m'avait attiré chez Isabelle : les femmes intelligentes m'ont toujours fait bander. À vrai dire l'intelligence n'est pas très utile dans les rapports sexuels, elle ne sert à peu près qu'à une chose : savoir à quel moment il convient de poser sa main sur la bite de l'homme dans les lieux publics. Tous les hommes aiment ça, c'est la domination du singe, des résidus de ce genre, il serait stupide de l'ignorer ; reste à choisir le moment, et l'endroit. Certains hommes préfèrent que ce soit une femme qui soit témoin du geste indécent ; d'autres, probablement un peu pédés ou très dominateurs, préfèrent que ce soit un autre homme ; d'autres enfin ne goûtent rien tant qu'un couple au regard complice. Certains préfèrent les trains, d'autres les piscines, d'autres les boîtes de nuit ou les bars ; une femme intelligente sait cela. Enfin, j'avais quand même de bons souvenirs avec Isabelle. Sur la fin de la nuit je pus atteindre à des pensées plus douces, et quasi nostalgiques ; pendant ce temps, à mes côtés, elle ronflait comme une vache. L'aube venant, je m'aperçus que ces souvenirs s'effaceraient, eux aussi, assez vite ; c'est alors que j'optai pour le Pastis-Tranxène.

Sur le plan pratique il n'y avait pas de problème immédiat, nous avions dix-sept chambres. Je m'installai dans une de celles qui dominaient les falaises et la mer ; Isabelle, apparemment, préférait contempler l'intérieur des terres. Fox allait d'une pièce à l'autre, ça l'amusait beaucoup ; il n'en souffrait pas plus qu'un enfant du divorce de ses parents, plutôt moins je dirais.

Est-ce que ça pouvait continuer longtemps comme ça ? Eh bien, malheureusement, oui. Durant mon absence, j'avais reçu sept cent trente-deux fax (et je dois reconnaître, là aussi, qu'elle avait régulièrement changé la pile de feuilles) ; je pouvais passer le restant de mes jours à courir d'invitation en festival. De temps en temps, je passerais : une petite caresse à Fox, un petit Tranxène, et hop. Pour l'instant, quoi qu'il en soit, j'avais besoin d'un repos absolu. J'allais donc à la plage, seul évidemment, je me branlais un petit peu sur la terrasse en matant les adolescentes à poil (moi aussi j'avais acheté un télescope, mais ce n'était pas pour regarder les étoiles, ha ha ha), enfin je gérais. Je gérais plus ou moins bien ; je faillis quand même me jeter du haut de la falaise trois fois en l'espace de deux semaines.

Je revis Harry, il allait bien ; Truman, par contre, avait pris un coup de vieux. Nous fûmes réinvités à dîner, en compagnie cette fois d'un couple de Belges qui venait de s'installer dans la région. Harry m'avait présenté l'homme comme un *philosophe belge*. En réalité, après son doctorat de philosophie, il avait passé un concours administratif, puis mené la vie terne d'un contrôleur des impôts (avec conviction d'ailleurs, car, sympathisant socialiste, il croyait aux bienfaits d'une pression fiscale élevée). Il avait publié, de-ci de-là, quelques articles de philosophie dans des revues de tendance matérialiste. Sa femme, une sorte de gnome aux cheveux blancs et courts, avait elle aussi passé sa vie à l'Inspection des Impôts. Étrangement elle croyait à l'astrologie, et insista pour établir mon thème. J'étais Poissons ascendant Gémeaux, mais pour ce que j'en avais à foutre j'aurais bien pu être Caniche ascendant Pelleteuse, ha ha ha. Ce trait d'esprit me valut l'estime du philosophe, qui aimait à sourire des lubies de sa femme – ils étaient mariés depuis trente-trois ans. Lui-même avait toujours combattu les obscurantismes ; il était issu d'une famille très catholique, et, m'assura-t-il avec un tremblement dans la voix, cela avait été un grand obstacle à son épanouissement sexuel. « Que sont ces gens ? Que sont ces gens ? » me répétais-je avec désespoir en tripotant mes harengs (Harry s'approvisionnait dans un supermarché allemand d'Almeria lorsqu'une nostalgie le prenait de son Mecklembourg natal). De toute évidence les deux gnomes n'avaient pas eu de vie sexuelle, sinon, peut-être, vaguement procréative (la suite devait me démontrer, en effet, qu'ils avaient engendré un fils) ; ils ne faisaient simplement *pas partie* des gens qui ont accès à la sexualité. Ça ne les empêchait pas de s'indigner, de critiquer le pape, de se lamenter sur un sida qu'ils n'auraient jamais l'occasion d'attraper ; tout cela me donnait un peu envie de mourir, mais je me contins.

Heureusement Harry intervint, et la conversation s'éleva vers des sujets plus transcendants (les étoiles l'infini etc.), ce qui me permit d'attaquer mon plat de saucisses sans trembler. Naturellement, là non plus, le matérialiste et le teilhardien n'étaient pas d'accord (je pris conscience à ce moment qu'ils devaient se voir souvent, prendre plaisir à cet échange, et que ça pourrait durer comme ça pendant trente ans, sans modification notable, à leur satisfaction commune). On en vint à la mort. Après avoir milité toute sa vie pour une libération sexuelle qu'il n'avait pas connue, Robert le Belge militait maintenant pour l'euthanasie – qu'il avait, par contre, toutes chances de connaître. « Et l'âme ? et l'âme ? » haletait Harry. Leur petit show, en somme, était bien rodé ; Truman s'endormit à peu près en même temps que moi.

La harpe d'Hildegarde mit tout le monde d'accord. Ah, oui, la musique ; surtout à volume faible. Il n'y avait même pas de quoi en faire un sketch, me dis-je. Je ne parvenais plus à rire des benêts militants de l'immoralisme, le genre de remarque : « C'est quand même plus agréable d'être vertueux quand on a accès au vice », je ne pouvais plus. Je ne parvenais plus non plus à rire de l'affreuse détresse des quinquagénaires celluliteuses au désir d'amour fou, incomblé ; ni de l'enfant handicapé qu'elles avaient réussi à procréer en violant à moitié un autiste (« David est mon rayon de soleil »). Je ne parvenais plus, en somme, à rire de grand-chose ; j'étais en fin de carrière, c'est clair.

Il n'y eut pas d'amour, ce soir-là, en rentrant par les dunes. Il fallait bien en finir pourtant, et quelques jours plus tard Isabelle m'annonça sa décision de partir. « Je ne veux pas être un poids » dit-elle. « Je te souhaite tout le bonheur que tu mérites » dit-elle encore – et je continue à me demander si c'était une vacherie.

« Qu'est-ce que tu vas faire ? demandai-je.

– Rentrer chez ma mère, je suppose... En général, c'est ce que font les femmes dans ma situation, non ? »

Ce fut le seul moment, le seul, où elle laissa percer un peu d'amertume. Je savais que son père avait quitté sa mère, une dizaine d'années auparavant, pour une femme plus jeune ; le phénomène se développait, certes, mais enfin il n'avait rien de nouveau.

Nous nous comportâmes en couple civilisé. En tout, j'avais gagné quarante-deux millions d'euros ; Isabelle se contenta de la moitié des acquêts, sans demander de prestation compensatoire. Ça faisait quand même sept millions d'euros ; elle n'aurait rien d'une pauvresse.

« Tu pourrais faire un peu de tourisme sexuel... proposai-je. À Cuba, il y en a qui sont très gentils. »

Elle sourit, hocha la tête. « On préfère les pédés soviétiques... » dit-elle d'un ton léger, imitant furtivement ce style qui avait fait ma gloire. Puis elle reprit son sérieux, me regarda droit dans les yeux (c'était un matin très calme ; la mer était bleue, étale).

« Tu ne t'es toujours pas tapé de putes ? demanda-t-elle.

– Non.

– Eh bien moi non plus. »

Elle frissonna malgré la chaleur, baissa les yeux, les releva.

« Donc, reprit-elle, ça fait deux ans que tu n'as pas baisé ?

– Non.

– Eh bien moi non plus. »

Oh nous étions des petites biches, des petites biches sentimentales ; et nous allions en crever.

Il y eut encore le dernier matin, la dernière promenade ; la mer était toujours aussi bleue, les falaises aussi noires, et Fox trottait à nos côtés. « Je l'emmène, avait tout de suite dit Isabelle. C'est normal, il a été plus longtemps avec moi ; mais tu pourras le prendre quand tu veux. » Civilisés au possible.

Tout était déjà emballé, le camion de déménagement devait passer le lendemain pour transporter ses affaires jusqu'à Biarritz – sa mère, quoique ancienne enseignante, avait bizarrement choisi de finir ses jours dans cette région pleine de bourgeoises hyper-friquées qui la méprisaient au dernier degré.

Nous attendîmes encore quinze minutes, ensemble, le taxi qui l'emmènerait à l'aéroport. « Oh, la vie passera vite... » dit-elle. Elle se parlait plutôt à elle-même, il me semble ; je ne répondis rien. Une fois montée dans le taxi, elle me fit un dernier petit signe de la main. Oui ; maintenant, les choses allaient être très calmes.

DANIEL24,8

Il n'est généralement pas d'usage d'abréger les récits de vie humains, quels que soient la répugnance ou l'ennui que leur contenu nous inspire. Ce sont justement cette répugnance, cet ennui qu'il convient de développer en nous, afin de nous démarquer de l'espèce. C'est à cette condition, nous avertit la Sœur suprême, que sera rendu possible l'avènement des Futurs.

Si je déroge ici à cette règle, conformément à une tradition ininterrompue depuis Daniel17, c'est que les quatre-vingt-dix pages suivantes du manuscrit de Daniel1 ont été rendues complètement caduques par l'évolution scientifique*. À l'époque où vivait Daniel1, on attribuait souvent à l'impuissance masculine des causes psychologiques ; nous savons aujourd'hui qu'il s'agissait essentiellement d'un phénomène hormonal, où les causes psychologiques n'intervenaient que pour une part minime et toujours réversible.

Méditation tourmentée sur le déclin de la virilité, entrecoupée de la description à la fois pornographique et déprimante de tentatives ratées avec différentes prostituées

* Le lecteur curieux les trouvera cependant en annexe au commentaire de Daniel17, à la même adresse IP.

andalouses, ces quatre-vingt-dix pages contiennent cependant pour nous un enseignement, parfaitement résumé par Daniel17 dans les lignes suivantes, que j'extrais de son commentaire :

« Le vieillissement de la femelle humaine était en somme la dégradation d'un si grand nombre de caractéristiques, tant esthétiques que fonctionnelles, qu'il est bien difficile de déterminer laquelle était la plus douloureuse, et qu'il est presque impossible, dans la plupart des cas, de donner une cause univoque au choix terminal.

« La situation est, semble-t-il, très différente en ce qui concerne le mâle humain. Soumis à des dégradations esthétiques et fonctionnelles autant, voire plus nombreuses que celles qui atteignaient la femelle, il parvenait cependant à les surmonter tant qu'étaient maintenues les capacités érectiles de la verge. Lorsque celles-ci disparaissaient de manière irrémédiable, le suicide intervenait en général dans les deux semaines.

« C'est sans doute cette différence qui explique une curieuse observation statistique déjà faite par Daniel3 : alors que, dans les dernières générations de l'espèce humaine, l'âge moyen du départ était de 54,1 ans chez les femmes, il s'élevait à 63,2 ans chez les hommes. »

DANIEL1,9

« Ce que tu nommes rêve est réel pour le guerrier. »
André Bercoff

Je revendis la Bentley, qui me rappelait trop Isabelle, et dont l'ostentation commençait à me gêner, pour acheter une Mercedes 600 SL – voiture en réalité aussi chère, mais plus discrète. Tous les Espagnols riches roulaient en Mercedes – ils n'étaient pas snobs, les Espagnols, ils flambaient normalement ; et puis un cabriolet, c'est mieux pour les gonzesses – localement dénommées *chicas*, ce qui me plaisait bien. Les annonces de la *Voz de Almeria* étaient explicites : *piel dorada*, *culito melocotón*, *guapisima*, *boca supersensual*, *labios expertos*, *muy simpática*, *complaciente*. Une bien belle langue, très expressive, naturellement adaptée à la poésie – à peu près tout peut y rimer. Il y avait les bars à putes, aussi, pour ceux qui avaient du mal à visualiser les descriptions. Physiquement les filles étaient bien, elles correspondaient au libellé de l'annonce, s'en tenaient au prix prévu ; pour le reste, bon. Elles mettaient la télévision ou le lecteur de CD beaucoup trop fort, réduisaient la lumière au maximum, enfin elles essayaient de s'abstraire ; elles n'avaient pas la vocation, c'est clair. On pouvait bien sûr les *obliger* à baisser le volume, à augmenter la lumière ; après tout elles attendaient un pourboire, et tous les éléments comptent. Il y a certainement des gens qui *jouissent* de ce type de rapports, j'imaginais très bien le genre ; je n'en faisais simplement pas partie. En plus la plupart étaient roumaines, biélorusses, ukrainiennes, enfin un de ces pays absurdes issus de l'implosion du bloc de l'Est ; et on ne peut dire que le communisme ait spécialement développé la sentimentalité dans les rapports humains : c'est plutôt la *brutalité*, dans l'ensemble, qui prédomine chez les ex-communistes – en comparaison la société balzacienne, issue de la décomposition de la royauté, semble un miracle de charité et de douceur. Il est bon de se méfier des doctrines de fraternité.

Ce n'est qu'après le départ d'Isabelle que je découvris vraiment le *monde des hommes*, au fil d'errances pathétiques le long des autoroutes à peu près désertes du centre et du sud de l'Espagne. Hormis au moment des week-ends et des départs en vacances, où l'on rencontre des familles et des couples, les autoroutes sont un univers à peu près exclusivement masculin, peuplé de représentants et de camionneurs, un monde violent et triste où les seules publications disponibles sont des revues pornos et des magazines de tuning automobile, où le tourniquet de plastique présentant un choix de DVD sous le titre « Tu mejores peliculas » ne permet en général que de compléter sa collection de *Dirty debutantes*. On parle peu de cet univers, et c'est vrai qu'il n'y a pas grand-chose à en dire ; aucun comportement nouveau ne s'y expérimente, il ne peut fournir de sujet valable à aucun magazine de société, en résumé c'est un monde mal connu, et qui ne gagne nullement à l'être. Je n'y nouai aucune amitié virile, et plus généralement ne me sentis proche de personne au cours de ces quelques semaines, mais ce n'était pas grave, dans cet univers personne n'est proche de personne, et même la complicité graveleuse des serveuses fatiguées moulant leur poitrine tombante dans un tee-shirt « Naughty Girl » ne pouvait, je le savais, qu'exceptionnellement déboucher sur une copulation tarifée et toujours trop rapide. Je pouvais à la rigueur déclencher une bagarre avec un chauffeur de poids lourds et me faire casser les dents sur un parking, au milieu des vapeurs de gas-oil ; c'était la seule possibilité d'aventure qui me soit au fond, dans cet univers, offerte. Je vécus ainsi un peu plus de deux mois, je claquai des milliers d'euros en payant des coupes de champagne français à des Roumaines abruties qui n'en refuseraient pas moins, dix minutes plus tard, de me sucer sans capote. C'est sur l'Autovia Mediterraneo, précisément à la sortie de Totana Sur, que je décidai de mettre fin à la pénible randonnée. J'avais garé ma voiture sur le dernier emplacement disponible dans le parking de l'hôtel-restaurant *Los Camioneros*, où j'entrai pour prendre une bière ; l'ambiance était exactement similaire à ce que j'avais pu connaître au cours des semaines précédentes, et je demeurai une dizaine de minutes sans vraiment fixer mon attention sur quoi que ce soit, uniquement conscient d'un accablement sourd, général, qui rendait mes mouvements plus incertains et plus las, et d'une certaine pesanteur gastrique. En sortant je me rendis compte qu'une Chevrolet Corvette garée n'importe comment, en travers, m'interdisait toute manœuvre. La perspective de retourner dans le bar, de rechercher le propriétaire suffisait à me plonger dans le découragement ; je m'adossai à un parapet de béton, essayant d'envisager la situation dans son ensemble, fumant des cigarettes surtout. Parmi toutes les voitures de sport disponibles sur le marché, la Chevrolet Corvette, par ses lignes inutilement et agressivement viriles, par son absence de véritable noblesse mécanique jointe à un prix somme toute modéré, est sans doute celle qui correspond le mieux à la notion de *bagnole de frimeur* ; sur quel sordide macho andalou allais-je pouvoir tomber ? Comme tous les individus de son type l'homme possédait sans doute une solide culture automobile, et était donc parfaitement à même de se rendre compte que ma voiture, plus discrète que la sienne, était trois fois plus chère. À l'affirmation virile qu'il avait posée en se garant de manière à m'interdire le passage s'ajoutait donc, sans doute, un arrière-fond de haine sociale, et j'étais en droit de m'attendre au pire. Il me fallut trois quarts d'heure, et un demi-paquet de Camel, avant de trouver le courage de revenir vers le bar.

Je repérai immédiatement l'individu, tassé à l'extrémité du comptoir devant une soucoupe de cacahuètes, et qui laissait tiédir sa bière en jetant de temps en temps un regard désespéré sur l'écran de télévision géant où des filles en mini-short faisaient onduler leur bassin au son d'un groove plutôt lent ; on avait visiblement affaire à une *soirée mousse*, les fesses des filles apparaissaient de plus en plus nettement moulées par les mini-shorts et le désespoir de l'homme augmentait. Il était petit, ventru, chauve, sans doute plus ou moins quinquagénaire, en costume-cravate, et je me sentis submergé par une vague de compassion attristée ; ce n'était certainement pas sa Chevrolet Corvette qui allait lui permettre de *lever des gonzesses*, elle le ferait passer tout au plus pour un *gros ringard*, et j'en venais à admirer le courage quotidien qui lui permettait, malgré tout, de rouler en Chevrolet Corvette. Comment une fille suffisamment jeune et sexy aurait-elle pu faire autre chose que *pouffer*, en voyant ce petit bonhomme sortir de sa Chevrolet Corvette ? Il fallait en finir, malgré tout, et je l'entrepris avec toute la souriante mansuétude dont je me sentais capable. Comme je le craignais il se montra d'abord belliqueux, essaya de prendre à témoin la serveuse – qui ne leva même pas les yeux de l'évier où elle lavait ses verres. Puis il me jeta un deuxième regard, et ce qu'il vit dut l'apaiser – je me sentais moi-même si vieux, si las, si malheureux et si médiocre : pour d'obscures raisons, dut-il conclure, le propriétaire de la Mercedes SL était lui aussi un *looser*, presque un compagnon d'infortune, et il tenta à ce moment d'établir une complicité masculine, m'offrit une bière, puis une seconde, et proposa de finir la soirée au « New Orleans ». Pour m'en débarrasser, je prétendis que j'avais encore une longue route à faire – c'est un argument que les hommes, en général, respectent. J'étais en réalité à moins de cinquante kilomètres de chez moi, mais je venais de me rendre compte que je pouvais aussi bien continuer mon *road movie* à domicile.

Une autoroute passait, en effet, à quelques kilomètres de ma résidence, et il y avait un établissement du même ordre. En sortant du *Diamond Nights*, je pris l'habitude d'aller sur la plage de Rodalquilar. Mon coupé Mercedes 600 SL roulait sur le sable ; j'actionnais la commande d'ouverture du toit : en vingt-deux secondes, il se transformait en cabriolet. C'était une plage splendide, presque toujours déserte, d'une platitude géométrique, au sable immaculé, environnée de falaises aux parois verticales d'un noir éclatant ; un homme doté d'un réel tempérament artistique aurait sans doute pu mettre à profit cette solitude, cette beauté. Pour ma part, je me sentais face à l'infini comme une puce sur une toile cirée. Toute cette beauté, ce sublime géologique, je n'en avais en fin de compte rien à foutre, je les trouvais même vaguement menaçants. « Le monde n'est pas un panorama », note sèchement Schopenhauer. J'avais probablement accordé trop d'importance à la sexualité, c'était indiscutable ; mais le seul endroit au monde où je m'étais senti bien c'était blotti dans les bras d'une femme, blotti au fond de son vagin ; et, à mon âge, je ne voyais aucune raison que ça change. L'existence de la chatte était déjà en soi une bénédiction, me disais-je, le simple fait que je puisse y être, et m'y sentir bien, constituait déjà une raison suffisante pour prolonger ce pénible périple. D'autres n'avaient pas eu cette chance. « La vérité, c'est que rien ne pouvait me convenir sur cette terre » note Kleist dans son journal immédiatement avant de se suicider sur les bords du Wannsee. Je pensais souvent à Kleist, ces temps-ci ; quelques-uns de ses vers avaient été gravés sur sa tombe :

Nun
O Unsterblichkeit
Bist du ganz mein.

J'y étais allé en février, j'avais fait le pèlerinage. Il y avait vingt centimètres de neige, des branches se tordaient sous le ciel gris, nues et noires, l'atmosphère était comme remplie de reptations. Chaque jour, un bouquet de fleurs fraîches était déposé sur sa tombe ; je n'ai jamais rencontré la personne qui accomplissait cette démarche. Goethe avait croisé Schopenhauer, il avait croisé Kleist, sans vraiment les comprendre : des Prussiens pessimistes, voilà ce qu'il en avait pensé, dans les deux cas. Les poèmes italiens de Goethe m'ont toujours fait gerber. Fallait-il être né sous un ciel uniformément gris, pour comprendre ? Je ne le pensais pas ; le ciel était d'un bleu éclatant, et nulle végétation ne rampait sur les falaises de Carboneras ; cela n'y changeait pas grand-chose. Non, décidément, je ne m'exagérais pas l'importance de la femme. Et puis, l'accouplement… l'évidence géométrique.

J'avais raconté à Harry qu'Isabelle était « en voyage » ; ça faisait déjà six mois, mais il n'avait pas l'air de s'en étonner, et semblait même avoir oublié son existence ; au fond, je crois qu'il s'intéressait assez peu aux êtres humains. J'assistai à un nouveau débat avec Robert le Belge, à peu près dans les mêmes conditions que le premier ; puis à un troisième, mais cette fois les Belges étaient flanqués de leur fils Patrick, qui était venu passer une semaine de vacances, et de sa compagne Fadiah, une négresse super bien roulée. Patrick pouvait avoir quarante-cinq ans et travaillait dans une banque au Luxembourg. Il me fit tout de suite bonne impression, en tout cas il avait l'air moins bête que ses parents – j'appris par la suite qu'il avait des responsabilités importantes, que beaucoup d'argent transitait par lui. Quant à Fadiah, elle ne pouvait pas avoir plus de vingt-cinq ans, et il était difficile de dépasser à son propos le plan du strict jugement érotique ; ça n'avait d'ailleurs pas l'air de la préoccuper outre mesure. Un bandeau blanc recouvrait partiellement ses seins, elle portait une mini-jupe moulante, et c'était à peu près tout. J'avais toujours été plutôt favorable à ce genre de choses ; cela dit, je ne bandais pas.

Le couple était élohimite, c'est-à-dire qu'ils appartenaient à une secte qui vénérait les Élohim, créatures extraterrestres responsables de la création de l'humanité, et qu'ils attendaient leur retour. Je n'avais jamais entendu parler de ces conneries, aussi écoutai-je, au cours du dîner, avec un peu d'attention. En somme, selon eux, tout reposait sur une erreur de transcription dans la Genèse : le Créateur, Élohim, ne devait pas être pris au singulier, mais au pluriel. Nos créateurs n'avaient rien de divin, ni de surnaturel ; ils étaient simplement des êtres matériels, plus avancés que nous dans leur évolution, qui avaient su maîtriser les voyages spatiaux et la création de la vie ; ils avaient également vaincu le vieillissement et la mort, et ne demandaient qu'à partager leurs secrets avec les plus méritants d'entre nous. Ah ah, me dis-je ; la voilà, la carotte.

Pour que les Élohim reviennent, et nous révèlent comment échapper à la mort, nous (c'est-à-dire l'humanité) devions auparavant leur construire une ambassade. Pas un palais de cristal aux murs d'hyacinthe et de béryl, non non, quelque chose de simple, moderne et sympa – avec le confort tout de même, le prophète croyait savoir qu'ils appréciaient les jacuzzis (car il y avait un prophète, qui venait de Clermont-Ferrand). Pour la construction de l'ambassade il avait d'abord songé, assez classiquement, à Jérusalem ; mais il y avait des problèmes, des querelles de voisinage, enfin ça tombait mal en ce moment. Une conversation à bâtons rompus avec un rabbin de la Commission des Messies (un organisme israélien spécialisé qui suivait les cas de ce genre) l'avait lancé sur une nouvelle piste. Les Juifs, de toute évidence, étaient mal situés. Lors de l'établissement d'Israël on avait bien sûr songé à la Palestine, mais aussi à d'autres endroits comme le Texas ou l'Ouganda – un peu dangereux, mais moins ; en résumé, conclut avec bonhomie le rabbin, il ne fallait pas se focaliser à l'excès sur les aspects géographiques. Dieu est partout, s'exclama-t-il, sa présence emplit l'Univers (je veux dire, s'excusa-t-il, pour vous les Élohim).

En fait pour le prophète, non, les Élohim étaient situés sur la planète des Élohim, de temps en temps ils voyageaient, c'est tout ; mais il s'abstint d'entrer dans une nouvelle controverse géographique, car la conversation l'avait édifié. Si les Élohim s'étaient déplacés jusqu'à Clermont-Ferrand, se dit-il, il devait y avoir à cela une raison, probablement liée au caractère géologique de l'endroit ; dans les zones volcaniques ça pulse bien, tout le monde sait ça. Voilà pourquoi, me dit Patrick, le prophète avait porté son choix, après une brève enquête, sur l'île de Lanzarote, dans l'archipel des Canaries. Le terrain était déjà acheté, la construction ne demandait qu'à démarrer.

Est-ce qu'il était par hasard en train de me suggérer que c'était le moment d'investir ? Non non, me rassura-t-il, de ce point de vue-là on est clairs, les cotisations sont minimes, n'importe qui peut venir vérifier les comptes quand il veut. Si tu savais ce que je fais parfois, au Luxembourg, pour d'autres clients... (nous nous étions tutoyés très vite), non vraiment s'il y a un point sur lequel on ne peut pas nous attaquer c'est bien celui-là.

En terminant mon verre de kirsch, je me dis que Patrick avait opté pour une synthèse originale entre les convictions matérialistes de son papa et les lubies astrales de sa maman. Il y eut ensuite la traditionnelle séance harpe-étoiles. « Waaoouh ! Grave !... » s'exclama Fadiah en apercevant les anneaux de Saturne, avant de se rallonger sur son transat. Décidément, décidément, le ciel de la région était très pur. Me retournant pour attraper la bouteille de kirsch, je vis qu'elle avait les cuisses écartées, et il me sembla dans l'obscurité qu'elle avait fourré une main sous sa jupe. Un peu plus tard, je l'entendis haleter. Donc, en observant les étoiles, Harry songeait au Christ Oméga ; Robert le Belge à je ne sais quoi, peut-être à l'hélium en fusion, ou à ses problèmes intestinaux ; Fadiah, elle, se branlait. À chacun selon son charisme.

DANIEL24,9

Une espèce de joie descend du monde sensible. Je suis rattaché à la Terre.

Les falaises, d'une noirceur intégrale, plongent aujourd'hui par paliers verticaux jusqu'à une profondeur de trois mille mètres. Cette vision, qui effraie les sauvages, ne m'inspire aucune terreur. Je sais qu'il n'y a pas de monstre dissimulé au fond de l'abîme ; il n'y a que le feu, le feu originel.

La fonte des glaces intervint au terme de la Première Diminution, et fit passer la population de la planète de quatorze milliards à sept cent millions d'hommes.

La Seconde Diminution fut plus graduelle ; elle se produisit tout au long du Grand Assèchement, et continue de nos jours.

La Troisième Diminution sera définitive ; elle reste à venir.

Nul ne connaît la cause du Grand Assèchement, du moins sa cause efficiente. On a bien entendu démontré qu'il venait de la modification de l'axe de rotation de la Terre sur le plan de son orbite ; mais l'événement est jugé très peu probable, en termes quantiques.

Le Grand Assèchement était une parabole nécessaire, enseigne la Sœur suprême ; une condition théologique au Retour de l'Humide.

La durée du Grand Assèchement sera longue, enseigne également la Sœur suprême.

Le Retour de l'Humide sera le signe de l'avènement des Futurs.

DANIEL1,10

« Dieu existe, j'ai marché dedans. »
anonyme

De mon premier séjour chez les Très Sains, je garde d'abord le souvenir d'un téléski dans la brume. Le stage d'été se déroulait en Herzégovine, ou dans une région de ce genre, surtout connue pour les conflits qui l'ensanglantèrent. C'était pourtant tout mignon, les chalets, l'auberge en bois sombre avec des rideaux aux carreaux blancs et rouges, des têtes de sangliers et de cerfs qui décoraient les murs, un kitsch Europe Centrale qui m'a toujours bien plu. « Ach, la guerre, folie des hommes, Gross Malheur… » me répétais-je en imitant involontairement l'intonation de Francis Blanche. J'étais depuis longtemps victime d'une sorte d'écholalie mentale, qui ne s'appliquait pas chez moi aux airs de chansons célèbres, mais aux intonations employées par les classiques du comique : lorsque je commençais par exemple à entendre Francis Blanche répéter : « KOL-LOS-SAL FU-SIL-LADE ! » comme il le fait dans *Babette s'en va-t-en en guerre* j'avais beaucoup de mal à retirer ça de ma tête, il fallait que je fasse un effort énorme. Avec de Funès, c'était encore pire : ses ruptures vocales, ses mimiques, ses gestes, j'en avais pour des heures entières, j'étais comme possédé.

Au fond j'avais beaucoup travaillé, me dis-je, j'avais passé ma vie à travailler sans relâche. Les acteurs que je connaissais à l'âge de vingt ans n'avaient eu aucun succès, c'est vrai, la plupart avaient même complètement renoncé au métier, mais il faut dire aussi qu'ils ne foutaient pas grand-chose, ils passaient leur temps à boire des pots dans des bars ou des boîtes branchées. Pendant ce temps je répétais, seul dans ma chambre, je passais des heures sur chaque intonation, sur chaque geste ; et *j'écrivais* mes sketches, aussi, je les écrivais réellement, il m'a fallu des années avant que ça ne me devienne facile. Si je travaillais autant, c'était probablement parce que je n'aurais pas été tout à fait capable de me distraire ; que je n'aurais pas été très à l'aise dans les bars et les boîtes branchées, dans les soirées organisées par les couturiers, dans les défilés VIP : avec mon physique ordinaire et mon tempérament introverti, j'avais très peu de chances d'être, d'entrée de jeu, le *roi de la fête*. Je travaillais, donc, à défaut d'autre chose ; et ma revanche, je l'avais eue. Dans ma jeunesse, au fond, j'étais dans le même état d'esprit qu'Ophélie Winter lorsqu'elle ruminait en pensant à son entourage : « Rigolez, mes petits cons. Plus tard c'est moi qui serai sur le podium, et je vous mettrai tous des doigts. » Elle avait déclaré ça dans une interview à *20 Ans*.

Il fallait que j'arrête de penser à *20 Ans*, aussi, il fallait que j'arrête de penser à Isabelle ; il fallait que j'arrête de penser à peu près à tout. Je fixai mon regard sur les pentes vertes, humides, j'essayai de ne plus voir que la brume – la brume m'avait toujours aidé. Les téléskis, dans la brume. Ainsi, entre deux guerres ethniques, ils trouvaient le moyen de faire du ski – il faut bien travailler ses abducteurs, me dis-je, et je jetai les bases d'un sketch mettant en scène deux tortionnaires échangeant leurs astuces de remise en forme dans une salle de musculation de Zagreb. C'était trop, je ne pouvais pas m'en empêcher : j'étais un bouffon, je resterais un bouffon, je crèverais comme un bouffon – avec de la haine, et des soubresauts.

Si j'appelais en moi-même les élohimites les Très Sains, c'est qu'ils étaient, en effet, extrêmement sains. Ils ne souhaitaient pas vieillir ; dans ce but ils s'interdisaient de fumer, ils prenaient des anti-radicaux libres et d'autres choses, qu'on trouve en général dans les boutiques de parapharmacie. Les drogues étaient plutôt mal vues. L'alcool était permis, sous forme de vin rouge – à raison de deux verres par jour. Ils étaient un peu *régime crétois*, si l'on veut. Ces instructions n'avaient, insistait le prophète, aucune portée morale. La santé, voilà l'objectif. Tout ce qui était sain, et donc en particulier tout ce qui était sexuel, était permis. On visualisait tout de suite, que ce soit sur le site Internet ou dans les brochures : un kitsch érotique plaisant, un peu fadasse, préraphaélite option gros seins, à la Walter Girotto. L'homosexualité masculine ou féminine était également présente, à doses plus restreintes, dans les illustrations : strictement hétérosexuel lui-même, le prophète n'avait rien d'un homophobe. Le cul, le con, chez le prophète tout était bon. Il m'accueillit lui-même, main tendue, vêtu de blanc, à l'aéroport de Zwork. J'étais leur premier vrai VIP, il avait tenu à faire un effort. Ils n'avaient qu'un tout petit VIP jusqu'à présent, un Français d'ailleurs, un artiste appelé

Vincent Greilsamer. Il avait quand même exposé une fois à Beaubourg – il est vrai que même Bernard Branxène a exposé à Beaubourg. Enfin c'était un petit quart de VIP, un VIP Arts Plastiques. Gentil garçon, du reste. Et, j'en fus tout de suite persuadé en le voyant, probablement bon artiste. Il avait un visage aigu, intelligent, un regard étrangement intense, presque mystique ; cela dit il s'exprimait normalement, avec intelligence, en pesant ses mots. Je ne savais pas du tout ce qu'il faisait, si c'était de la vidéo, des installations ou quoi, mais on sentait que ce type travaillait *vraiment*. Nous étions les deux seuls fumeurs déclarés – ce qui, outre notre statut de VIP, nous rapprocha. Nous n'allions quand même pas jusqu'à fumer en présence du prophète ; mais de temps en temps au cours des conférences on sortait ensemble s'en griller une, ce fut assez vite tacitement admis. Ah, VIPitude.

J'eus à peine le temps de m'installer, de me préparer un café soluble avant que ne démarre la première conférence. Pour assister aux « enseignements » il convenait de revêtir, par-dessus ses vêtements habituels, une longue tunique blanche. J'eus évidemment une légère sensation de ridicule en enfilant la chose, mais l'intérêt de l'accoutrement ne tarda pas à m'apparaître. Le plan de l'hôtel était très complexe, avec des passages vitrés réunissant les bâtiments, des demi-niveaux, des galeries souterraines, le tout avec des indications rédigées dans une langue bizarre qui évoquait vaguement le gallois, à laquelle de toute façon je ne comprenais rien, si bien qu'il me fallut une demi-heure pour retrouver mon chemin. Durant ce laps de temps je croisai une vingtaine de personnes qui cheminaient comme moi dans les couloirs déserts, et qui portaient comme moi de longues tuniques blanches. En arrivant dans la salle de conférences, j'avais l'impression d'être engagé dans une démarche spirituelle – alors que ce mot n'avait jamais eu le moindre sens pour moi, et n'en avait d'ailleurs toujours aucun. Cela n'avait pas de sens, mais j'y étais. L'habit fait le moine.

L'orateur du jour était un type très grand, très maigre, chauve, d'un sérieux impressionnant – lorsqu'il tentait de placer un effet comique, ça faisait un peu peur. En moi-même je l'appelai Savant, et en effet il était professeur de neurologie dans une université canadienne. À ma grande surprise ce qu'il avait à dire était intéressant, et même passionnant par endroits. L'esprit humain se développait, expliqua-t-il, par création et renforcement chimique progressif de circuits neuronaux de longueur variable – pouvant aller de deux à cinquante neurones, voire plus. Un cerveau humain comportant plusieurs milliards de neurones, le nombre de combinaisons, et donc de circuits possibles, était inouï – il dépassait largement, par exemple, le nombre de molécules de l'univers.

Le nombre de circuits utilisés était très variable d'un individu à l'autre, ce qui suffisait selon lui à expliquer les innombrables gradations entre l'imbécillité et le génie. Mais, chose encore plus remarquable, un circuit neuronal fréquemment emprunté devenait, par suite d'accumulations ioniques, de plus en plus facile à emprunter – il y avait en somme auto-renforcement progressif, et cela valait pour tout, les idées, les addictions, les humeurs. Le phénomène se vérifiait pour les réactions psychologiques individuelles comme pour les relations sociales : conscientiser ses blocages les renforçait ; mettre à plat les conflits entre deux personnes les rendait en général insolubles. Savant enchaîna alors sur une attaque impitoyable de la théorie freudienne, qui non seulement ne reposait sur aucune base physiologique consistante mais conduisait à des résultats dramatiques, directement contraires au but recherché. Sur l'écran derrière lui, la succession de schémas qui ponctuait son discours s'interrompit pour laisser la place à un bref et poignant documentaire consacré aux souffrances morales – parfois insoutenables – des vétérans du Vietnam. Ils n'arrivaient pas à oublier, faisaient des cauchemars toutes les nuits, ne pouvaient même plus conduire, traverser une rue sans aide, ils vivaient constamment dans la peur et il paraissait impossible de les réadapter à une vie sociale normale. On s'arrêta alors sur le cas d'un homme voûté, ridé, qui n'avait plus qu'une mince couronne de cheveux roux en désordre et qui semblait vraiment réduit à l'état de loque : il tremblait sans arrêt, ne parvenait plus à sortir de chez lui, il avait besoin d'une assistance médicale permanente ; et il souffrait, il souffrait sans discontinuer. Dans l'armoire de sa salle à manger il conservait un petit flacon rempli de terre du Vietnam ; chaque fois qu'il ouvrait l'armoire et ressortait le flacon, il fondait en larmes.

« Stop » dit Savant. « Stop. » L'image s'immobilisa sur le gros plan du vieillard en larmes. « Stupidité » continua Savant. « Entière et complète stupidité. La première chose que cet homme devrait faire, c'est prendre son flacon de terre du Vietnam et le balancer par la fenêtre. Chaque fois qu'il ouvre l'armoire, qu'il sort son flacon – et il le fait parfois jusqu'à cinquante fois par jour –, il renforce le circuit neuronal, et se condamne à souffrir un peu plus. De la même manière, chaque fois que nous ressassons notre passé, que nous revenons sur un épisode douloureux – et c'est à peu près à cela que se résume la psychanalyse –, nous augmentons les chances de le reproduire. Au lieu d'avancer, nous nous enterrons. Quand nous traversons un chagrin, une déception, quelque chose qui nous empêche de vivre, nous devons commencer par déménager, brûler les photos, éviter d'en parler à quiconque. Les souvenirs refoulés s'effacent ; cela peut prendre du temps, mais ils s'effacent bel et bien. Le circuit se désactive. »

« Des questions ? » Non, il n'y avait pas de questions. Son exposé, qui avait duré plus de deux heures, avait été remarquablement clair. En entrant dans la salle des déjeuners j'aperçus Patrick qui se dirigeait vers moi, tout sourire, la main tendue. Est-ce que j'avais fait bon voyage, est-ce que j'étais bien installé, etc. ? Alors que nous devisions plaisamment une femme m'enlaça par-derrière, frottant son pubis contre mes fesses, posant ses mains à hauteur de mon bas-ventre. Je me retournai : Fadiah avait enlevé sa tunique blanche pour revêtir une sorte de body en vinyle léopard ; elle avait l'air en pleine forme. Tout en continuant à frotter son pubis contre moi elle s'enquit, elle aussi, de mes premières impressions. Patrick considérait la scène avec bonhomie. « Oh, elle fait ça avec tout le monde… » me dit-il alors que nous nous dirigions vers une table où se trouvait déjà assis un homme d'une cinquantaine d'années, de forte carrure, aux cheveux drus et gris coupés en brosse. Il se leva pour m'accueillir, me serra la main en m'observant avec attention. Pendant le repas il ne dit pas grand-chose, se contentant de temps à autre d'ajouter un point de détail sur la logistique du stage, mais je sentais qu'il m'étudiait. Il s'appelait Jérôme Prieur, mais en moi-même je le baptisai immédiatement Flic. Il était en fait le bras droit du prophète, le numéro 2 de l'organisation (enfin ils appelaient ça autrement, il y avait tout un tas de titres du genre « archi-évêque du septième rang », mais c'était le sens). On progressait à l'ancienneté et au mérite, comme dans toutes les organisations, me dit-il sans sourire ; à l'ancienneté et au mérite. Savant par exemple, bien qu'il ne soit élohimite que depuis cinq ans, était numéro 3. Quant au numéro 4, il fallait absolument qu'il me le présente, insista Patrick, il appréciait beaucoup ce que je faisais, il avait lui-même beaucoup d'humour. « Oh, l'humour… » me retins-je de répondre.

La conférence de l'après-midi était assurée par Odile, une femme d'une cinquantaine d'années qui avait eu le même genre de vie sexuelle que Catherine Millet, et qui d'ailleurs lui ressemblait un peu. Elle avait l'air d'une femme sympa, sans problèmes – toujours comme Catherine Millet – mais son exposé était un peu mou. Je savais qu'il y avait des femmes comme Catherine Millet, qui partageaient le même genre de goûts – j'estimais le pourcentage à environ une sur cent mille, il me paraissait invariant dans l'histoire, et peu appelé à évoluer. Odile s'anima vaguement en évoquant les probabilités de contamination par le virus du sida en fonction de l'orifice concerné – c'était visiblement son dada, elle avait réuni tout un tas de chiffres. Elle était en fait vice-présidente de l'association « Couples contre le sida », qui s'efforçait de mener à ce sujet une information intelligente – c'est-à-dire permettant aux gens de n'utiliser un préservatif que quand c'était absolument indispensable. Je n'avais pour ma part jamais utilisé de préservatif, et ce n'est pas à mon âge, et avec l'évolution des trithérapies, que j'allais m'y mettre – à supposer que j'aie de nouveau l'occasion de baiser ; au point où j'en étais, même, la perspective de baiser, et de baiser avec plaisir, me paraissait une motivation largement suffisante pour envisager de terminer l'affaire.

L'objectif principal de la conférence était d'énumérer les restrictions et les contraintes que les élohimites faisaient peser sur la sexualité. C'était assez simple : il n'y en avait aucune – entre *adultes consentants*, comme on dit.

Cette fois, il y eut des questions. La plupart portaient sur la pédophilie, sujet sur lequel les élohimites avaient eu des procès – enfin, qui n'a pas eu de procès sur la pédophilie de nos jours ? La position du prophète, qu'Odile pouvait ici rappeler, était extrêmement claire : il existe un moment dans la vie humaine qui s'appelle la *puberté*, où apparaît le désir sexuel – l'âge, variant selon les individus et les contrées, s'échelonnant entre onze et quatorze ans. Faire l'amour avec quelqu'un qui ne le souhaite pas, ou qui n'est pas en mesure de formuler un consentement éclairé, *ergo* un prépubère, est *mal* ; quant à ce qui pouvait se passer après la puberté, cela se situait évidemment en dehors de tout jugement moral, et il n'y avait à peu près rien d'autre à en dire. La fin d'après-midi s'enlisait dans le bon sens, et je commençais à avoir besoin d'un apéritif ; ils étaient quand même un peu chiants, pour ça. Heureusement j'avais des réserves dans ma valise, et en tant que VIP on m'avait alloué une *single*, bien sûr. Sombrant après le repas dans une ivresse légère, seul dans mon lit *king size* aux draps immaculés, je fis une sorte de bilan de cette première journée. Beaucoup d'adhérents, c'était une surprise, avaient oublié d'être cons ; et beaucoup de femmes, chose encore plus surprenante, avaient oublié d'être moches. Il est vrai, aussi, qu'elles ne reculaient devant aucun moyen pour se mettre en valeur. Les enseignements du prophète à ce sujet étaient constants : si l'homme devait faire un effort pour réprimer sa part de masculinité (le machisme n'avait que trop ensanglanté le monde, s'exclamait-il avec émotion dans les différentes interviews que j'avais visionnées sur son site Internet), la femme pouvait au contraire faire exploser sa féminité, et l'exhibitionnisme qui lui est consubstantiel, à travers toutes les tenues scintillantes, transparentes ou moulantes que l'imagination des couturiers et créateurs divers avait mises à sa disposition : rien ne pouvait être plus agréable et excellent, aux yeux des Élohim.

C'est ce qu'elles faisaient, donc, et au repas du soir il y avait déjà une certaine tension érotique, légère mais constante. Je sentais que ça n'allait pas cesser de s'aggraver, tout au long de la semaine ; je sentais aussi que je n'allais pas réellement en souffrir, et que je me contenterais de me biturer paisiblement en regardant les bancs de brume dériver dans le clair de lune. La fraîcheur des pâturages, les vaches Milka, la neige sur les sommets : un bien bel endroit pour oublier, ou pour mourir.

Le lendemain matin, le prophète lui-même fit son apparition pour la première conférence : tout de blanc vêtu il bondit sur scène, sous la lumière des projecteurs, au milieu d'applaudissements énormes, d'entrée de jeu c'était la *standing ovation*. Vu de loin, je me suis dit qu'il ressemblait un peu à un singe – sans doute le rapport entre la longueur des membres antérieurs et postérieurs, ou la posture générale, je ne sais pas, ce fut très fugitif. Il n'avait pas l'air, cela dit, d'un mauvais singe : singe crâne aplati, jouisseur, sans plus.

Il ressemblait aussi, indiscutablement, à un Français : le regard ironique, pétillant de malice et de goguenardise, on l'aurait parfaitement imaginé dans un Feydeau.

Il ne faisait pas du tout ses soixante-cinq ans.

« Quel sera le nombre des élus ? attaqua d'entrée de jeu le prophète. Sera-t-il de 1 729, plus petit nombre décomposable de deux manières différentes en somme de deux cubes ? Sera-t-il de 9 240, qui possède 64 diviseurs ? Sera-t-il de 40 755, simultanément triangulaire, pentagonal et hexagonal ? Sera-t-il de 144 000, comme le veulent nos amis les Témoins de Jéhovah – une vraie secte dangereuse, elle, soit dit en passant ? »

En tant que professionnel, je dois le reconnaître : sur scène, il était très bon. J'étais pourtant mal réveillé, le café de l'hôtel était infect ; mais il m'avait capté.

« Sera-t-il de 698 896, carré palindrome ? poursuivit-il. Sera-t-il de 12 960 000, second nombre géométrique de Platon ? Sera-t-il de 33 550 336, le cinquième nombre parfait, figurant sous la plume d'un anonyme dans un manuscrit médiéval ? »

Il s'immobilisa exactement au centre des rayons des projecteurs, marqua une longue pause avant de reprendre : « Sera élu quiconque l'aura souhaité dans son cœur – pause plus légère – et se sera comporté en conséquence. »

Il enchaîna ensuite, assez logiquement, sur les conditions de l'élection, avant de passer à l'édification de l'ambassade – le sujet, visiblement, lui tenait à cœur. La conférence dura un peu plus de deux heures, et franchement c'était bien mis en place, du bon boulot, je ne fus pas le dernier à applaudir. J'étais assis à côté de Patrick, qui me souffla à l'oreille : « Il est vraiment très en forme, cette année... »

Alors que nous quittions la salle de conférences pour aller déjeuner, nous fûmes interceptés par Flic. « Tu es invité à la table du prophète... » me dit-il avec gravité. « Toi aussi, Patrick... » ajouta-t-il ; celui-ci rougit de plaisir, cependant que je faisais un peu d'hyperventilation pour me détendre. Flic avait beau faire, même lorsqu'il vous annonçait une bonne nouvelle, il s'y prenait de telle sorte qu'il vous foutait les jetons.

Un pavillon entier de l'hôtel était réservé au prophète ; il y jouissait de sa propre salle à manger. En patientant devant l'entrée où une jeune fille échangeait des messages dans son talkie-walkie, nous fûmes rejoints par Vincent, le VIP Arts Plastiques, conduit par un subordonné de Flic.

Le prophète peignait, et l'ensemble du pavillon était décoré de ses œuvres, qu'il avait fait venir de Californie pour la durée du stage. Elles représentaient uniquement des femmes nues, ou vêtues de tenues suggestives, au milieu de paysages variés allant du Tyrol aux Bahamas ; je compris alors d'où venaient les illustrations des brochures et du site Internet. En traversant le couloir je remarquai que Vincent détournait son regard des toiles, et avait du mal à réprimer un rictus de dégoût. Je m'approchai à mon tour avant de reculer, écœuré : le mot de « kitsch », pour qualifier ces productions, aurait été bien faible ; de près, je crois que je n'avais jamais rien vu d'aussi laid.

Le clou de l'exposition était situé dans la salle à manger, une pièce immense éclairée de baies vitrées donnant sur les montagnes : derrière la place du prophète, un tableau de huit mètres sur quatre le représentait entouré de douze jeunes femmes vêtues de tuniques translucides qui tendaient les bras vers lui, certaines avec une expression d'adoration, d'autres avec des mimiques nettement plus suggestives. Il y avait des Blanches, des Noires, une Asiatique et deux Indiennes ; au moins, le prophète n'était pas raciste. Il était par contre visiblement obsédé par les gros seins, et aimait les toisons pubiennes passablement fournies ; en somme, cet homme avait des goûts simples.

En attendant le prophète Patrick me présenta Gérard, l'humoriste, et numéro 4 de l'organisation. Il devait ce privilège au fait d'être l'un des premiers compagnons du prophète. Il était déjà à ses côtés lors de la création de la secte, trente-sept ans auparavant, et lui était resté fidèle malgré ses volte-face parfois surprenantes. Parmi les quatre « compagnons de la première heure » l'un était décédé, l'autre adventiste, et le troisième était parti quelques années auparavant lorsque le prophète avait appelé à voter pour Jean-Marie Le Pen contre Jacques Chirac au second tour de l'élection présidentielle, dans le but d'« accélérer la décomposition de la pseudo-démocratie française » – un peu comme les maoïstes, dans leurs heures de gloire, avaient appelé à voter Giscard contre Mitterrand afin d'aggraver les contradictions du capitalisme. Il ne demeurait donc que Gérard, et cette ancienneté lui valait certains privilèges, comme celui de déjeuner tous les jours à la table du prophète – ce qui n'était pas le cas de Savant, ni même de Flic – ou d'ironiser parfois sur ses caractéristiques physiques – de parler par exemple de son

« gros cul », ou de ses « yeux en trou de pine ». Il apparut dans la conversation que Gérard me connaissait bien, qu'il avait vu tous mes spectacles, qu'il me suivait en fait depuis le début de ma carrière. Vivant en Californie, parfaitement indifférent d'ailleurs à toute production d'ordre culturel (les seuls acteurs qu'il connaissait de nom étaient Tom Cruise et Bruce Willis), le prophète n'avait jamais entendu parler de moi ; c'était à Gérard, et à Gérard uniquement, que je devais mon statut de VIP. C'était lui, également, qui s'occupait de la presse, et des relations avec les médias.

Enfin le prophète apparut, tout sautillant, douché de frais, vêtu d'un jean et d'un tee-shirt « Lick my balls », une besace à l'épaule. Tous se levèrent ; je les imitai. Il vint vers moi, main tendue, tout sourire : « Alors ? Tu m'as trouvé comment ? » Je restai quelques secondes interloqué avant de me rendre compte que sa question ne dissimulait aucun piège : il me parlait exactement comme à un *confrère*. « Euh… bien. Franchement, très bien… répondis-je. J'ai beaucoup apprécié l'entrée en matière sur le nombre des élus, avec tous les chiffres. – Ah, ha ha ha !... », il sortit un livre de sa besace, *Mathématiques amusantes*, de Jostein Gaardner : « C'est là, tout est là ! » Il s'assit en se frottant les mains, attaqua aussitôt ses carottes râpées ; nous l'imitâmes.

Probablement en mon honneur, la conversation roula ensuite sur les comiques. Humoriste en savait beaucoup sur la question, mais le prophète avait lui aussi quelques notions, il avait même connu Coluche à ses débuts. « Nous avons été à l'affiche du même spectacle, un soir, à Clermont-Ferrand… » me dit-il avec nostalgie. En effet, à l'époque où les maisons de disques, traumatisées par l'arrivée du rock en France, enregistraient un peu n'importe quoi, le prophète (qui n'était pas encore prophète) avait commis un 45 tours sous le nom de scène de Travis Davis ; il avait tourné un peu dans la région Centre, et les choses en étaient restées là. Plus tard, il avait tenté de percer dans la course automobile – sans grand succès, là non plus. En somme, il s'était un peu cherché ; la rencontre avec les Élohim arrivait à point nommé : sans elle, on aurait peut-être eu affaire à un deuxième Bernard Tapie. Aujourd'hui il ne chantait plus guère, mais il avait gardé un vrai goût pour les voitures rapides, ce qui avait permis aux médias d'affirmer qu'il entretenait, dans sa propriété de Beverly Hills, une véritable écurie de course aux frais de ses adeptes. C'était entièrement faux, m'affirma-t-il. D'abord il ne vivait pas à Beverly Hills, mais à Santa Monica ; ensuite il ne possédait qu'une Ferrari Modena Stradale (version légèrement surmotorisée de la Modena ordinaire, et allégée par l'emploi de carbone, de titane et d'aluminium) et une Porsche 911 GT2 ; en somme, plutôt moins qu'un acteur hollywoodien moyen. Il est vrai qu'il envisageait de remplacer sa Stradale par une Enzo, et sa 911 GT2 par une Carrera GT ; mais il n'était pas certain d'en avoir les moyens.

J'étais assez tenté de le croire : il me donnait l'impression d'un homme à femmes beaucoup plus que d'un homme d'argent, et les deux ne sont compatibles que jusqu'à un certain point – à partir d'un certain âge, deux passions, c'est trop ; heureux, déjà, ceux qui parviennent à en conserver une ; j'avais vingt ans de moins que lui, et à l'évidence j'étais déjà proche de zéro. Pour alimenter j'évoquai ma Bentley Continental GT, que je venais de troquer pour une Mercedes 600 SL – ce qui, j'en étais conscient, pouvait apparaître comme un embourgeoisement. S'il n'y avait pas de voitures, on se demande vraiment de quoi les hommes pourraient parler.

Pas un mot ne fut prononcé, au cours de ce déjeuner, au sujet des Élohim, et au fil de la semaine je commençai à me poser la question : y croyaient-ils vraiment ? Il n'y a rien de plus difficile à détecter qu'une schizophrénie cognitive légère, et pour la plupart des adeptes je fus incapable de me prononcer. Patrick, manifestement, y croyait, ce qui était d'ailleurs un peu inquiétant : voilà un homme qui occupait un poste important dans sa banque luxembourgeoise, par lequel transitaient des sommes dépassant parfois le milliard d'euros, et qui croyait à des fictions directement contraires aux thèses darwiniennes les plus élémentaires.

Un cas qui m'intriguait encore plus était celui de Savant, et je finis par lui poser directement la question – avec un homme d'une telle intelligence, je me sentais incapable de finasser. Sa réponse, comme je m'y attendais, fut d'une clarté parfaite. Un, il était tout à fait possible, et même probable, que des espèces vivantes, dont certaines suffisamment intelligentes pour créer ou manipuler la vie, soient apparues quelque part dans l'Univers. Deux, l'homme était bel et bien apparu par voie évolutive, et sa création par les Élohim ne devait donc être prise que comme une métaphore – il me mit cependant en garde contre une croyance trop aveugle dans la vulgate darwinienne, de plus en plus abandonnée par les chercheurs sérieux ; l'évolution des espèces devait en réalité bien moins à la sélection naturelle qu'à la dérive génétique, c'est-à-dire au hasard pur, et à l'apparition d'isolats géographiques ou de biotopes séparés. Trois, il était tout à fait possible que le prophète ait rencontré, non un extraterrestre, mais un homme du futur ; certaines interprétations de la mécanique quantique n'excluaient nullement la possibilité de remontée d'informations, voire d'entités matérielles, dans le sens inverse de la flèche du temps – il me promit de me fournir une documentation sur le sujet, ce qu'il fit peu après la fin du stage.

Enhardi, je l'entrepris alors sur un sujet qui, depuis le début, me préoccupait : la promesse d'immortalité faite aux élohimites. Je savais que, sur chaque adepte, quelques cellules de peau étaient prélevées, et que la technologie moderne permettait une conservation illimitée ; je n'avais aucun doute sur le fait que les difficultés mineures empêchant actuellement le clonage humain seraient tôt ou tard levées ; mais la personnalité ? Comment le nouveau clone aurait-il, si peu que ce soit, le souvenir du passé de son ancêtre ? Et en quoi, si la mémoire n'était pas conservée, aurait-il le sentiment d'être le même être, réincarné ?

Pour la première fois je sentis dans son regard autre chose que la froide compétence d'un esprit habitué aux notions claires, pour la première fois j'eus l'impression d'une excitation, d'un enthousiasme. C'était son sujet, celui auquel il avait consacré sa vie. Il m'invita à l'accompagner au bar, commanda pour lui un chocolat bien crémeux, je pris un whisky – il ne parut même pas s'apercevoir de cette entorse aux règles de la secte. Des vaches s'approchèrent derrière la baie vitrée et s'immobilisèrent comme pour nous observer.

« Des résultats intéressants ont été obtenus chez certains némathelminthes, commença-t-il, par simple centrifugation des neurones impliqués et injection de l'isolat protéique dans le cerveau du nouveau sujet : on obtient une reconduction des réactions d'évitement, en particulier celles liées aux chocs électriques, et même du trajet dans certains labyrinthes simples. »

J'eus l'impression, à ce moment, que les vaches hochaient la tête ; mais il ne remarquait pas, non plus, les vaches.

« Ces résultats, évidemment, ne sont pas transposables aux vertébrés, et encore moins aux primates évolués tel que l'homme. Je suppose que vous vous rappelez ce que j'ai dit le premier jour du stage concernant les circuits de neurones... Eh bien la reproduction d'un tel dispositif est envisageable, non pas dans les ordinateurs tels que nous les connaissons, mais dans un certain type de machine de Turing, qu'on pourrait appeler les automates à câblage flou, sur lesquels je travaille en ce moment. Contrairement aux calculateurs classiques, les automates à câblage flou sont capables d'établir des connexions variables, évolutives, entre unités de calcul adjacentes ; ils sont donc capables de mémorisation et d'apprentissage. Il n'y a pas de limite *a priori* au nombre d'unités de calcul pouvant être mises en relation, et donc à la complexité des circuits envisageables. La difficulté à ce stade, et elle est considérable, consiste à établir une relation bijective entre les neurones d'un cerveau humain, pris dans les quelques minutes suivant son décès, et la mémoire d'un automate non programmé. La durée de vie de ce dernier étant à peu près illimitée, l'étape suivante consiste à réinjecter l'information dans le sens inverse, vers le cerveau du nouveau clone ; c'est la phase du *downloading*, qui, j'en suis persuadé, ne présentera aucune difficulté particulière une fois que l'*uploading* aura été mis au point. »

La nuit tombait ; les vaches se détournèrent peu à peu, regagnant leurs pâturages, et je ne pouvais pas m'empêcher de penser qu'elles se désolidarisaient de son optimisme. Avant de nous quitter, il me remit sa carte : professeur Slotan Miskiewicz, de l'université de Toronto. Cela avait été un plaisir de converser avec moi, me dit-il, un vrai plaisir ; si je souhaitais des informations complémentaires, que je n'hésite surtout pas à lui envoyer un mail. Ses recherches avançaient bien en ce moment, il avait bon espoir de réaliser des progrès significatifs dans l'année à venir, répéta-t-il avec une conviction qui me parut un peu forcée.

Ce fut une véritable délégation qui m'accompagna le jour de mon départ à l'aéroport de Zwork : en plus du prophète il y avait Flic, Savant, Humoriste et d'autres adhérents moins considérables parmi lesquels Patrick, Fadiah et Vincent, le VIP Arts Plastiques, avec lequel j'avais décidément sympathisé – nous échangeâmes nos coordonnées, et il m'invita à venir le voir quand je passerais à Paris. Naturellement j'étais invité au stage d'hiver, qui se déroulerait en mars à Lanzarote et qui aurait, m'avertit le prophète, une ampleur extraordinaire : cette fois les adhérents du monde entier seraient conviés.

Je ne m'étais décidément fait que des amis durant cette semaine, songeai-je en passant sous le portique de détection d'objets métalliques. Aucune nana, par contre ; il est vrai que je n'avais pas exactement la tête à ça. Je n'avais pas non plus, cela va de soi, l'intention d'adhérer à leur mouvement ; ce qui m'avait attiré au fond c'était surtout la *curiosité*, cette vieille curiosité qui était la mienne depuis mes années d'enfance et qui, apparemment, survivait au désir.

L'appareil était un bimoteur à hélices, et donnait l'impression de pouvoir exploser à chaque instant du vol. En survolant les pâturages je pris conscience qu'au cours de ce stage, sans même parler de moi, les gens n'avaient pas baisé tant que ça – pour autant que je puisse le savoir, et je crois que je pouvais le savoir, j'étais rodé à ce type d'observation. Les couples restaient en couple – je n'avais eu vent ni d'une partouze, ni même d'un banal trio ; et ceux qui venaient seuls (la grande majorité) restaient seuls. En théorie c'était extrêmement *open*, toutes les formes de sexualité étaient permises, voire encouragées par le prophète ; en pratique les femmes portaient des tenues érotiques, il y avait pas mal de frottements, mais les choses en restaient là. Voilà qui est curieux, et serait intéressant à approfondir, me dis-je avant de m'endormir sur mon plateau-repas.

Après trois changements et un parcours dans l'ensemble extrêmement pénible, j'atterris à l'aéroport d'Almeria. Il faisait à peu près 45° C, soit trente degrés de plus qu'à Zwork. C'était bien, mais encore insuffisant pour enrayer la montée de l'angoisse. Traversant les couloirs dallés de ma résidence, j'éteignis un à un les climatiseurs que la gardienne avait allumés la veille pour mon retour – c'était une Roumaine, vieille et laide, ses dents en particulier étaient très avariées, mais elle parlait un excellent français ; je lui faisais, comme on dit, toute confiance, même si j'avais cessé de lui donner le ménage à faire, parce que je ne supportais plus qu'un être humain voie mes objets personnels. C'était assez cocasse, me disais-je parfois en passant la serpillière, de faire le ménage moi-même, avec mes quarante millions d'euros ; mais c'était ainsi, je n'y pouvais rien, l'idée qu'un être humain, si insignifiant soit-il, puisse contempler le détail de mon existence, et son vide, m'était devenue insupportable. En passant devant le miroir du grand salon (un miroir immense, qui recouvrait tout un pan de mur ; nous aurions pu, avec une femme aimée, nous y ébattre en contemplant nos reflets, etc.), j'eus un choc en apercevant mon image : j'avais tellement maigri que j'en paraissais presque translucide. Un fantôme, voilà ce que j'étais en train de devenir, un fantôme des pays solaires. Savant avait raison : il fallait déménager, brûler les photos, tout le reste.

Financièrement, déménager aurait été une opération intéressante : le prix des terrains avait presque triplé depuis mon arrivée. Restait à trouver un acquéreur ; mais des riches, il y en avait, et Marbella commençait à être un peu saturée – les riches aiment la compagnie des riches, c'est certain, disons qu'elle les apaise, il leur est doux de rencontrer des êtres soumis aux mêmes tourments, et qui semblent pouvoir entretenir avec eux une relation non totalement intéressée ; il leur est doux de se persuader que l'espèce humaine n'est pas uniquement constituée de prédateurs et de parasites ; à partir d'une certaine densité, quand même, il y a saturation. Pour l'instant, la densité de riches dans la province d'Almeria était plutôt trop faible ; il fallait trouver un riche un peu jeune, un peu pionnier, un intellectuel, avec des sympathies écologistes peut-être, un riche qui pourrait prendre plaisir à observer les cailloux, quelqu'un qui avait fait fortune dans l'informatique par exemple. Dans le pire des cas Marbella n'était qu'à cent cinquante kilomètres, et le projet d'autoroute était déjà bien avancé. Personne en tout cas ne me regretterait par ici. Mais aller où ? Et pour faire quoi ? La vérité est que j'avais honte – honte d'avouer à l'agent immobilier que mon couple s'était désuni, que je n'avais pas de maîtresses non plus, qui auraient pu mettre un peu de vie dans cette immense maison, honte enfin d'avouer que j'étais seul.

Brûler les photos, par contre, c'était faisable ; je consacrai toute une journée à les réunir, il y avait des milliers de clichés, j'avais toujours été un maniaque de la photo souvenir ; je ne fis qu'un tri sommaire, il se peut que des maîtresses annexes aient disparu par la même occasion. Au coucher du soleil je brouettai le tout jusqu'à une aire sablonneuse sur le côté de la terrasse, je versai un jerrican d'essence et je craquai une allumette. C'était un feu splendide, de plusieurs mètres de haut, on devait l'apercevoir à des kilomètres, peut-être même depuis la côte algérienne. Le plaisir fut vif, mais extrêmement fugace : vers quatre heures du matin je me réveillai à nouveau, avec l'impression que des milliers de vers couraient sous ma peau, et l'envie presque irrésistible de me déchirer jusqu'au sang. Je téléphonai à Isabelle, qui décrocha à la deuxième sonnerie – elle ne dormait donc pas, elle non plus. Nous convînmes que je passerais prendre Fox dans les jours suivants et qu'il resterait avec moi jusqu'à la fin du mois de septembre.

Comme pour toutes les Mercedes à partir d'une certaine puissance, à l'exception de la SLR Mac Laren, la vitesse de la 600 SL est limitée électroniquement à 250 km/h. Je ne crois pas être tellement descendu en dessous de cette vitesse entre Murcie et Albacete. Il y avait quelques longues courbes, très ouvertes ; j'avais une sensation de puissance abstraite, celle sans doute de l'homme que la mort indiffère. Une trajectoire reste parfaite, même lorsqu'elle se conclut par la mort : il peut y avoir un camion, une voiture retournée, un impondérable ; cela n'enlève rien à la beauté de la trajectoire. Un peu après Tarancon je ralentis légèrement pour aborder la R 3, puis la M 45, sans réellement descendre en dessous de 180 km/h. Je repassai à la vitesse maximum sur la R 2, absolument déserte, qui contournait Madrid à une distance d'une trentaine de kilomètres. Je traversai la Castille par la N 1 et je me maintins à 220 km/h jusqu'à Vitoria-Gasteiz, avant d'aborder les routes plus sinueuses du pays Basque. J'arrivai à Biarritz à onze heures du soir, pris une chambre au Sofitel Miramar. J'avais rendez-vous avec Isabelle le lendemain à dix heures au « Surfeur d'Argent ». À ma grande surprise elle avait maigri, j'eus même l'impression qu'elle avait reperdu tous ses kilos. Son visage était mince, un peu ridé, ravagé par le chagrin aussi, mais elle était redevenue élégante, et belle.

« Comment tu as fait pour t'arrêter de boire ? lui demandai-je.

– Morphine.

– Tu n'as pas de problèmes d'approvisionnement ?

– Non non, au contraire c'est très facile ici ; dans tous les salons de thé, il y a une filière. »

Ainsi, les rombières de Biarritz se shootaient dorénavant à la morphine ; c'était un scoop.

« Une question de génération... me dit-elle. Maintenant, c'est des rombières BCBG *rock and roll* ; forcément, elles ont d'autres besoins. Cela dit, ajouta-t-elle, ne te fais pas d'illusions : mon visage est redevenu à peu près normal mais le corps s'est complètement affaissé, je n'ose même pas te montrer ce qu'il y a en dessous du jogging – elle désigna son survêtement marine à bandes blanches, choisi trois tailles au-dessus. Je ne fais plus de danse, plus de sport, plus rien ; je ne vais même plus nager. Je me fais une piqûre le matin, une piqûre le soir, entre les deux je regarde la mer, et c'est tout. Tu ne me manques même pas, enfin pas souvent. Rien ne me manque. Fox joue beaucoup, il est très heureux ici... » Je hochai la tête, finis mon chocolat, partis régler ma note d'hôtel. Une heure plus tard, j'étais à la hauteur de Bilbao.

Un mois de vacances avec mon chien : lancer la balle dans les escaliers, courir ensemble sur la plage. Vivre.

Le 30 septembre à dix-sept heures, Isabelle se gara devant l'entrée de la résidence. Elle avait choisi une Mitsubishi Space Star, véhicule classé par *L'Auto-Journal* dans la catégorie des « ludospaces ». Sur les conseils de sa mère, elle avait opté pour la finition Box Office. Elle resta à peu près quarante minutes avant de reprendre la route pour Biarritz. « Eh oui, je suis en train de devenir une petite vieille... dit-elle en installant Fox à l'arrière. Une gentille petite vieille dans sa Mitsubishi Box Office. »

DANIEL24,10

Depuis quelques semaines déjà, Vincent27 cherche à établir le contact. Je n'avais eu que des relations épisodiques avec Vincent26 ; il ne m'avait pas informé de la proximité de son décès, ni de son passage au stade intermédiaire. Entre néo-humains, les phases d'intermédiation sont souvent brèves. Chacun peut à son gré changer d'adresse numérique, et se rendre indétectable ; j'ai pour ma part développé si peu de contacts que je ne l'ai jamais estimé nécessaire. Il m'arrive de rester des semaines entières sans me connecter, ce qui exaspère Marie22, mon interlocutrice la plus assidue. Ainsi que l'admettait déjà Smith, la séparation sujet-objet est déclenchée, au cours des processus cognitifs, par un faisceau convergent d'échecs. Nagel note qu'il en est de même pour la séparation entre sujets (à ceci près que l'échec n'est pas cette fois d'ordre empirique, mais affectif). C'est dans l'échec, et par l'échec, que se constitue le sujet, et le passage des humains aux néo-humains, avec la disparition de tout contact physique qui en fut corrélative, n'a en rien modifié cette donnée ontologique de base. Pas plus que les humains nous ne sommes délivrés du statut d'*individu*, et de la sourde déréliction qui l'accompagne ; mais contrairement à eux nous savons que ce statut n'est que la conséquence d'un échec perceptif, l'autre nom du néant, l'absence de la Parole. Pénétrés par la mort et formatés par elle, nous n'avons plus la force d'entrer dans la Présence. La solitude a pu pour certains êtres humains avoir le sens joyeux d'une évasion du groupe ; mais il s'agissait alors chez ces solitaires de quitter son appartenance originelle afin de découvrir d'autres lois, un autre groupe. Aujourd'hui que tout groupe est éteint, toute tribu dispersée, nous nous connaissons isolés mais semblables, et nous avons perdu l'envie de nous unir.

Pendant trois jours consécutifs, Marie22 ne m'adressa aucun message ; c'était inhabituel. Après avoir tergiversé, je lui transmis une séquence codante qui conduisait à la caméra de vidéosurveillance de l'unité Proyecciones XXI,13 ; elle répondit dans la minute, par le message suivant :

Sous le soleil de l'oiseau mort
Étale infiniment, la plaine ;
Il n'y a pas de mort sereine :
Montre-moi un peu de ton corps.

4262164, 51026, 21113247, 6323235. À l'adresse indiquée il n'y avait rien, pas même de message d'échec ; un écran entièrement blanc. Ainsi, elle souhaitait passer en mode non codant. J'hésitai pendant que très lentement, sur l'écran blanc, le message suivant venait se former : « Comme tu l'as probablement deviné, je suis une intermédiaire. » Les lettres s'effacèrent, un nouveau message apparut : « Je vais mourir demain. »

Avec un soupir je branchai le dispositif vidéo, zoomai sur mon corps dénudé. « Plus bas, s'il te plaît » écrivit-elle. Je lui proposai de passer en mode vocal. Après une minute, elle me répondit : « Je suis une vieille intermédiaire, toute proche de la fin ; je ne sais pas si ma voix sera bien agréable. Enfin, si tu préfères, oui... » Je compris alors qu'elle ne souhaiterait me montrer aucune partie de son anatomie ; la dégradation, au stade intermédiaire, est souvent très brusque.

Effectivement, sa voix était presque entièrement synthétique ; il subsistait cependant des intonations néo-humaines, dans les voyelles surtout, d'étranges glissements vers la douceur. J'effectuai un lent panoramique jusqu'à mon ventre. « Plus bas encore... » dit-elle d'une voix presque inaudible. « Montre-moi ton sexe ; s'il te plaît. » J'obéis ; je masturbai mon membre viril, suivant les règles enseignées par la Sœur suprême ; certaines intermédiaires éprouvent sur la fin de leurs jours une nostalgie du membre viril, et aiment à le contempler durant leurs dernières minutes de vie effective ; Marie22 en faisait apparemment partie – cela ne me surprenait pas réellement, compte tenu des échanges que nous avions eus par le passé.

L'espace de trois minutes, il ne se passa rien ; puis je reçus un dernier message – elle était repassée en mode non vocal : « Merci, Daniel. Je vais maintenant me déconnecter, mettre en ordre les dernières pages de mon commentaire, et me préparer à la fin. Dans quelques jours, Marie23 s'installera entre ces murs. Elle recevra de moi ton adresse IP, et une invitation à garder le contact. Des choses sont advenues, par l'intermédiaire de nos incarnations partielles, dans la période consécutive à la Seconde Diminution ; d'autres choses surviendront, par l'intermédiaire de nos incarnations futures. Notre séparation n'a pas le caractère d'un adieu ; je pressens cela. »

Daniel1,11

« On est comme tous les artistes,
on croit à notre produit. »
groupe Début de soirée

Dans les premiers jours d'octobre, sous l'effet d'un accès de tristesse résignée, je me remis au travail – puisque, décidément, je n'étais bon qu'à cela. Enfin, le mot *travail* est peut-être un peu fort pour qualifier mon projet – un disque de rap intitulé « NIQUE LES BÉDOUINS », avec, en sous-titre, « Tribute to Ariel Sharon ». Joli succès critique (je fis une nouvelle fois la couverture de *Radikal Hip-Hop*, sans ma voiture cette fois), mais ventes moyennes. Une fois de plus, dans la presse, je me retrouvais dans la position d'un paladin paradoxal du monde libre ; mais le scandale fut quand même moins vif qu'à l'époque d'« ON PRÉFÈRE LES PARTOUZEUSES PALESTINIENNES » – cette fois, me dis-je avec une vague nostalgie, les islamistes radicaux étaient vraiment dans le coltar.

L'insuccès relatif en termes de ventes fut sans doute imputable à la médiocrité de la musique ; c'était à peine du rap, je m'étais contenté de sampler mes sketches sur de la drum and bass, avec quelques vocaux çà et là – Jamel Debbouze participait à l'un des chorus. J'avais quand même écrit un titre original, « Défonçons l'anus des nègres », dont j'étais assez satisfait : nègre rimait tantôt avec pègre, tantôt avec intègre ; anus avec lapsus, ou bien cunnilingus ; de bien jolis *lyrics*, lisibles à plein de niveaux – le journaliste de *Radikal Hip-Hop*, qui rappait lui-même dans le privé, sans oser en parler à sa rédaction, était visiblement impressionné, dans son article il me compara même à Maurice Scève. Enfin potentiellement je tenais un hit, et en plus j'avais un bon buzz ; dommage, décidément, que la musique n'ait pas suivi. On m'avait dit le plus grand bien d'une sorte de producteur indépendant, Bertrand Batasuna, qui bidouillait des disques cultes, parce qu'introuvables, dans un label obscur ; je fus amèrement déçu. Non seulement ce type était d'une stérilité créatrice totale – il se contentait, pendant les sessions, de ronfler sur la moquette en pétant tous les quarts d'heure –, mais il était, dans le privé, très désagréable, un vrai nazi – j'appris par la suite qu'il avait effectivement fait partie des FANE. Dieu merci, il n'était pas très bien payé ; mais si c'était tout ce que Virgin pouvait me sortir comme « nouveaux talents français », ils méritaient décidément de se faire bouffer par BMG. « Si on avait pris Goldman ou Obispo, comme tout le monde, on n'en serait pas là… » finis-je par dire au directeur artistique de Virgin, qui soupira longuement ; au fond il était d'accord, son précédent projet avec Batasuna, une polyphonie de brebis pyrénéennes samplées sur de la techno hardcore, s'était d'ailleurs soldé par un échec commercial cuisant. Seulement voilà il avait son enveloppe budgétaire, il ne pouvait pas prendre la responsabilité d'un dépassement, il fallait en référer au siège du groupe dans le New Jersey, bref j'ai laissé tomber. On n'est pas secondé.

Mon séjour à Paris pendant la période de l'enregistrement fut cela dit presque agréable. J'étais logé au Lutetia, ce qui me rappelait Francis Blanche, la Kommandantur, enfin mes belles années, celles où j'étais ardent, haineux, plein d'avenir. Tous les soirs, pour m'endormir, je relisais Agatha Christie, surtout les œuvres du début, j'étais trop bouleversé par ses derniers livres. Sans même parler d'*Endless Night*, qui me plongeait dans des transes de tristesse, je n'avais jamais pu m'empêcher de pleurer, à la fin de *Curtain : Poirot's Last Case*, en lisant les dernières phrases de la lettre d'adieux de Poirot à Hastings :

« Mais, maintenant, je suis très humble et, comme un petit enfant, je dis : "Je ne sais pas..."

« Au revoir, mon très cher. J'ai écarté les ampoules d'amylnitrine qui étaient à mon chevet. Je préfère m'abandonner aux mains du Bon Dieu. Que sa punition, ou sa grâce, vienne vite !

« Nous ne chasserons plus jamais ensemble, mon bon ami. Notre première chasse, c'est ici, à Styles, qu'elle avait eu lieu. Et c'est encore à Styles qu'aura été menée notre dernière chasse.

« Ce furent d'heureux jours que nous avons ainsi coulés.

« Oui, ce furent de bien heureux jours... »

À part le Kyrie Eleison de la *Messe en si*, et peut-être l'adagio de Barber, je ne voyais pas grand-chose qui puisse me mettre dans un tel état. L'infirmité, la maladie, l'oubli, c'était bien : c'était *réel*. Nul avant Agatha Christie n'avait su peindre de manière aussi déchirante la tristesse de la décrépitude physique, de la perte progressive de tout ce qui donne sens et joie à la vie ; et nul, depuis lors, n'était parvenu à l'égaler. Sur le moment, pendant quelques jours, j'eus presque envie de reprendre une vraie carrière ; de faire des choses sérieuses. C'est dans cet état d'esprit que je téléphonai à Vincent Greilsamer, l'artiste élohimite ; il parut content de m'entendre, et nous convînmes de prendre un verre le soir même.

J'arrivai avec dix minutes de retard dans la brasserie de la porte de Versailles où nous nous étions donné rendez-vous. Il se leva, me fit un signe de la main. Les associations anti-sectes invitent à se défier de l'impression favorable ressentie à l'issue d'un premier contact ou d'un stage d'initiation, pendant lesquels ont fort bien pu être passés sous silence les aspects malfaisants de la doctrine. De fait, jusqu'à présent, je ne voyais pas où pouvait se situer le piège ; ce type, par exemple, avait l'air normal. Un peu introverti, certes, sans doute assez isolé, mais pas plus que moi. Il s'exprimait directement, avec simplicité.

« Je ne connais pas grand-chose à l'art contemporain, m'excusai-je. J'ai entendu parler de Marcel Duchamp, c'est tout.

– C'est certainement lui qui a eu la plus grande influence sur l'art du vingtième siècle, oui. On pense plus rarement à Yves Klein ; pourtant, tous les gens qui font des performances, des happenings, qui travaillent sur leur propre corps, se réfèrent plus ou moins consciemment à lui. »

Il se tut. Voyant que je ne répondais rien et que je n'avais même pas l'air de voir de quoi il voulait parler, il reprit :

« Schématiquement, tu as trois grandes tendances. La première, la plus importante, celle qui draine 80 % des subventions et dont les pièces se vendent le plus cher, c'est le gore en général : amputations, cannibalisme, énucléations, etc. Tout le travail en collaboration avec les serial killers, par exemple. La deuxième, c'est celle qui utilise l'humour : tu as l'ironie directe sur le marché de l'art, à la Ben ; ou bien des choses plus fines, à la Broodthaers, où il s'agit de provoquer le malaise et la honte chez le spectateur, l'artiste ou les deux en présentant un spectacle piteux, médiocre, dont on puisse constamment douter qu'il ait la moindre valeur artistique ; tu as aussi tout un travail sur le kitsch, dont on se rapproche, qu'on frôle, qu'on peut parfois brièvement atteindre à condition de signaler par une métanarration qu'on n'en est pas dupe. Enfin tu as une troisième tendance, c'est le virtuel : c'est souvent des jeunes, très influencés par les mangas et l'heroic fantasy ; beaucoup commencent comme ça, puis se replient sur la première tendance une fois qu'ils se sont rendu compte qu'on ne peut pas gagner sa vie sur Internet.

– Je suppose que tu ne te situes dans aucune de ces trois tendances.

– J'aime bien le kitsch, parfois, je n'ai pas forcément envie de m'en moquer.

– Les élohimites vont un peu loin dans ce sens, non ? »

Il sourit. « Mais le prophète fait ça tout à fait innocemment, il n'y a aucune ironie chez lui, c'est beaucoup plus sain… » Je remarquai au passage qu'il avait dit « le prophète » tout naturellement, sans inflexion de voix particulière. Croyait-il vraiment aux Élohim ? Son dégoût pour les productions picturales du prophète devait parfois l'embarrasser, quand même ; il y avait quelque chose chez ce garçon qui m'échappait, il fallait que je fasse très attention si je ne voulais pas le braquer ; je commandai une autre bière.

« Au fond, c'est une question de degré, reprit-il. Tout est kitsch, si l'on veut. La musique dans son ensemble est kitsch ; l'art est kitsch, la littérature elle-même est kitsch. Toute émotion est kitsch, pratiquement par définition ; mais toute réflexion aussi, et même dans un sens toute action. La seule chose qui ne soit absolument pas kitsch, c'est le néant. »

Il me laissa méditer quelque temps sur ces paroles avant de reprendre : « Ça t'intéresserait de voir ce que je fais ? »

Évidemment, j'acceptai. J'arrivai chez lui le dimanche suivant, en début d'après-midi. Il habitait un pavillon à Chevilly-Larue, au milieu d'une zone en pleine phase de « destruction créatrice », comme aurait dit Schumpeter : des terrains vagues boueux, à perte de vue, hérissés de grues et de palissades ; quelques carcasses d'immeubles, à des stades d'achèvement variés. Son pavillon de meulière, qui devait dater des années 1930, était le seul survivant de cette époque. Il sortit sur le pas de la porte pour m'accueillir. « C'était le pavillon de mes grands-parents… me dit-il. Ma grand-mère est morte il y a cinq ans ; mon grand-père l'a suivie trois mois plus tard. Il est mort de chagrin, je pense – ça m'a même surpris qu'il tienne trois mois. »

En pénétrant dans la salle à manger, j'eus une espèce de choc. Je n'étais pas vraiment issu des classes populaires, contrairement à ce que je me plaisais à répéter à longueur d'interviews ; mon père avait déjà accompli la première moitié, la plus difficile, de l'ascension sociale – il était devenu *cadre*. Il n'empêche que je *connaissais* les classes populaires, j'avais eu l'occasion pendant toute mon enfance, chez mes oncles et tantes, d'y être immergé : je connaissais leur sens de la famille, leur sentimentalité niaise, leur goût pour les chromos alpestres et les collections de grands auteurs reliés en skaï. Tout y était, dans le pavillon de Vincent, jusqu'aux photos dans leurs cadres, jusqu'au cache-téléphone en velours vert : il n'avait visiblement rien changé depuis la mort de ses grands-parents.

Un peu mal à l'aise, je me laissai conduire jusqu'à un fauteuil avant de remarquer, accroché au mur, le seul élément de décoration qui ne datait peut-être pas du siècle précédent : une photo de Vincent, assis à côté d'un grand téléviseur. Devant lui, sur une table basse, étaient posées deux sculptures assez grossières, presque enfantines, représentant une miche de pain et un poisson. Sur l'écran du téléviseur, en lettres géantes, s'affichait le message : « NOURRISSEZ LES GENS. ORGANISEZ-LES. »

« C'est ma première pièce qui ait vraiment eu du succès… commenta-t-il. À mes débuts j'étais très influencé par Joseph Beuys, en particulier par l'action "ICH FÜHRE BAADER-MEINHOF DURCH DOKUMENTA." C'était en plein milieu des années 1970, à l'époque où les terroristes de la Rote Armee Fraktion étaient recherchés dans toute l'Allemagne. La Dokumenta de Kassel était alors la plus importante exposition d'art contemporain mondiale ; Beuys avait affiché ce message à l'entrée pour indiquer qu'il se proposait de faire visiter l'exposition à Baader ou Meinhof le jour de leur choix afin de transmuer leur énergie révolutionnaire en force positive, utilisable par l'ensemble de la société. Il était absolument sincère, c'est en cela que réside la beauté de la chose. Naturellement, ni Baader ni Meinhof ne sont venus : d'une part ils considéraient l'art contemporain comme l'une des formes de la décomposition bourgeoise, d'autre part ils craignaient un piège de la police – ce qui était d'ailleurs tout à fait possible, la Dokumenta ne jouissait d'aucun statut particulier ; mais Beuys, dans l'état de délire mégalomane où il était alors, n'avait probablement même pas songé à l'existence de la police.

– Je me souviens de quelque chose au sujet de Duchamp… Un groupe, une banderole avec une phrase du genre : "LE SILENCE DE MARCEL DUCHAMP EST SURESTIMÉ."

– Tout à fait ; sauf que la phrase originale était en allemand. Mais c'est le principe même de l'art d'intervention : créer une parabole efficace, qui est reprise et narrée de manière plus ou moins déformée par des tiers, afin de modifier par contrecoup l'ensemble de la société. »

J'étais naturellement un homme qui connaissait la vie, la société et les choses ; j'en connaissais une version usuelle, limitée aux motivations les plus courantes qui agitent la machine humaine ; ma vision était celle d'un *observateur acerbe des faits de société*, d'un balzacien *medium light* ; c'était une vision du monde dans laquelle Vincent n'avait aucune place assignable, et pour la première fois depuis des années, pour la première fois en réalité depuis ma rencontre avec Isabelle, je commençais à me sentir légèrement déstabilisé. Sa narration m'avait fait penser au matériel promotionnel de « DEUX MOUCHES PLUS TARD », en particulier aux tee-shirts. Sur chacun d'entre eux était imprimé une citation du « Manuel de civilité pour petites filles à l'usage des maisons d'éducation », de Pierre Louÿs, la lecture de chevet du héros du film. Il y avait une douzaine de citations différentes ; les tee-shirts étaient fabriqués dans une fibre nouvelle, scintillante et un peu transparente, très légère, ce qui avait permis d'en intégrer un sous blister dans le numéro de *Lolita* précédant la sortie du film. J'avais à cette occasion rencontré la successeuse d'Isabelle, une groovasse incompétente à peine capable de se souvenir du mot de passe de son ordinateur ; ça n'empêchait pas le journal de tourner. La citation que j'avais choisie pour *Lolita* était : « Donner dix sous à un pauvre parce qu'il n'a pas de pain, c'est parfait ; mais lui sucer la queue parce qu'il n'a pas de maîtresse, ce serait trop : on n'y est pas obligée. »

En somme, dis-je à Vincent, j'avais fait de l'*art d'intervention* sans le savoir. « Oui, oui... » répondit-il avec malaise ; je m'aperçus alors, non sans gêne, qu'il *rougissait* ; c'était attendrissant, et un peu malsain. Je pris conscience en même temps qu'aucune femme n'avait probablement jamais mis les pieds dans ce pavillon ; le premier geste d'une femme aurait été de modifier la décoration, de ranger au moins quelques-uns de ces objets qui créaient une ambiance non seulement ringarde, mais à vrai dire assez funéraire.

« Ce n'est plus tellement facile d'avoir des relations, à partir d'un certain âge, je trouve... » dit-il comme s'il avait deviné mes pensées. « On n'a plus tellement l'occasion de sortir, ni le goût. Et puis il y a beaucoup de choses à faire, les formalités, les démarches... les courses, le linge. On a besoin de plus de temps pour s'occuper de sa santé, aussi, simplement pour maintenir le corps à peu près en état de marche. À partir d'un certain âge, la vie devient administrative – surtout. »

Je n'étais plus tellement habitué depuis le départ d'Isabelle à parler à des gens plus intelligents que moi, capables de deviner le cours de mes pensées ; ce qu'il venait de dire, surtout, était d'une véracité écrasante, et il y eut un moment de gêne – les sujets sexuels c'est toujours un peu lourd, je crus bon de parler politique pour badiner un peu, et toujours sur ce thème de l'art d'intervention je lui racontai comment Lutte ouvrière, quelques jours après la chute du mur de Berlin, avait placardé à Paris des dizaines d'affiches proclamant : « LE COMMUNISME EST TOUJOURS L'AVENIR DU MONDE. » Il m'écouta avec cette attention, cette gravité enfantine qui commençaient à me serrer le cœur avant de conclure que si l'action était dotée d'une vraie puissance elle n'avait pourtant aucune dimension poétique ni artistique, dans la mesure où Lutte ouvrière était avant tout un parti, une machine idéologique, et que l'art était toujours *cosa individuale* ; même lorsqu'il était protestation, il n'avait de valeur que s'il était protestation solitaire. Il s'excusa de son dogmatisme, sourit tristement, me proposa : « On va voir ce que je fais ? C'est en bas… Je crois que ce sera plus concret après. » Je me levai du fauteuil, le suivis jusqu'à l'escalier qui ouvrait dans le couloir de l'entrée. « En abattant les cloisons, ça m'a donné un sous-sol de vingt mètres de côté ; quatre cents mètres carrés, c'est bien pour ce que je fais en ce moment… » poursuivit-il d'une voix incertaine. Je me sentais de plus en plus mal à l'aise : on m'avait souvent parlé show-business, plan médias, microsociologie aussi ; mais *art*, jamais, et j'étais gagné par le pressentiment d'une chose nouvelle, dangereuse, mortelle probablement ; d'un domaine où il n'y avait – un peu comme dans l'amour – à peu près rien à gagner, et presque tout à perdre.

Je posai le pied sur un sol plan, après la dernière marche, lâchai la rampe de l'escalier. L'obscurité était totale. Derrière moi, Vincent actionna un commutateur.

Des formes apparurent d'abord, clignotantes, indécises, comme une procession de mini-fantômes ; puis une zone s'éclaira à quelques mètres sur ma gauche. Je ne comprenais absolument pas la direction de l'éclairage ; la lumière semblait venir de l'espace lui-même. « L'ÉCLAIRAGE EST UNE MÉTAPHYSIQUE... » : la phrase tourna quelques secondes dans ma tête, puis disparut. Je m'approchai des objets. Un train entrait en gare dans une station d'eaux de l'Europe centrale. Les montagnes enneigées, dans le lointain, étaient baignées par le soleil ; des lacs scintillaient, des alpages. Les demoiselles étaient ravissantes, elles portaient des robes longues et des voilettes. Les messieurs souriaient en les saluant, soulevaient leur chapeau haut de forme. Tous avaient l'air heureux. « LE MEILLEUR DU MONDE... » : la phrase scintilla quelques instants, puis disparut. La locomotive fumait doucement, comme un gros animal gentil. Tout avait l'air équilibré, *à sa place*. L'éclairage baissa doucement. Les verrières du casino reflétaient le soleil couchant, et tout plaisir était empreint d'une honnêteté allemande. Puis l'obscurité se fit tout à fait, et une ligne sinueuse apparut dans l'espace, formée de cœurs translucides en plastique rouge, à demi remplis d'un liquide qui venait battre leurs parois. Je suivis la ligne des cœurs, et une nouvelle scène apparut : il s'agissait cette fois d'un mariage asiatique, célébré peut-être à Taïwan ou en Corée, dans un pays de toute façon qui connaissait depuis peu la richesse. Des Mercedes rose pâle déposaient les invités sur le parvis d'une cathédrale néo-gothique ; le mari, vêtu d'un smoking blanc, avançait dans les airs, à un mètre au-dessus du sol, son petit doigt entrelacé avec celui de sa promise. Des bouddhas chinois ventrus, entourés d'ampoules électriques multicolores, tressaillaient d'allégresse. Une musique souple et bizarre augmentait lentement, cependant que les mariés s'élevaient dans les airs avant de surplomber l'assistance – ils étaient à présent à la hauteur de la rosace de la cathédrale. Ils échangèrent un long baiser, à la fois virginal et labial, sous les applaudissements de l'assistance – je voyais s'agiter les petites mains. Dans le fond des traiteurs soulevaient les couvercles de plats fumants, à la surface du riz les légumes formaient de petites taches de couleur. Des pétards éclatèrent, il y eut un appel de trompettes.

L'obscurité se fit à nouveau et je suivis un chemin plus flou, comme tracé dans les bois, j'étais entouré de frôlements dorés et verts. Des chiens s'ébattaient dans la clairière des anges, ils se roulaient dans le soleil. Plus tard les chiens étaient avec leurs maîtres, les protégeant de leur regard d'amour, et plus tard ils étaient morts, de petites stèles s'élevaient dans la clairière pour commémorer l'amour, les promenades dans le soleil, et la joie partagée. Aucun chien n'était oublié : leur photo en relief décorait les stèles au pied desquelles les maîtres avaient déposé leurs jouets favoris. C'était un monument joyeux, dont toute larme était absente.

Dans la distance se formaient, comme suspendus à des rideaux tremblants, des mots en lettres dorées. Il y avait le mot « AMOUR », le mot « BONTÉ », le mot « TENDRESSE », le mot « FIDÉLITÉ », le mot « BONHEUR ». Partis du noir total ils évoluaient, à travers des nuances d'or mat, jusqu'à une luminosité aveuglante ; puis ils retombaient alternativement dans la nuit, mais en se succédant dans leur montée vers la lumière, de sorte qu'ils semblaient s'engendrer l'un l'autre. Je poursuivis mon chemin à travers le sous-sol, guidé par l'éclairage qui illuminait successivement tous les coins de la pièce. Il y eut d'autres scènes, d'autres visions, si bien que je perdis peu à peu la notion du temps et que je n'en retrouvai la pleine conscience qu'une fois remonté, assis sur un banc de jardin en osier dans ce qui avait pu être une terrasse ou un jardin d'hiver. La nuit tombait sur le paysage de terrains vagues ; Vincent avait allumé une grosse lampe à abat-jour. J'étais visiblement secoué, il me servit sans que j'aie besoin de lui demander un verre de cognac.

« Le problème... dit-il, c'est que je ne peux plus vraiment exposer, il y a trop de réglages, c'est presque impossible à transporter. Quelqu'un est venu de la Délégation des arts plastiques ; ils envisagent d'acheter le pavillon, peut-être de réaliser des vidéos et de les vendre. »

Je compris qu'il abordait l'aspect pratique ou financier des choses par pure politesse, afin de permettre à la conversation de reprendre un cours normal – il est bien évident que dans sa situation, à la limite émotionnelle de la survie, les questions matérielles ne pouvaient plus avoir qu'un poids limité. J'échouai à lui répondre, dodelinai de la tête, me resservis un verre de cognac ; sa maîtrise de soi à ce moment me parut effrayante. Il reprit la parole :

« Il y a une phrase célèbre qui divise les artistes en deux catégories : les révolutionnaires et les décorateurs. Disons que j'ai choisi le camp des décorateurs. Enfin je n'ai pas tellement eu le choix, c'est le monde qui a décidé pour moi. Je me souviens de ma première exposition à New York, à la galerie Saatchi, pour l'action "FEED THE PEOPLE. ORGANIZE THEM" – ils avaient traduit le titre. J'étais assez impressionné, c'était la première fois depuis longtemps qu'un artiste français exposait dans une galerie new-yorkaise importante. En même temps j'étais un révolutionnaire à l'époque, et j'étais persuadé de la valeur révolutionnaire de mon travail. C'était un hiver très froid à New York, tous les matins on retrouvait dans les rues des vagabonds morts, gelés ; j'étais persuadé que les gens allaient changer d'attitude aussitôt après avoir vu mon travail : qu'ils allaient sortir dans la rue et suivre très exactement la consigne inscrite sur le téléviseur. Bien entendu, rien de tout ça ne s'est produit : les gens venaient, hochaient la tête, échangeaient des propos intelligents, puis repartaient.

« Je suppose que les révolutionnaires sont ceux qui sont capables d'assumer la brutalité du monde, et de lui répondre avec une brutalité accrue. Je n'avais simplement pas ce type de courage. J'étais ambitieux, pourtant, et il est possible que les décorateurs soient au fond plus ambitieux que les révolutionnaires. Avant Duchamp, l'artiste avait pour but ultime de proposer une vision du monde à la fois personnelle et exacte, c'est-à-dire émouvante ; c'était déjà une ambition énorme. Depuis Duchamp, l'artiste ne se contente plus de proposer une vision du monde, il cherche à créer son propre monde ; il est très exactement le rival de Dieu. Je suis Dieu dans mon sous-sol. J'ai choisi de créer un petit monde, facile, où l'on ne rencontre que le bonheur. Je suis parfaitement conscient de l'aspect régressif de mon travail ; je sais qu'on peut le comparer à l'attitude de ces adolescents qui au lieu d'affronter les problèmes de l'adolescence se plongent dans leur collection de timbres, dans leur herbier ou dans n'importe quel petit monde chatoyant et limité, aux couleurs vives. Personne n'osera me le dire en face, j'ai de bonnes critiques dans *Art Press*, comme dans la plupart des médias européens ; mais j'ai lu le mépris dans le regard de la fille qui est venue de la Délégation des arts plastiques. Elle était maigre, vêtue de cuir blanc, le teint presque bistre, très sexuelle ; j'ai tout de suite compris qu'elle me considérait comme un petit enfant infirme, et très malade. Elle avait raison : je suis un tout petit enfant infirme, très malade, et qui ne peut pas vivre. Je ne peux pas assumer la brutalité du monde ; je n'y arrive tout simplement pas. »

De retour au Lutetia, j'eus quelques difficultés à trouver le sommeil. De toute évidence, Vincent avait oublié quelqu'un dans ses catégories. Comme le révolutionnaire l'humoriste assumait la brutalité du monde, et lui répondait avec une brutalité accrue. Le résultat de son action n'était cependant pas de transformer le monde, mais de le rendre acceptable en transmuant la violence, nécessaire à toute action révolutionnaire, en *rire* – accessoirement, aussi, de se faire pas mal de thune. En somme, comme tous les bouffons depuis l'origine, j'étais une sorte de *collabo*. J'évitais au monde des révolutions douloureuses et inutiles – puisque la racine de tout mal était biologique, et indépendante d'aucune transformation sociale imaginable ; j'établissais la clarté, j'interdisais l'action, j'éradiquais l'espérance ; mon bilan était mitigé.

En quelques minutes je passai en revue l'ensemble de ma carrière, cinématographique surtout. Racisme, pédophilie, cannibalisme, parricide, actes de torture et de barbarie : en moins d'une décennie, j'avais écrémé la quasi-totalité des créneaux porteurs. Il était quand même curieux, me dis-je une fois de plus, que l'alliance de la méchanceté et du rire ait été considérée comme si novatrice par les milieux du cinéma ; ils ne devaient pas souvent lire Baudelaire, dans la *profession*.

Restait la pornographie, sur laquelle tout le monde s'était cassé les dents. La chose semblait jusqu'à présent résister à toute tentative de sophistication. Ni la virtuosité des mouvements de caméra, ni le raffinement des éclairages n'apportaient le moindre atout : ils semblaient au contraire constituer des handicaps. Une tentative plus « Dogma », avec des caméras DV et des images de vidéo-surveillance, n'obtint pas davantage de succès : les gens voulaient des images nettes. Laides, mais nettes. Non seulement les tentatives pour une « pornographie de qualité » avaient sombré dans le ridicule, mais elles s'étaient soldées par d'unanimes fiascos commerciaux. En somme, le vieil adage des directeurs de marketing : « Ce n'est pas parce que les gens préfèrent les produits de base qu'ils n'achèteront pas nos produits de luxe » semblait cette fois battu en brèche, et le secteur, pourtant un des plus lucratifs de la profession, restait aux mains d'obscurs tâcherons hongrois, voire lettons. À l'époque où je réalisais « BROUTE-MOI LA BANDE DE GAZA », j'avais passé pour me documenter un après-midi sur le tournage d'un des derniers réalisateurs français en activité, un certain Ferdinand Cabarel. Cela n'avait pas été un après-midi inutile – sur le plan humain s'entend. Malgré son patronyme très Sud-Ouest, Ferdinand Cabarel ressemblait à un ancien roadie d'AC/DC : une peau blanchâtre, des cheveux gras et sales, un tee-shirt « Fuck your cunts », des bagues à tête de mort. Je me suis tout de suite dit que j'avais rarement vu un con pareil. Il parvenait uniquement à survivre grâce aux cadences ridicules qu'il imposait à ses équipes – il mettait en boîte à peu près quarante minutes utilisables par jour, tout en assurant les photos de promotion pour *Hot Video*, et passait de surcroît pour un *intello* dans la profession, affirmant ainsi *travailler dans l'urgence*. Je passe sur les dialogues (« Je t'excite, hein, ma salope. – Tu m'excites, oui, mon salaud »), je passe aussi sur la modicité des indications scéniques (« Maintenant, c'est une double » indiquait évidemment, à tout le monde, que l'actrice allait se prêter à une double pénétration), ce qui m'avait surtout frappé est l'incroyable mépris avec lequel il traitait ses acteurs, en particulier de sexe mâle. C'est sans la moindre ironie, sans le moindre *second degré* que Cabarel gueulait à l'adresse de son personnel, dans son mégaphone, des choses comme : « Si vous bandez pas, les mecs, vous serez pas payés ! » ou : « S'il éjacule, l'autre, il dégage... » L'actrice disposait au moins d'un manteau de fausse fourrure pour recouvrir sa nudité entre deux prises ; les acteurs, eux, s'ils voulaient se réchauffer, devaient amener leurs couvertures. Après tout c'était l'actrice que les spectateurs mâles iraient voir, c'était elle qui ferait peut-être un jour la couverture de *Hot Video* ; les acteurs, eux, étaient simplement traités comme des bites sur pattes. J'appris de surcroît (avec certaines difficultés – les Français, on le sait, n'aiment pas parler de leur salaire) que si l'actrice était payée cinq cents euros par jour de tournage, eux devaient se contenter de cent cinquante. Ils ne faisaient même pas ce métier pour l'argent : aussi incroyable, aussi pathétique que cela puisse paraître, ils faisaient ce métier *pour baiser des nanas*. Je me souvenais en particulier de la scène dans le parking souterrain : on grelottait, et en considérant ces deux types, Fred et Benjamin (l'un était lieutenant de sapeurs-pompiers, l'autre agent administratif), qui s'astiquaient mélancoliquement pour être en forme au moment de la *double*, je m'étais dit que les hommes étaient vraiment de braves bêtes, parfois, dès qu'il était question de la chatte.

Ce peu reluisant souvenir me conduisit vers la fin de la nuit, à l'issue d'une insomnie quasi-totale, à jeter les bases d'un scénario que j'intitulai provisoirement « LES ÉCHANGISTES DE L'AUTOROUTE », et qui devait me permettre de combiner astucieusement les avantages commerciaux de la pornographie et ceux de l'ultraviolence. Dans la matinée, tout en dévorant des brownies au bar du Lutetia, j'écrivis la séquence prégénérique.

Une énorme limousine noire (peut-être une Packard des années 1960) roulait à faible allure le long d'une route de campagne, au milieu de prairies et de buissons de genêts d'un jaune vif (je pensais tourner en Espagne, probablement dans la région des Hurdes, très jolie au mois de mai) ; elle émettait en roulant un grondement sourd (genre : bombardier qui rentre à sa base).

Au milieu d'une prairie, un couple faisait l'amour en pleine nature (c'était une prairie très fleurie, à l'herbe haute, avec des coquelicots, des bleuets et des fleurs jaunes dont le nom m'échappait sur le moment, mais je notai en marge : « Forcer sur les fleurs jaunes »). La jupe de la fille était retroussée, son tee-shirt relevé au-dessus de ses seins, en résumé elle avait l'air d'une *belle salope*. Ayant dégrafé le pantalon de l'homme, elle le gratifiait d'une fellation. Un tracteur qui tournait au ralenti dans le fond du cadre laissait accroire qu'on avait affaire à un couple d'agriculteurs. Une petite pipe entre deux labours, le Sacre du Printemps, etc. Un travelling arrière nous informait cependant bien vite que les deux tourtereaux s'ébattaient dans le champ d'une caméra, et qu'on avait en réalité affaire au tournage d'un film pornographique – probablement d'assez haut de gamme, puisqu'il y avait une équipe complète.

La limousine Packard s'arrêtait, surplombant la prairie, et deux exécuteurs en sortaient, vêtus de costumes croisés noirs. Sans pitié, ils mitraillaient le jeune couple et l'équipe. J'hésitai, puis barrai « mitraillaient » : il valait mieux un dispositif plus original, par exemple un lanceur de disques d'acier acérés qui tourbillonneraient dans l'atmosphère pour sectionner les chairs, en particulier celles des deux amants. Il ne fallait pas lésiner, avoir la bite tranchée net dans la gorge de la fille, etc. ; enfin, il fallait ce que mon directeur de production sur « DIOGÈNE LE CYNIQUE » aurait appelé *des images un peu sympa*. Je notai en marge : « prévoir un dispositif arrache-couilles ».

À la fin de la séquence, un homme gras, aux cheveux très noirs, au visage luisant et troué de petite vérole, également vêtu d'un costume croisé noir, sortait de l'arrière de la voiture en compagnie d'un vieillard squelettique et sinistre, à la William Burroughs, dont le corps flottait dans un pardessus gris. Celui-ci contemplait le carnage (lambeaux de chair rouges dans la prairie, fleurs jaunes, hommes en costume noir), soupirait légèrement et se tournait pour dire à son compagnon : *« A moral duty, John. »*

À la suite de différents massacres perpétrés le plus souvent sur des couples jeunes, voire adolescents, il s'avérait que ces peu recommandables drilles étaient membres d'une association de catholiques intégristes, peut-être affiliée à l'Opus Dei ; cette pointe contre le retour de l'ordre moral devait, dans mon esprit, me valoir la sympathie de la critique de gauche. Un peu plus tard, il apparaissait cependant que les tueurs étaient eux-mêmes filmés par une seconde équipe, et que le véritable but de l'affaire était la commercialisation non pas de films pornos, mais d'images d'ultraviolence. Récit dans le récit, film dans le film, etc. Un projet béton.

En somme, comme je le dis à mon agent le soir même, j'avançais, je travaillais, enfin j'étais en train de retrouver mon rythme ; il s'en déclara heureux, m'avoua qu'il s'était inquiété. Jusqu'à un certain point, j'étais sincère. Ce n'est que deux jours plus tard, en reprenant l'avion pour l'Espagne, que je me rendis compte que je ne terminerais jamais ce scénario – sans même parler de le réaliser. Il y a une certaine agitation sociale, à Paris, qui vous donne l'illusion d'avoir des projets ; de retour à San José, je le savais, j'allais me pétrifier complètement. J'avais beau faire l'élégant, j'étais en train de me recroqueviller comme un vieux singe ; je me sentais amenuisé, amoindri au-delà du possible ; mes marmottements et mes murmures étaient déjà ceux d'un vieillard. J'avais quarante-sept ans maintenant, cela faisait trente ans que j'avais entrepris de faire rire mes semblables ; à présent j'étais fini, lessivé, inerte. Le pétillement de curiosité qui subsistait encore dans le regard que je portais sur le monde allait bientôt s'éteindre, et je serais comme les pierres, une vague souffrance en plus. Ma carrière n'avait pas été un échec, commercialement tout du moins : si l'on agresse le monde avec une violence suffisante, il finit par le cracher, son sale fric ; mais jamais, jamais il ne vous redonne la joie.

DANIEL24,11

Comme probablement Marie22 au même âge, Marie23 est une néo-humaine enjouée, gracieuse. Même si le vieillissement n'a pas pour nous le caractère tragique qu'il avait pour les humains de la dernière période, il n'est pas exempt de certaines souffrances. Celles-ci sont modérées, comme le sont nos joies ; encore subsiste-t-il des variations individuelles. Marie22, par exemple, semble avoir été par moments étrangement proche de l'humanité, comme en témoigne ce message, pas du tout dans le ton néo-humain, qu'elle ne m'a finalement pas adressé (c'est Marie23 qui l'a retrouvé hier en consultant ses archives) :

Une vieille femme désespérée,
Au nez crochu
Dans son manteau de pluie
Traverse la place Saint-Pierre.

37510, 236, 43725, 82556. Des êtres humains chauves, vieux, raisonnables, vêtus de gris, se croisent à quelques mètres de distance dans leurs fauteuils roulants. Ils circulent dans un espace immense, gris et nu – il n'y a pas de ciel, pas d'horizon, rien ; il n'y a que du gris.

Chacun marmotte en lui-même, la tête rentrée dans les épaules, sans remarquer les autres, sans même prêter attention à l'espace. Un examen plus attentif révèle que le plan sur lequel ils progressent est faiblement incliné ; de légères dénivellations forment un réseau de courbes de niveau qui guide la progression des fauteuils, et doit normalement empêcher toute possibilité de rencontre.

J'ai l'impression que Marie22 a souhaité, en réalisant cette image, exprimer ce que ressentiraient les humains de l'ancienne race s'ils se trouvaient confrontés à la réalité objective de nos vies – ce qui n'est pas le cas des sauvages : même s'ils circulent entre nos résidences, s'ils apprennent vite à s'en tenir éloignés, rien ne leur permet d'imaginer les conditions réelles, technologiques, de nos existences.

Son commentaire en témoigne, Marie22 semble même en être venue, sur la fin, à éprouver une certaine commisération pour les sauvages. Cela pourrait la rapprocher de Paul24, avec lequel elle a par ailleurs entretenu une correspondance soutenue ; mais alors que Paul24 trouve des accents schopenhaueriens pour évoquer l'absurdité de l'existence des sauvages, entièrement vouée à la souffrance, et pour appeler sur eux la bénédiction d'une mort rapide, Marie22 va jusqu'à envisager que leur destin aurait pu être différent, et qu'ils auraient pu, dans certaines circonstances, connaître une fin moins tragique. Il a pourtant été maintes fois démontré que la douleur physique qui accompagnait l'existence des humains leur était consubstantielle, qu'elle était la conséquence directe d'une organisation inadéquate de leur système nerveux, de même que leur incapacité à établir des relations interindividuelles sur un autre mode que celui de l'affrontement résultait d'une insuffisance relative de leurs instincts sociaux par rapport à la complexité des sociétés que leurs moyens intellectuels leur permettaient de fonder – c'était déjà patent dans le cas d'une tribu de taille moyenne, sans parler de ces conglomérats géants qui devaient rester associés aux premières étapes de la disparition effective.

L'intelligence permet la domination du monde ; elle ne pouvait apparaître qu'à l'intérieur d'une espèce sociale, et par l'intermédiaire du langage. Cette même sociabilité qui avait permis l'apparition de l'intelligence devait plus tard entraver son développement – une fois que furent mises au point les technologies de la transmission artificielle. La disparition de la vie sociale était la voie, enseigne la Sœur suprême. Il n'en reste pas moins que la disparition de tout contact physique entre néo-humains a pu avoir, a encore parfois le caractère d'une ascèse ; c'est d'ailleurs le terme même qu'emploie la Sœur suprême dans ses messages, selon leur formulation intermédiaire tout du moins. Dans les messages que j'ai moi-même adressés à Marie22, il en est certains qui relèvent de l'affectif bien plus que du cognitif, ou du propositionnel. Sans aller jusqu'à éprouver pour elle ce que les humains qualifiaient du nom de *désir*, j'ai pu parfois me laisser brièvement entraîner sur la pente du *sentiment*.

La peau fragile, glabre, mal irriguée des humains ressentait affreusement le vide des caresses. Une meilleure circulation des vaisseaux sanguins cutanés, une légère diminution de la sensibilité des fibres nerveuses de type L ont permis, dès les premières générations néo-humaines, de diminuer les souffrances liées à l'absence de contact. Il reste que j'envisagerais difficilement de vivre une journée entière sans passer ma main dans le pelage de Fox, sans ressentir la chaleur de son petit corps aimant. Cette nécessité ne diminue pas à mesure que mes forces déclinent, j'ai même l'impression qu'elle se fait plus pressante. Fox le sent, demande moins à jouer, se blottit contre moi, pose sa tête sur mes genoux ; nous demeurons des nuits entières dans cette position – rien n'égale la douceur du sommeil lorsqu'il se produit en présence de l'être aimé. Puis le jour revient, monte sur la résidence ; je prépare la gamelle de Fox, je me fais du café. Je sais à présent que je n'achèverai pas mon commentaire. Je quitterai sans vrai regret une existence qui ne m'apportait aucune joie effective. Considérant le trépas, nous avons atteint à l'état d'esprit qui était, selon les textes des moines de Ceylan, celui que recherchaient les bouddhistes du Petit Véhicule ; notre vie au moment de sa disparition « a le caractère d'une bougie qu'on souffle ». Nous pouvons dire aussi, pour reprendre les paroles de la Sœur suprême, que nos générations se succèdent « comme les pages d'un livre qu'on feuillette ».

Marie23 m'adresse plusieurs messages, que je laisse sans réponse. Ce sera le rôle de Daniel25 de prolonger, s'il le souhaite, le contact. Un froid léger envahit mes extrémités ; c'est le signe que j'entre dans les dernières heures. Fox le sent, pousse de petits gémissements, lèche mes orteils. Plusieurs fois déjà j'ai vu Fox mourir, avant d'être remplacé par son semblable ; j'ai connu les yeux qui se ferment, le rythme cardiaque qui s'interrompt sans altérer la paix profonde, animale, du beau regard brun. Je ne peux entrer dans cette sagesse, aucun néo-humain ne pourra réellement y parvenir ; je ne peux que m'en approcher, ralentir volontairement le rythme de ma respiration et de mes projections mentales.

Le soleil monte encore, atteint son zénith ; le froid, pourtant, se fait de plus en plus vif. Des souvenirs peu marqués apparaissent brièvement, puis s'effacent. Je sais que mon ascèse n'aura pas été inutile ; je sais que je participerai à l'essence des Futurs.

Les projections mentales, elles aussi, disparaissent. Il reste quelques minutes, probablement. Je ne ressens rien d'autre qu'une très légère tristesse.

deuxième partie

Commentaire de Daniel25

DANIEL1,12

Pendant la première partie de sa vie, on ne se rend compte de son bonheur qu'après l'avoir perdu. Puis vient un âge, un âge second, où l'on sait déjà, au moment où l'on commence à vivre un bonheur, que l'on va, au bout du compte, le perdre. Lorsque je rencontrai Belle, je compris que je venais d'entrer dans cet âge second. Je compris également que je n'avais pas atteint l'âge tiers, celui de la vieillesse véritable, où l'anticipation de la perte du bonheur empêche même de le vivre.

Pour parler de Belle je dirai simplement, sans exagération ni métaphore, qu'elle m'a rendu la vie. En sa compagnie, j'ai vécu des moments de bonheur intense. Cette phrase si simple, c'était peut-être la première fois que j'avais l'occasion de la prononcer. J'ai vécu des moments de bonheur intense. C'était à l'intérieur d'elle, ou un peu à côté ; c'était quand j'étais à l'intérieur d'elle, ou un peu avant, ou un peu après. Le temps, à ce stade, restait encore présent ; il y avait de longs moments où plus rien ne bougeait, et puis tout retombait dans un « et puis ». Plus tard, quelques semaines après notre rencontre, ces moments heureux ont fusionné, se sont rejoints ; et ma vie entière, dans sa présence, sous son regard, est devenue bonheur.

Belle, en réalité, s'appelait Esther. Je ne l'ai jamais appelée Belle – jamais en sa présence.

Ce fut une étrange histoire. Déchirante, si déchirante, ma Belle. Et le plus étrange est sans doute que je n'en aie pas été réellement surpris. Sans doute avais-je eu tendance, dans mes rapports avec les gens (j'ai failli écrire : « dans mes rapports officiels avec les gens » ; et c'est un peu cela, en effet), sans doute avais-je eu tendance à surestimer mon état de désespoir. Quelque chose en moi savait donc, avait toujours su que je finirais par rencontrer l'amour – je parle de l'amour partagé, le seul qui vaille, le seul qui puisse effectivement nous conduire à un ordre de perceptions différent, où l'individualité se fissure, où les conditions du monde apparaissent modifiées, et sa continuation légitime. Je n'avais pourtant rien d'un naïf ; je savais que la plupart des gens naissent, vieillissent et meurent sans avoir connu l'amour. Peu après l'épidémie dite de la « vache folle », de nouvelles normes furent promulguées dans le domaine de la traçabilité de la viande bovine. Dans les rayons boucherie des supermarchés, dans les établissements de restauration rapide, on put voir apparaître de petites étiquettes, en général ainsi libellées : « Né et élevé en France. Abattu en France. » Une vie simple, en effet.

Si l'on s'en tient aux circonstances, le début de notre histoire fut d'une banalité extrême. J'avais quarante-sept ans au moment de notre rencontre, et elle vingt-deux. J'étais riche, elle était belle. En plus elle était actrice, et les réalisateurs de films couchent avec leurs actrices, c'est connu ; certains films, même, ne paraissent pas avoir d'autre motivation essentielle. Pouvait-on, ceci dit, me considérer comme un *réalisateur de films* ? En tant que réalisateur je n'avais que « DEUX MOUCHES PLUS TARD » à mon actif, et je m'apprêtais à renoncer à réaliser « LES ÉCHANGISTES DE L'AUTOROUTE », en fait j'y avais même déjà renoncé au moment où je revins de Paris, quand le taxi s'arrêta devant ma résidence de San José je sentis sans risque d'erreur que je n'avais plus la force, et que je n'allais pas donner suite à ce projet, pas plus qu'à aucun autre. Les choses, cependant, avaient suivi leur cours, et j'étais attendu par une dizaine de fax de producteurs européens qui souhaitaient en savoir un peu plus. Ma note d'intention se limitait à une phrase : « Réunir les avantages commerciaux de la pornographie et de l'ultraviolence. » Ce n'était pas une note d'intention, tout au plus un *pitch*, mais c'était bien, m'avait dit mon agent, beaucoup de jeunes réalisateurs procédaient comme ça aujourd'hui, j'étais sans le vouloir un professionnel moderne. Il y avait aussi trois DVD émanant des principaux agents artistiques espagnols ; j'avais commencé à prospecter, en indiquant que le film avait un « éventuel contenu sexuel ».

Voilà, c'est ainsi qu'a débuté la plus grande histoire d'amour de ma vie : de manière prévisible, convenue, et même si l'on veut vulgaire. Je me préparai au micro-ondes un plat d'Arroz Tres Delicias, introduisis un DVD au hasard dans le lecteur. Pendant que le plat chauffait, j'eus le temps d'éliminer les trois premières filles. Au bout de deux minutes il y eut une sonnerie, je retirai le plat du four, rajoutai de la purée de piments Suzi Weng ; en même temps, sur l'écran géant dans le fond du salon, démarrait la bande-annonce d'Esther.

Je passai rapidement sur les deux premières scènes, extraites d'une sitcom quelconque et d'un feuilleton policier sans doute encore plus médiocre ; mon attention, cependant, avait été attirée par quelque chose, j'avais le doigt sur la télécommande, et au moment de la seconde transition j'appuyai aussitôt pour repasser en vitesse normale.

Elle était nue, debout, dans une pièce assez peu définissable – sans doute l'atelier de l'artiste. Dans la première image, elle était éclaboussée par un jet de peinture jaune – celui qui projetait la peinture était hors champ. On la retrouvait ensuite allongée au milieu d'une mare éblouissante de peinture jaune. L'artiste – on ne voyait que ses bras – versait sur elle un seau de peinture bleue, puis l'étalait sur son ventre et sur ses seins ; elle regardait dans sa direction avec un amusement confiant. Il la guidait en la prenant par la main, elle se retournait sur le ventre, il versait à nouveau de la peinture au creux de ses reins, l'étalait sur son dos et sur ses fesses ; ses fesses bougeaient, accompagnaient le mouvement des mains. Il y avait dans son visage, dans chacun de ses gestes une innocence, une grâce sensuelle bouleversantes.

Je connaissais les travaux d'Yves Klein, je m'étais documenté depuis ma rencontre avec Vincent, je savais que cette action n'avait rien d'original ni d'intéressant sur le plan artistique ; mais qui songe encore à l'art lorsque le bonheur est possible ? J'ai regardé l'extrait dix fois de suite : je bandais, c'est certain, mais je crois que j'ai compris beaucoup de choses, aussi, dès ces premières minutes. J'ai compris que j'allais aimer Esther, que j'allais l'aimer avec violence, sans précaution ni espoir de retour. J'ai compris que cette histoire serait si forte qu'elle pourrait me tuer, qu'elle allait même probablement me tuer dès qu'Esther cesserait de m'aimer parce que quand même il y a certaines limites, chacun d'entre nous a beau avoir une certaine capacité de résistance on finit tous par mourir d'amour, ou plutôt d'absence d'amour, c'est au bout du compte inéluctablement mortel. Oui, bien des choses étaient déjà déterminées dès ces premières minutes, le processus était déjà bien engagé. Je pouvais encore l'interrompre, je pouvais éviter de rencontrer Esther, détruire ce DVD, partir en voyage très loin, mais en pratique j'appelai son agent dès le lendemain. Naturellement il fut ravi, oui c'est possible, je crois qu'elle ne fait rien en ce moment, la conjoncture vous le savez mieux que moi n'est pas simple, nous n'avons jamais travaillé ensemble ? dites-moi si je me trompe, ce sera un plaisir un plaisir – « DEUX MOUCHES PLUS TARD » avait décidément eu un certain écho partout ailleurs qu'en France, il parlait un anglais tout à fait correct, et plus généralement l'Espagne se modernisait avec une rapidité surprenante.

Notre premier rendez-vous eut lieu dans un bar de la Calle Obispo de León, un bar assez grand, assez typique, avec des boiseries sombres et des tapas – je lui étais plutôt reconnaissant de n'avoir pas choisi un Planet Hollywood. J'arrivai avec dix minutes de retard, et à partir du moment où elle leva les yeux vers moi il ne fut plus question de libre arbitre, nous étions déjà dans l'*étant donné*. Je m'assis en face d'elle sur la banquette un peu avec la même sensation que j'avais eue quelques années plus tôt lorsque j'avais subi une anesthésie générale : l'impression d'un départ léger, consenti, l'intuition qu'au bout du compte la mort serait une chose très simple. Elle portait un jean serré, taille basse, et un top rose moulant qui laissait ses épaules à découvert. Au moment où elle se leva pour aller commander j'aperçus son string, rose également, qui dépassait du jean, et je me mis à bander. Lorsqu'elle revint du comptoir, j'eus beaucoup de mal à détacher mes yeux de son nombril. Elle s'en rendit compte, sourit, s'assit à côté de moi sur la banquette. Avec ses cheveux blond clair et sa peau très blanche, elle ne ressemblait pas vraiment à une Espagnole typique – j'aurais dit, plutôt, à une Russe. Elle avait de jolis yeux bruns, attentifs, et je ne me souviens plus très bien de mes premières paroles mais je crois que j'ai indiqué presque immédiatement que j'allais renoncer à mon projet de film. Elle en parut surprise, plus que réellement déçue. Elle me demanda pourquoi.

Au fond je n'en savais rien, et il me semble alors m'être lancé dans une explication assez longue, qui remontait à l'âge qu'elle avait à présent – son agent m'avait déjà dit qu'elle avait vingt-deux ans. Il en ressortait que j'avais mené une vie plutôt triste, solitaire, marquée par un labeur acharné, entrecoupée par de fréquentes périodes de dépression. Les mots me venaient facilement, je m'exprimais en anglais, de temps en temps elle me faisait répéter une phrase. En somme j'allais renoncer non seulement à ce film mais à peu près à tout, dis-je pour conclure ; je ne ressentais en moi plus la moindre ambition, rage de vaincre ni quoi que ce soit de ce genre, il me semblait cette fois que j'étais vraiment fatigué.

Elle me regarda avec perplexité, comme si le mot lui paraissait mal choisi. Pourtant c'était cela, peut-être pas une fatigue physique, dans mon cas c'était plutôt nerveux, mais y a-t-il une différence ? « Je n'ai plus la foi... » dis-je finalement.

« Maybe it's better... » dit-elle ; puis elle posa une main sur mon sexe. En enfonçant sa tête au creux de mon épaule, elle pressa doucement la bite entre ses doigts.

Dans la chambre d'hôtel, elle m'en dit un peu plus sur sa vie. Certes, on pouvait la qualifier d'actrice, elle avait joué dans des sitcoms, des feuilletons policiers – où en général elle se faisait violer et étrangler par des psychopathes plus ou moins nombreux –, quelques publicités aussi. Elle avait même tenu le rôle principal dans un long métrage espagnol, mais le film n'était pas encore sorti, et de toute façon c'était un mauvais film ; le cinéma espagnol, selon elle, était condamné à brève échéance.

Elle pouvait partir à l'étranger, dis-je, en France par exemple on faisait encore des films. Oui, mais elle ne savait pas si elle était une bonne actrice, ni d'ailleurs si elle avait envie d'être actrice. En Espagne elle réussissait à travailler de temps en temps, grâce à son physique atypique ; elle était consciente de cette chance, et de son caractère relatif. Au fond elle considérait le métier d'actrice comme un *petit boulot*, mieux payé que servir des pizzas ou distribuer des flyers pour une soirée en discothèque, mais plus difficile à trouver. Par ailleurs elle étudiait le piano, et la philosophie. Et elle voulait vivre, surtout.

Un peu le même genre d'études qu'une *jeune fille accomplie* du XIXe siècle, me dis-je machinalement en déboutonnant son jean. J'ai toujours eu du mal avec les jeans, leurs gros boutons métalliques, elle dut m'aider.

Par contre je me suis tout de suite senti bien en elle, je crois que j'avais oublié que c'était si bon. Ou peut-être est-ce que ça n'avait jamais été aussi bon, peut-être est-ce que je n'avais jamais éprouvé autant de plaisir. À quarante-sept ans ; la vie est étrange.

Esther vivait seule avec sa sœur, enfin sa sœur avait quarante-deux ans et lui avait plutôt servi de mère ; sa véritable mère était à moitié folle. Elle ne connaissait pas son père, même pas de nom, elle n'avait jamais vu de photo, rien.

Sa peau était très douce.

Daniel25,1

Au moment où la barrière de protection se refermait, le soleil perça entre deux nuages et l'ensemble de la résidence fut baigné d'une lumière aveuglante. La peinture des murs extérieurs contenait une petite quantité de radium, à la radioactivité atténuée, qui protégeait efficacement des orages magnétiques, mais augmentait l'indice de réflexion des bâtiments ; le port de lunettes de protection, dans les premiers jours, était conseillé.

Fox vint vers moi en agitant faiblement la queue. Les compagnons canins survivent rarement à la disparition du néo-humain avec lequel ils ont passé leur vie. Ils reconnaissent bien sûr l'identité génétique du successeur, dont l'odeur corporelle est identique, mais dans la plupart des cas ce n'est pas suffisant, ils cessent de jouer et de s'alimenter et décèdent rapidement, en l'espace de quelques semaines. Je savais ainsi que le début de mon existence effective serait marqué par le deuil ; je savais aussi que cette existence se déroulerait dans une région marquée par une forte densité de sauvages, où les consignes de protection devraient être appliquées avec rigueur ; j'étais en outre préparé aux principaux éléments d'une vie classique.

Ce que j'ignorais par contre, et que je découvris en pénétrant dans le bureau de mon prédécesseur, c'est que Daniel24 avait pris certaines notes manuscrites sans les reporter à l'adresse IP de son commentaire – ce qui était plutôt inhabituel. La plupart témoignaient d'une curieuse amertume désabusée – comme celle-ci, griffonnée sur une feuille détachée d'un carnet à spirale :

Les insectes se cognent entre les murs,
Limités à leur vol fastidieux
Qui ne porte aucun message
Que la répétition du pire.

D'autres semblaient empreintes d'une lassitude, d'une sensation de vacuité étrangement humaines :

Depuis des mois, déjà, pas la moindre inscription
Et pas la moindre chose méritant d'être inscrite.

Dans les deux cas, il avait procédé en mode non codant. Sans être directement préparé à cette éventualité, je n'en étais pas absolument surpris : je savais que la lignée des Daniel était – et cela, depuis son fondateur – prédisposée à une certaine forme de doute et d'auto-dépréciation. J'eus quand même un choc en découvrant cette ultime note qu'il avait laissée sur sa table de chevet, et qui devait, d'après l'état du papier, être très récente :

Lisant la Bible à la piscine
Dans un hôtel plutôt bas de gamme,
Daniel ! Tes prophéties me minent,
Le ciel a la couleur d'un drame.

La légèreté humoristique, l'auto-ironie – ainsi, d'ailleurs, que l'allusion directe à des éléments de vie humains – étaient ici si marquées qu'une telle note aurait pu être attribuée sans difficulté à Daniel1, notre lointain ancêtre, plutôt qu'à l'un de ses successeurs néo-humains. La conclusion s'imposait : à force de se plonger dans la biographie, à la fois ridicule et tragique, de Daniel1, mon prédécesseur s'était peu à peu laissé imprégner par certains aspects de sa personnalité ; ce qui était, dans un sens, exactement le but recherché par les Fondateurs ; mais, contrairement aux enseignements de la Sœur suprême, il n'avait pas su garder une suffisante distance critique. Le danger existait, il avait été répertorié, je me sentais préparé à y faire face ; je savais surtout qu'il n'y avait pas d'autre issue. Si nous voulions préparer l'avènement des Futurs nous devions au préalable suivre l'humanité dans ses faiblesses, ses névroses, ses doutes ; nous devions les faire entièrement nôtres, afin de les dépasser. La duplication rigoureuse du code génétique, la méditation sur le récit de vie du prédécesseur, la rédaction du commentaire : tels étaient les trois piliers de notre foi, inchangés depuis l'époque des Fondateurs. Avant de me préparer un repas léger je joignis les mains pour une brève oraison à la Sœur suprême et je me sentis de nouveau lucide, équilibré, actif.

Avant de m'endormir, je survolai le commentaire de Marie22 ; je savais que je rentrerais bientôt en contact avec Marie23. Fox s'allongea à mes côtés, soupira doucement. Il allait mourir près de moi, et le savait ; c'était déjà un vieux chien, maintenant ; il s'endormit presque aussitôt.

DANIEL1,13

C'était un autre monde, séparé du monde ordinaire par quelques centimètres de tissu – indispensable protection sociale, puisque 90 % des hommes qu'était appelée à rencontrer Esther seraient saisis de l'immédiat désir de la pénétrer. Le jean une fois enlevé je jouai quelque temps avec son string rose, constatant que son sexe devenait rapidement humide ; il était cinq heures de l'après-midi. Oui, c'était un autre monde, et j'y demeurai jusqu'au lendemain matin à onze heures – c'était l'ultime limite pour un petit déjeuner, et je commençais à avoir sérieusement besoin de m'alimenter. J'avais probablement dormi, par brèves périodes. Pour le reste, ces quelques heures justifiaient ma vie. Je n'exagérais pas, et j'avais conscience de ne pas exagérer : nous étions à présent dans l'absolue simplicité des choses. La sexualité, ou plus exactement le désir, était bien entendu un thème que j'avais abordé à de multiples reprises dans mes sketches ; que beaucoup de choses en ce monde tournent autour de la sexualité, ou plus exactement du désir, j'en étais conscient comme tout autre – et probablement bien plus que beaucoup d'autres. Dans ces conditions, en comique vieillissant, j'avais pu parfois me laisser gagner par une sorte de doute sceptique : la sexualité était peut-être, comme tant d'autres choses et presque tout en ce monde, *surfaite* ; il ne s'agissait peut-être que d'une banale *ruse* destinée à augmenter la compétition entre les hommes et la rapidité de fonctionnement de l'ensemble. Il n'y avait peut-être rien de plus dans la sexualité que dans un déjeuner chez Taillevent, ou une Bentley Continental GT ; rien qui justifie que l'on s'agite à ce point.

Cette nuit devait me montrer que j'avais tort, et me ramener à une vision plus élémentaire des choses. Le lendemain, de retour à San José, je descendis jusqu'à la Playa de Monsul. Observant la mer, et le soleil qui descendait sur la mer, j'écrivis un poème. Le fait était déjà en soi curieux : non seulement je n'avais jamais écrit de poésie auparavant, mais je n'en avais même pratiquement jamais lu, à l'exception de Baudelaire. La poésie d'ailleurs, pour ce que j'en savais, était morte. J'achetais assez régulièrement une revue littéraire trimestrielle, de tendance plutôt ésotérique – sans appartenir vraiment à la littérature, je m'en sentais parfois proche ; j'écrivais malgré tout mes sketches, et même si je ne visais à rien d'autre qu'à une parodie approximative de style oral j'étais conscient de la difficulté qu'il y a à aligner des mots, à les organiser en phrases, sans que l'ensemble s'effondre dans l'incohérence ou s'enlise dans l'ennui. Dans cette revue, deux ans auparavant, j'avais lu un long article consacré à la disparition de la poésie – disparition que le signataire jugeait inéluctable. Selon lui la poésie, en tant que langage non contextuel, antérieur à la distinction objets-propriétés, avait définitivement déserté le monde des hommes. Elle se situait dans un en-deçà primitif auquel nous n'aurions plus jamais accès, car il était antérieur à la véritable constitution de l'objet, et de la langue. Inapte à transporter des informations plus précises que de simples sensations corporelles et émotionnelles, intrinsèquement liée à l'état magique de l'esprit humain, elle avait été rendue irrémédiablement désuète par l'apparition de procédures fiables d'attestation objective. Tout cela m'avait convaincu à l'époque, mais je ne m'étais pas lavé ce matin-là, j'étais encore empli de l'odeur d'Esther, et de ses saveurs (jamais entre nous il n'avait été question de préservatifs, le sujet n'avait simplement pas été abordé, et je crois qu'elle n'y avait même pas songé – moi non plus je n'y avais pas songé, et c'était plus surprenant parce que mes premiers ébats s'étaient déroulés au temps du sida, et d'un sida qui était à l'époque inéluctablement mortel, c'était quand même quelque chose qui aurait dû me marquer). Enfin le sida appartenait sans doute au domaine du contextuel, c'était ce qu'on pouvait se dire, en tout cas j'écrivis mon premier poème ce matin-là, alors que j'étais encore baigné de l'odeur d'Esther. Ce poème, le voici :

Au fond j'ai toujours su
Que j'atteindrais l'amour
Et que cela serait
Un peu avant ma mort.

J'ai toujours eu confiance,
Je n'ai pas renoncé
Bien avant ta présence,
Tu m'étais annoncée.

Voilà, ce sera toi,
Ma présence effective
Je serai dans la joie
De ta peau non fictive

Si douce à la caresse,
Si légère et si fine
Entité non divine,
Animal de tendresse.

À l'issue de cette nuit, le soleil était revenu sur Madrid. J'appelai un taxi et j'attendis quelques minutes dans le hall de l'hôtel, en compagnie d'Esther, cependant qu'elle répondait aux multiples messages qui s'étaient accumulés sur son portable. Elle avait déjà téléphoné à de nombreuses reprises au cours de la nuit, elle semblait avoir une vie sociale très riche ; la plupart de ses conversations se terminaient par la formule « un besito », ou parfois « un beso ». Je ne parlais pas vraiment espagnol, la nuance s'il y en avait une m'échappait, mais je pris conscience au moment où le taxi s'arrêtait devant le hall de l'hôtel qu'elle embrassait en pratique assez peu. C'était assez curieux parce que sinon elle appréciait la pénétration sous toutes ses formes, elle présentait son cul avec beaucoup de grâce (elle avait des petites fesses haut perchées, plutôt un cul de garçon), elle suçait sans hésitation et même avec enthousiasme ; mais à chaque fois que mes lèvres s'étaient approchées des siennes elle s'était détournée, un peu gênée.

Je déposai mon sac de voyage dans le coffre ; elle me tendit une joue, il y eut deux baisers rapides, puis je montai en voiture. En descendant l'avenue, quelques mètres plus loin, je me retournai pour lui faire au revoir de la main ; mais elle était déjà au téléphone, et ne remarqua pas mon signe.

Dès mon arrivée à l'aéroport d'Almeria, je compris ce qu'allait être ma vie au cours des semaines suivantes. Depuis des années déjà, je laissais mon portable à peu près systématiquement éteint : c'était une question de statut, j'étais une star européenne ; si l'on voulait me joindre il fallait laisser un message, et attendre que je rappelle. Cela avait parfois été dur, mais je m'étais tenu à cette règle, et j'avais eu gain de cause au fil des années : les producteurs laissaient des messages ; les acteurs connus, les directeurs de journaux laissaient des messages ; j'étais au sommet de la pyramide et je comptais bien y rester, au moins pendant quelques années, jusqu'à ce que j'officialise ma sortie de scène. Cette fois mon premier geste, dès la descente de l'avion, fut d'allumer mon portable ; je fus surpris, et presque effrayé par la violence de la déception qui me saisit lorsque je m'aperçus que je n'avais aucun message d'Esther.

La seule chance de survie, lorsqu'on est sincèrement épris, consiste à le dissimuler à la femme qu'on aime, à feindre en toutes circonstances un léger détachement. Quelle tristesse, dans cette simple constatation ! Quelle accusation contre l'homme !... Il ne m'était cependant jamais venu à l'esprit de contester cette loi, ni d'envisager de m'y soustraire : l'amour rend faible, et le plus faible des deux est opprimé, torturé et finalement tué par l'autre, qui de son côté opprime, torture et tue sans penser à mal, sans même en éprouver de plaisir, avec une complète indifférence ; voilà ce que les hommes, ordinairement, appellent l'amour. Pendant les deux premiers jours je passai par de grands moments d'hésitation, au sujet de ce téléphone. J'arpentais les pièces, allumant cigarette sur cigarette, de temps en temps je marchais jusqu'à la mer, je rebroussais chemin et je me rendais compte que je n'avais pas vu la mer, que j'aurais été incapable de confirmer sa présence en cette minute – pendant ces promenades je m'obligeais à me séparer de mon téléphone, à le laisser sur ma table de chevet, et plus généralement je m'obligeais à respecter un intervalle de deux heures avant de le rallumer et de constater une fois de plus qu'elle ne m'avait pas laissé de message. Au matin du troisième jour, j'eus l'idée de laisser allumé mon téléphone en permanence et d'essayer d'oublier l'attente de la sonnerie ; au milieu de la nuit, en avalant mon cinquième comprimé de Mépronizine, je me rendis compte que ça ne servait à rien, et je commençai à me résigner au fait qu'Esther était la plus forte, et que je n'avais plus aucun pouvoir sur ma propre vie.

Au soir du cinquième jour, je l'appelai. Elle ne parut pas du tout surprise de m'entendre, le temps lui avait paru passer très vite. Elle accepta facilement de venir me rendre visite à San José ; elle connaissait la province d'Almeria pour y avoir passé plusieurs fois des vacances, quand elle était petite fille ; depuis quelques années elle allait plutôt à Ibiza, ou à Formentera. Elle pouvait passer un week-end, pas le suivant, mais celui dans deux semaines ; je respirai profondément pour ne pas montrer ma déception. « Un besito… » dit-elle juste avant de raccrocher. Voilà ; j'avais franchi un nouveau cran dans l'engrenage.

DANIEL25,2

Deux semaines après mon arrivée Fox mourut, peu après le coucher du soleil. J'étais allongé sur le lit lorsqu'il s'approcha, essaya péniblement de monter ; il agitait la queue avec nervosité. Depuis le début, il n'avait pas touché une seule fois à sa gamelle ; il avait beaucoup maigri. Je l'aidai à s'installer sur moi ; pendant quelques secondes il me regarda, avec un curieux mélange d'épuisement et d'excuse ; puis, apaisé, il posa sa tête contre ma poitrine. Sa respiration se ralentit, il ferma les yeux. Deux minutes plus tard, il rendait son dernier souffle. Je l'enterrai à l'intérieur de la résidence, à l'extrémité ouest du terrain ceinturé par la barrière de protection, près de ses prédécesseurs. Dans la nuit, un transport rapide venu de la Cité centrale déposa un chien identique ; ils connaissaient les codes et le fonctionnement de la barrière, je ne me dérangeai pas pour les accueillir. Un petit bâtard blanc et roux vint vers moi en remuant la queue ; je lui fis signe. Il sauta sur le lit, s'allongea à mes côtés.

L'amour est simple à définir, mais il se produit peu – dans la série des êtres. À travers les chiens nous rendons hommage à l'amour, et à sa possibilité. Qu'est-ce qu'un chien, sinon une *machine à aimer* ? On lui présente un être humain, en lui donnant pour mission de l'aimer – et aussi disgracieux, pervers, déformé ou stupide soit-il, le chien l'aime. Cette caractéristique était si surprenante, si frappante pour les humains de l'ancienne race que la plupart – tous les témoignages concordent – en venaient à aimer leur chien en retour. Le chien était donc une *machine à aimer à effet d'entraînement* – dont l'efficacité, cependant, restait limitée aux chiens, et ne s'étendait jamais aux autres hommes.

Aucun sujet n'est davantage abordé que l'amour, dans les récits de vie humains comme dans le corpus littéraire qu'ils nous ont laissé ; l'amour homosexuel comme l'amour hétérosexuel sont abordés, sans qu'on ait pu jusqu'à présent déceler de différence significative ; aucun sujet non plus n'est aussi discuté, aussi controversé, surtout pendant la période finale de l'histoire humaine, où les oscillations cyclothymiques concernant la croyance en l'amour devinrent constantes et vertigineuses. Aucun sujet en somme ne semble avoir autant préoccupé les hommes ; même l'argent, même les satisfactions du combat et de la gloire perdent en comparaison, dans les récits de vie humains, de leur puissance dramatique. L'amour semble avoir été pour les humains de l'ultime période l'acmé et l'impossible, le regret et la grâce, le point focal où pouvaient se concentrer toute souffrance et toute joie. Le récit de vie de Daniel1, heurté, douloureux, aussi souvent sentimental sans retenue que franchement cynique, à tous points de vue contradictoire, est à cet égard caractéristique.

DANIEL1,14

Je faillis louer une autre voiture pour aller chercher Esther à l'aéroport d'Almeria ; j'avais peur qu'elle ne soit défavorablement impressionnée par le coupé Mercedes 600 SL, mais aussi par la piscine, les jacuzzis, plus généralement par l'étalage de luxe qui caractérisait mon mode de vie. Je me trompais : Esther était une réaliste ; elle savait que j'avais eu du succès et s'attendait donc, logiquement, à ce que je vive sur un grand pied ; elle connaissait des gens de toutes sortes, les uns très riches, les autres très pauvres, et n'y voyait rien à redire ; elle acceptait cette inégalité, comme toutes les autres, avec une parfaite simplicité. Ma génération avait encore été marquée par différents débats autour de la question du régime économique souhaitable, débats qui se concluaient toujours par un accord sur la supériorité de l'économie de marché – avec cet argument massif que les populations auxquelles on avait tenté d'imposer un autre mode d'organisation l'avaient rejeté avec empressement, et même avec une certaine pétulance, dès que cela s'était avéré possible. Dans la génération d'Esther, ces débats eux-mêmes avaient disparu ; le capitalisme était pour elle un milieu naturel où elle se mouvait avec l'aisance qui la caractérisait dans tous les actes de sa vie ; une manifestation contre un plan de licenciements lui aurait paru aussi absurde qu'une manifestation contre le rafraîchissement du temps, ou l'invasion de l'Afrique du Nord par les criquets pèlerins. Toute idée de revendication collective lui était plus généralement étrangère, il lui paraissait évident depuis toujours que sur le plan financier comme pour toutes les questions essentielles de la vie chacun devait se défendre seul, et mener sa propre barque sans compter sur l'aide de personne. Sans doute pour s'endurcir elle s'astreignait à une grande indépendance financière, et bien que sa sœur fût plutôt riche elle tenait depuis l'âge de quinze ans à gagner elle-même son argent de poche, à s'acheter elle-même ses disques et ses fringues, dût-elle pour cela se livrer à des tâches aussi fastidieuses que distribuer des prospectus ou livrer des pizzas. Elle n'alla quand même pas jusqu'à me proposer de payer sa part au restaurant, ni quoi que ce soit de ce genre ; mais je sentis dès le début qu'un cadeau trop somptueux l'aurait indisposée, comme une légère menace à l'encontre de son indépendance.

Elle arriva vêtue d'une minijupe plissée turquoise et d'un tee-shirt Betty Boop. Sur le parking de l'aéroport, j'essayai de la prendre dans mes bras ; elle se dégagea rapidement, gênée. Au moment où elle mettait sa valise dans le coffre un coup de vent souleva sa jupe, j'eus l'impression qu'elle n'avait pas de culotte. Une fois installé au volant, je lui posai la question. Elle hocha la tête en souriant, se retroussa jusqu'à la taille, écarta légèrement les cuisses : les poils de sa chatte formaient un petit rectangle blond, bien taillé.

Au moment où je démarrais, elle baissa de nouveau sa jupe : je savais maintenant qu'elle n'avait pas de culotte, l'effet était obtenu, c'était suffisant. Arrivés à la résidence, pendant que je sortais sa valise du coffre, elle me précéda sur les quelques marches menant à l'entrée ; en apercevant le bas de ses petites fesses j'eus un étourdissement, je faillis éjaculer dans mon pantalon. Je la rejoignis, l'enlaçai en me collant à elle. « *Open the door...* » dit-elle en frottant distraitement ses fesses contre ma bite. J'obéis, mais à peine dans l'entrée je me collai de nouveau contre elle ; elle s'agenouilla sur un petit tapis à proximité, posant ses mains sur le sol. J'ouvris ma braguette et la pénétrai, mais malheureusement le trajet en voiture m'avait tellement excité que je jouis presque tout de suite ; elle en parut un peu déçue, mais pas trop. Elle voulut se changer et prendre un bain.

Si la célèbre formule de Stendhal, qu'appréciait tellement Nietzsche, selon laquelle la beauté est une promesse de bonheur, est en général tout à fait fausse, elle s'appliquerait par contre parfaitement à l'érotisme. Esther était ravissante, mais Isabelle aussi, dans sa jeunesse elle était même probablement encore plus belle. Esther par contre était plus érotique, elle était incroyablement, délicieusement érotique, j'en pris conscience une nouvelle fois lorsqu'elle revint de la salle de bains : sitôt après avoir enfilé un pull large elle le baissa légèrement sur ses épaules afin de découvrir les bretelles de son soutien-gorge, puis rajusta son string afin de le faire dépasser de son jean ; elle faisait tous ces petits gestes automatiquement, sans même y penser, avec un naturel et une candeur irrésistibles.

Le lendemain, au réveil, je fus traversé par un frisson de joie à l'idée que nous allions descendre à la plage ensemble. Sur la Playa de Monsul, comme sur toutes les plages sauvages, difficiles d'accès, et en général à peu près désertes du parc naturel du Cabo de Gata, le naturisme est tacitement admis. Bien sûr la nudité n'est pas érotique, enfin c'est ce qu'on dit, pour ma part j'ai toujours trouvé la nudité *plutôt* érotique – lorsque le corps est beau évidemment –, disons que ce n'est pas ce qu'il y a *de plus* érotique, j'avais eu des discussions pénibles là-dessus avec des journalistes du temps que j'introduisais des naturistes néo-nazis dans mes sketches. Je savais bien, de toute façon, qu'elle allait trouver quelque chose ; je n'eus que quelques minutes à attendre, puis elle apparut vêtue d'un mini-short blanc dont elle avait laissé ouverts les deux premiers boutons, découvrant la naissance de ses poils pubiens ; sur ses seins elle avait noué un châle doré, en prenant soin de le remonter un peu pour qu'on puisse apercevoir leur base. La mer était très calme. Une fois installée elle se déshabilla complètement, ouvrit largement ses cuisses, offrant son sexe au soleil. Je versai de l'huile sur son ventre et commençai à la caresser. J'ai toujours été assez doué pour ça, enfin je sais comment m'y prendre avec l'intérieur des cuisses, le périnée, c'est un de mes petits talents. J'étais en pleine action, et je m'apercevais avec satisfaction qu'Esther commençait à éprouver le désir d'être pénétrée, lorsque j'entendis : « Bonjour ! » lancé d'une voix forte et joyeuse, quelques mètres derrière moi. Je me retournai : Fadiah avançait dans notre direction. Elle aussi était nue, et portait en bandoulière un sac de plage en toile blanche, orné de l'étoile multicolore aux branches recourbées qui était le signe de reconnaissance des élohimites ; elle avait décidément un corps superbe. Je me levai, fis les présentations, une conversation animée s'engagea en anglais. Le petit cul blanc d'Esther était très attirant, mais les fesses rondes et cambrées de Fadiah étaient tentantes également, en tout cas je bandais de plus en plus, mais pour l'instant elles faisaient semblant de ne pas s'en apercevoir : dans les films pornos il y a toujours au moins une scène avec deux femmes, j'étais persuadé qu'Esther n'avait rien contre, et quelque chose me disait que Fadiah serait partante également. En se baissant pour relacer ses sandales, Esther effleura ma bite comme par inadvertance, mais j'étais certain qu'elle l'avait fait exprès, je fis un pas dans sa direction, mon sexe était maintenant dressé à la hauteur de son visage. L'arrivée de Patrick me calma un peu ; lui aussi était nu, il était bien bâti mais corpulent, je m'aperçus qu'il commençait à prendre du ventre, les déjeuners d'affaires probablement, enfin c'était un brave mammifère de taille moyenne, je n'avais rien contre un plan à quatre dans le principe mais sur le moment mes velléités sexuelles s'en trouvèrent plutôt refroidies.

Nous continuâmes à discuter, nus, tous les quatre, à quelques mètres du bord de la mer. Ni lui ni elle ne semblaient surpris par la présence d'Esther et la disparition d'Isabelle. Les élohimites forment rarement des couples stables, ils peuvent vivre ensemble deux ou trois ans, parfois plus, mais le prophète encourage vivement chacun à garder son autonomie et son indépendance, en particulier financière, nul ne doit consentir à un dessaisissement durable de sa liberté individuelle, que ce soit par un mariage ou un simple PACS, l'amour doit rester ouvert et pouvoir être constamment remis en jeu, tels sont les principes édictés par le prophète. Même si elle profitait des hauts revenus de Patrick et du mode de vie qu'ils permettaient, Fadiah n'avait probablement aucune possession commune avec lui, et ils avaient sans aucun doute des comptes séparés. Je demandai à Patrick des nouvelles de ses parents, il m'apprit alors une triste nouvelle : sa mère était morte. Cela avait été très inattendu, très brutal : une infection nosocomiale contractée dans un hôpital de Liège où elle était rentrée pour une opération en principe banale de la hanche ; elle avait succombé en quelques heures. Lui-même était en déplacement professionnel en Corée et n'avait pas pu la voir sur son lit de mort, à son retour elle était déjà congelée – elle avait fait don de son corps à la science. Robert, son père, supportait très mal le choc, en fait il avait décidé de quitter l'Espagne pour s'installer dans une maison de retraite en Belgique ; il lui laissait la propriété.

Le soir, nous dînâmes ensemble dans un restaurant de poissons de San José. Robert le Belge dodelinait de la tête, participait peu à la conversation ; il était à peu près complètement abruti par les calmants. Patrick me rappela que le stage d'hiver se déroulait dans quelques mois à Lanzarote, et qu'ils espéraient vivement ma présence, le prophète lui en avait encore parlé la semaine dernière, j'avais fait sur lui une très bonne impression, et cette fois ce serait vraiment grandiose, il y aurait des adhérents venus du monde entier. Esther, naturellement, était la bienvenue. Elle n'avait jamais entendu parler de la secte, aussi écouta-t-elle l'exposé de la doctrine avec curiosité. Patrick, sans doute échauffé par le vin (un Tesoro de Bullas, de la région de Murcie, un vin qui tapait fort), insista particulièrement sur les aspects sexuels. L'amour qu'enseignait le prophète, et qu'il recommandait de pratiquer, était l'amour véritable, non possessif : si l'on aimait véritablement une femme, ne devait-on pas se réjouir de la voir prendre du plaisir avec d'autres hommes ? De même qu'elle se réjouissait, sans arrière-pensée, de vous voir éprouver du plaisir avec d'autres femmes ? Je connaissais ce genre de baratin, j'avais eu des discussions pénibles là-dessus avec des journalistes du temps que j'introduisais des partouzeuses anorexiques dans mes sketches. Robert le Belge hochait la tête avec une approbation désespérée, lui qui n'avait probablement jamais connu d'autre femme que la sienne, à présent décédée, et qui allait sans doute mourir assez vite dans sa maison de retraite du Brabant, croupissant anonymement dans son urine, encore heureux s'il pouvait éviter d'être molesté par les aides-soignants. Fadiah elle aussi semblait tout à fait d'accord, trempait ses crevettes dans la mayonnaise, se léchait les lèvres avec gourmandise. J'ignorais complètement ce que pouvait en penser Esther, j'imagine qu'elle devait trouver les discussions théoriques à ce sujet assez *ringardes*, et à vrai dire j'étais un peu dans le même état d'esprit – quoique pour des raisons différentes, plutôt liées à une répulsion générale pour les discussions théoriques, il me devenait de plus en plus difficile d'y participer, ou même de feindre un intérêt quelconque. Dans le fond j'aurais certainement eu des objections à formuler, par exemple que l'amour non possessif ne paraissait concevable que si l'on vivait soi-même dans une atmosphère saturée de délices, d'où toute crainte était absente, en particulier la crainte de l'abandon et de la mort, qu'il impliquait au minimum, et entre autres choses, l'éternité, en bref que ses conditions n'étaient pas réalisées ; quelques années plus tôt j'aurais certainement *argumenté*, mais je ne m'en sentais plus la force, et de toute façon ce n'était pas trop grave, Patrick était un peu ivre, il s'écoutait parler avec satisfaction, le poisson était frais, nous passions ce qu'il est convenu d'appeler une *agréable soirée*. Je promis de venir à Lanzarote, Patrick m'assura d'un geste large que je bénéficierais d'un traitement VIP tout à fait exceptionnel ; Esther ne savait pas, elle aurait peut-être des examens à cette période. En nous quittant je serrai longuement la main de Robert, qui marmonna quelque chose que je ne compris pas du tout ; il tremblait un peu, malgré la douceur de la température. Il me faisait de la peine, ce vieux matérialiste, avec ses traits creusés par le chagrin, ses cheveux avaient blanchi d'un seul coup. Il n'en avait plus que pour quelques mois, quelques semaines peut-être. Qui le regretterait ? Pas grand monde ; probablement Harry, qui allait se retrouver privé d'entretiens plaisants, balisés, contradictoires sans excès. Je pris alors conscience qu'Harry supporterait probablement bien mieux que Robert la disparition de sa femme ; il pouvait se représenter Hildegarde jouant de la harpe au milieu des anges du Seigneur, ou, sous une forme plus spirituelle, blottie dans un recoin topologique du point oméga, quelque chose de ce genre ; pour Robert le Belge, la situation était sans issue.

« *What are you thinking ?* » demanda Esther au moment où nous franchissions le seuil. « *Sad things...* » répondis-je pensivement. Elle hocha la tête, me regarda avec sérieux, se rendit compte que j'étais réellement triste. « *Don't worry...* » dit-elle ; puis elle s'agenouilla pour me faire une pipe. Elle avait une technique très au point, certainement inspirée par les films pornos – ça se voyait tout de suite car elle avait ce geste, qu'on apprend si vite dans les films, de rejeter ses cheveux en arrière pour permettre au garçon, à défaut de caméra, de vous regarder en pleine action. La fellation est depuis toujours la figure reine des films pornos, la seule qui puisse servir de modèle utile aux jeunes filles ; c'est aussi la seule où l'on retrouve parfois quelque chose de l'émotion réelle de l'acte, parce que c'est la seule où le gros plan soit, également, un gros plan du visage de la femme, où l'on puisse lire sur ses traits cette fierté joyeuse, ce ravissement enfantin qu'elle éprouve à donner du plaisir. De fait, Esther me raconta par la suite qu'elle s'était refusée à cette caresse lors de sa première relation sexuelle, et qu'elle ne s'était décidée à se lancer qu'après avoir vu pas mal de films. Elle s'y prenait à présent remarquablement bien, jouissait de sa propre maîtrise, et jamais plus tard je n'hésitai, même lorsqu'elle me semblait trop fatiguée ou trop indisposée pour baiser, à lui demander une pipe. Immédiatement avant l'éjaculation elle se reculait légèrement pour recevoir le jet de sperme sur le visage ou dans la bouche, mais elle revenait ensuite à la charge pour lécher minutieusement, jusqu'à la dernière goutte. Comme beaucoup de très jolies jeunes filles elle était facilement indisposée, délicate sur le plan nutritionnel, et avait d'abord avalé avec réticence ; mais l'expérience lui avait démontré de la manière la plus claire qu'il lui faudrait en prendre son parti, que la dégustation de leur sperme n'était pas pour les hommes un acte indifférent ni optionnel, mais constituait un témoignage personnel irremplaçable ; elle s'y prêtait maintenant avec joie, et j'éprouvai un immense bonheur à jouir dans sa petite bouche.

DANIEL25,3

Après quelques semaines de réflexion je pris contact avec Marie23, lui laissant simplement mon adresse IP. Elle me répondit par le message suivant :

J'ai nettement vu Dieu
Dans son inexistence
Dans son néant précieux
Et j'ai saisi ma chance.

12924, 4311, 4358, 212526. L'adresse indiquée était celle d'une surface grise, veloutée, soyeuse, parcourue dans son épaisseur de légers mouvements, comme un rideau de velours agité par le vent, au rythme de lointains accords de cuivres. La composition était à la fois apaisante et légèrement euphorisante, je me perdis quelque temps dans sa contemplation. Avant que j'aie eu le temps de répondre, elle m'adressa un second message :

Après l'événement de la sortie du Vide,
Nous nagerons enfin dans la Vierge liquide.

51922624, 4854267. Au milieu d'un paysage détruit composé de carcasses d'immeubles hautes et grises, aux fenêtres béantes, un bulldozer géant charriait de la boue. Je zoomai légèrement sur l'énorme véhicule jaune, aux formes arrondies, aux allures de jouet radiocommandé – il semblait n'y avoir aucun pilote dans la cabine. Au milieu de la boue noirâtre, des squelettes humains étaient éparpillés par la lame du bulldozer au fur et à mesure de son avancée ; en zoomant encore un peu je distinguai plus nettement des tibias, des crânes.

« C'est ce que je vois de ma fenêtre… » m'écrivit Marie23, passant sans préavis en mode non codant. J'en fus un peu surpris ; elle faisait donc partie de ces rares néo-humaines installées dans les anciennes conurbations. C'était un sujet, j'en pris conscience du même coup, que Marie22 n'avait jamais abordé avec mon prédécesseur ; son commentaire du moins n'en portait nulle trace. « Oui, je vis dans les ruines de New York… » répondit Marie23. « En plein milieu de ce que les hommes appelaient Manhattan… » ajouta-t-elle un peu plus tard.

Cela n'avait évidemment pas beaucoup d'importance, puisqu'il était hors de question que les néo-humains s'aventurent hors de leurs résidences ; mais j'étais content pour ma part de vivre au milieu d'un paysage naturel, lui dis-je. New York n'était pas si désagréable, me répondit-elle ; il y avait beaucoup de vent depuis la période du Grand Assèchement, le ciel était constamment changeant, elle vivait à un étage élevé et passait beaucoup de temps à observer le mouvement des nuages. Certaines usines de produits chimiques, probablement situées dans le New Jersey vu la distance, continuaient à fonctionner, au moment du coucher du soleil la pollution donnait au ciel d'étranges teintes roses et vertes ; et l'océan était encore présent, très loin vers l'Est, à moins qu'il ne s'agisse d'une illusion d'optique, mais par grand beau temps on distinguait parfois un léger miroitement.

Je lui demandai si elle avait eu le temps de terminer le récit de vie de Marie1. « Oh oui… me répondit-elle immédiatement. Il est très bref : moins de trois pages. Elle semblait disposer d'étonnantes aptitudes à la synthèse… »

Cela aussi était original, mais possible. À l'opposé, Rebecca1 était célèbre pour son récit de vie comportant plus de deux mille pages, et qui ne couvrait cependant qu'une période de trois heures. Il n'y avait, là non plus, aucune consigne.

DANIEL 1,15

La vie sexuelle de l'homme se décompose en deux phases : la première où il éjacule trop tôt, la seconde où il n'arrive plus à bander. Durant les premières semaines de ma relation avec Esther, je m'aperçus que j'étais revenu à la première phase – alors que je croyais depuis longtemps avoir abordé la seconde. Par moments, en marchant à ses côtés dans un parc, ou le long de la plage, j'étais envahi par une ivresse extraordinaire, j'avais l'impression d'être un garçon de son âge, et je marchais plus vite, je respirais profondément, je me tenais droit, je parlais fort. À d'autres moments par contre, en croisant nos reflets dans un miroir, j'étais envahi par la nausée et, le souffle coupé, je me recroquevillais entre les couvertures ; d'un seul coup je me sentais si vieux, si flasque. Dans l'ensemble pourtant mon corps n'était pas mal conservé, je n'avais pas un poil de graisse, j'avais même quelques muscles ; mais mes fesses pendaient, et surtout mes couilles, elles pendaient de plus en plus, et c'était irrémédiable, je n'avais jamais entendu parler d'aucun traitement ; pourtant elle léchait ces couilles, et les caressait, sans paraître en ressentir la moindre gêne. Son corps à elle était si frais, si lisse.

Vers la mi-janvier, je dus me rendre à Paris pour quelques jours ; une vague de froid intense s'était abattue sur la France, tous les matins on retrouvait des SDF gelés sur les trottoirs. Je comprenais parfaitement qu'ils refusent d'aller dans les centres d'hébergement ouverts pour eux, qu'ils n'aient aucune envie de se mêler à leurs congénères ; c'était un monde sauvage, peuplé de gens cruels et stupides, dont la stupidité, par un mélange particulier et répugnant, exacerbait encore la cruauté ; c'était un monde où l'on ne rencontrait ni solidarité, ni pitié – les rixes, les viols, les actes de torture y étaient monnaie courante, c'était en fait un monde presque aussi dur que celui des prisons, à ceci près que la surveillance y était inexistante, et le danger constant. Je rendis visite à Vincent, son pavillon était surchauffé. Il m'accueillit en chaussons et en robe de chambre, il clignait des yeux et mit quelques minutes avant de parvenir à s'exprimer normalement ; il avait encore maigri. J'avais l'impression d'être son premier visiteur depuis des mois. Il avait beaucoup travaillé dans son sous-sol, me dit-il, est-ce que j'avais envie de voir ? Je ne m'en sentis pas le courage et je repartis après un café ; il continuait à s'enfermer dans son petit monde merveilleux, onirique, et je me rendais compte que personne n'y aurait plus jamais accès.

Comme j'étais dans un hôtel près de la place de Clichy, j'en profitai pour me rendre dans quelques sex-shops afin d'acheter des dessous sexy à Esther – elle m'avait dit qu'elle aimait bien le latex, qu'elle appréciait aussi d'être cagoulée, menottée, couverte de chaînes. Le vendeur me paraissant inhabituellement compétent, je lui parlai de mon problème d'éjaculation précoce ; il me conseilla une crème allemande récemment mise sur le marché, à la composition complexe – il y avait du sulfate de benzo-caïne, de l'hydrochlorite de potassium, du camphre. En l'appliquant sur le gland avant le rapport sexuel, et en massant soigneusement pour faire pénétrer, la sensibilité se trouvait diminuée, la montée du plaisir et l'éjaculation survenaient beaucoup plus lentement. Je l'essayai dès mon retour en Espagne et ce fut d'emblée un succès total, je pouvais la pénétrer pendant des heures, sans autre limite que l'épuisement respiratoire – pour la première fois de ma vie j'eus envie d'arrêter de fumer. Généralement je me réveillais avant elle, mon premier mouvement était de la lécher, très vite sa chatte était humide et elle ouvrait les cuisses pour être prise : nous faisions l'amour dans le lit, sur les divans, à la piscine, à la plage. Peut-être des gens vivent-ils ainsi pendant de longues années, mais moi je n'avais jamais connu un tel bonheur, et je me demandais comment j'avais pu vivre jusque-là. Elle avait d'instinct les mimiques, les petits gestes (s'humecter les lèvres avec gourmandise, serrer ses seins entre les paumes pour vous les tendre) qui évoquent la fille un peu *salope*, et portent l'excitation de l'homme à son plus haut point. Être en elle était une source de joies infinies, je sentais chacun des mouvements de sa chatte lorsqu'elle la refermait, doucement ou plus fort, sur mon sexe, pendant des minutes entières je criais et je pleurais en même temps, je ne savais plus du tout où j'en étais, parfois lorsqu'elle se retirait je m'apercevais qu'il y avait eu, très fort, de la musique, et que je n'en avais rien entendu. Nous sortions rarement, parfois nous allions prendre un cocktail dans un lounge bar de San José, mais là aussi très vite elle se rapprochait de moi, posait la tête sur mon épaule, ses doigts pressaient ma bite à travers le tissu mince, et souvent nous allions tout de suite baiser dans les toilettes – j'avais renoncé à porter des sous-vêtements, elle n'avait jamais de culotte. Elle avait vraiment très peu d'inhibitions : parfois, lorsque nous étions seuls dans le bar, elle s'agenouillait entre mes jambes sur la moquette et me suçait tout en terminant son cocktail à petites gorgées. Un jour, en fin d'après-midi, nous fûmes surpris dans cette position par le serveur : elle retira ma bite de sa bouche, mais la garda entre ses mains, releva la tête et lui fit un grand sourire tout en continuant à me branler de deux doigts ; il sourit également, encaissa l'addition, et ce fut alors comme si tout était prévu, arrangé de longue date par une autorité supérieure, et que mon bonheur, lui aussi, était inclus dans l'économie du système.

J'étais au paradis, et je n'avais aucune objection à continuer à y vivre pour le restant de mes jours, mais elle dut partir au bout d'une semaine pour reprendre ses leçons de piano. Le matin de son départ, avant son réveil, je massai soigneusement mon gland avec la crème allemande ; puis je m'agenouillai au-dessus de son visage, écartai ses longs cheveux blonds et introduisis mon sexe entre ses lèvres ; elle commença à téter avant même d'ouvrir les yeux. Plus tard, alors que nous prenions le petit déjeuner, elle me dit que le goût plus prononcé de mon sexe au réveil, mélangé à celui de la crème, lui avait rappelé celui de la cocaïne. Je savais qu'après avoir sniffé beaucoup de gens aimaient à lécher les grains de poudre restants. Elle m'expliqua alors que, dans certaines parties, les filles avaient un jeu consistant à se faire une ligne de coke sur le sexe des garçons présents ; enfin elle n'allait plus tellement à ce genre de parties maintenant, c'était plutôt quand elle avait seize, dix-sept ans.

Le choc, pour moi, fut assez douloureux ; le rêve de tous les hommes c'est de rencontrer des petites salopes innocentes, mais prêtes à toutes les dépravations – ce que sont, à peu près, toutes les adolescentes. Ensuite peu à peu les femmes s'assagissent, condamnant ainsi les hommes à rester éternellement jaloux de leur passé dépravé de petite salope. Refuser de faire quelque chose parce qu'on l'a déjà fait, parce qu'on a déjà *vécu l'expérience*, conduit rapidement à une destruction, pour soi-même comme pour les autres, de toute raison de vivre comme de tout futur possible, et vous plonge dans un ennui pesant qui finit par se transformer en une amertume atroce, accompagnée de haine et de rancœur à l'égard de ceux qui appartiennent encore à la vie. Esther, heureusement, ne s'était nullement *assagie*, mais je ne pus pourtant pas m'empêcher de l'interroger sur sa vie sexuelle ; elle me répondit, comme je m'y attendais, sans détour, et avec beaucoup de simplicité. Elle avait fait l'amour pour la première fois à l'âge de douze ans, après une soirée en discothèque lors d'un séjour linguistique en Angleterre ; mais ce n'était pas très important, me dit-elle, plutôt une expérience isolée. Ensuite, il ne s'était rien passé pendant à peu près deux ans. Puis elle avait commencé à sortir à Madrid, et là oui, il s'était passé pas mal de choses, elle avait vraiment découvert les jeux sexuels. Quelques partouzes, oui. Un peu de SM. Pas tellement de filles – sa sœur était complètement bisexuelle, elle non, elle préférait les garçons. Pour son dix-huitième anniversaire elle avait eu envie, pour la première fois, de coucher avec deux garçons en même temps, et elle en gardait un excellent souvenir, les garçons étaient en pleine forme, cette histoire à trois s'était même prolongée quelque temps, les garçons s'étaient peu à peu spécialisés, elle les branlait et les suçait tous les deux mais l'un la pénétrait plutôt par-devant, l'autre par-derrière, et c'était peut-être ce qu'elle préférait, il réussissait vraiment à l'enculer très fort, surtout lorsqu'elle avait acheté des poppers. Je l'imaginais, frêle petite jeune fille, entrant dans les sex-shops de Madrid pour demander des poppers. Il y a une brève période idéale, pendant la dissolution des sociétés à morale religieuse forte, où les jeunes ont vraiment envie d'une vie libre, débridée, joyeuse ; ensuite ils se lassent, peu à peu la compétition narcissique reprend le dessus, et à la fin ils baisent encore moins qu'à l'époque de morale religieuse forte ; mais Esther appartenait encore à cette brève période idéale, plus tardive en Espagne. Elle avait été si simplement, si honnêtement sexuelle, elle s'était prêtée de si bonne grâce à tous les jeux, à toutes les expériences dans le domaine sexuel, sans jamais penser que ça puisse avoir quelque chose de *mal*, que je ne parvenais même pas réellement à lui en vouloir. J'avais juste la sensation tenace et lancinante de l'avoir rencontrée trop tard, beaucoup trop tard, et d'avoir gâché ma vie ; cette sensation, je le savais, ne m'abandonnerait pas, tout simplement parce qu'elle était juste.

Nous nous revîmes très souvent les semaines suivantes, je passais pratiquement tous les week-ends à Madrid. J'ignorais complètement si elle couchait avec d'autres garçons en mon absence, je suppose que oui, mais je parvenais assez bien à chasser la pensée de mon esprit, après tout elle était chaque fois disponible pour moi, heureuse de me voir, elle faisait toujours l'amour avec autant de candeur, aussi peu de retenue, et je ne vois vraiment pas ce que j'aurais pu demander de plus. Il ne me venait même pas à l'esprit, ou très rarement, de m'interroger sur ce qu'une jolie fille comme elle pouvait bien me trouver. Après tout j'étais *drôle*, elle riait beaucoup en ma compagnie, c'était peut-être tout simplement la même chose qui me sauvait, aujourd'hui comme avec Sylvie, trente ans auparavant, au moment où j'avais commencé une vie amoureuse dans l'ensemble peu satisfaisante et traversée de longues éclipses. Ce n'était certainement pas mon argent qui l'attirait, ni ma célébrité – en fait, à chaque fois que j'étais reconnu dans la rue en sa présence, elle s'en montrait plutôt gênée. Elle n'aimait pas tellement non plus être reconnue elle-même comme actrice – cela se produisait aussi, quoique plus rarement. Il est vrai qu'elle ne se considérait pas tout à fait comme une *comédienne* ; la plupart des comédiens acceptent sans problème d'être aimés pour leur célébrité, et après tout à juste titre puisqu'elle fait partie d'eux-mêmes, de leur personnalité la plus authentique, de celle en tout cas qu'ils se sont choisie. Rares par contre sont les hommes qui acceptent d'être aimés pour leur argent, en Occident tout du moins, c'est autre chose chez les commerçants chinois. Dans la simplicité de leurs âmes, les commerçants chinois considèrent que leurs Mercedes classe S, leurs salles de bains avec appareil d'hydromassage et plus généralement leur argent font partie d'eux-mêmes, de leur personnalité profonde, et n'ont donc aucune objection à soulever l'enthousiasme des jeunes filles par ces attributs matériels, ils ont avec eux le même rapport immédiat, direct, qu'un Occidental pourra avoir avec la beauté de son visage – et au fond à plus juste titre, puisque, dans un système politico-économique suffisamment stable, s'il arrive fréquemment qu'un homme soit dépouillé de sa beauté physique par la maladie, si la vieillesse de toute façon l'en dépouillera inéluctablement, il est beaucoup plus rare qu'il le soit de ses villas sur la Côte d'Azur, ou de ses Mercedes classe S. Il reste que j'étais un névrosé occidental, et non pas un commerçant chinois, et que dans la complexité de mon âme je préférais largement être apprécié pour mon humour que pour mon argent, ou même que pour ma célébrité – car je n'étais nullement certain, au cours d'une carrière pourtant longue et active, d'avoir donné le meilleur de moi-même, d'avoir exploré toutes les facettes de ma personnalité, je n'étais pas un artiste authentique au sens où pouvait l'être, par exemple, Vincent, parce que je savais bien au fond que la vie n'avait rien de drôle mais j'avais refusé d'en tenir compte, j'avais été un peu une pute quand même, je m'étais adapté aux goûts du public, jamais je n'avais été réellement sincère à supposer que ce soit possible, mais je savais qu'il fallait le supposer et que si la sincérité, en elle-même, n'est rien, elle est la condition de tout. Au fond de moi je me rendais bien compte qu'aucun de mes misérables sketches, aucun de mes lamentables scénarios, mécaniquement ficelés, avec l'habileté d'un professionnel retors, pour divertir un public de salauds et de singes, ne méritait de me survivre. Cette pensée était, par moments, douloureuse ; mais je savais que je parviendrais, elle aussi, à la chasser assez vite.

La seule chose que je m'expliquais mal, c'était l'espèce de gêne qu'éprouvait Esther quand sa sœur lui téléphonait, et que j'étais avec elle dans une chambre d'hôtel. En y pensant, je pris conscience que si j'avais rencontré certains de ses amis – des homosexuels essentiellement –, je n'avais jamais rencontré sa sœur, avec qui pourtant elle vivait. Après un moment d'hésitation, elle m'avoua qu'elle n'avait jamais parlé à sa sœur de notre relation ; chaque fois qu'on se voyait elle prétendait être avec une amie, ou un autre garçon. Je lui demandai pourquoi : elle n'avait jamais réellement réfléchi à la question ; elle sentait que sa sœur serait choquée, mais elle n'avait pas cherché à approfondir. Ce n'était certainement pas le contenu de mes productions, shows ou films, qui était en cause ; elle était encore adolescente à la mort de Franco, elle avait participé activement à la movida qui s'était ensuivie, et mené une vie passablement débridée. Toutes les drogues avaient droit de cité chez elle, de la cocaïne au LSD en passant par les champignons hallucinogènes, la marijuana et l'ecstasy. Lorsque Esther avait cinq ans sa sœur vivait avec deux hommes, eux-mêmes bisexuels ; tous trois couchaient dans le même lit, et venaient ensemble lui dire bonsoir avant qu'elle ne s'endorme. Plus tard elle avait vécu avec une femme, sans cesser de recevoir de nombreux amants, à plusieurs reprises elle avait organisé des soirées assez chaudes dans l'appartement. Esther passait dire bonsoir à tout le monde avant de rentrer dans sa chambre lire ses Tintin. Il y avait quand même certaines limites, et sa sœur avait une fois viré de chez elle sans ménagements un invité qui s'essayait à des caresses trop appuyées sur la petite fille, menaçant même d'appeler la police. « Entre adultes libres et consentants », telle était la limite, et l'âge adulte commençait à la puberté, tout cela était parfaitement clair, je voyais très bien le genre de femme que c'était, et en matière artistique elle était certainement partisane d'une liberté d'expression totale. En tant que journaliste de gauche elle devait respecter la thune, *dinero*, enfin je ne voyais pas ce qu'elle pouvait me reprocher. Il devait y avoir autre chose de plus secret, de moins avouable, et pour en avoir le cœur net je finis par poser directement la question à Esther.

Elle me répondit après quelques minutes de réflexion, d'une voix pensive : « Je pense qu'elle va trouver que tu es trop vieux… » Oui c'était ça, j'en fus convaincu dès qu'elle le dit, et la révélation ne me causa aucune surprise, c'était comme l'écho d'un choc sourd, attendu. La différence d'âge était le dernier tabou, l'ultime limite, d'autant plus forte qu'elle restait la dernière, et qu'elle avait remplacé toutes les autres. Dans le monde moderne on pouvait être échangiste, bi, trans, zoophile, SM, mais il était interdit d'être *vieux*. « Elle va trouver ça malsain, pas normal que je ne sois pas avec un garçon de mon âge… » poursuivit-elle avec résignation. Eh bien oui j'étais un homme vieillissant, j'avais cette *disgrâce* – pour reprendre le terme employé par Coetzee, il me paraissait parfait, je n'en voyais aucun autre ; cette liberté de mœurs si charmante, si fraîche et si séduisante chez les adolescents ne pouvait devenir chez moi que l'insistance répugnante d'un vieux cochon qui refuse de *passer la main*. Ce que penserait sa sœur, à peu près tout le monde l'aurait pensé à sa place, il n'y avait à cela pas d'issue – à moins d'être un commerçant chinois.

J'avais décidé cette fois-là de rester à Madrid toute la semaine, et deux jours plus tard j'eus une petite dispute avec Esther au sujet de *Ken Park*, le dernier film de Larry Clark, qu'elle avait tenu à aller voir. J'avais détesté *Kids*, je détestai *Ken Park* encore davantage, la scène où cette sale petite ordure bat ses grands-parents m'était en particulier insupportable, ce réalisateur me dégoûtait au dernier degré, et c'est sans doute ce dégoût sincère qui fit que je fus incapable de m'empêcher d'en parler alors que je me doutais bien qu'Esther l'aimait par habitude, par conformisme, parce qu'il était *cool* d'approuver la représentation de la violence dans les arts, qu'elle l'aimait en somme sans vrai discernement, comme elle aimait Michael Haneke par exemple, sans même se rendre compte que le sens des films de Michael Haneke, douloureux et moral, était aux antipodes de celui des films de Larry Clark. Je savais que j'aurais mieux fait de me taire, que l'abandon de mon personnage comique habituel ne pouvait m'attirer que des ennuis, mais je ne pouvais pas, le démon de la perversité était le plus fort ; nous étions dans un bar bizarre, très kitsch, avec des miroirs et des dorures, rempli d'homosexuels paroxystiques qui s'enculaient sans retenue dans des backrooms adjacentes, mais cependant ouvert à tous, des groupes de garçons et de filles prenaient tranquillement des Cocas aux tables voisines. Je lui expliquai en vidant rapidement ma tequila glacée que l'ensemble de ma carrière et de ma fortune je l'avais bâti sur l'exploitation commerciale des mauvais instincts, sur cette attirance absurde de l'Occident pour le cynisme et pour le mal, et que je me sentais donc spécialement bien placé pour affirmer que parmi tous les commerçants du mal Larry Clark était l'un des plus communs, des plus vulgaires, simplement parce qu'il prenait sans retenue le parti des jeunes contre les vieux, que tous ses films n'avaient d'autre objectif que d'inciter les enfants à se comporter envers leurs parents sans la moindre humanité, sans la moindre pitié, et que cela n'avait rien de nouveau ni d'original, c'était la même chose dans tous les secteurs culturels depuis une cinquantaine d'années, cette tendance prétendument culturelle ne dissimulait en fait que le désir d'un retour à l'état primitif où les jeunes se débarrassaient des vieux sans ménagements, sans états d'âme, simplement parce qu'ils étaient trop faibles pour se défendre, elle n'était donc qu'un reflux brutal, typique de la modernité, vers un stade antérieur à toute civilisation, car toute civilisation pouvait se juger au sort qu'elle réservait aux plus faibles, à ceux qui n'étaient plus ni productifs ni désirables, en somme Larry Clark et son abject complice Harmony Korine n'étaient que deux des spécimens les plus pénibles – et artistiquement les plus misérables – de cette racaille nietzschéenne qui proliférait dans le champ culturel depuis trop longtemps, et ne pouvaient en aucun cas être mis sur le même plan que des gens comme Michael Haneke, ou comme moi-même par exemple – qui m'étais toujours arrangé pour introduire une certaine forme de doute, d'incertitude, de malaise au sein de mes spectacles, même s'ils étaient (j'étais le premier à le reconnaître) globalement répugnants. Elle m'écoutait d'un air désolé mais avec beaucoup d'attention, elle n'avait pas encore touché à son Fanta.

L'avantage de tenir un discours moral, c'est que ce type de propos a été soumis à une censure si forte, et depuis tant d'années, qu'il provoque un effet d'incongruité et attire aussitôt l'attention de l'interlocuteur ; l'inconvénient, c'est que celui-ci ne parvient jamais à vous prendre tout à fait au sérieux. L'expression sérieuse et attentive d'Esther me désarçonna un instant, mais je commandai un autre verre de tequila et je continuai tout en prenant conscience que je m'excitais artificiellement, que ma sincérité elle-même avait quelque chose de faux : outre le fait patent que Larry Clark n'était qu'un petit commerçant sans envergure et que le citer dans la même phrase que Nietzsche avait déjà en soi quelque chose de dérisoire, je me sentais au fond à peine plus concerné par ces sujets que par la faim dans le monde, les droits de l'homme ou n'importe quelle connerie du même genre. Je continuai pourtant, avec une acrimonie croissante, emporté par cet étrange mélange de méchanceté et de masochisme dont je souhaitais peut-être qu'il me conduise à ma perte après m'avoir apporté la notoriété et la fortune. Non seulement les vieux n'avaient plus le droit de baiser, poursuivis-je avec férocité, mais ils n'avaient plus le droit de se révolter contre un monde qui pourtant les écrasait sans retenue, en faisait la proie sans défense de la violence des délinquants juvéniles avant de les parquer dans des mouroirs ignobles où ils étaient humiliés et maltraités par des aides-soignants décérébrés, et malgré tout cela la révolte leur était interdite, la révolte elle aussi – comme la sexualité, comme le plaisir, comme l'amour – semblait réservée aux jeunes, et n'avoir aucune justification possible en dehors d'eux, toute cause incapable de mobiliser l'intérêt des jeunes était par avance disqualifiée, en somme les vieillards étaient en tout point traités comme de purs déchets auxquels on n'accordait plus qu'une survie misérable, conditionnelle et de plus en plus étroitement limitée. Dans mon scénario « LE DÉFICIT DE LA SÉCURITÉ SOCIALE », qui n'avait pas abouti – c'était d'ailleurs le seul de mes projets à n'avoir pas abouti, et ça me paraissait hautement significatif, poursuivis-je presque hors de moi –, j'incitais au contraire les vieux à se révolter contre les jeunes, à les utiliser et à les *mater*. Pourquoi par exemple les adolescents mâles ou femelles, consommateurs voraces et moutonniers, toujours friands d'argent de poche, ne seraient-ils pas *contraints* à la prostitution, seul moyen pour eux de rembourser dans une faible mesure les efforts et fatigues immenses consentis pour leur bien-être ? Et pourquoi, à une époque où la contraception était au point, et le risque de dégénérescence génétique parfaitement localisé, maintenir cet absurde et humiliant tabou de l'inceste ? Voilà des vraies questions, des problèmes moraux authentiques ! m'exclamai-je avec emportement ; ça, ce n'était plus du Larry Clark.

Si j'étais acrimonieux, elle était douce ; et si je prenais, sans la moindre retenue, le parti des vieux, elle ne prenait pas, dans la même mesure, le parti des jeunes. Une longue conversation s'ensuivit, de plus en plus émouvante et tendre, dans ce bar d'abord, puis au restaurant, puis dans un autre bar, dans la chambre d'hôtel enfin ; nous en oubliâmes même, pour un soir, de faire l'amour. C'était notre première vraie conversation, et c'était d'ailleurs me semblait-il la première vraie conversation que j'aie avec qui que ce soit depuis des années, la dernière remontait probablement aux débuts de ma vie commune avec Isabelle, je n'avais peut-être jamais eu de véritable conversation avec quelqu'un d'autre qu'une femme aimée, et au fond il me paraissait normal que l'échange d'idées avec quelqu'un qui ne connaît pas votre corps, n'est pas en mesure d'en faire le malheur ou au contraire de lui apporter la joie, soit un exercice faux et finalement impossible, car nous sommes des corps, nous sommes avant tout, principalement et presque uniquement des corps, et l'état de nos corps constitue la véritable explication de la plupart de nos conceptions intellectuelles et morales. J'appris ainsi qu'Esther avait eu une maladie de reins très grave, à l'âge de treize ans, qui avait nécessité une longue opération, et que l'un de ses reins était resté définitivement atrophié, ce qui l'obligeait à boire au moins deux litres d'eau par jour, alors que le deuxième, pour l'instant sauvé, pouvait à tout moment donner des signes de faiblesse ; il me paraissait évident que c'était un détail capital, que c'était même sans doute pour cela qu'elle ne s'était pas *assagie* sur le plan sexuel : elle connaissait le prix de la vie, et sa durée si brève. J'appris aussi, et cela me parut encore plus important, qu'elle avait eu un chien, recueilli dans les rues de Madrid, et qu'elle s'en était occupée depuis l'âge de dix ans ; il était mort l'année précédente. Une très jolie jeune fille, traitée avec des égards constants et des attentions démesurées par l'ensemble de la population masculine, y compris par ceux – l'immense majorité – qui n'ont plus aucun espoir d'en obtenir une faveur d'ordre sexuel, et même à vrai dire tout particulièrement par eux, avec une émulation abjecte confinant chez certains quinquagénaires au gâtisme pur et simple, une très jolie jeune fille devant qui tous les visages s'ouvrent, toutes les difficultés s'aplanissent, accueillie partout comme si elle était la reine du monde, devient naturellement une espèce de monstre d'égoïsme et de vanité autosatisfaite. La beauté physique joue ici exactement le même rôle que la noblesse de sang sous l'Ancien Régime, et la brève conscience qu'elles pourraient prendre à l'adolescence de l'origine purement accidentelle de leur rang cède rapidement la place chez la plupart des très jolies jeunes filles à une sensation de supériorité innée, naturelle, instinctive, qui les place entièrement en dehors, et largement au-dessus du reste de l'humanité. Chacun autour d'elle n'ayant pour objectif que de lui éviter toute peine, et de prévenir le moindre de ses désirs, c'est tout uniment qu'une très jolie jeune fille en vient à considérer le reste du monde comme composé d'autant de *serviteurs*, elle-même n'ayant pour seule tâche que d'entretenir sa propre valeur érotique – dans l'attente de rencontrer un garçon digne d'en recevoir l'hommage. La seule chose qui puisse la sauver sur le plan moral, c'est d'avoir la responsabilité concrète d'un être plus faible, d'être directement et personnellement responsable de la satisfaction de ses besoins physiques, de sa santé, de sa survie – cet être pouvant être un frère ou une sœur plus jeune, un animal domestique, peu importe.

Esther n'était certainement pas *bien éduquée* au sens habituel du terme, jamais l'idée ne lui serait venue de vider un cendrier ou de débarrasser le relief de ses repas, et c'est sans la moindre gêne qu'elle laissait la lumière allumée derrière elle dans les pièces qu'elle venait de quitter (il m'est arrivé, suivant pas à pas son parcours dans ma résidence de San José, d'avoir à actionner dix-sept commutateurs) ; il n'était pas davantage question de lui demander de penser à faire un achat, de ramener d'un magasin où elle se rendait une course non destinée à son propre usage, ou plus généralement de rendre un service quelconque. Comme toutes les très jolies jeunes filles elle n'était au fond bonne qu'à baiser, et il aurait été stupide de l'employer à autre chose, de la voir autrement que comme un animal de luxe, en tout choyé et gâté, protégé de tout souci comme de toute tâche ennuyeuse ou pénible afin de mieux pouvoir se consacrer à son service exclusivement sexuel. Elle n'en était pas moins très loin d'être ce monstre d'arrogance, d'égoïsme absolu et froid, ou, pour parler en termes plus baudelairiens, cette *infernale petite salope* que sont la plupart des très jolies jeunes filles ; il y avait en elle la conscience de la maladie, de la faiblesse et de la mort. Quoique belle, très belle, infiniment érotique et désirable, Esther n'en était pas moins sensible aux infirmités animales, parce qu'elle les connaissait ; c'est ce soir-là que j'en pris conscience, et que je mis véritablement à l'aimer. Le désir physique, si violent soit-il, n'avait jamais suffi chez moi à conduire à l'amour, il n'avait pu atteindre ce stade ultime que lorsqu'il s'accompagnait, par une juxtaposition étrange, d'une compassion pour l'être désiré ; tout être vivant, évidemment, mérite la compassion du simple fait qu'il est en vie et se trouve par là-même exposé à des souffrances sans nombre, mais face à un être jeune et en pleine santé c'est une considération qui paraît bien théorique. Par sa maladie de reins, par sa faiblesse physique insoupçonnable mais réelle, Esther pouvait susciter en moi une compassion non feinte, chaque fois que l'envie me prendrait d'éprouver ce sentiment à son égard. Étant elle-même compatissante, ayant même des aspirations occasionnelles à la bonté, elle pouvait également susciter en moi l'estime, ce qui parachevait l'édifice, car je n'étais pas un être de passion, pas essentiellement, et si je pouvais désirer quelqu'un de parfaitement méprisable, s'il m'était arrivé à plusieurs reprises de baiser des filles dans l'unique but d'assurer mon emprise sur elles et au fond de les *dominer*, si j'étais même allé jusqu'à utiliser ce peu louable sentiment dans des sketches, jusqu'à manifester une compréhension troublante pour ces violeurs qui sacrifient leur victime immédiatement après avoir disposé de son corps, j'avais par contre toujours eu besoin d'estimer pour aimer, jamais au fond je ne m'étais senti parfaitement à l'aise dans une relation sexuelle basée sur la pure attirance érotique et l'indifférence à l'autre, j'avais toujours eu besoin, pour me sentir sexuellement heureux, d'un minimum – à défaut d'amour – de sympathie, d'estime, de compréhension mutuelle ; l'humanité, non, je n'y avais pas renoncé.

Non seulement Esther était compatissante et douce, mais elle était suffisamment intelligente et fine pour se mettre en l'occurrence à ma place. À l'issue de cette discussion où j'avais défendu avec une impétuosité pénible – et stupide au demeurant, puisqu'elle ne songeait nullement à me ranger dans cette catégorie – le droit au bonheur pour les personnes vieillissantes, elle conclut qu'elle parlerait de moi à sa sœur, et qu'elle procéderait aux présentations dans un délai assez bref.

Pendant cette semaine à Madrid, où je fus presque tout le temps avec Esther, et qui reste une des périodes les plus heureuses de ma vie, je me rendis compte aussi que si elle avait d'autres amants leur présence était singulièrement discrète, et qu'à défaut d'être le seul – ce qui était, après tout, également possible – j'étais sans nul doute le *préféré*. Pour la première fois de ma vie je me sentais, sans restrictions, heureux d'être un homme, je veux dire un être humain de sexe masculin, parce que pour la première fois j'avais trouvé une femme qui s'ouvrait complètement à moi, qui me donnait totalement, sans restrictions, ce qu'une femme peut donner à un homme. Pour la première fois aussi je me sentais animé à l'égard d'autrui d'intentions charitables et amicales, j'aurais aimé que tout le monde soit heureux, comme je l'étais moi-même. Je n'étais plus du tout un bouffon alors, j'avais laissé loin de moi l'*attitude humoristique* ; je revivais en somme, même si je savais que c'était pour la dernière fois. Toute énergie est d'ordre sexuel, non pas principalement mais exclusivement, et lorsque l'animal n'est plus bon à se reproduire il n'est absolument plus bon à rien. Il en va de même pour les hommes ; lorsque l'instinct sexuel est mort, écrit Schopenhauer, le véritable noyau de la vie est consumé ; ainsi, note-t-il dans une métaphore d'une terrifiante violence, « l'existence humaine ressemble à une représentation théâtrale qui, commencée par des acteurs vivants, serait terminée par des automates revêtus des mêmes costumes ». Je ne voulais pas devenir un automate, et c'était cela, cette présence réelle, cette saveur de la *vie vivante*, comme aurait dit Dostoïevski, qu'Esther m'avait rendue. À quoi bon maintenir en état de marche un corps qui n'est touché par personne ? Et pourquoi choisir une jolie chambre d'hôtel si l'on doit y dormir seul ? Je ne pouvais, après tant d'autres finalement vaincus malgré leurs ricanements et leurs grimaces, que m'incliner : immense et admirable, décidément, était la puissance de l'amour.

Daniel25,4

La nuit qui suivit mon premier contact avec Marie23, je fis un rêve étrange. J'étais au milieu d'un paysage de montagnes, l'air était si limpide qu'on distinguait le moindre détail des rochers, des cristaux de glace ; la vue s'étendait loin au-delà des nuages, au-delà des forêts, jusqu'à une ligne de sommets abrupts, scintillants dans leurs neiges éternelles. Près de moi, à quelques mètres en contrebas, un vieillard de petite taille, vêtu de fourrures, au visage buriné comme celui d'un trappeur kalmouk, creusait patiemment autour d'un piquet, dans la neige ; puis, toujours armé de son modeste couteau, il entreprenait de scier une corde transparente parcourue de fibres optiques. Je savais que cette corde était une de celles conduisant à la salle transparente, la salle au milieu des neiges où se réunissaient les dirigeants du monde. Le regard du vieil homme était avisé et cruel. Je savais qu'il allait réussir, car il avait le temps pour lui, et que les fondations du monde allaient s'écrouler ; il n'était animé d'aucune motivation précise, mais d'une obstination animale ; je lui attribuais la connaissance intuitive, et les pouvoirs d'un chaman.

Comme ceux des humains, nos rêves sont presque toujours des recombinaisons à partir d'éléments de réalité hétéroclites survenus à l'état de veille ; cela a conduit certains à y voir une preuve de la non-unicité du réel. D'après eux, nos rêves seraient des aperçus sur d'autres branches d'univers existantes au sens d'Everett-de Witt, c'est-à-dire d'autres bifurcations d'observables apparues à l'occasion de certains événements de la journée ; ils ne seraient ainsi nullement l'expression d'un désir ni d'une crainte, mais la projection mentale de séquences d'événements consistantes, compatibles avec l'évolution globale de la fonction d'onde de l'Univers, mais non directement attestables. Rien n'indiquait dans cette hypothèse ce qui permettait aux rêves d'échapper aux limitations usuelles de la fonction cognitive, interdisant à un observateur donné tout accès aux séquences d'événements non attestables dans sa propre branche d'univers ; par ailleurs, je ne voyais nullement ce qui, dans mon existence, aurait pu donner naissance à une branche d'univers aussi divergente.

D'après d'autres interprétations, certains de nos songes sont d'un autre ordre que ceux qu'ont pu connaître les hommes ; d'origine artificielle, ils sont les productions spontanées de demi-formes mentales engendrées par l'entrelacement modifiable des éléments électroniques du réseau. Un organisme gigantesque demanderait à naître, à former une conscience électronique commune, mais ne pourrait pour l'instant se manifester que par la production de trains d'ondes oniriques générés par des sous-ensembles évolutifs du réseau et contraints de se propager à travers les canaux de transmission ouverts par les néo-humains ; il chercherait par conséquent à exercer un contrôle sur l'ouverture de ces canaux. Nous étions nous-mêmes des êtres incomplets, des êtres de transition, dont la destinée était de préparer l'avènement d'un futur numérique. Quoi qu'il en soit de cette hypothèse paranoïde, il est certain qu'une mutation logicielle s'était produite, probablement dès le début de la Seconde Diminution, et que, s'attaquant tout d'abord au système de cryptage, elle s'était peu à peu étendue à l'ensemble des couches logicielles du réseau ; nul ne connaissait exactement son ampleur, mais elle devait être grande, et la fiabilité de notre système de transmission était, dans le meilleur des cas, devenue très aléatoire.

Le danger de surproduction onirique était répertorié depuis l'époque des Fondateurs, et pouvait aussi, plus simplement, s'expliquer par les conditions d'isolement physique absolu dans lesquelles nous étions appelés à vivre. Aucun traitement véritable n'était connu. La seule parade consistait à éviter l'envoi et la réception de messages, à couper tout contact avec la communauté néo-humaine, à se recentrer sur les éléments de physiologie individuelle. Je m'y astreignis, mis en place les principaux dispositifs de surveillance biochimique : il fallut plusieurs semaines pour que ma production onirique revienne à son niveau normal et que je puisse à nouveau me concentrer sur le récit de vie de Daniel1, et sur mon commentaire.

DANIEL1,16

« Pour pouvoir détourner netstat, il faut y être injecté ; pour cela, on n'a d'autre choix que de détourner tout l'userland. »
kdm.fr.st

J'avais un peu oublié l'existence des élohimites lorsque je reçus un coup de téléphone de Patrick me rappelant que le stage d'hiver commençait deux semaines plus tard, et me demandant si j'avais toujours l'intention d'y participer. J'avais reçu un courrier d'invitation, un courrier VIP, précisa-t-il. Je le retrouvai facilement dans ma pile : le papier était orné, en filigrane, de jeunes filles nues dansant parmi les fleurs. Sa Sainteté le prophète me conviait, avec d'autres éminentes personnalités amies, à assister comme chaque année à la célébration de l'anniversaire de la « merveilleuse rencontre » – celle avec les Élohim, j'imagine. Ce serait une célébration particulière, où seraient dévoilés des détails inédits concernant l'édification de l'ambassade, en présence de fidèles du monde entier guidés par leurs neuf archevêques et leurs quarante-neuf évêques – ces distinctions honorifiques n'avaient rien à voir avec l'organigramme réel ; elles avaient été mises en place par Flic, qui les jugeait indispensables à la bonne gestion d'une organisation humaine. « On va s'éclater comme des malades ! » avait ajouté le prophète, à mon attention, de sa main.

Esther, comme prévu, avait des examens à cette période, et ne pourrait pas m'accompagner. Comme elle n'aurait, non plus, pas tellement le temps de me voir, j'acceptai sans hésiter – après tout j'étais à la retraite maintenant, je pouvais faire un peu de tourisme, des excursions sociologiques, essayer de vivre des moments pittoresques ou drôles. Je n'avais jamais mis en scène de secte dans mes sketches alors qu'il s'agissait d'un phénomène authentiquement moderne, qu'elles proliféraient malgré toutes les campagnes rationalistes et les mises en garde, que rien ne semblait pouvoir les arrêter. Je jouai quelque temps, assez vainement, avec l'idée d'un sketch élohimite, puis je pris mon billet d'avion.

Le vol faisait escale à la Grande Canarie, et pendant que nous tournions en attendant un couloir d'atterrissage j'observai avec curiosité les dunes de Maspalomas. Les gigantesques formations sableuses plongeaient dans l'océan d'un bleu éclatant ; nous volions à basse altitude et je pouvais distinguer les figures qui se formaient sur le sable, engendrées par le mouvement du vent, évoquant parfois des lettres, parfois des formes d'animaux ou des visages humains ; on ne pouvait s'empêcher d'y voir des signes, de leur donner une interprétation divinatoire, et je commençai à me sentir oppressé, malgré ou à cause de l'uniformité de l'azur.

L'avion se vida presque entièrement à l'aéroport de Las Palmas ; puis quelques passagers montèrent, qui faisaient la navette entre les îles. La plupart semblaient des voyageurs au long cours, du style backpackers australiens armés d'un guide *Let's go Europe* et d'un plan de localisation des McDonald's. Ils se comportaient tranquillement, regardaient eux aussi le paysage, échangeaient à mi-voix des remarques intelligentes ou poétiques. Peu avant l'atterrissage nous survolâmes une zone volcanique aux roches torturées, d'un rouge sombre.

Patrick m'attendait dans le hall d'accueil de l'aéroport d'Arrecife, vêtu d'un pantalon et d'une tunique blanche brodée de l'étoile multicolore de la secte, un large sourire aux lèvres – j'avais l'impression qu'il avait commencé à sourire cinq minutes avant mon arrivée, et de fait il continua, sans raison apparente, pendant que nous traversions le parking. Il me désigna un minibus Toyota blanc, lui aussi orné de l'étoile multicolore. Je m'installai sur le siège avant : le visage de Patrick était toujours illuminé par un sourire sans objet ; en attendant dans la file pour introduire son ticket de sortie il commença à tambouriner de quelques doigts sur le volant en agitant la tête, comme habité par une mélodie intérieure.

Nous roulions dans une plaine d'un noir intense, presque bleuté, formée de rocs anguleux, grossiers, à peine modelés par l'érosion, lorsqu'il reprit la parole : « Tu vas voir, ce stage est superbe… » dit-il à mi-voix, comme pour lui-même, ou comme s'il me confiait un secret. « Il y a des vibrations spéciales… C'est très spirituel, vraiment. » J'acquiesçai poliment. La remarque ne me surprenait qu'à moitié : dans les ouvrages New Age il est classiquement admis que les régions volcaniques sont parcourues de courants telluriques auxquels la plupart des mammifères – et en particulier les hommes – sont sensibles ; ils sont censés, entre autres, inciter à la promiscuité sexuelle. « C'est cela, c'est cela… » fit Patrick, toujours avec extase, « nous sommes des fils du feu ». Je m'abstins de relever.

Peu avant d'arriver nous longeâmes une plage de sable noir, parsemée de petits cailloux blancs ; je dois reconnaître que c'était étrange, et même perturbant. Je regardai d'abord avec attention, puis détournai la tête ; je me sentais un peu choqué par cette brutale inversion des valeurs. Si la mer avait été rouge, j'aurais sans doute pu l'admettre ; mais elle était toujours aussi bleue, désespérément.

La route bifurqua brusquement vers l'intérieur des terres et cinq cents mètres plus loin nous nous arrêtâmes devant une barrière métallique solide, de trois mètres de haut, flanquée de barbelés, qui s'étendait à perte de vue. Deux gardes armés de mitraillettes patrouillaient derrière le portail, qui était apparemment la seule issue. Patrick leur fit signe, ils déverrouillèrent le portail, s'approchèrent, me dévisagèrent soigneusement avant de nous laisser passer. « C'est nécessaire… me dit Patrick d'une voix toujours aussi éthérée. Les journalistes… »

La piste, assez bien entretenue, traversait une zone plate et poussiéreuse, au sol de petits cailloux rouges. Au moment où j'apercevais, dans le lointain, comme un village de tentes blanches, Patrick tourna sur la gauche en direction d'un escarpement rocheux très pentu, érodé sur l'un de ses côtés, fait de cette même roche noire, probablement volcanique, que j'avais remarquée un peu plus tôt. Après deux ou trois lacets, il arrêta le véhicule sur un terre-plein et nous dûmes continuer à pied. Malgré mes protestations il insista pour prendre ma valise, qui était assez lourde. « Non non, je t'en prie… Tu es un invité VIP… » Il avait adopté le ton de la plaisanterie, mais quelque chose me disait que c'était en fait bien plus sérieux. Nous passâmes devant une dizaine de grottes creusées à flanc de rocher avant d'aboutir sur un nouveau terre-plein, presque au sommet du monticule. Une ouverture large de trois mètres, haute de deux, conduisait à une grotte beaucoup plus vaste que les autres ; deux gardes armés, là aussi, étaient postés à l'entrée.

Nous pénétrâmes dans une première salle carrée d'à peu près dix mètres de côté, aux murs nus, uniquement meublée de quelques chaises pliantes disposées le long des murs ; puis, précédés par un garde, nous traversâmes un couloir éclairé par de hauts lampadaires en forme de colonnes, assez similaires à ceux en vogue dans les années 1970 : à l'intérieur d'un liquide luminescent et visqueux de couleur jaune, turquoise, orange ou mauve, de gros globules se formaient, remontaient lentement le long de la colonne lumineuse avant de disparaître.

Les appartements du prophète étaient meublés dans le même style années 1970. Une épaisse moquette orange, zébrée d'éclairs violets, recouvrait le sol. Des divans bas, couverts de fourrure, étaient irrégulièrement disposés dans la pièce. Dans le fond, des gradins menaient à un fauteuil relax tournant en cuir rose, avec repose-pieds intégré ; le fauteuil était vide. Derrière, je reconnus le tableau qui était dans la salle à manger du prophète à Zwork – au milieu d'un jardin supposément édénique, douze jeunes filles vêtues de tuniques transparentes le contemplaient avec adoration et désir. C'était ridicule, si l'on veut, mais uniquement dans la mesure – au fond assez faible – où une chose purement sexuelle peut l'être ; l'humour et le sentiment du ridicule (j'étais payé, et même bien payé, pour le savoir) ne peuvent remporter une pleine victoire que lorsqu'ils s'attaquent à des cibles déjà désarmées telles que la religiosité, le sentimentalisme, le dévouement, le sens de l'honneur, etc. ; ils se montrent au contraire impuissants à nuire sérieusement aux déterminants profonds, égoïstes, animaux de la conduite humaine. Ce tableau quoi qu'il en soit était si mal peint qu'il me fallut un certain temps pour reconnaître les modèles dans la personne des jeunes filles réelles, assises sur les gradins, qui tentaient plus ou moins de redoubler les positions picturales – elles avaient dû être mises au courant de notre arrivée – mais n'offraient cependant qu'une reproduction approximative de la toile : si certaines avaient les mêmes tuniques transparentes, vaguement grecques, relevées jusqu'à la taille, d'autres avaient opté pour des bustiers et des porte-jarretelles de latex noir ; toutes en tout cas avaient le sexe à découvert. « Ce sont les fiancées du prophète… » me dit Patrick avec respect. Il m'apprit alors que ces élues avaient le privilège de vivre dans la présence permanente du prophète ; toutes disposaient de chambres dans sa résidence californienne. Elles représentaient toutes les races de la Terre, et avaient été destinées par leur beauté au service exclusif des Élohim : elles ne pouvaient donc avoir de rapports sexuels qu'avec eux – une fois bien sûr qu'ils auraient honoré la Terre de leur visite – et avec le prophète ; elles pouvaient aussi, lorsque celui-ci en exprimait le désir, avoir des rapports sexuels entre elles. Je méditai quelque temps sur cette perspective tout en essayant de les recompter : décidément, il n'y en avait que dix. J'entendis à ce moment un clapotis venant de la droite. Des halogènes situés dans le plafond s'allumèrent, découvrant une piscine creusée dans le roc, entourée d'une végétation luxuriante ; le prophète s'y baignait nu. Les deux jeunes filles manquantes attendaient respectueusement près de l'échelle d'accès, tenant un peignoir et une serviette blancs ornés de l'étoile multicolore. Le prophète prenait son temps, roulait sur lui-même dans l'eau, dérivait paresseusement en faisant la planche. Patrick se tut, baissa la tête ; on n'entendit plus que le léger clapotis de la baignade.

Il sortit enfin, fut aussitôt enveloppé dans le peignoir, cependant que la seconde jeune fille s'agenouillait pour lui frictionner les pieds ; je m'aperçus alors qu'il était plus grand, et surtout plus costaud, que dans mon souvenir ; il devait certainement faire de la musculation, s'entretenir. Il vint vers moi les bras largement ouverts, me donna l'accolade. « Je suis content... dit-il d'une voix profonde, je suis content de te voir... » Je m'étais plusieurs fois demandé pendant le voyage ce qu'il attendait de moi au juste ; peut-être s'exagérait-il ma notoriété. La Scientologie, par exemple, bénéficiait sans nul doute de la présence parmi ses adhérents de John Travolta ou de Tom Cruise ; mais j'étais loin d'en être au même niveau. Il était dans le même cas à vrai dire, et c'était peut-être simplement l'explication : il prenait ce qu'il avait sous la main.

Le prophète s'assit dans son fauteuil relax ; nous nous installâmes sur des poufs en contrebas. Sur un signe de sa main les jeunes filles s'égaillèrent et revinrent, portant des coupelles en grès remplies d'amandes et de fruits secs ; d'autres portaient des amphores emplies de ce qui s'avéra être du jus d'ananas. Il restait, donc, dans la note grecque ; la mise en scène, quand même, n'était pas tout à fait au point, c'était un peu gênant d'apercevoir, sur une desserte, les emballages du mélange télévision Benenuts. « Susan… » dit doucement le prophète à une jeune fille très blonde, aux yeux bleus, au visage ravissant et candide, qui était restée assise à ses pieds. Obéissant sans un mot, elle s'agenouilla entre ses cuisses, écarta le peignoir et commença à le sucer ; son sexe était court, épais. Il souhaitait apparemment établir d'entrée de jeu une position de dominance claire ; je me demandai fugitivement s'il le faisait uniquement par plaisir, ou si ça faisait partie d'un plan destiné à m'impressionner. Je n'étais en fait nullement impressionné, je remarquai par contre que Patrick semblait gêné, regardait ses pieds avec embarras, rougissait un peu – alors que tout cela était, dans le principe, absolument conforme aux théories qu'il professait. La conversation roula d'abord sur la situation internationale – caractérisée, selon le prophète, par de graves menaces pesant sur la démocratie ; le danger représenté par l'intégrisme musulman n'était selon lui nullement exagéré, il disposait d'informations inquiétantes en provenance de ses adeptes africains. Je n'avais pas grand-chose à dire sur la question, ce qui n'était pas plus mal, ça me permit de conserver à mon visage une expression d'intérêt respectueux. De temps en temps il posait la main sur la tête de la fille, qui interrompait son mouvement ; puis, sur un nouveau signe, elle recommençait à le pomper. Après avoir monologué quelques minutes, le prophète voulut savoir si je souhaitais me reposer avant le repas, qui serait pris en compagnie des principaux dirigeants ; j'avais l'impression que la bonne réponse était : « Oui. »

« Ça s'est bien passé ! Ça s'est très bien passé !... » me glissa Patrick, tout frétillant d'excitation, alors que nous reprenions le couloir en sens inverse. Sa soumission affichée me rendait un peu perplexe : j'essayais de passer en revue ce que je savais sur les tribus primitives, les rituels hiérarchiques, mais j'avais du mal à me souvenir, c'étaient vraiment des lectures de jeunesse, datant de l'époque où je prenais mes cours d'acteur ; je m'étais alors persuadé que les mêmes mécanismes se retrouvaient, à peine modifiés, dans les sociétés modernes, et que leur connaissance pourrait me servir à l'écriture de mes sketches – l'hypothèse s'était d'ailleurs révélée en gros exacte, Lévi-Strauss en particulier m'avait beaucoup aidé. En débouchant sur le terre-plein je m'arrêtai, frappé par la vision du camp de toile où logeaient les adeptes une cinquantaine de mètres en contrebas : il devait y avoir un bon millier de tentes igloo, très serrées, toutes identiques, d'un blanc immaculé, et disposées de manière à former cette étoile aux pointes recourbées qui était l'emblème de la secte. On ne pouvait apercevoir le dessin que d'en haut – ou du ciel, me suggéra Patrick. L'ambassade, une fois construite, affecterait la même forme, le prophète en avait lui-même dessiné les plans, il souhaiterait certainement me les montrer.

Je m'attendais plus ou moins à un repas somptueux, ponctué de délices sybaritiques ; je dus rapidement déchanter. En matière d'alimentation, le prophète en tenait pour la plus grande frugalité : tomates, fèves, olives, semoule de blé dur – le tout servi en petites quantités ; un peu de fromage de brebis, accompagné d'un verre de vin rouge. Non seulement il était *régime crétois* hardcore, mais il faisait une heure de gymnastique par jour, selon des mouvements précisément conçus pour tonifier l'appareil cardiovasculaire, prenait des comprimés de Pantestone et de MDMA, ainsi que d'autres médicaments disponibles uniquement aux USA. Il était littéralement obsédé par le vieillissement physique, et la conversation roula presque uniquement sur la prolifération des radicaux libres, le pontage du collagène, la fragmentation de l'élastine, l'accumulation de lipofuscine à l'intérieur des cellules du foie. Il avait l'air de connaître le sujet à fond, Savant intervenait juste de temps à autre pour préciser un point de détail. Les autres convives étaient Humoriste, Flic et Vincent – que je voyais pour la première fois depuis mon arrivée, et qui me parut encore plus largué que d'habitude : il n'écoutait pas du tout, semblait songer à des choses personnelles et informulables, son visage était parcouru de tressaillements nerveux, en particulier à chaque fois qu'apparaissait Susan – le service était assuré par les fiancées du prophète, qui avaient revêtu pour l'occasion de longues tuniques blanches fendues sur le côté.

Le prophète ne prenait pas de café, et le repas se conclut par une sorte d'infusion de couleur verte, particulièrement amère – mais qui était, selon lui, souveraine contre les accumulations de lipofuscine. Savant confirma l'information. Nous nous séparâmes tôt, le prophète insistait sur la nécessité d'un sommeil long et réparateur. Vincent me suivit précipitamment dans le couloir de sortie, j'eus l'impression qu'il s'accrochait à moi, qu'il souhaitait me parler. La grotte qui m'avait été allouée était légèrement plus vaste que la sienne, elle comportait une terrasse qui dominait le camp de toile. Il n'était que onze heures du soir mais tout était parfaitement calme, on n'entendait aucune musique, on distinguait peu d'allées et venues entre les tentes. Je servis à Vincent un verre du Glenfiddich que j'avais acheté au duty-free de l'aéroport de Madrid.

Je m'attendais plus ou moins à ce qu'il engage la conversation mais il n'en fit rien, il se contenta de se resservir et de faire tourner le liquide dans son verre. À mes questions sur son travail, il ne répondit que par des monosyllabes découragés ; il avait encore maigri. En désespoir de cause je finis par parler de moi, c'est-à-dire d'Esther, c'était à peu près la seule chose qui me paraissait digne d'être signalée dans ma vie dernièrement ; j'avais acheté un nouveau système d'arrosage automatique, aussi, mais je ne me sentais pas capable de tenir très longtemps sur le sujet. Il me demanda de lui parler encore d'Esther, ce que je fis avec un réel plaisir ; son visage s'éclairait peu à peu, il me dit qu'il était content pour moi, et je le sentais sincère. C'est difficile, l'affection entre hommes, parce que ça ne peut se concrétiser en rien, c'est quelque chose d'irréel et de doux, mais toujours d'un peu douloureux, aussi ; il partit dix minutes plus tard sans m'avoir révélé quoi que ce soit sur sa vie. Je m'allongeai dans l'obscurité et méditai sur la stratégie psychologique du prophète, qui me paraissait obscure. Allait-il me faire l'offrande d'une adepte destinée à me divertir sur le plan sexuel ? Il hésitait probablement, il ne devait pas avoir une grosse expérience dans le traitement des VIP. J'envisageais la perspective avec calme : j'avais fait l'amour avec Esther le matin même, cela avait été encore plus long et plus délicieux qu'à l'habitude ; je n'avais aucune envie d'une autre femme, je n'étais même pas certain le cas échéant de parvenir à m'y intéresser. On considère en général les hommes comme des bites sur pattes, capables de baiser n'importe quelle nana à condition qu'elle soit suffisamment excitante sans qu'aucune considération de sentiments entre en ligne de compte ; le portrait est à peu près juste, mais quand même un peu forcé. Susan était ravissante, certes, mais en la voyant sucer la queue du prophète je n'avais ressenti aucune montée d'adrénaline, aucune poussée de rivalité simiesque, en ce qui me concerne l'effet avait été manqué, et je me sentais en général inhabituellement calme.

Je me réveillai vers cinq heures du matin, peu avant l'aube, et fis une toilette énergique que je terminai par une douche glacée ; j'avais l'impression, assez difficile à justifier, et qui devait d'ailleurs se révéler fausse, que je m'apprêtais à vivre une journée décisive. Je me préparai un café noir, que je bus sur la terrasse en observant le camp de toile qui commençait à s'éveiller ; quelques adeptes se dirigeaient vers les sanitaires collectifs. Dans le jour naissant, la plaine caillouteuse paraissait d'un rouge sombre. Loin vers l'Est on apercevait les barrières de protection métallique, le terrain délimité par la secte devait faire au moins une dizaine de kilomètres carrés. Descendant le chemin en lacets, quelques mètres plus bas, j'aperçus soudain Vincent en compagnie de Susan. Ils s'arrêtèrent sur le terre-plein où nous avions laissé le minibus la veille. Vincent agitait les mains, semblait plaider sa cause, mais parlait à voix basse, j'étais trop loin pour le comprendre ; elle le regardait avec calme, mais son expression demeurait inflexible. Tournant la tête elle me vit qui les regardais, posa une main sur le bras de Vincent pour le faire taire ; je regagnai l'intérieur de ma grotte, pensif. Vincent me paraissait bien mal parti : avec son regard limpide que rien ne semblait pouvoir troubler, son corps athlétique et sain de jeune sportive protestante, cette fille avait tout de la fanatique de base : on aurait aussi bien pu l'imaginer dans un mouvement évangéliste radical, ou un groupuscule de *deep ecology* ; en l'occurrence elle devait être dévouée corps et âme au prophète, et rien ne pourrait la convaincre de rompre son vœu de service sexuel exclusif. Je compris alors pourquoi je n'avais jamais introduit de sectes dans mes sketches : il est facile d'ironiser sur les êtres humains, de les considérer comme des mécaniques burlesques lorsqu'ils sont, banalement, mus par la cupidité ou le désir ; lorsqu'ils donnent par contre l'impression d'être animés par une foi profonde, par quelque chose qui outrepasse l'instinct de survie, le mécanisme grippe, le rire est arrêté dans son principe.

Un à un les adeptes sortaient de leur tente, revêtus d'une tunique blanche, et se dirigeaient vers l'ouverture creusée à la base du piton rocheux, conduisant à une immense grotte naturelle dans laquelle se déroulaient les enseignements. Beaucoup de tentes me paraissaient vides ; de fait je devais apprendre, lors d'une conversation que j'eus quelques minutes plus tard avec Flic, que le stage d'hiver n'avait attiré cette année que trois cents personnes ; pour un mouvement qui revendiquait quatre-vingt mille adeptes à travers le monde, c'était peu. Il imputait cet insuccès au niveau trop élevé des conférences de Miskiewicz. « Ça passe complètement au-dessus de la tête des gens... Dans un stage destiné à tous, il vaudrait mieux mettre l'accent sur des émotions plus simples, plus fédératrices. Mais le prophète est complètement fasciné par les sciences... » conclut-il avec amertume. J'étais surpris qu'il s'adresse à moi avec autant de franchise ; la méfiance qu'il éprouvait à mon égard lors du stage de Zwork semblait s'être évanouie. À moins qu'il ne cherche en moi un allié : il devait s'être renseigné, avoir appris que j'étais un VIP de première importance, peut-être appelé à jouer un rôle dans l'organisation, voire à influencer les décisions du prophète. Ses relations avec Savant n'étaient pas bonnes, c'était une évidence : l'autre le considérait comme une sorte de sous-officier, tout juste bon à organiser le service d'ordre ou à mettre en place l'intendance des repas. Lors de leurs échanges parfois acerbes Humoriste éludait, ironisait, évitait de prendre parti, se reposant entièrement sur sa relation personnelle avec le prophète.

La première conférence de la journée démarrait à huit heures, et c'était, justement, une conférence de Miskiewicz, intitulée « L'être humain : matière et information ». En le voyant monter sur l'estrade, émacié, sérieux, une liasse de notes à la main, je me dis qu'il aurait été, en effet, parfaitement à sa place dans un séminaire d'étudiants de troisième cycle, mais qu'ici c'était moins évident. Il salua rapidement l'assistance avant de commencer son exposé : pas de clin d'œil au public ni de trait d'humour, pas non plus la moindre tentative de produire une émotion collective, sentimentale ou religieuse ; rien que le savoir à l'état brut.

Après une demi-heure consacrée au code génétique – très bien exploré à l'heure actuelle – et aux modalités – encore mal connues – de son expression dans la synthèse des protéines, il y eut, cependant, un petit effet de mise en scène. Deux assistants apportèrent sur la table devant lui, en peinant un peu, un container d'à peu près la taille d'un sac de ciment, constitué de poches plastiques transparentes, juxtaposées, de taille inégale, contenant des produits chimiques variés – la plus grande, de loin, était remplie d'eau.

« Ceci est un être humain !... » s'exclama Savant, presque avec emphase – j'appris par la suite que le prophète, tenant compte des remarques de Flic, lui avait demandé de dramatiser un petit peu son exposé, l'avait même inscrit à une formation accélérée de communication orale, avec training vidéo et participation de comédiens professionnels. « Le container posé sur cette table, reprit-il, a exactement la même composition chimique qu'un être humain adulte de soixante-dix kilos. Comme vous le constaterez, nous sommes surtout composés d'eau… » Il saisit un stylet, perça la poche transparente ; un petit jet se forma.

« Naturellement, il y a de grandes différences… » Le spectacle était terminé, il reprenait peu à peu son sérieux ; la poche d'eau devenait flasque, s'aplatissait lentement. « Ces différences, aussi importantes soient-elles, peuvent se résumer en un mot : l'information. L'être humain, c'est de la matière *plus* de l'information. La composition de cette matière nous est aujourd'hui connue, au gramme près : il s'agit d'éléments chimiques simples, déjà largement présents dans la nature inanimée. L'information elle aussi nous est connue, au moins dans son principe : elle repose entièrement sur l'ADN, celui du noyau et celui des mitochondries. Cet ADN contient non seulement l'information nécessaire à la construction de l'ensemble, à l'embryogenèse, mais aussi celle qui pilote et commande par la suite le fonctionnement de l'organisme. Dès lors, pourquoi devrions-nous nous astreindre à passer par l'embryogenèse ? Pourquoi ne pas fabriquer directement un être humain adulte à partir des éléments chimiques nécessaires et du schéma fourni par l'ADN ? Telle est, très évidemment, la voie de recherches vers laquelle nous nous dirigerons dans le futur. Les hommes du futur naîtront directement dans un corps adulte, un corps de dix-huit ans, et c'est ce modèle qui sera reproduit par la suite, c'est sous cette forme idéale qu'ils atteindront, que vous et moi nous atteindrons, si mes recherches avancent aussi rapidement que je l'espère, à l'immortalité. Le clonage n'est qu'une méthode primitive, directement calquée sur le mode de reproduction naturel ; le développement de l'embryon n'apporte rien, si ce n'est une possibilité de malformations et d'erreurs ; dès lors que nous disposons du plan de construction et des matériaux nécessaires, il devient une étape inutile.

« Il n'en est pas de même, poursuivit-il, et c'est un point sur lequel j'attire votre attention, pour le cerveau humain. Il y a, effectivement, certains précâblages grossiers ; quelques éléments de base parmi les aptitudes et les traits de caractère sont déjà inscrits dans le code génétique ; mais pour l'essentiel la personnalité humaine, ce qui constitue notre individualité et notre mémoire, se forme peu à peu, tout au long de notre vie, par activation et renforcement chimique de sous-réseaux neuronaux et de synapses dédiées ; l'histoire individuelle, en un mot, crée l'individu. »

Après un repas aussi frugal que le précédent, je pris place aux côtés du prophète dans sa Range Rover. Miskiewicz monta à l'avant, l'un des gardes prit le volant.

La piste continuait après le village de toile, creusée dans le roc ; un nuage de poussière rouge nous enveloppa rapidement. Au bout d'un quart d'heure la voiture stoppa devant un parallélépipède de section carrée, d'un blanc immaculé, dépourvu d'ouvertures, qui pouvait faire vingt mètres de côté et dix mètres de hauteur. Miskiewicz actionna une télécommande : une porte massive, aux jointures invisibles, pivota dans la paroi.

À l'intérieur régnaient jour et nuit, tout au long de l'année, une température et une luminosité uniformes et constantes, m'expliqua-t-il. Un escalier nous conduisit à une large coursive en hauteur qui faisait le tour du bâtiment, desservant une succession de bureaux. Les armoires métalliques encastrées dans les murs étaient remplies de DVD de données étiquetés avec soin. L'étage inférieur ne contenait rien d'autre qu'un hémisphère aux parois de plastique transparent, irrigué par des centaines de tuyaux également transparents conduisant à des containers d'acier poli.

« Ces tuyaux contiennent les substances chimiques nécessaires à la fabrication d'un être vivant, poursuivit Miskiewicz : carbone, hydrogène, oxygène, azote, et les différents oligo-éléments...

– C'est dans cette bulle transparente, ajouta le prophète d'une voix vibrante, que naîtra le premier humain conçu de manière entièrement artificielle ; le premier véritable cyborg ! »

Je jetai un regard attentif aux deux hommes : pour la première fois depuis que je l'avais rencontré le prophète était d'un sérieux total, il semblait lui-même impressionné, et presque intimidé, par les perspectives qui s'ouvraient dans le futur. Miskiewicz de son côté avait l'air tout à fait sûr de lui, et désireux de poursuivre ses explications : à l'intérieur de cette salle c'était lui le véritable patron, le prophète n'avait plus son mot à dire. Je pris alors conscience que l'aménagement du laboratoire avait dû coûter cher, et même très cher, que c'est probablement là que passait l'essentiel des cotisations et des bénéfices, que cette salle en somme était la véritable raison d'être de la secte. En réponse à mes questions, Miskiewicz précisa qu'ils étaient dès à présent en mesure de réaliser la synthèse de l'ensemble des protéines et des phospholipides complexes impliqués dans le fonctionnement cellulaire ; qu'ils avaient pu également reproduire l'ensemble des organites, à l'exception, qu'il supposait très temporaire, de l'appareil de Golgi ; mais qu'ils se heurtaient à des difficultés imprévues dans la synthèse de la membrane plasmique, et qu'ils n'étaient donc pas encore capables de produire une cellule vivante entièrement fonctionnelle. À ma question de savoir s'ils avaient de l'avance sur les autres équipes de recherche, il fronça les sourcils ; je n'avais, apparemment, pas tout à fait compris : ce n'est pas simplement qu'ils avaient de l'avance, c'est qu'ils étaient la *seule* équipe au monde à travailler sur une synthèse artificielle, où l'ADN ne servait plus au développement des feuillets embryonnaires, mais était uniquement utilisé pour l'information permettant le pilotage des fonctions de l'organisme achevé. C'était cela, justement, qui devait permettre de contourner le stade de l'embryogénèse et de fabriquer directement des individus adultes. Tant qu'on resterait tributaire du développement biologique normal, il faudrait à peu près dix-huit ans pour construire un nouvel être humain ; lorsque l'ensemble des processus seraient maîtrisés, il pensait pouvoir ramener ce délai à moins d'une heure.

Daniel25,5

Il fallut en réalité trois siècles de travaux pour atteindre l'objectif que Miskiewicz avait posé dès les premières années du XXIe siècle, et les premières générations néo-humaines furent engendrées par le moyen du clonage, dont il avait pensé beaucoup plus rapidement pouvoir s'affranchir. Il reste que ses intuitions embryologiques s'avérèrent, sur le long terme, d'une extraordinaire fécondité, ce qui devait malheureusement conduire à accorder le même crédit à ses idées sur la modélisation du fonctionnement cérébral. La métaphore du cerveau humain comme machine de Turing à câblage flou devait se révéler en fin de compte parfaitement stérile ; il existait bel et bien dans l'esprit humain des processus non algorithmiques, comme en réalité l'indiquait déjà l'existence, établie par Gödel dès les années 1930, de propositions non démontrables pouvant cependant, sans ambiguïté, être reconnues comme *vraies*. Il fallut pourtant, là aussi, presque trois siècles pour abandonner cette direction de recherches, et pour se résigner à utiliser les anciens mécanismes du conditionnement et de l'apprentissage – améliorés cependant, et rendus plus rapides et plus fiables par injection dans le nouvel organisme des protéines extraites de l'hippocampe de l'organisme ancien. Cette méthode hybride entre le biochimique et le propositionnel correspond mal au vœu de rigueur exprimé par Miskiewicz et ses premiers successeurs ; elle n'a pour ambition que de représenter, selon la formule opérationnaliste et un brin insolente de Pierce, « ce que nous pouvons faire de mieux, dans le monde réel, compte tenu de l'état effectif de nos connaissances ».

Daniel1,17

« Une fois injecté dans l'espace mémoire de l'application, il est possible de modifier son comportement. »

kdm.fr.st

Les deux premières journées furent principalement occupées par l'enseignement de Miskiewicz ; l'aspect spirituel ou émotionnel était très peu présent, et je commençais à comprendre les objections de Flic : jamais, à aucun moment de l'histoire humaine, une religion n'avait pu prendre d'ascendant sur les masses en s'adressant uniquement à la raison. Le prophète lui-même était un peu en retrait, je le croisais surtout aux repas, il restait la plupart du temps dans sa grotte, et j'imagine que les fidèles devaient être un peu déçus.

Tout changea au matin du troisième jour, qui devait se dérouler dans le jeûne, et être consacré à la méditation. Vers sept heures, je fus tiré du sommeil par le son mélancolique et grave de trompes tibétaines qui jouaient une mélodie simple, sur trois notes indéfiniment tenues. Je sortis sur ma terrasse ; le jour se levait au-dessus de la plaine caillouteuse. Un à un les élohimites sortaient de leur tente, déroulaient une natte sur le sol et s'allongeaient, se plaçant autour d'une estrade où les deux sonneurs de trompe entouraient le prophète assis en position du lotus. Comme les adeptes, il était vêtu d'une longue tunique blanche ; mais alors que la leur était faite d'une cotonnade ordinaire, la sienne était taillée dans un satin blanc, brillant, qui jetait des éclats dans la lumière naissante. Au bout d'une à deux minutes il se mit à parler d'une voix lente, profonde, qui, largement amplifiée, se fit aisément entendre par-dessus le son des trompes. En termes simples, il incita les adeptes à prendre conscience de la terre sur laquelle s'appuyaient leurs corps, à imaginer l'énergie volcanique qui émanait de la terre, cette énergie incroyable, supérieure à celle des bombes atomiques les plus puissantes ; à faire leur cette énergie, à l'incorporer à leurs corps, leurs corps destinés à l'immortalité.

Plus tard, il leur demanda de se dépouiller de leurs tuniques, de présenter leurs corps nus au soleil ; d'imaginer, là aussi, cette énergie colossale, faite de millions de réactions thermonucléaires simultanées, cette énergie qui était celle du soleil, comme de toutes les étoiles.

Il leur demanda encore d'aller plus profond que leurs corps, plus profond que leurs peaux, d'essayer par la méditation de visualiser leurs cellules, et plus profondément encore le noyau de leurs cellules, qui contenait cet ADN dépositaire de leur information génétique. Il leur demanda de prendre conscience de leur propre ADN, de se pénétrer de l'idée qu'il contenait leur schéma, le schéma de construction de leur corps, et que cette information, contrairement à la matière, était immortelle. Il leur demanda d'imaginer cette information traversant les siècles dans l'attente des Élohim, qui auraient le pouvoir de reconstituer leurs corps grâce à la technologie qu'ils avaient développée et à l'information contenue dans l'ADN. Il leur demanda d'imaginer le moment du retour des Élohim, et le moment où eux-mêmes, après une période d'attente semblable à un long sommeil, reviendraient à la vie.

J'attendis la fin de la séance de méditation pour me joindre à la foule qui se dirigeait vers la grotte où avaient eu lieu les conférences de Miskiewicz ; je fus surpris par la gaieté effervescente, un peu anormale, qui semblait s'être emparée des participants : beaucoup s'interpellaient à voix haute et s'arrêtaient pour se tenir embrassés quelques secondes, d'autres avançaient avec des sautillements et des entrechats, certains entonnaient en marchant une mélopée joyeuse. Devant la grotte avait été tendue une banderole où était inscrit « PRÉSENTATION DE L'AMBASSADE » en lettres multicolores. Près de l'entrée je tombai sur Vincent, qui semblait bien loin de la ferveur ambiante ; en tant que VIPs, nous étions sans doute dispensés des émotions religieuses ordinaires. Nous nous installâmes au milieu des autres, et les éclats de voix se turent cependant qu'un écran géant, de trente mètres de base, se déroulait le long de la paroi du fond ; puis l'obscurité se fit.

Les plans de l'ambassade avaient été conçus à l'aide de logiciels de création 3D, probablement AutoCad et Freehand ; j'appris par la suite avec surprise que le prophète avait tout fait lui-même. Quoique parfaitement ignorant dans à peu près tous les domaines, il se passionnait pour l'informatique, et pas seulement pour les jeux vidéo, il avait acquis une bonne maîtrise des outils de création graphique les plus élaborés, et avait par exemple réalisé lui-même l'ensemble du site de la secte à l'aide de Dreamweaver MX, allant jusqu'à écrire une centaine de pages de code HTML. Dans le plan de l'ambassade comme dans la conception du site, il avait en tout cas donné libre cours à son goût naturel pour la laideur ; à mes côtés Vincent poussa un gémissement douloureux, puis baissa la tête et garda obstinément le regard fixé sur ses genoux pendant toute la durée de la projection – soit, quand même, un peu plus d'une demi-heure. Les slides succédaient aux slides, généralement reliés par des transitions en forme d'explosion et de recomposition de l'image, le tout sur fond d'ouvertures de Wagner samplées avec de la techno à fort volume. La plupart des salles de l'ambassade affectaient la forme de solides parfaits allant du dodécaèdre à l'icosaèdre ; la pesanteur, sans doute par convention d'artiste, y était abolie, et le regard du visiteur virtuel flottait librement du haut en bas des pièces séparées par des jacuzzis surchargés de pierreries, aux parois ornées de gravures pornographiques d'un réalisme écœurant. Certaines salles comportaient des baies vitrées ouvrant sur un paysage de prairies fournies, piquetées de fleurs multicolores, et je me demandais un peu comment le prophète comptait s'y prendre, au milieu du paysage radicalement aride de Lanzarote, pour obtenir un tel résultat ; vu le rendu hyperréaliste des fleurs et des brins d'herbe, je finis par me rendre compte que ce n'était pas le genre de détail qui pourrait l'arrêter, et qu'il utiliserait probablement des prairies artificielles.

Suivit un *finale* où l'on s'élevait dans les airs, découvrant la structure globale de l'ambassade – une étoile à six branches, aux pointes recourbées – puis, dans un travelling arrière vertigineux, les îles canariennes, l'ensemble de la surface du globe, alors qu'éclataient les premières mesures d'*Ainsi parlait Zarathoustra*. Le silence se fit ensuite, cependant que sur l'écran se succédaient de confuses images d'amas galactiques. Ces images disparurent à leur tour et un rond de lumière tomba sur scène pour accompagner l'apparition du prophète, bondissant et resplendissant dans son costume de cérémonie de satin blanc, avec des empiècements qui jetaient des éclats adamantins. Une immense ovation parcourut la salle, tout le monde se leva en applaudissant et en criant : « Bravo ! » Avec Vincent je me sentis plus ou moins obligé de me lever aussi, et d'applaudir. Cela dura au moins vingt minutes : parfois les applaudissements faiblissaient, semblaient s'éteindre ; puis une nouvelle vague reprenait, encore plus forte, surtout venue d'un petit groupe réuni aux premiers rangs autour de Flic, et gagnait l'ensemble de la salle. Il y eut ainsi cinq diminutions, puis cinq reprises, avant que le prophète, sentant probablement que le phénomène allait finir par s'amortir, n'écarte largement les bras. Le silence se fit aussitôt. D'une voix profonde, je dois dire assez impressionnante (mais la sono forçait pas mal sur l'écho et sur les graves), il entonna les premières mesures du chant d'accueil aux Élohim. Plusieurs, autour de moi, reprirent les paroles à mi-voix. « Nous re-bâ-tirons l'am-bas-sade… » : la voix du prophète entama une montée vers les notes hautes. « Avec l'ai-de de ceux qui vous aiment » : de plus en plus chantaient autour de moi. « Ses pi-liers et ses co-lon-nades » : le rythme se fit plus indécis et plus lent avant que le prophète ne reprenne, d'une voix triomphale, puissamment amplifiée, qui résonna dans tout l'espace de la grotte : « La nou-vel-le Jé-ru-sa-lem !... » Le même mythe, le même rêve, toujours aussi puissant après trois millénaires. « Et il essuiera toute larme de leurs yeux... » Un mouvement d'émotion parcourut la foule et tous reprirent à la suite du prophète, sur trois notes, le refrain, qui consistait en un mot unique, indéfiniment répété : « Éééé-looo-him !... Éééé-looo-him !... » Flic, les bras tendus vers le ciel, chantait d'une voix de stentor. À quelques mètres de moi j'aperçus Patrick, les yeux clos derrière ses lunettes, les mains écartées dans une attitude presque extatique, tandis que Fadiah à ses côtés, retrouvant probablement les réflexes de ses ancêtres pentecôtistes, se tordait sur place en psalmodiant des paroles incompréhensibles.

Une nouvelle méditation eut lieu, cette fois dans le silence et l'obscurité de la grotte, avant que le prophète ne reprenne la parole. Tout le monde l'écoutait non seulement avec recueillement mais avec une joie muette, adorative, qui confinait au ravissement pur. C'était surtout dû je pense au ton de sa voix, souple et lyrique, marquant tantôt des pauses tendres et méditatives, tantôt des crescendos d'enthousiasme. Son discours lui-même me parut d'abord un peu décousu, partant de la diversité des formes et des couleurs dans la nature animale (il nous invita à méditer sur les papillons, qui semblaient n'avoir d'autre raison d'être que de nous émerveiller par leur vol chatoyant) pour arriver aux coutumes reproductives burlesques en vigueur chez différentes espèces animales (il s'étendit par exemple sur cette espèce d'insectes où le mâle, cinquante fois plus petit que la femelle, passait sa vie comme parasite dans l'abdomen de cette dernière avant d'en sortir pour la féconder et trépasser ensuite ; il devait avoir dans sa bibliothèque un livre du genre *Biologie amusante*, je suppose que le titre existait pour toutes les disciplines). Cette accumulation désordonnée conduisait cependant à une *idée forte*, qu'il nous exposa tout de suite après : les Élohim qui nous avaient créés, nous et l'ensemble de la vie sur cette planète, étaient sans nul doute des scientifiques de très haut niveau, et nous devions à leur exemple révérer la science, base de toute réalisation pratique, nous devions la respecter et lui donner les moyens nécessaires à son développement, et nous devions plus spécifiquement nous féliciter d'avoir parmi nous un des scientifiques mondiaux les plus éminents (il désigna Miskiewicz, qui se leva et salua la foule avec raideur, sous un tonnerre d'applaudissements) ; mais, si les Élohim avaient la science en grande estime, ils n'en étaient pas moins, et avant tout, des *artistes* : la science n'était que le moyen nécessaire à la réalisation de cette fabuleuse diversité vitale, qui ne pouvait être considérée autrement que comme une *œuvre d'art*, la plus grandiose de toutes. Seuls d'immenses artistes avaient pu concevoir une telle luxuriance, une telle beauté, une diversité et une fantaisie esthétique aussi admirables. « C'est donc également pour nous un immense honneur, continua-t-il, que d'avoir à nos côtés pendant ce stage deux artistes de très grand talent, reconnus au niveau mondial… » Il fit un signe dans notre direction. Vincent se leva avec hésitation ; je l'imitai. Après un moment de flottement, les gens autour de nous s'écartèrent et firent cercle pour nous applaudir, avec de larges sourires. Je distinguai Patrick à quelques mètres ; il m'applaudissait avec chaleur, et paraissait de plus en plus ému.

« La science, l'art, la création, la beauté, l'amour… Le jeu, la tendresse, les rires… Que la vie, mes chers amis, est belle ! Qu'elle est merveilleuse, et que nous souhaiterions la voir durer éternellement !... Cela, mes chers amis, sera possible, sera très bientôt possible… La promesse a été faite, et elle sera tenue. »

Sur ces derniers mots d'une tendresse anagogique il se tut, marqua un temps de silence avant d'entonner à nouveau le chant d'accueil aux Élohim. Cette fois l'assistance entière reprit avec force, en frappant lentement dans ses mains ; Vincent, à mes côtés, chantait à tue-tête, et j'étais moi-même à deux doigts de ressentir une authentique émotion collective.

Le jeûne prenait fin à vingt-deux heures, de grandes tables avaient été dressées sous les étoiles. Nous étions invités à nous placer au hasard, sans tenir compte de nos relations et amitiés habituelles, chose d'autant plus facile que l'obscurité était quasi totale. Le prophète s'installa à une table en hauteur, sur une estrade, et tous baissèrent la tête cependant qu'il prononçait quelques paroles sur la diversité des goûts et des saveurs, sur cette autre source de plaisirs que la journée de jeûne allait nous permettre d'apprécier encore davantage ; il mentionna aussi la nécessité de mâcher lentement. Puis, changeant de sujet, il nous invita à nous concentrer sur la merveilleuse personne humaine que nous allions trouver en face de nous, sur toutes ces merveilleuses personnes humaines, dans la splendeur de leurs individualités magnifiquement développées, dont la diversité, là aussi, nous promettait une variété inouïe de rencontres, de joies et de plaisirs.

Avec un léger sifflement, un léger retard, des lampes à gaz placées au coin des tables s'allumèrent. Je relevai les yeux : dans mon assiette, il y avait deux tomates ; devant moi, il y avait une jeune fille d'une vingtaine d'années, à la peau très blanche, au visage dont la pureté de lignes évoquait Botticelli ; ses longs cheveux épais et noirs descendaient en frisottant jusqu'à sa taille. Elle joua le jeu pendant quelques minutes, me sourit, me parla, essaya d'en savoir plus sur la *merveilleuse personne humaine* que je pouvais être ; elle-même s'appelait Francesca, elle était italienne, plus précisément elle venait de l'Ombrie, mais faisait ses études à Milan ; elle connaissait l'enseignement élohimite depuis deux ans. Assez vite cependant, son petit ami, qui était assis à sa droite, intervint dans la conversation ; lui-même s'appelait Gianpaolo, il était acteur – enfin il jouait dans des publicités, parfois dans quelques téléfilms, il en était en somme à peu près au même stade qu'Esther. Lui aussi était très beau : des cheveux mi-longs, châtains avec des reflets dorés, et un visage qu'on devait certainement rencontrer chez des primitifs italiens dont le nom m'échappait pour le moment ; il était également assez costaud, ses biceps et ses pectoraux bronzés se dessinaient nettement sous son tee-shirt. À titre personnel il était bouddhiste, et n'était venu à ce stage que par curiosité – sa première impression, d'ailleurs, était bonne. Assez vite, ils se désintéressèrent de moi et entamèrent une conversation animée en italien. Non seulement ils formaient un couple splendide, mais ils semblaient sincèrement épris. Ils étaient encore au milieu de ce moment enchanteur où l'on découvre l'univers de l'autre, où l'on a besoin de pouvoir s'émerveiller de ce qui l'émerveille, s'amuser de ce qui l'amuse, partager ce qui le distrait, le réjouit, l'indigne. Elle le regardait avec ce tendre ravissement de celle qui se sait choisie par un homme, qui en éprouve de la joie, qui ne s'est pas encore tout à fait habituée à l'idée d'avoir un compagnon à ses côtés, un homme à son usage exclusif, et qui se dit que la vie va être bien douce.

Le repas fut aussi frugal que d'habitude : deux tomates, du taboulé, un morceau de fromage de chèvre ; mais une fois les tables desservies les douze fiancées s'avancèrent dans les allées, vêtues de longues tuniques blanches, porteuses d'amphores qui contenaient une liqueur sucrée à base de pomme. Une euphorie communicative, faite de multiples conversations entrecoupées, légères, gagnait les convives ; plusieurs chantonnaient à mi-voix. Patrick vint vers moi et s'accroupit à mes côtés, promit qu'on se reverrait souvent en Espagne, que nous allions devenir véritablement des amis, que je pourrais lui rendre visite au Luxembourg. Lorsque le prophète se leva pour prendre à nouveau la parole, il y eut dix minutes d'applaudissements enthousiastes ; sa silhouette argentée, sous les projecteurs, était nimbée d'un halo scintillant. Il nous invita à méditer sur la pluralité des mondes, à tourner nos pensées vers ces étoiles que nous pouvions voir, chacune entourée de planètes, à imaginer la diversité des formes de vie qui peuplaient ces planètes, les végétations étranges, les espèces animales dont nous ignorions tout, et les civilisations intelligentes, dont certaines, comme celle des Élohim, étaient beaucoup plus avancées que la nôtre et ne demandaient qu'à nous faire partager leur savoir, à nous admettre parmi elles afin d'habiter l'univers en leur compagnie dans le plaisir, dans le renouvellement permanent et dans la joie. La vie, conclut-il, était en tous points merveilleuse, et il n'appartenait qu'à nous de faire en sorte que chaque instant soit digne d'être vécu.

Lorsqu'il fut descendu de l'estrade tous se levèrent, une haie de disciples se forma sur son passage, agitant les bras vers le ciel en reprenant : « Eééé-looo-hiiiim !... » en cadence ; certains riaient sans pouvoir s'arrêter, d'autres éclataient en sanglots. Arrivé à la hauteur de Fadiah le prophète s'arrêta, effleura légèrement ses seins. Elle eut un sursaut joyeux, poussa une espèce de : « Yeeep !... » Ils repartirent ensemble, fendant la foule des disciples qui chantaient et applaudissaient à tout rompre. « C'est la troisième fois ! La troisième fois qu'elle est distinguée !... » me souffla Patrick avec fierté. Il m'apprit alors qu'en plus de ses douze fiancées, il arrivait que le prophète accorde à une disciple ordinaire l'honneur de passer une nuit en sa compagnie. L'excitation se calmait peu à peu, les adeptes revenaient vers leurs tentes. Patrick essuya les verres de ses lunettes, qui étaient embués de larmes, puis m'entoura les épaules d'un bras, tournant son regard vers le ciel. C'était une nuit exceptionnelle, me dit-il ; il sentait encore mieux que d'habitude les ondes venues des étoiles, les ondes pleines de l'amour que nous portaient les Élohim ; c'était par une nuit semblable, il en était convaincu, qu'ils reviendraient parmi nous. Je ne savais pas trop quoi lui répondre. Non seulement je n'avais jamais adhéré à une croyance religieuse, mais je n'en avais même jamais envisagé la possibilité. Pour moi, les choses étaient exactement ce qu'elles paraissaient être : l'homme était une espèce animale, issue d'autres espèces animales par un processus d'évolution tortueux et pénible ; il était composé de matière configurée en organes, et après sa mort ces organes se décomposaient, se transformaient en molécules plus simples ; il ne subsistait plus aucune trace d'activité cérébrale, de pensée, ni évidemment quoi que ce soit qui puisse être assimilé à un *esprit* ou à une *âme*. Mon athéisme était si monolithique, si radical que je n'avais même jamais réussi à prendre ces sujets totalement au sérieux. Durant mes années de lycée, lorsque je discutais avec un chrétien, un musulman ou un juif, j'avais toujours eu la sensation que leur croyance était à prendre en quelque sorte *au second degré* ; qu'ils ne croyaient évidemment pas, directement et au sens propre, à la réalité des dogmes proposés, mais qu'il s'agissait d'un signe de reconnaissance, d'une sorte de mot de passe leur permettant l'accès à la communauté des croyants – un peu comme aurait pu le faire la grunge music, ou *Doom Generation* pour les amateurs de ce jeu. Le sérieux pesant qu'ils apportaient parfois à débattre entre des positions théologiques également absurdes semblait aller à l'encontre de cette hypothèse ; mais il en allait de même, au fond, pour les véritables amateurs d'un jeu : pour un joueur d'échecs, ou un participant réellement immergé dans un jeu de rôles, l'espace fictif du jeu est une chose en tous points sérieuse et réelle, on peut même dire que rien d'autre n'existe pour lui, pendant la durée du jeu tout du moins.

Cette agaçante énigme représentée par les croyants se reposait donc à moi, pratiquement dans les mêmes termes, pour les élohimites. Le dilemme était bien sûr dans certains cas facile à trancher. Savant, par exemple, ne pouvait évidemment pas prendre au sérieux ces fariboles, et il avait de très bonnes raisons de rester dans la secte : compte tenu du caractère hétérodoxe de ses recherches, jamais il n'aurait pu obtenir ailleurs des crédits aussi importants, un laboratoire aux équipements aussi modernes. Les autres dirigeants – Flic, Humoriste, et bien entendu le prophète – tiraient eux aussi un bénéfice matériel de leur appartenance. Le cas de Patrick était plus curieux. Certes, la secte élohimite lui avait permis de trouver une amante à l'érotisme explosif, et probablement aussi *chaude* qu'elle paraissait l'être – ce qui n'aurait rien eu d'évident en dehors : la vie sexuelle des banquiers et des dirigeants d'entreprise, malgré tout leur argent, est en général absolument misérable, ils doivent se contenter de brefs rendez-vous payés à prix d'or avec des *escort girls* qui les méprisent et ne manquent jamais de leur faire sentir le dégoût physique qu'ils leur inspirent. Il reste que Patrick semblait manifester une foi réelle, une espérance non feinte dans l'éternité de délices que laissait entrevoir le prophète ; chez un homme au comportement empreint par ailleurs d'une si grande rationalité bourgeoise, c'était troublant.

Avant de m'endormir je repensai longuement au cas de Patrick, et à celui de Vincent. Depuis le premier soir, celui-ci ne m'avait plus adressé la parole. Me réveillant tôt le lendemain matin, je le vis à nouveau descendre le chemin qui serpentait le long de la colline en compagnie de Susan ; ils semblaient cette fois encore plongés dans un entretien intense et sans issue. Ils se séparèrent à la hauteur du premier terre-plein, sur un signe de tête, et Vincent rebroussa chemin en direction de sa chambre. Je l'attendais près de l'entrée ; il sursauta en m'apercevant. Je l'invitai à prendre un café chez moi ; pris de court, il accepta. Pendant que l'eau chauffait, je disposai les tasses et les couverts sur la petite table de jardin de la terrasse. Le soleil émergeait péniblement entre des nuages épais et bosselés, d'un gris sombre ; un mince rai violet courait juste au-dessus de la ligne d'horizon. Je lui versai un café ; il ajouta une sucrette, tourna pensivement le mélange dans sa tasse. Je m'assis en face de lui ; il gardait le silence, baissait les yeux, porta la tasse à ses lèvres. « Tu es amoureux de Susan ? » lui demandai-je. Il leva vers moi un regard anxieux. « Ça se voit tant que ça ? » répondit-il après un long silence. Je hochai la tête pour acquiescer. « Tu devrais prendre du recul… » poursuivis-je, et mon ton posé semblait indiquer une réflexion préalable approfondie, alors que je venais à peine d'y songer pour la première fois, mais je continuai sur ma lancée :

« On pourrait faire une excursion dans l'île…

– Tu veux dire… sortir du camp ?

– C'est interdit ?

– Non… Non, je ne pense pas. Il faudrait demander à Jérôme comment faire… » La perspective avait quand même l'air de l'inquiéter un peu.

« Bien sûr que oui ! Bien sûr que oui ! s'exclama Flic avec bonne humeur. Nous ne sommes pas en prison, ici ! Je vais demander à quelqu'un de vous conduire à Arrecife ; ou peut-être à l'aéroport, ça sera plus pratique pour louer une voiture.

« Vous rentrez ce soir quand même ? demanda-t-il au moment où nous montions dans le minibus. C'est juste pour savoir… »

Je n'avais aucun projet précis, sinon ramener Vincent pour une journée dans le monde normal, c'est-à-dire à peu près n'importe où ; c'est-à-dire, compte tenu de l'endroit où nous nous trouvions, assez vraisemblablement à la plage. Il manifestait une docilité et une absence d'initiative surprenantes ; le loueur de voitures nous avait fourni une carte de l'île. « On pourrait aller à la plage de Teguise... dis-je, c'est le plus simple. » Il ne se donna même pas la peine de me répondre.

Il avait pris un maillot de bain, une serviette, et s'assit sans protester entre deux dunes ; il semblait même prêt à y passer la journée s'il le fallait. « Il y a beaucoup d'autres femmes... » dis-je à tout hasard, pour amorcer une conversation, avant de me rendre compte que ça n'avait rien d'évident. Nous étions hors saison, il pouvait y avoir une cinquantaine de personnes dans notre champ de vision : des adolescentes au corps attirant, flanquées par des *garçons* ; et des mères de famille au corps déjà moins attirant, accompagnées d'enfants jeunes. Notre appartenance à un espace commun était destinée à rester purement théorique ; aucune de ces personnes n'évoluait dans un champ de réalité avec lequel nous pouvions, d'une manière ou d'une autre, interagir ; elles n'avaient pas plus d'existence à nos yeux que si elles avaient été des images sur un écran de cinéma, plutôt moins je dirais. Je commençais à sentir que cette excursion dans le monde normal était vouée à l'échec lorsque je me rendis compte qu'elle risquait, de surcroît, de se terminer de manière assez déplaisante.

Je ne l'avais pas fait exprès, mais nous nous étions installés sur la portion de plage dévolue à un club Thomson Holidays. En revenant de la mer, un peu fraîche, où je n'avais pas réussi à entrer, je m'aperçus qu'une centaine de personnes étaient massées autour d'un podium sur lequel on avait installé une sono mobile. Vincent n'avait pas bougé ; assis au milieu de la foule, il considérait l'agitation ambiante avec une parfaite indifférence ; en le rejoignant, je lus « Miss Bikini Contest » inscrit sur une banderole. De fait, une dizaine de pétasses âgées de treize à quinze ans attendaient en se trémoussant et en poussant des petits cris près d'un des escaliers conduisant au podium. Après un gimmick musical spectaculaire, un grand Noir vêtu comme un ouistiti de cirque bondit sur le podium et invita les filles à monter à leur tour. « Ladies and Gentlemen, boys and girls, vociféra-t-il dans son micro HF, welcome to the "Miss Bikini" contest ! Have we got some sexy girls for you today !... » Il se tourna vers la première fille, une adolescente longiligne, vêtue d'un bikini blanc minimal, aux longs cheveux roux. « What's your name ? » lui demanda-t-il. « Ilona » répondit la fille. « A beautiful name for a beautiful girl ! » lança-t-il avec entrain. « And where are you from, Ilona ? » Elle venait de Budapest. « Budaaaa-pest ! That city's hoooot !... » hurla-t-il en rugissant d'enthousiasme ; la fille éclata de rire avec nervosité. Il continua avec la suivante, une Russe blond platine, très bien roulée malgré ses quatorze ans, et qui avait l'air d'une vraie salope, puis posa deux ou trois questions à toutes les autres, bondissant et se rengorgeant dans son smoking lamé argent, multipliant les astuces plus ou moins obscènes. Je jetai un regard désespéré à Vincent : il était à peu près autant à sa place dans cette animation de plage que Samuel Beckett dans un clip de rap. Ayant fait le tour des filles, le Noir se tourna vers quatre sexagénaires bedonnants, assis derrière une petite table, un carnet à souches devant eux, et les désigna au public avec emphase : « And judging theeem... is our international jury !... The four members of our panel have been around the world a few times – that's the least you can say ! They know what sexy boys and girls look like ! Ladies and Gentlemen, a special hand for our experts !... » Il y eut quelques applaudissements mous, cependant que les seniors ainsi ridiculisés faisaient signe à leur famille dans le public, puis le concours en lui-même commença : l'une après l'autre, les filles s'avancèrent sur scène, en bikini, pour effectuer une sorte de danse érotique : elles tortillaient des fesses, s'enduisaient d'huile solaire, jouaient avec les bretelles de leur soutien-gorge, etc. La musique était de la house à fort volume. Voilà, ça y était : nous étions dans le *monde normal.* Je repensai à ce qu'Isabelle m'avait dit le soir de notre première rencontre : un monde de *kids* définitifs. Le Noir était un *kid* adulte, les membres du jury des *kids* vieillissants ; il n'y avait rien là qui pût réellement inciter Vincent à reprendre sa place dans la société. Je lui proposai de partir au moment où la Russe fourrait une main dans la culotte de son bikini ; il accepta avec indifférence.

Sur une carte au 1/200 000e, en particulier sur une carte Michelin, tout le monde a l'air heureux ; les choses se gâtent sur une carte à plus grande échelle, comme celle que j'avais de Lanzarote : on commence à distinguer les résidences hôtelières, les infrastructures de loisirs. À l'échelle 1 on se retrouve dans le monde normal, ce qui n'a rien de réjouissant ; mais si l'on agrandit encore on plonge dans le cauchemar : on commence à distinguer les acariens, les mycoses, les parasites qui rongent les chairs. Vers deux heures, nous étions de retour au centre.

Ça tombait bien, ça tombait bien, Flic nous accueillit en tressautant d'enthousiasme ; le prophète avait justement décidé, impromptu, d'organiser ce soir un petit dîner regroupant les *personnalités* présentes – c'est-à-dire tous ceux qui pouvaient, d'une manière ou d'une autre, être en contact avec les médias ou avec le public. Humoriste, à ses côtés, hochait vigoureusement la tête tout en me faisant de petits clins d'œil comme pour suggérer qu'il ne fallait pas prendre ça tout à fait au sérieux. En réalité il comptait pas mal sur moi, je pense, pour redresser la situation : en tant que responsable des relations presse, il n'avait jusqu'à présent connu que des échecs ; la secte était présentée dans le meilleur des cas comme un regroupement d'hurluberlus et de soucoupistes, dans le pire comme une organisation dangereuse qui propageait des thèses flirtant avec l'eugénisme, voire avec le nazisme ; quant au prophète, il était régulièrement tourné en ridicule pour ses échecs successifs dans ses carrières précédentes (pilote de course, chanteur de variétés…) Bref, un VIP un peu consistant tel que moi était pour eux une aubaine inespérée, un ballon d'oxygène.

Une dizaine de personnes étaient réunies dans la salle à manger ; je reconnus Gianpaolo, accompagné de Francesca. Il devait probablement cette invitation à sa carrière d'acteur, aussi modeste soit-elle ; manifestement, il fallait prendre *personnalités* au sens large. Je reconnus également une femme d'une cinquantaine d'années, blond platine, assez enveloppée, qui avait interprété le chant d'accueil aux Élohim avec une intensité sonore à peine soutenable ; elle se présenta à moi comme une chanteuse d'opéra, ou plus exactement une choriste. J'avais la place d'honneur, juste en face du prophète ; il m'accueillit avec cordialité mais semblait tendu, anxieux, jetait des regards affairés dans toutes les directions ; il se calma un peu lorsque Humoriste prit place à ses côtés. Vincent s'assit à ma droite, jeta un regard aigu au prophète qui faisait des boulettes avec de la mie de pain, les roulait machinalement sur la table ; à présent il semblait fatigué, absent, pour une fois il faisait vraiment ses soixante-cinq ans. « Les médias nous détestent… dit-il avec amertume. Si je devais disparaître maintenant, je ne sais pas ce qu'il resterait de mon œuvre. Ça serait la curée… » Humoriste, qui s'apprêtait à placer une saillie quelconque, se retourna vers lui, s'aperçut au ton de sa voix qu'il parlait sérieusement, en resta bouche bée. Son visage aplati comme par un fer à repasser, son petit nez, ses cheveux rares et raides : tout le prédisposait à interpréter le rôle du bouffon, il faisait partie de ces êtres disgraciés dont même le désespoir ne peut pas être pris totalement au sérieux ; il n'empêche que dans le cas d'un effondrement subit de la secte son sort n'aurait rien eu de très enviable, je n'étais même pas sûr qu'il dispose d'une autre source de revenus. Il vivait avec le prophète à Santa Monica, dans la même maison qu'occupaient ses douze fiancées. Lui-même n'avait pas de vie sexuelle, et plus généralement ne faisait pas grand-chose de ses journées, sa seule excentricité consistait à se faire livrer de France son saucisson à l'ail, les boutiques de *Delikatessen* californiennes lui paraissant insuffisantes ; il poursuivait, aussi, une collection d'hameçons, et apparaissait au total comme une assez misérable marionnette, vidée de tout désir personnel comme de toute substance vivante, que le prophète conservait à ses côtés plus ou moins par charité, plus ou moins pour lui servir de repoussoir et de souffre-douleur à l'occasion.

Les fiancées du prophète firent leur apparition, portant des plats de hors-d'œuvre ; sans doute pour rendre hommage au caractère artistique de l'assemblée, elles avaient troqué leurs tuniques pour des tenues de fées Mélusine délurées, avec des chapeaux coniques recouverts d'étoiles et des robes moulantes en paillettes argentées qui laissaient leurs fesses à découvert. Un effort avait été fait pour la cuisine, il y avait des petits pâtés à la viande et des zakouski variés. Machinalement, le prophète caressa les fesses de la brune qui lui servait ses zakouski, mais ça n'eut pas l'air de suffire à lui remonter le moral ; il commanda nerveusement qu'on serve le vin tout de suite, engloutit deux verres coup sur coup, puis se radossa au fond de son siège en promenant sur l'assistance un long regard.

« Il faut qu'on fasse quelque chose au niveau des médias... dit-il finalement à Humoriste. Je viens de lire *Le Nouvel Observateur* de cette semaine, cette campagne de dénigrement systématique, ce n'est vraiment plus possible... » L'autre fronça les sourcils, puis après au moins une minute de réflexion, comme s'il prononçait une vérité tout à fait remarquable, émit : « C'est difficile... » d'un ton dubitatif. Je trouvais qu'il prenait la chose avec un détachement un peu surprenant, parce qu'après tout il était officiellement le seul responsable – et c'était d'autant plus visible que ni Savant, ni Flic n'étaient présents à ce dîner. Il était sans doute parfaitement incompétent dans ce domaine, comme dans tous les autres, s'était habitué à obtenir de mauvais résultats et pensait qu'il en serait toujours ainsi, que tout le monde autour de lui s'était habitué à ce que les résultats soient mauvais ; lui aussi devait approcher les soixante-cinq ans, et ne plus attendre grand-chose de la vie. Sa bouche s'ouvrait et se refermait silencieusement, il cherchait apparemment quelque chose de drôle à dire, un moyen de ramener la bonne humeur, mais il ne trouvait pas, il était victime d'une *panne de comique temporaire*. Il finit par renoncer : le prophète, devait-il songer, était mal luné ce soir, mais ça lui passerait ; rasséréné, il attaqua tranquillement son pâté à la viande.

« À ton avis… » Le prophète s'adressa directement à moi, en me regardant droit dans les yeux. « Est-ce que l'hostilité de la presse est vraiment un problème à long terme ?

– Globalement, oui. En se posant en martyr, en se plaignant d'être en butte à un ostracisme injustifié, on peut très bien attirer quelques déviants ; Le Pen avait réussi à le faire en son temps. Mais, au bout du compte, on y perd – surtout dès qu'on veut tenir un discours un peu fédérateur, c'est-à-dire dès qu'on veut dépasser une certaine audience.

– Voilà ! Voilà !... Écoutez ce que vient de me dire Daniel !... » Il se redressa sur sa chaise, prenant toute la table à témoin : « Les médias nous accusent d'être une secte alors que ce sont eux qui nous interdisent de devenir une religion en déformant systématiquement nos thèses, en nous interdisant l'accès au plus grand nombre, alors que les solutions que nous proposons valent pour tout homme, quelles que soient sa nationalité, sa race, ses croyances antérieures !… »

Les convives s'arrêtèrent de manger ; certains hochèrent la tête, mais personne ne trouva la moindre remarque à formuler. Le prophète se rassit, découragé, fit un signe de tête à la brune, qui lui resservit un verre de vin. Après un temps de silence, les conversations autour de la table redémarrèrent : la plupart tournaient autour de rôles, de scénarios, de projets cinématographiques divers. Beaucoup de convives semblaient être acteurs, débutants ou de second plan ; en raison probablement du rôle déterminant que le hasard peut jouer dans leurs vies, les acteurs sont souvent, je l'avais déjà remarqué, des proies faciles pour toutes les sectes, croyances et disciplines spirituelles bizarres. Curieusement aucun d'entre eux ne m'avait reconnu, ce qui était plutôt une bonne chose.

« *Harley de Dude was right...* dit pensivement le prophète. *Life is basically a conservative option...* » Je me demandai quelque temps à qui il s'adressait, avant de me rendre compte que c'était à moi. Il se reprit, continua en français : « Tu vois, Daniel, me dit-il avec une tristesse non feinte, surprenante chez lui, le seul projet de l'humanité c'est de se reproduire, de continuer l'espèce. Cet objectif a beau être de toute évidence insignifiant, elle le poursuit avec un acharnement effroyable. Les hommes ont beau être malheureux, atrocement malheureux, ils s'opposent de toutes leurs forces à ce qui pourrait changer leur sort ; ils veulent des enfants, et des enfants semblables à eux, afin de creuser leur propre tombe et de perpétuer les conditions du malheur. Lorsqu'on leur propose d'accomplir une mutation, d'avancer sur un autre chemin, il faut s'attendre à des réactions de rejet féroces. Je n'ai aucune illusion sur les années à venir : au fur et à mesure que nous nous approcherons des conditions de réalisation technique du projet, les oppositions se feront de plus en plus vives ; et l'ensemble du pouvoir intellectuel est détenu par les partisans du *statu quo*. Le combat sera difficile, extrêmement difficile... » Il soupira, finit son verre de vin, sembla plonger dans une méditation personnelle, à moins simplement qu'il ne lutte contre l'apathie ; Vincent le fixait avec une attention démesurée en cet instant où son humeur oscillait entre le découragement et l'insouciance, entre un tropisme de mort et les soubresauts de la vie ; il ressemblait de plus en plus à un vieux singe fatigué. Au bout de deux à trois minutes il se redressa sur son siège, promena sur l'assistance un regard plus vif ; ce fut seulement à cet instant, je pense, qu'il remarqua la beauté de Francesca. Il fit signe à l'une des filles qui servaient, la Japonaise, lui dit quelques mots à l'oreille ; celle-ci s'approcha de l'Italienne, lui transmit le message. Francesca se leva d'un bond, ravie, sans même consulter son compagnon du regard, et vint s'asseoir à la gauche du prophète.

Gianpaolo se redressa, le visage parfaitement immobile ; je détournai la tête, aperçus malgré moi le prophète qui passait une main dans les cheveux de la jeune fille ; son visage était plein d'un ravissement enfantin, sénile, émouvant si l'on veut. Je baissai les yeux sur mon assiette, mais au bout de trente secondes je me lassai de la contemplation de mes morceaux de fromage et risquai un coup d'œil sur le côté : Vincent continuait à fixer le prophète sans vergogne, avec même une certaine jubilation me semblait-il ; celui-ci tenait maintenant la jeune fille par le cou, elle avait posé la tête sur son épaule. Au moment où il introduisait une main dans son corsage, je jetai malgré moi un regard à Gianpaolo : il s'était redressé un peu plus sur son siège, je pouvais voir la fureur briller sur son visage, et je n'étais pas le seul, toutes les conversations s'étaient tues ; puis, vaincu, il se rassit lentement, se tassa sur lui-même, baissa la tête. Peu à peu les conversations reprirent, d'abord à voix basse puis normalement. Le prophète quitta la table en compagnie de Francesca avant même l'arrivée des desserts.

Le lendemain je croisai la jeune fille à la sortie de la conférence du matin, elle était en train de parler à une amie italienne. Je ralentis en arrivant à sa hauteur, je l'entendis dire : « *Communicare...* » Son visage était épanoui, serein, elle avait l'air heureuse. Le stage en lui-même avait pris son rythme de croisière : j'avais décidé d'assister aux conférences du matin, mais de me dispenser des ateliers de l'après-midi. Je rejoignis les autres pour la méditation du soir, immédiatement avant le repas. Je remarquai que Francesca était de nouveau aux côtés du prophète, et qu'ils repartaient ensemble après le dîner ; par contre, je n'avais pas vu Gianpaolo de la journée.

Une sorte de bar à infusions avait été installé à l'entrée de l'une des grottes. Je croisai Flic et Humoriste attablés devant un tilleul. Flic parlait avec animation, scandant son discours de gestes énergiques, il abordait un sujet qui lui tenait visiblement à cœur. Humoriste ne répondait rien ; l'air soucieux, il dodelinait de la tête en attendant que la virulence de l'autre s'estompe. Je me dirigeai vers l'élohimite préposé aux bouilloires ; je ne savais pas quoi prendre, j'ai toujours détesté les infusions. En désespoir de cause j'optai pour un chocolat chaud : le prophète tolérait le cacao, à condition qu'il soit fortement dégraissé – probablement en hommage à Nietzsche, dont il admirait la pensée. Lorsque je repassai près de leur table, les deux dirigeants se taisaient ; Flic jetait un regard sévère sur la salle. Il me fit un signe vif pour m'inviter à les rejoindre, apparemment redynamisé par la perspective d'un nouvel interlocuteur.

« Ce que je disais à Gérard, reprit-il (hé oui, même ce pauvre être déshérité avait un prénom, il avait certainement eu une famille, peut-être des parents aimants qui le faisaient sauter sur leurs genoux, c'était trop difficile la vie vraiment, si je continuais à penser à ce genre de choses je finirais par me flinguer ça ne faisait aucun doute), ce que je disais à Gérard c'est qu'à mon avis nous communiquons beaucoup trop sur l'aspect scientifique de nos enseignements. Il y a tout un courant New Age, écologiste, qui est effrayé par les technologies intrusives parce qu'il voit d'un mauvais œil la domination de l'homme sur la nature. Ce sont des gens qui rejettent avec force la tradition chrétienne, qui sont souvent proches du paganisme ou du bouddhisme ; nous pourrions y avoir des sympathisants potentiels.

– D'un autre côté, fit astucieusement Gérard, on récupère les techno-freaks.

– Oui… répondit Flic, dubitatif. Il y en a surtout en Californie, je t'assure qu'en Europe je n'en vois pas beaucoup. » Il se tourna de nouveau vers moi : « Qu'est-ce que tu en penses ? »

Je n'avais pas vraiment d'opinion, il me semblait qu'à long terme les partisans de la technologie génétique deviendraient plus nombreux que ses opposants ; j'étais surpris, surtout, qu'ils me prennent une fois de plus à témoin de leurs contradictions internes. Je ne m'en étais pas encore rendu compte, mais en tant qu'homme de spectacle ils me créditaient d'une sorte de compréhension intuitive des courants de pensée, des mouvements qui traversent l'opinion publique ; je ne voyais aucune raison de les détromper, et après avoir prononcé quelques banalités qu'ils écoutèrent avec respect je quittai la table avec un sourire, prétextant un état de fatigue je me glissai souplement hors de la grotte et marchai en direction du village de tentes : j'avais envie de voir les adeptes de base d'un peu plus près.

Il était encore tôt, personne n'était couché ; la plupart étaient assis en tailleur, généralement seuls, plus rarement en couple, devant leurs tentes. Beaucoup étaient nus (sans être obligatoire, le naturisme était largement pratiqué chez les élohimites ; nos créateurs les Élohim, qui avaient acquis une maîtrise parfaite du climat sur leur planète d'origine, allaient du reste nus, comme il convient à tout être libre et fier, ayant rejeté la culpabilité et la honte ; ainsi que l'enseignait le prophète, les traces du péché d'Adam avaient disparu, nous vivions maintenant sous la loi nouvelle du véritable amour). Dans l'ensemble ils ne faisaient rien, ou peut-être est-ce qu'ils méditaient à leur manière – beaucoup avaient les paumes ouvertes, et le regard tourné vers les étoiles. Les tentes, fournies par l'organisation, affectaient la forme d'un tipi, mais la toile, blanche et légèrement brillante, était très moderne, du genre « nouveaux matériaux issus de la recherche spatiale ». Enfin c'était une espèce de tribu, de tribu indienne high-tech, je crois qu'ils avaient tous Internet, le prophète insistait beaucoup là-dessus, c'était indispensable pour qu'il puisse leur communiquer instantanément ses directives. Ils devaient avoir je suppose d'intenses relations sociales par Internet interposé, mais ce qui était frappant à les voir réunis c'était plutôt l'isolement et le silence ; chacun restait devant sa tente, sans parler, sans aller vers ses voisins, ils étaient à quelques mètres les uns des autres mais semblaient ignorer jusqu'à leur existence respective. Je savais que la plupart n'avaient pas d'enfants, ni d'animaux domestiques (ce n'était pas interdit, mais quand même fortement déconseillé ; il s'agissait avant tout de créer une nouvelle espèce, et la reproduction des espèces existantes était considérée comme une option désuète, conservatrice, preuve d'un tempérament frileux, qui n'indiquait pas en tout cas une foi très grande ; il paraissait peu vraisemblable qu'un père de famille s'élevât très haut dans l'organisation). Je traversai toutes les allées, passai devant plusieurs centaines de tentes sans que personne m'adresse la parole ; ils se contentaient d'un signe de tête, d'un sourire discret. Je me dis d'abord qu'ils étaient peut-être un peu intimidés : j'étais un VIP, j'avais le privilège d'un accès direct à la conversation du prophète ; mais je me rendis très vite compte que lorsqu'ils se croisaient dans une allée leur comportement était exactement identique : un sourire, un signe de tête, pas plus. Je continuai après la sortie du village, marchai pendant quelques centaines de mètres sur la piste caillouteuse avant de m'arrêter. C'était une nuit de pleine lune, on distinguait parfaitement les graviers, les blocs de lave ; loin vers l'Est, j'apercevais la faible luminosité des barrières métalliques qui ceinturaient le domaine ; j'étais au milieu de rien, la température était douce et j'aurais aimé parvenir à une conclusion quelconque.

Je dus rester ainsi longtemps, dans un état de grand vide mental, parce qu'à mon retour le campement était silencieux ; tout le monde, apparemment, dormait. Je consultai ma montre : il était un peu plus de trois heures. La cellule de Savant était encore éclairée ; il était à sa table de travail, mais entendit mon pas et me fit signe d'entrer. L'aménagement intérieur était moins austère que je ne l'aurais imaginé : il y avait un divan avec d'assez jolis coussins de soie, des tapis aux motifs abstraits recouvraient le sol rocheux ; il me proposa un verre de thé.

« Tu as dû te rendre compte qu'il y avait certaines tensions au sein de l'équipe dirigeante... » dit-il avant de marquer un temps de silence. Décidément, à leurs yeux, j'étais un *pion lourd* ; je ne pouvais pas m'empêcher de penser qu'ils s'exagéraient mon importance. Il est vrai que je pouvais raconter n'importe quoi, il y aurait toujours des médias pour recueillir mes propos ; mais de là à ce que les gens m'écoutent, et modifient leur point de vue, il y avait une marge : tout le monde s'était habitué à ce que les *personnalités* s'expriment dans les médias sur les sujets les plus variés, pour tenir des propos en général prévisibles, et plus personne n'y prêtait une réelle attention, en somme le système spectaculaire, contraint de produire un consensus écœurant, s'était depuis longtemps effondré sous le poids de sa propre insignifiance. Je ne fis rien pour le détromper, pourtant ; j'acquiesçai avec cette attitude de neutralité bienveillante qui m'avait déjà tant servi dans la vie, qui m'avait permis de recueillir tant de confidences intimes, dans tant de milieux, que je réutilisais ensuite, grossièrement déformées, méconnaissables, dans mes sketches.

« Je ne suis pas réellement inquiet, le prophète me fait confiance... poursuivit-il. Mais notre image dans les médias est catastrophique. Nous passons pour des hurluberlus, alors qu'aucun laboratoire dans le monde, à l'heure actuelle, ne serait en mesure de produire des résultats équivalents aux nôtres... » Il balaya la pièce d'un geste de la main comme si tous les objets présents, les ouvrages de biochimie en anglais d'Elzevier Publications, les DVD de données alignés au-dessus de son bureau, l'écran d'ordinateur allumé étaient là pour témoigner du sérieux de ses recherches. « J'ai brisé ma carrière en venant ici, poursuivit-il avec amertume, je n'ai plus accès aux publications de référence... » La société est un feuilletage, et je n'avais jamais introduit de scientifiques dans mes sketches ; il s'agissait à mon avis d'un feuillet spécifique, mû par des ambitions et des critères d'évaluation intransposables au commun des mortels, ils n'avaient en résumé rien d'un sujet *grand public* ; j'écoutai cependant, comme j'écoutais tout le monde, mû par une ancienne habitude – j'étais une sorte de vieil espion de l'humanité, un espion à la retraite, mais ça pouvait aller, j'avais encore de bons réflexes, il me semble même que je hochai la tête pour l'inciter à poursuivre, mais j'écoutai en quelque sorte sans entendre, ses paroles s'échappaient au fur et à mesure de mon cerveau, j'avais établi involontairement comme une fonction de filtre. J'étais pourtant conscient que Miskiewicz était un homme important, peut-être un des hommes les plus importants de l'histoire humaine, il allait modifier son destin au niveau biologique le plus profond, il disposait du savoir-faire et des procédures, mais peut-être est-ce que c'est moi qui ne m'intéressais plus beaucoup à l'histoire humaine, j'étais moi aussi un vieil homme fatigué, et là, au moment où il parlait et me louait la rigueur de ses protocoles expérimentaux, le sérieux qu'il apportait à l'établissement et à la validation de ses propositions contrafactuelles, je fus soudain saisi par l'envie d'Esther, de son joli vagin souple, je repensai aux petits mouvements de son vagin se refermant sur ma queue, je prétendis avoir sommeil et à peine sorti de la caverne de Savant je composai le numéro de son portable mais il n'y avait personne, rien que son répondeur, et je n'avais pas tellement envie de me branler, la production des spermatozoïdes se faisait plus lentement à mon âge, le temps de latence s'allongeait, les propositions de la vie se feraient de plus en plus rares avant de disparaître tout à fait ; bien entendu j'étais partisan de l'immortalité, bien entendu les recherches de Miskiewicz constituaient un espoir, le seul espoir en fait, mais ce ne serait pas pour moi, ni pour personne de ma génération, à ce propos je ne nourrissais aucune illusion ; l'optimisme qu'il affichait en parlant d'un succès proche n'était d'ailleurs probablement pas un mensonge mais une fiction nécessaire, nécessaire non seulement aux élohimites qui finançaient ses projets mais surtout à lui-même, aucun projet humain n'a pu être élaboré sans l'espoir d'un accomplissement dans un délai raisonnable, et plus précisément dans un délai maximal constitué par la durée de vie prévisible du concepteur du projet, jamais l'humanité n'a fonctionné dans un esprit d'équipe étendu à l'ensemble des générations, alors que c'est pourtant ça qui se produit au bout du compte : on travaille on meurt et les générations futures en profitent à moins qu'elles ne préfèrent détruire votre œuvre, mais cette pensée n'a jamais été formulée par aucun de ceux qui se sont attachés à un projet quelconque, ils ont préféré l'ignorer car sinon ils auraient simplement cessé d'agir, ils se seraient simplement couchés pour attendre la mort. C'est ainsi que Savant, si moderne soit-il sur le plan intellectuel, était encore un romantique à mes yeux, sa vie était guidée par d'anciennes illusions, et maintenant je me demandais ce que pouvait faire Esther, si son petit vagin souple se contractait sur d'autres queues, et je commençais à avoir sérieusement envie de m'arracher un ou deux organes, heureusement j'avais pris une dizaine de boîtes de Rohypnol, j'avais prévu large et je dormis un peu plus de quinze heures.

À mon réveil le soleil était bas dans le ciel, et j'eus tout de suite la sensation qu'il se passait quelque chose d'étrange. Le temps était à l'orage mais je savais qu'il n'éclaterait pas, il n'éclatait jamais, la pluviosité dans l'île était pratiquement nulle. Une lumière faible et jaune baignait le village des adeptes ; l'ouverture de quelques tentes était faiblement agitée par le vent, mais à part ça le campement était désert, personne ne circulait dans les allées. En l'absence d'activité humaine, le silence était total. En gravissant la colline je passai devant les chambres de Vincent, de Savant et de Flic, toujours sans rencontrer personne. La résidence du prophète était grande ouverte, c'était la première fois depuis mon arrivée qu'il n'y avait pas de gardes à l'entrée. Malgré moi, en entrant dans la première salle, j'étouffai le bruit de mes pas. En traversant le couloir qui menait à ses appartements privés j'entendis des voix étouffées, le bruit d'un meuble qu'on traînait sur le sol, et quelque chose qui ressemblait à un sanglot.

Toutes les lumières étaient allumées dans la grande salle où le prophète m'avait reçu le jour de mon arrivée, mais là non plus il n'y avait personne. Je fis le tour, poussai une porte qui conduisait à l'office, rebroussai chemin. Sur le côté droit, près de la piscine, une porte ouvrait sur un couloir ; les sons de voix me paraissaient venir de cette direction. J'avançai avec précaution et au détour d'un second couloir je tombai sur Gérard, debout dans l'encadrement de la porte donnant dans la chambre du prophète. L'humoriste était dans un triste état : son visage était encore plus blafard que d'habitude, creusé de cernes profonds, il donnait l'impression de n'avoir pas dormi de la nuit. « Il s'est passé… il s'est passé… » Sa voix était faible et tremblante, presque inaudible. « Il s'est passé une chose terrible... » finit-il par articuler. Flic le rejoignit et se campa devant moi, le visage furieux, me jaugeant du regard. L'humoriste émit une sorte de bêlement plaintif. « Bon, au point où on en est, il n'y a qu'à le laisser entrer... » grogna Flic.

L'intérieur de la chambre du prophète était occupé par un immense lit rond, de trois mètres de diamètre, recouvert de satin rose ; des poufs de satin rose étaient disposés çà et là dans la pièce, dont les murs étaient recouverts de miroirs sur trois côtés ; le quatrième était constitué par une grande baie vitrée qui donnait sur la plaine caillouteuse et au-delà sur les premiers volcans, légèrement menaçants dans la lumière d'orage. La baie vitrée avait volé en éclats et le cadavre du prophète reposait au milieu du lit, nu, la gorge tranchée. Il avait perdu énormément de sang, la carotide avait été proprement sectionnée. Savant faisait nerveusement les cent pas d'un bout à l'autre de la pièce. Vincent, assis sur un pouf, paraissait un peu absent, c'est à peine s'il leva la tête en m'entendant approcher. Une jeune fille aux longs cheveux noirs, dans laquelle je reconnus Francesca, était prostrée dans un coin de la pièce, vêtue d'une chemise de nuit blanche maculée de sang.

« C'est l'Italien... » dit sèchement Flic.

C'était la première fois que j'avais l'occasion de voir un cadavre, et je n'étais pas tellement impressionné ; je n'étais pas tellement surpris non plus. Lors du dîner de l'avant-veille, où le prophète avait jeté son dévolu sur l'Italienne, j'avais eu l'impression l'espace de quelques secondes, en voyant l'expression de son compagnon, que cette fois il allait trop loin, que ça n'allait pas se passer aussi facilement que d'habitude ; et puis finalement Gianpaolo avait paru se soumettre, je m'étais dit qu'il allait s'écraser, comme les autres ; manifestement, je m'étais trompé. Je m'approchai avec curiosité de la baie vitrée : la pente était très raide, presque à pic ; on distinguait çà et là quelques prises, et la roche était bonne, pas du tout délitée ni friable, mais c'était quand même une escalade impressionnante. « Oui... commenta sombrement Flic en s'approchant de moi, il devait en avoir gros sur le cœur... » Puis il continua à arpenter la pièce en prenant soin de rester à distance de Savant, qui marchait de l'autre côté du lit. Humoriste restait figé près de la porte, ouvrant et refermant machinalement les mains, l'air totalement hagard, au bord de la panique. Je pris alors conscience pour la première fois que malgré le parti pris hédoniste et libertin affiché par la secte aucun des proches compagnons du prophète n'avait de vie sexuelle : dans le cas d'Humoriste et de Savant, c'était évident – l'un par incapacité, l'autre par absence de motivation. Flic, de son côté, était marié avec une femme de son âge, la cinquantaine bien avancée, autant dire que ça ne devait pas être la *frénésie des sens* tous les jours ; et il ne profitait nullement de sa position élevée dans l'organisation pour séduire de jeunes adeptes. Les adeptes eux-mêmes, comme je l'avais remarqué avec une surprise croissante, étaient au mieux monogames, et dans la plupart des cas zérogames – à l'exception des jeunes et jolies adeptes lorsque le prophète les invitait à partager son intimité pour une nuit. En somme, le prophète s'était comporté au sein de sa propre secte comme un mâle dominant absolu, et il avait réussi à briser toute virilité chez ses compagnons : non seulement ceux-ci n'avaient plus de vie sexuelle, mais ils ne cherchaient même plus à en avoir, ils s'interdisaient tout comportement d'approche des femelles et avaient intégré l'idée que la sexualité était une prérogative du prophète ; je compris alors pourquoi celui-ci se livrait, dans ses conférences, à un éloge redondant des valeurs féminines et à des charges impitoyables contre le machisme : son objectif était, tout simplement, de castrer ses auditeurs. De fait, chez la plupart des singes, la production de testostérone des mâles dominés diminue et finit par se tarir.

Le ciel s'éclaircissait peu à peu, les nuages se dispersaient ; une clarté sans espoir allait bientôt illuminer la plaine avant la tombée de la nuit. Nous étions à proximité immédiate du tropique du Cancer – nous y étions *grosso merdo*, comme l'aurait dit Humoriste lorsqu'il était encore en état de produire ses saillies. « Ça n'a *au-trou-du-cune* importance, j'ai *l'ha-bite-rude* de prendre des céréales au petit déjeuner… », voilà les bons mots par lesquels il s'essayait d'ordinaire à égayer notre quotidien. Qu'est-ce qu'il allait devenir, ce pauvre petit bonhomme, maintenant que Singe numéro 1 n'était plus ? Il jetait des regards effarés sur Flic et Savant, respectivement Singe numéro 2 et Singe numéro 3, qui continuaient à marcher de long en large dans la pièce, commençant à se mesurer du regard. Lorsque le mâle dominant est mis hors d'état d'exercer son pouvoir, la sécrétion de testostérone reprend, chez la plupart des singes. Flic pouvait compter sur la fidélité de la fraction militaire de l'organisation – c'est lui qui avait recruté l'ensemble des gardes, qui les avait formés, ils n'obéissaient qu'à ses ordres, de son vivant le prophète se reposait entièrement sur lui pour ces questions. D'un autre côté, les laborantins et l'ensemble des techniciens responsables du projet génétique n'avaient affaire qu'à Savant, et à lui seul. On avait somme toute affaire à un conflit classique entre la force brute et l'intelligence, entre une manifestation basique de la testostérone et une autre plus intellectualisée. Je sentis de toute façon que ça n'allait pas être bref, et je m'assis sur un pouf à proximité de Vincent. Celui-ci parut reprendre conscience de ma présence, émit un vague sourire et replongea dans sa rêverie.

Il s'ensuivit à peu près quinze minutes de silence ; Savant et Flic continuaient à arpenter la pièce, la moquette étouffait le bruit de leurs pas. Je me sentais, compte tenu des circonstances, assez calme ; j'étais conscient que ni moi ni Vincent n'avions, dans l'immédiat, de rôle à jouer. Nous étions dans l'histoire des singes secondaires, des singes honorifiques ; la nuit tombait, le vent s'infiltrait dans la pièce – l'Italien avait littéralement explosé la baie vitrée.

Tout à coup Humoriste sortit de la poche de son blouson de toile un appareil photo numérique – un Sony DSCF-101 à trois millions de pixels, je reconnaissais le modèle, j'avais eu le même avant d'opter pour un Minolta Dimage A2, qui disposait de huit millions de pixels, d'une visée bridge semi-reflex, et se montrait plus sensible dans les basses lumières. Flic et Savant s'immobilisèrent, bouche bée, en considérant le pauvre pantin qui zigzaguait dans la pièce en prenant cliché sur cliché. « Ça va, Gérard ? » demanda Flic. À mon avis non, ça n'avait pas l'air d'aller, il déclenchait machinalement, sans même viser, et au moment où il s'approchait de la fenêtre j'eus nettement l'impression qu'il allait sauter. « Ça suffit ! » hurla Flic. L'humoriste s'immobilisa, ses mains tremblaient tellement qu'il laissa tomber son appareil. Toujours prostrée dans son coin, Francesca émit un reniflement bref. Savant s'immobilisa à son tour, fit face à Flic, le regarda droit dans les yeux.

« Maintenant, il faut prendre une décision… dit-il d'un ton neutre.

– On va prévenir la police, c'est la seule décision à prendre.

– Si on prévient la police, c'est la fin de l'organisation. On ne pourra pas survivre au scandale, et tu le sais.

– Tu as une autre idée ? »

Un nouveau temps de silence s'ensuivit, nettement plus tendu : l'affrontement s'était déclenché, et je sentais cette fois qu'il irait à son terme ; j'avais même l'intuition assez nette que j'allais assister à une seconde mort violente. La disparition du leader charismatique est toujours un moment extrêmement difficile à gérer, dans un mouvement de type religieux ; lorsque celui-ci n'a pas pris la peine de désigner sans ambiguïté son successeur, on aboutit presque inévitablement à un schisme.

« Il pensait à la mort… intervint Gérard d'une petite voix tremblante, presque enfantine. Il m'en parlait de plus en plus souvent ; il n'aurait pas voulu que l'organisation disparaisse, ça l'inquiétait beaucoup que tout se disperse après lui. Nous devons faire quelque chose, nous devons réussir à nous entendre… »

Flic fronça les sourcils en tournant vaguement la tête vers lui, comme on réagit à un bruit importun ; rendu à la conscience de sa parfaite insignifiance, Gérard se rassit sur un pouf à côté de nous, baissa la tête et posa calmement les mains sur ses genoux.

« Je te rappelle, reprit calmement Savant en regardant Flic droit dans les yeux, que pour nous la mort n'est pas définitive, c'est même le premier de nos dogmes. Nous disposons du code génétique du prophète, il suffit d'attendre que le procédé soit au point…

– Tu crois qu'on va attendre vingt ans que ton truc marche ?... » rétorqua Flic avec violence, sans même plus chercher à dissimuler son hostilité.

Savant frémit sous l'outrage, mais répondit calmement : « Ça fait deux mille ans que les chrétiens attendent…

– Peut-être, mais entre temps il a fallu organiser l'Église, et ça, c'est moi qui suis le mieux à même de le faire. Lorsqu'il a fallu désigner un disciple pour lui succéder, c'est Pierre que le Christ a choisi : ce n'était pas le plus brillant, le plus intellectuel ni le plus mystique, mais c'était le meilleur organisateur.

– Si je quitte le projet, tu n'auras personne à mettre à ma place ; et, dans ce cas, tout espoir de résurrection s'évanouit. Je ne pense pas que tu puisses tenir très longtemps dans ces conditions… »

Le silence se fit à nouveau, de plus en plus pesant ; je n'avais pas l'impression qu'ils parviendraient à s'entendre, les choses étaient allées trop loin entre eux, depuis trop longtemps ; dans l'obscurité quasi totale, je vis Flic serrer les poings. C'est à ce moment que Vincent intervint. « Je peux prendre la place du prophète… » dit-il d'une voix légère, presque joyeuse. Les deux autres sursautèrent, Flic bondit vers le commutateur pour allumer et se précipita sur Vincent pour le secouer : « Qu'est-ce que tu racontes ? Qu'est-ce que tu racontes ?... » lui hurlait-il en plein visage. Vincent se laissa faire, attendit que l'autre le lâche avant d'ajouter, d'une voix toujours aussi enjouée : « Après tout, je suis son fils… »

Le premier moment de stupéfaction passé, ce fut Gérard qui intervint, d'une voix plaintive :

« C'est possible... C'est tout à fait possible... Je sais que le prophète a eu un fils, il y a trente-cinq ans, tout de suite après les débuts de l'Église, et qu'il lui rendait visite de temps à autre – mais il n'en parlait jamais, même à moi. Il l'a eu avec une des premières adeptes, mais elle s'est suicidée peu de temps après la naissance.

– C'est vrai... dit calmement Vincent, et il n'y avait dans sa voix que l'écho d'une tristesse très lointaine. Ma mère n'a pas supporté ses infidélités continuelles, ni les jeux sexuels à plusieurs qu'il lui imposait. Elle avait coupé les ponts avec ses parents – c'étaient des bourgeois protestants, alsaciens, d'une famille très stricte, ils ne lui avaient jamais pardonné d'être devenue élohimite, à la fin elle n'avait vraiment plus de contact avec personne. J'ai été élevé par mes grands-parents paternels, les parents du prophète ; pendant les premières années je ne l'ai pratiquement pas vu, il ne s'intéressait pas aux enfants jeunes. Et puis, après que j'ai eu quinze ans, il m'a rendu des visites de plus en plus fréquentes : il discutait avec moi, voulait savoir ce que je comptais faire dans la vie, finalement il m'a invité à rentrer dans la secte. Il m'a fallu une quinzaine d'années pour m'y décider. Ces derniers temps, nous avions des rapports, disons... un peu plus calmes. »

Je pris alors conscience d'un fait qui aurait dû me frapper dès le début, c'est que Vincent ressemblait énormément au prophète ; l'expression de leur regard était bien différente et même opposée, c'est sans doute ce qui m'avait empêché de m'en apercevoir, mais les principaux traits de leur physionomie – la forme du visage, la couleur des yeux, l'implantation des sourcils – étaient d'une identité frappante ; ils avaient de surcroît à peu près la même taille et la même corpulence. De son côté Savant regardait Vincent avec beaucoup d'attention, il semblait parvenir à la même conclusion, et ce fut lui, finalement, qui rompit le silence :

« Personne n'est exactement au courant de l'état d'avancement de mes recherches, nous avons maintenu un secret total. Nous pouvons parfaitement annoncer que le prophète a décidé d'abandonner son corps vieillissant pour transférer son code génétique dans un nouvel organisme.

– Personne ne va y croire ! objecta aussitôt Flic avec violence.

– Très peu de gens, en effet ; nous n'avons plus rien à attendre des grands médias, ils sont tous contre nous. Il y aura certainement une couverture médiatique énorme, et un scepticisme général ; mais personne ne pourra rien prouver, nous sommes les seuls à disposer de l'ADN du prophète, il n'en existe aucune copie, nulle part. Et le plus important c'est que les adeptes, eux, vont y croire ; ça fait des années que nous les y préparons. Lorsque le Christ est ressuscité le troisième jour personne n'y a cru, à l'exception des premiers chrétiens ; c'est même exactement comme ça qu'ils se sont définis : ceux qui croyaient à la résurrection du Christ.

– Qu'est-ce qu'on va faire du corps ?

– Ça ne pose aucun problème qu'on retrouve le corps, il suffit que la blessure à la gorge soit indétectable. On pourrait par exemple utiliser une fissure volcanique, et le précipiter dans la lave en fusion.

– Et Vincent ? Comment expliquer la disparition de Vincent ? Flic était visiblement ébranlé, ses objections se faisaient plus hésitantes.

– Oh, je ne connais pas grand monde... intervint Vincent avec légèreté ; en plus on me considère comme un type plutôt suicidaire, ma disparition n'étonnera personne... La fissure volcanique je trouve que c'est une bonne idée, ça permettra d'évoquer la mort d'Empédocle. » Il récita de mémoire, d'une voix étrangement fluide : « Je te dirai encore, prudent Pausanias, qu'il n'y a de naissance pour aucune des choses mortelles ; il n'y a pas de fin par la mort funeste ; il n'y a que mélange et dissociation des composants du mélange. »

Flic réfléchit silencieusement une à deux minutes, puis lâcha : « Il va falloir s'occuper aussi de l'Italien... » Je sus alors que Savant avait gagné la partie. Immédiatement après Flic appela trois gardes, leur ordonna de patrouiller dans le domaine et s'ils trouvaient le corps de le ramener discrètement, enveloppé dans une couverture à l'arrière du 4x4. Il ne leur fallut qu'un quart d'heure : le malheureux était dans un tel état de confusion qu'il avait tenté de franchir les barrières électrifiées ; bien entendu, il avait été foudroyé sur-le-champ. Ils posèrent le cadavre sur le sol, au pied du lit du prophète. À ce moment Francesca sortit de son hébétude, aperçut le corps de son compagnon et se mit à pousser de longs hurlements inarticulés, presque animaux. Savant s'approcha d'elle et la gifla, calmement mais avec force, à plusieurs reprises ; ses hurlements se transformèrent en une nouvelle crise de sanglots.

« Il va falloir s'occuper d'elle aussi... remarqua sombrement Flic.

– Je crois qu'on n'a pas le choix.

– Qu'est-ce que tu veux dire ? »

Vincent s'était retourné vers Savant, dégrisé d'un coup.

« Je crois qu'on peut difficilement compter sur son silence. Si on jette les deux corps par la fenêtre, après une chute de trois cents mètres, ils seront en bouillie ; ça m'étonnerait que la police veuille procéder à une autopsie.

– Ça peut marcher… dit Flic après un temps de réflexion ; je connais assez bien le chef de la police locale. Si je lui raconte que je les avais surpris à escalader la paroi les jours précédents, que j'avais tenté de les avertir du danger, mais qu'ils m'avaient ri au nez… D'ailleurs c'est très plausible, le type était amateur de sports extrêmes, je crois qu'il faisait de l'escalade à mains nues le weekend dans les Dolomites.

– Bien… » dit simplement Savant. Il fit un petit signe de tête à Flic, les deux hommes soulevèrent le corps de l'Italien, l'un par les pieds, l'autre par les épaules, ils firent quelques pas et le précipitèrent dans le vide ; ils avaient procédé si vite que ni moi ni Vincent n'avions eu le temps de réagir. Avec une énergie terrassante Savant revint vers Francesca, la souleva par les épaules et la traîna sur la moquette ; elle était retombée dans son apathie, et ne réagissait pas plus qu'un colis. Au moment où Flic l'attrapait par les pieds, Vincent hurla : « Hééé !... » Savant reposa l'Italienne et se retourna, agacé.

« Qu'est-ce qu'il y a encore ?

– Tu ne peux pas faire ça, tout de même !

– Et pourquoi pas ?

– C'est un meurtre… »

Savant ne répondit rien, toisa Vincent en croisant calmement les bras. « Évidemment, c'est regrettable… dit-il finalement. Je crois cependant que c'est nécessaire », ajouta-t-il quelques secondes plus tard.

Les longs cheveux noirs de la jeune fille encadraient son visage pâle ; ses yeux bruns se posaient tour à tour sur chacun de nous, j'avais l'impression qu'elle n'était plus du tout en état de comprendre la situation.

« Elle est si jeune, si belle… murmura Vincent d'un ton de supplique.

– J'imagine que, dans le cas d'une femme laide et âgée, l'élimination te paraîtrait plus excusable…

– Non… non, protesta Vincent, gêné, ce n'est pas exactement ce que je voulais dire.

– Si, répliqua Savant, impitoyable, c'est exactement ce que tu voulais dire ; mais passons. Dis-toi que c'est juste une mortelle, une mortelle comme nous le sommes tous jusqu'à présent : un arrangement temporaire de molécules. Disons qu'en l'occurrence nous avons affaire à un joli arrangement ; mais elle n'a pas plus de consistance qu'un motif formé par le givre, qu'un simple redoux suffit à anéantir ; et, malheureusement pour elle, sa disparition est devenue nécessaire pour que l'humanité puisse poursuivre son chemin. Je te promets, cependant, qu'elle n'aura pas à souffrir. »

Il sortit un émetteur HF de sa poche, prononça quelques mots à mi-voix. Une minute plus tard deux gardes apparurent, portant une mallette de cuir souple ; il l'ouvrit, en sortit une petite bouteille de verre et une seringue hypodermique. Sur un signe de Flic, les deux gardes se retirèrent.

« Attends, attends, attends… intervins-je, je n'ai pas l'intention, moi non plus, de me rendre complice d'un meurtre. Et en plus je n'ai aucune raison de le faire.

– Si, riposta sèchement Savant, tu as une très bonne raison : je peux rappeler les gardes. Toi aussi, tu es un témoin gênant ; comme tu es quelqu'un de connu, ta disparition poserait sans doute plus de problèmes ; mais les gens connus meurent aussi, et de toute façon nous n'avons plus le choix. » Il parlait calmement en me regardant droit dans les yeux, j'étais certain qu'il ne plaisantait pas. « Elle ne souffrira pas... » répéta-t-il d'une voix douce, et très vite il se pencha sur la jeune fille, trouva la veine, injecta la solution. J'étais comme tous les autres persuadé qu'il s'agissait d'un somnifère, mais en quelques secondes elle se raidit, sa peau devint cyanosée, puis sa respiration s'arrêta net. Derrière moi j'entendais Humoriste pousser des gémissements bestiaux, plaintifs. Je me retournai : il tremblait de tout son corps, parvint à articuler : « Ha ! Ha ! Ha... » Une tache se formait sur le devant de son pantalon, je compris qu'il avait pissé dans son froc. Excédé Flic sortit à son tour un émetteur de sa poche, donna un ordre bref : quelques secondes plus tard cinq gardes apparurent, armés de mitraillettes, et nous encerclèrent. Sur un ordre de Flic ils nous conduisirent dans une pièce attenante, meublée d'une table à tréteaux et de classeurs métalliques, puis refermèrent à clef derrière nous.

Je n'arrivais pas tout à fait à me persuader que tout cela était réel ; je jetais des regards incrédules à Vincent, qui me paraissait dans le même état d'esprit ; nous ne parlions ni l'un ni l'autre, le silence n'était troublé que par les gémissements de Gérard. Dix minutes plus tard, Savant revint dans la pièce et je pris conscience que tout était vrai, que j'avais devant moi un meurtrier, qu'il avait franchi la frontière. Je le considérai avec une horreur irrationnelle, instinctive, mais lui semblait très calme, à ses yeux il n'avait visiblement accompli qu'un geste technique.

« Je l'aurais épargnée si je l'avais pu, dit-il sans s'adresser à aucun d'entre nous en particulier. Mais, je vous le répète, il s'agissait d'une mortelle ; et je ne crois pas que la morale ait vraiment de sens si le sujet est mortel. L'immortalité, nous allons y parvenir ; et vous ferez partie des premiers êtres auxquels elle sera accordée ; ce sera, en quelque sorte, le prix de votre silence. La police sera là demain ; vous avez toute la nuit pour y réfléchir. »

Les jours qui suivirent me laissent un souvenir étrange, comme si nous étions entrés dans un espace différent, où les lois ordinaires étaient abolies, où tout – le meilleur comme le pire – pouvait arriver à chaque instant. Rétrospectivement je dois cependant reconnaître qu'il y avait une certaine logique à tout cela, la logique voulue par Miskiewicz, et que son plan s'accomplit point par point, dans le moindre détail. D'abord, le chef de la police n'eut aucun doute sur l'origine accidentelle de la mort des deux jeunes gens. Devant leurs corps désarticulés, aux os en miettes, pratiquement réduits à l'état de plaques sanglantes étalées sur le rocher, il était en effet difficile de garder son sang-froid et de soupçonner que leur mort aurait pu avoir une autre cause que la chute. Surtout, cette affaire banale fut rapidement éclipsée par celle de la disparition du prophète. Juste avant l'aube, Flic et Savant avaient traîné son corps jusqu'à une ouverture qui donnait sur un petit cratère volcanique en activité ; la lave en fusion le recouvrit aussitôt, il aurait fallu faire venir un équipement spécial de Madrid pour le désincarcérer, et évidemment toute autopsie était impensable. Cette même nuit ils avaient brûlé les draps tachés de sang, fait réparer la baie vitrée par un artisan qui s'occupait des travaux d'entretien sur le domaine, enfin ils avaient déployé une activité assez impressionnante. Lorsque l'inspecteur de la Guardia Civil comprit qu'il s'agissait d'un suicide, et que le prophète avait l'intention de se réincarner trois jours plus tard dans un corps rajeuni, il se frotta pensivement le menton – il était un peu au courant des activités de la secte, enfin il croyait savoir qu'il avait affaire à un groupement de cinglés qui adoraient les soucoupes volantes, ses informations s'arrêtaient là – et conclut qu'il valait mieux en référer à ses supérieurs. C'est exactement ce qu'attendait Savant.

Dès le lendemain, l'affaire faisait les gros titres des journaux – non seulement en Espagne mais aussi en Europe, et bientôt dans le reste du monde. « L'homme qui croyait être éternel », « Le pari fou de l'homme-Dieu », tels étaient à peu près les titres. Trois jours plus tard, sept cents journalistes stationnaient derrière les barrières de protection ; la BBC et CNN avaient envoyé des hélicoptères pour prendre des images du campement. Miskiewicz sélectionna cinq journalistes appartenant à des magazines scientifiques anglo-saxons et tint une brève conférence de presse. Il exclut d'entrée de jeu toute visite du laboratoire : la science officielle l'avait rejeté, dit-il, et contraint à travailler en marge ; il en prenait acte, et ne communiquerait ses résultats qu'au moment où il le jugerait opportun. Sur le plan juridique, sa position était difficilement attaquable : il s'agissait d'un laboratoire privé, fonctionnant sur fonds privés, il était parfaitement en droit d'en interdire l'accès à quiconque ; le domaine lui-même était d'ailleurs privé, précisa-t-il, les survols et les prises de vues par hélicoptère lui paraissaient une pratique légalement tout à fait douteuse. De plus il ne travaillait ni sur des organismes vivants, ni même sur des embryons, mais sur de simples molécules d'ADN, et ce avec l'accord écrit du donneur. Le clonage reproductif était certes prohibé ou restreint dans de nombreux pays ; mais en l'occurrence il ne s'agissait pas de clonage, et aucune loi n'interdisait la création artificielle de la vie ; c'est une direction de recherches à laquelle le législateur n'avait simplement pas songé.

Bien entendu les journalistes au début n'y croyaient pas, tout dans leur formation les prédisposait à tourner l'hypothèse en ridicule ; mais je me rendais compte qu'ils étaient malgré eux impressionnés par la personnalité de Miskiewicz, par la précision et la rigueur de ses réponses ; à la fin de l'entretien, j'en suis persuadé, au moins deux d'entre eux avaient des doutes : c'était largement suffisant pour que ces doutes se répandent, amplifiés, dans les magazines d'information générale.

Ce qui me stupéfia par contre ce fut la croyance immédiate, sans réserve, des adeptes. Dès le lendemain de la mort du prophète, Flic avait convoqué aux premières heures une réunion générale. Lui et Savant prirent la parole pour annoncer que le prophète avait décidé, en un geste d'oblation et d'espérance, d'accomplir le premier la promesse. Il s'était donc jeté dans un volcan, livrant au feu son corps physique vieillissant afin de renaître, au troisième jour, dans un corps rénové. Ses ultimes paroles dans sa présente incarnation, qu'ils avaient mission de communiquer aux disciples, étaient les suivantes : « Là où je passe, vous passerez bientôt à ma suite. » Je m'attendais à des mouvements de foule, des réactions variées, peut-être des gestes de désespoir ; il n'en fut rien. En ressortant tous étaient concentrés, silencieux, mais leur regard brillait d'espérance, comme si cette nouvelle était celle qu'ils avaient toujours attendue. Je croyais pourtant avoir des êtres humains une bonne connaissance générale, mais elle n'était basée que sur ses motivations les plus usuelles : eux avaient la foi, c'était nouveau pour moi, et cela changeait tout.

Ils se réunirent spontanément autour du laboratoire, deux jours plus tard, quittant leurs tentes dès le milieu de la nuit, et attendirent sans prononcer une parole. Au milieu d'eux il y avait cinq journalistes, sélectionnés par Savant, appartenant à deux agences de presse – l'AFP et Reuters – et à trois networks qui étaient CNN, la BBC, et il me semble Sky News. Il y avait aussi deux policiers espagnols venus de Madrid, qui souhaitaient recueillir une déclaration de l'être qui allait émerger du laboratoire – à proprement parler on n'avait rien à lui reprocher, mais sa position était sans précédent : il prétendait être le prophète, qui était officiellement mort, sans l'être exactement ; il prétendait naître sans avoir de père ni de mère biologique. Les juristes du gouvernement espagnol s'étaient penchés sur la question, sans évidemment trouver quoi que ce soit qui s'applique, même de loin, au cas présent ; ils avaient donc décidé de se contenter d'une déclaration formelle où Vincent confirmerait par écrit ses prétentions, et de lui accorder temporairement le statut d'enfant trouvé.

Au moment où les portes du laboratoire s'ouvrirent, tournant sur leurs jointures invisibles, tous se levèrent, et j'eus l'impression qu'un halètement animal parcourait la foule, causé par des centaines de respirations s'accélérant d'un seul coup. Dans le jour naissant le visage de Savant apparaissait tendu, épuisé, fermé. Il annonça que la fin de l'opération de résurrection se heurtait à des difficultés inattendues ; après en avoir conféré avec ses assistants, il avait décidé de se donner un délai de trois jours supplémentaires ; il invitait donc les adeptes à rentrer dans leurs tentes, à y demeurer autant que possible, à concentrer leurs pensées sur la transformation en cours, dont dépendait le salut du reste de l'humanité. Il leur donnait rendez-vous dans trois jours, au coucher du soleil, à la base de la montagne : si tout allait bien le prophète aurait regagné ses appartements, et serait en mesure de faire sa première apparition publique.

La voix de Miskiewicz était grave, reflétant la dose appropriée d'inquiétude, et cette fois je perçus une agitation, la foule fut parcourue de chuchotements. J'étais surpris qu'il manifeste une si bonne compréhension de la psychologie collective. Le stage était initialement prévu pour se terminer le lendemain, mais personne je pense ne songea sérieusement à repartir : sur trois cent douze vols retours, il y eut trois cent douze défections. Moi-même, il me fallut plusieurs heures avant d'avoir l'idée de prévenir Esther. Une fois de plus je tombai sur son répondeur, une fois de plus je laissai un message ; j'étais assez surpris qu'elle ne rappelle pas, elle devait être au courant de ce qui se passait dans l'île, les médias du monde entier en parlaient maintenant.

Le délai supplémentaire accrut naturellement l'incrédulité des médias, mais la curiosité ne retombait pas, elle augmentait au contraire d'heure en heure, et c'est tout ce que cherchait Miskiewicz : il fit deux brèves déclarations, une chaque jour, s'adressant cette fois uniquement aux cinq journalistes scientifiques qu'il avait choisis comme interlocuteurs, afin d'évoquer les difficultés de dernière minute auxquelles il prétendait se heurter. Il maîtrisait parfaitement son sujet, et j'avais l'impression que les autres commençaient de plus en plus à se laisser convaincre.

J'étais surpris, aussi, par l'attitude de Vincent, qui entrait de plus en plus dans la peau du rôle. Sur le plan de la ressemblance physique, le projet m'avait au départ inspiré quelques doutes. Vincent s'était toujours montré très discret, il avait toujours refusé de parler en public, d'évoquer par exemple son travail artistique, comme le prophète l'y avait invité à de nombreuses reprises ; malgré tout la plupart des adeptes avaient eu l'occasion de le croiser, au cours des dernières années. En quelques jours, mes doutes se dissipèrent : je me rendis compte avec surprise que Vincent se transformait *physiquement*. Il avait d'abord décidé de se raser le crâne, et la ressemblance avec le prophète s'en trouvait accentuée ; mais le plus étonnant c'est que l'expression de son regard changeait peu à peu, et le ton de sa voix. Il y avait maintenant dans ses yeux une lueur vive, souple, malicieuse, que je ne lui avais jamais connue ; et sa voix prenait des tonalités chaudes et séductrices qui me surprenaient de plus en plus. Il y avait toujours en lui une gravité, une profondeur que le prophète n'avait jamais eues, mais cela aussi pouvait cadrer : l'être qui allait renaître était censé avoir traversé les frontières de la mort, on pouvait s'attendre à ce qu'il ressorte de l'expérience quelqu'un de plus lointain, de plus étrange. Flic et Savant étaient en tout cas ravis des mutations qui s'opéraient en lui, je crois qu'ils n'avaient pas espéré obtenir un résultat aussi convaincant. Le seul qui réagissait mal était Gérard, que je pouvais difficilement continuer à appeler Humoriste : il passait ses journées à errer dans les galeries souterraines, comme s'il espérait encore y rencontrer le prophète, il avait cessé de se laver et commençait à puer. À Vincent il jetait des regards méfiants, hostiles, exactement comme un chien qui ne reconnaît pas son maître. Vincent lui-même parlait peu, mais son regard était lumineux, bienveillant, il donnait l'impression de se préparer à une ordalie, et d'avoir banni toute crainte ; il me confia plus tard qu'en ces journées il pensait déjà à la construction de l'ambassade, à sa décoration, il ne comptait rien garder des plans du prophète. Il avait manifestement oublié l'Italienne, dont la disparition semblait sur le moment lui poser des problèmes de conscience si douloureux ; et j'avoue que, moi aussi, je l'avais un peu oubliée. Miskiewicz, au fond, avait peut-être raison : une constellation de givre, une jolie formation temporaire… Mes années de carrière dans le show-business avaient quelque peu atténué mon sens moral ; il me restait pourtant quelques convictions, croyais-je. L'humanité, comme toutes les espèces sociales, s'était bâtie sur la prohibition du meurtre à l'intérieur du groupe, et plus généralement sur la limitation du niveau de violence acceptable dans la résolution des conflits inter-individuels ; la civilisation, même, n'avait pas d'autre contenu véritable. Cette idée valait pour toutes les civilisations envisageables, pour tous les « êtres raisonnables », comme aurait dit Kant, que ces êtres soient mortels ou immortels, c'était là une certitude indépassable. Après quelques minutes de réflexion je me rendis compte que, du point de vue de Miskiewicz, Francesca n'appartenait *pas* au groupe : ce qu'il essayait de faire c'était de créer une nouvelle espèce, et celle-ci n'aurait pas davantage d'obligation morale à l'égard des humains que ceux-ci n'en avaient à l'égard des lézards, ou des méduses ; je me rendis compte, surtout, que je n'aurais aucun scrupule à appartenir à cette nouvelle espèce, que mon dégoût du meurtre était d'ordre sentimental ou affectif, bien plus que rationnel ; pensant à Fox je pris conscience que l'assassinat d'un chien m'aurait choqué autant que celui d'un homme, et peut-être davantage ; puis, comme je l'avais fait dans toutes les circonstances un peu difficiles de ma vie, je cessai simplement de penser.

Les fiancées du prophète étaient restées cantonnées dans leurs chambres, et tenues au courant des événements exactement au même degré que les autres adeptes ; elles avaient accueilli la nouvelle avec la même foi, et attendaient avec confiance de retrouver un amant rajeuni. Je me dis un moment qu'il y aurait peut-être, quand même, des difficultés avec Susan : elle avait connu personnellement Vincent, lui avait parlé ; puis je compris que non, qu'elle avait la foi elle aussi, et sans doute encore plus que toutes les autres, que sa nature même excluait jusqu'à la possibilité du doute. Dans ce sens, me dis-je, elle était très différente d'Esther, jamais je n'aurais imaginé Esther souscrire à des dogmes si peu réalistes ; je me rendis compte aussi que depuis le début de ce séjour je pensais un peu moins à elle, heureusement d'ailleurs car elle ne répondait toujours pas à mes messages, j'en avais peut-être laissé une dizaine sur son répondeur, sans succès, mais je n'en souffrais pas trop, j'étais en quelque sorte ailleurs, dans un espace encore humain mais extrêmement différent de tout ce que j'avais pu connaître ; même certains journalistes, je m'en aperçus plus tard en lisant leurs comptes rendus, avaient été sensibles à cette ambiance particulière, cette sensation d'attente pré-apocalyptique.

Le jour de la résurrection, les fidèles se rassemblèrent dès les premières heures au pied de la montagne, alors que l'apparition de Vincent n'était prévue qu'au coucher du soleil. Deux heures plus tard, les hélicoptères des networks commencèrent à bourdonner au-dessus de la zone – Savant leur avait finalement donné l'autorisation de survol, mais il avait interdit à tout journaliste l'accès au domaine. Pour l'instant, les cameramen n'avaient pas grand-chose à grappiller – quelques images d'une petite foule paisible qui attendait en silence, sans un mot et pratiquement sans un geste, que le miracle se manifestât. L'ambiance lorsque les hélicoptères revenaient se faisait un peu plus tendue – les adeptes détestaient les médias, ce qui était assez normal compte tenu du traitement dont ils avaient été jusqu'à présent l'objet ; mais il n'y avait pas de réactions hostiles, de gestes menaçants ni de cris.

Vers cinq heures de l'après-midi, un bruissement de voix parcourut la foule ; quelques chants naquirent, furent repris en sourdine, puis le silence se fit à nouveau. Vincent, assis en tailleur dans la grotte principale, semblait non seulement concentré, mais en quelque sorte hors du temps. Vers sept heures, Miskiewicz se présenta à l'entrée de la grotte. « Tu te sens prêt ? » lui demanda-t-il. Vincent acquiesça sans mot dire, se leva souplement ; sa longue robe blanche flottait sur son corps amaigri.

Miskiewicz sortit le premier, avança sur le terre-plein qui dominait la foule des fidèles ; tous se levèrent d'un bond. Le silence n'était troublé que par le vrombissement régulier des hélicoptères immobilisés en vol stationnaire.

« La porte a été franchie », dit-il. Sa voix était parfaitement amplifiée, sans distorsion ni écho, j'étais sûr qu'avec un bon micro directionnel les journalistes parviendraient à réaliser un enregistrement correct. « La porte a été franchie dans un sens, puis dans l'autre, poursuivit-il. La barrière de la mort n'est plus ; ce qui avait été annoncé vient d'être accompli. Le prophète a vaincu la mort ; il est de nouveau parmi nous. » Sur ces mots il s'écarta de quelques pas, baissa la tête avec respect. Il y eut une attente d'environ une minute mais qui me parut interminable, plus personne ne parlait ni ne bougeait, tous les regards étaient tournés vers l'ouverture de la grotte, qui était orientée plein Ouest. Au moment où un rayon de soleil couchant, traversant les nuages, illumina l'ouverture, Vincent sortit et s'avança sur le terre-plein : c'est cette image, captée par un cameraman de la BBC, qui devait passer en boucle sur toutes les télévisions du monde. Une expression d'adoration emplit les visages, certains levèrent vers le ciel leurs bras écartés ; mais il n'y eut pas un cri, pas un murmure. Vincent ouvrit les mains, et après quelques secondes où il se contenta de respirer dans le micro qui captait chacun de ses souffles, il prit la parole : « Je respire, comme chacun d'entre vous... dit-il doucement. Pourtant, je n'appartiens plus à la même espèce. Je vous annonce une humanité nouvelle... poursuivit-il. Depuis son origine l'univers attend la naissance d'un être éternel, coexistant à lui, pour s'y refléter comme dans un miroir pur, inentamé par les souillures du temps. Cet être est né aujourd'hui, un peu après dix-sept heures. Je suis le Paraclet, et la réalisation de la promesse. Je suis pour l'instant solitaire, mais ma solitude ne durera pas, car vous viendrez bientôt me rejoindre. Vous êtes mes premiers compagnons, au nombre de trois cent douze ;

vous êtes la première génération de la nouvelle espèce appelée à remplacer l'homme ; vous êtes les premiers néo-humains. Je suis l'instant zéro, vous êtes la première vague. Aujourd'hui nous entrons dans une ère différente, où le passage du temps n'a plus le même sens. Aujourd'hui, nous entrons dans la vie éternelle. Il sera gardé mémoire de ce moment. »

DANIEL25,6

Ces journées cruciales n'ont eu, en dehors de Daniel1, que trois témoins directs ; les récits de vie de Slotan1 – qu'il appelait « Savant » – et de Jérôme1 – qu'il avait baptisé du nom de « Flic » – convergent pour l'essentiel avec le sien : l'adhésion immédiate des adeptes, leur croyance sans réserve à la résurrection du prophète… Le plan semble avoir fonctionné d'emblée, pour autant d'ailleurs qu'on puisse parler de « plan » ; Slotan1, son récit de vie en témoigne, n'avait nullement l'impression de se livrer à une supercherie, persuadé qu'il était d'obtenir des résultats effectifs dans un délai de quelques années ; il ne s'agissait, dans son esprit, que d'une annonce légèrement anticipée.

D'une tonalité très différente, et d'une brièveté elliptique qui a déconcerté ses commentateurs, le récit de vie de Vincent1 n'en confirme pas moins exactement le déroulement des faits, jusqu'au pathétique épisode du suicide de Gérard, celui que Daniel1 avait baptisé du surnom d'« Humoriste », retrouvé pendu dans sa cellule après s'être traîné misérablement pendant plusieurs semaines, et alors que Slotan1 et Jérôme1 commençaient à songer de leur côté à l'éliminer. S'adonnant de plus en plus à l'alcool, Gérard se laissait aller à l'évocation larmoyante de ses années de jeunesse avec le prophète et des « bons coups » qu'ils avaient montés ensemble. Ni l'un ni l'autre, semblait-il, n'avait cru une seconde à l'existence des Élohim. « C'était juste une blague… répétait-il, une bonne blague de camés. On avait pris des champignons, on est partis faire une balade sur les volcans, et on s'est mis à délirer tout le truc. Jamais j'aurais pensé que ça serait allé si loin… » Ses bavardages commençaient à devenir gênants, car le culte des Élohim ne fut jamais officiellement abandonné, bien qu'il fût assez vite tombé en déshérence. Ni Vincent1 ni Slotan1 n'accordaient au fond une grande importance à cette hypothèse d'une race de créateurs extraterrestres, mais tous deux partageaient l'idée que l'être humain allait disparaître, et qu'il s'agissait de préparer l'avènement de son successeur. Dans l'esprit de Vincent1, même s'il était possible que l'homme eût été créé par les Élohim, les événements récents prouvaient de toute façon qu'il était entré dans un processus d'élohimisation, en ce sens qu'il était désormais, à son tour, maître et créateur de la vie. L'ambassade devenait dans cette perspective une sorte de mémorial de l'humanité, destiné à témoigner de ses aspirations et de ses valeurs aux yeux de la race future ; ce qui s'inscrivait d'ailleurs parfaitement dans la tradition classique de l'art. Quant à Jérôme1, la question des Élohim lui était tout aussi indifférente, du moment qu'il pouvait se consacrer à sa vraie passion : la création et l'organisation de structures de pouvoir.

Cette grande diversité des points de vue au sein du triumvirat des fondateurs fut certainement pour beaucoup, on l'a déjà souligné, dans la complémentarité de fonctionnement qu'ils surent mettre en place, et dans le succès foudroyant de l'élohimisme dans les quelques années qui suivirent la « résurrection » de Vincent. Elle rend, par ailleurs, d'autant plus frappante la concordance de leurs témoignages.

DANIEL1,18

« La complication du monde n'est pas justifiée. »
Yves Roissy – Réponse à Marcel Fréthrez

Après l'extrême tension des journées qui précédèrent la résurrection du prophète sous les traits de Vincent, après l'acmé de son apparition médiatique à l'entrée de la grotte, sous les rayons du soleil couchant, les journées qui suivirent me laissent le souvenir d'une détente floue, presque joyeuse. Flic et Savant avaient rapidement défini les limites de leurs attributions respectives ; je me rendis tout de suite compte qu'ils s'y tiendraient, et que, si aucune sympathie ne pouvait naître entre eux, ils fonctionneraient cependant en tandem efficace, car ils avaient besoin l'un de l'autre, le savaient, et partageaient le même goût pour une organisation sans faille.

Après le premier soir, Savant avait définitivement interdit aux journalistes l'accès au domaine, et il avait, au nom de Vincent, refusé toutes les interviews ; il avait même demandé une interdiction de survol – qui lui fut aussitôt accordée par le chef de la police, dont le but était d'essayer de calmer, autant que possible, l'agitation ambiante. En procédant ainsi il n'avait aucune intention particulière, si ce n'est de faire savoir aux médias mondiaux qu'il était le maître de l'information, qu'il était à sa source, et que rien ne pourrait passer sans avoir été autorisé par lui. Après avoir campé sans succès devant l'entrée du domaine les journalistes repartirent donc, en groupes de plus en plus serrés, et au bout d'une semaine nous nous retrouvâmes seuls. Vincent semblait définitivement être passé dans une autre réalité, et nous n'avions plus aucun contact ; une fois cependant, en me croisant sur le raidillon rocheux qui menait à nos anciennes cellules, il m'invita à venir voir l'état d'avancement des plans de l'ambassade. Je le suivis dans une salle souterraine aux murs blancs, tapissée de haut-parleurs et de vidéo-projecteurs, puis il mit en route la fonction « Présentation » du logiciel. Ce n'était pas une ambassade, et ce n'étaient même pas véritablement des plans. J'avais l'impression de traverser d'immenses rideaux de lumière qui naissaient, se formaient et s'évanouissaient tout autour de moi. Parfois j'étais au milieu d'objets petits, scintillants et jolis, qui m'entouraient de leur présence amicale ; puis une immense marée de lumière engloutissait l'ensemble, donnait naissance à un nouveau décor. Nous étions entièrement dans les blancs, du cristallin au laiteux, du mat à l'éblouissant ; cela n'avait aucun rapport avec une réalité possible, mais c'était beau. Je me dis que c'était peut-être la vraie nature de l'art que de donner à voir des mondes rêvés, des mondes impossibles, et que c'était une chose dont je ne m'étais jamais approché, dont je ne m'étais même jamais senti capable ; je compris également que l'ironie, le comique, l'humour devaient mourir, car le monde à venir était le monde du bonheur, et ils n'y auraient plus aucune place.

Vincent n'avait rien d'un mâle dominant, il n'avait aucun goût pour les harems, et peu de jours après la mort du prophète il avait eu un long entretien avec Susan, à la suite de quoi il avait rendu leur liberté aux autres filles. J'ignore ce qu'ils avaient pu se dire, j'ignore ce qu'elle croyait, si elle voyait en lui une réincarnation du prophète, si elle l'avait reconnu comme étant que Vincent, s'il lui avait avoué qu'il était son fils, ou si elle s'était fabriqué une conception intermédiaire ; mais je pense que pour elle tout cela n'avait pas beaucoup d'importance. Incapable de tout relativisme, assez indifférente au fond à la question de la vérité, Susan ne pouvait vivre qu'en étant, et en étant entièrement, dans l'amour. Ayant trouvé un nouvel être à aimer, l'aimant peut-être depuis déjà longtemps, elle avait trouvé une nouvelle raison de vivre, et je savais sans risque d'erreur qu'ils resteraient ensemble jusqu'au dernier jour, jusqu'à ce que la mort les sépare comme on dit, sauf que peut-être cette fois la mort n'aurait pas lieu, Miskiewicz parviendrait à réaliser ses objectifs, ils renaîtraient ensemble dans des corps rénovés, et pour la première fois dans l'histoire du monde ils vivraient, effectivement, un amour qui n'aurait pas de fin. Ce n'est pas la lassitude qui met fin à l'amour, ou plutôt cette lassitude naît de l'impatience, de l'impatience des corps qui se savent condamnés et qui voudraient vivre, qui voudraient, dans le laps de temps qui leur est imparti, ne laisser passer aucune chance, ne laisser échapper aucune possibilité, qui voudraient utiliser au maximum ce temps de vie limité, déclinant, médiocre qui est le leur, et qui partant ne peuvent aimer qui que ce soit car tous les autres leur paraissent limités, déclinants, médiocres.

Malgré cette nouvelle orientation vers la monogamie – orientation implicite d'ailleurs, Vincent n'avait fait aucune déclaration dans ce sens, n'avait donné aucune directive, l'élection unique qu'il avait faite de Susan avait tout du choix purement individuel –, la semaine qui suivit la « résurrection » fut marquée par une activité sexuelle renforcée, plus libre, plus diverse, j'entendis même parler de véritables orgies collectives. Les couples présents dans le centre ne semblaient pourtant nullement en souffrir, on n'observait aucune rupture des relations conjugales, ni même aucune dispute. Peut-être la perspective plus proche de l'immortalité donnait-elle déjà quelque consistance à cette notion d'*amour non-possessif* que le prophète avait prêchée tout au long de sa vie sans jamais vraiment réussir à convaincre personne ; je crois surtout que la disparition de son écrasante présence masculine avait libéré les adeptes, leur avait donné envie de vivre des moments plus légers et plus ludiques.

Ce qui m'attendait dans ma propre vie avait peu de chances d'être aussi drôle, j'en avais de plus en plus nettement le pressentiment. Ce ne fut que la veille de mon départ que je parvins, enfin, à joindre Esther : elle m'expliqua qu'elle avait été très occupée, elle avait interprété le rôle principal dans un court métrage, c'était un coup de chance, elle avait été prise au dernier moment, et le tournage avait démarré juste après ses examens – qu'elle avait, par ailleurs, brillamment réussis ; en résumé, elle ne me parla que d'elle. Elle était au courant, pourtant, des événements survenus à Lanzarote, et savait que j'en avais été le témoin direct. « *Que fuerte !* » s'exclama-t-elle, ce qui me parut un commentaire un peu mince ; je me rendis compte alors qu'avec elle aussi je garderais le silence, que je m'en tiendrais à la version usuelle d'une supercherie probable, sans jamais indiquer que j'avais été à ce point mêlé aux événements, et que Vincent était peut-être la seule personne au monde avec qui j'aurais la possibilité, un jour, d'en parler. Je compris alors pourquoi les éminences grises, et même les simples témoins d'un événement historique dont les déterminants profonds sont restés ignorés du grand public, éprouvent à un moment ou à un autre le besoin de libérer leur conscience, de coucher ce qu'ils savent sur le papier.

Vincent m'accompagna le lendemain à l'aéroport d'Arrecife, il conduisait lui-même le 4x4. Au moment où nous longions de nouveau cette plage étrange, au sable noir parsemé de petits cailloux blancs, je tentai de lui expliquer ce besoin que j'éprouvais d'une confession écrite. Il m'écouta avec attention et après que nous nous fûmes garé sur le parking, juste devant le hall des départs, il me dit qu'il comprenait, et me donna l'autorisation d'écrire ce que j'avais vu. Il fallait simplement que le récit ne soit publié qu'après ma mort, ou du moins que j'attende pour le publier, ou d'ailleurs pour le faire lire à qui que ce soit, une autorisation formelle du conseil directeur de l'Église – à savoir le triumvirat qu'il formait avec Savant et Flic. Au-delà de ces conditions que j'acceptai facilement – et je savais qu'il me faisait confiance – je le sentais pensif, comme si ma demande venait de l'entraîner dans des réflexions floues, qu'il avait encore du mal à démêler.

Nous attendîmes l'heure de mon embarquement dans une salle aux immenses baies vitrées qui surplombait les pistes. Les volcans se découpaient dans le lointain, présences familières, presque rassurantes sous le ciel d'un bleu sombre. Je sentais que Vincent aurait souhaité donner à ces adieux un tour plus chaleureux, de temps en temps il me pressait le bras, ou me prenait par les épaules ; mais il ne trouvait pas réellement les mots, et ne savait pas réellement faire les gestes. Le matin même j'avais subi le prélèvement d'ADN, et faisais donc officiellement partie de l'Église. Au moment où une hôtesse annonçait l'embarquement du vol pour Madrid, je me dis que cette île au climat tempéré, égal, où l'ensoleillement et la température ne connaissaient tout au long de l'année que des variations minimes, était bien l'endroit idéal pour accéder à la vie éternelle.

DANIEL25,7

En effet, Vincent1 nous apprend que c'est à la suite de cette conversation avec Daniel1 sur le parking de l'aéroport d'Arrecife qu'il eut pour la première fois l'idée du *récit de vie*, d'abord introduit comme une annexe, un simple palliatif en attendant que progressent les travaux de Slotan1 sur le câblage des réseaux mémoriels, mais qui devait prendre une si grande importance à la suite des conceptualisations logiques de Pierce.

DANIEL1,19

J'avais deux heures d'attente à l'aéroport de Madrid avant l'embarquement du vol pour Almeria ; ces deux heures suffirent à balayer l'état d'étrangeté abstraite dans lequel m'avait laissé le séjour chez les élohimites et à me replonger intégralement dans la souffrance, comme on entre, pas à pas, dans une eau glacée ; en remontant dans l'avion, malgré la chaleur ambiante, je tremblais déjà littéralement d'angoisse. Esther savait que je repartais le jour même, et il m'avait fallu un effort énorme pour ne pas lui avouer que j'avais deux heures d'attente à l'aéroport de Madrid, la perspective de l'entendre me dire que c'était trop court pour deux heures, le trajet en taxi, etc., m'étant à peu près insupportable. Il n'empêche que pendant ces deux heures, errant entre les magasins de CD qui faisaient une promotion éhontée du dernier disque de David Bisbal (elle avait figuré, assez dénudée, dans un des clips récents du chanteur), les Punta de Fumadores et les boutiques de fringues Jennyfer, j'avais la sensation de plus en plus insoutenable de percevoir son jeune corps, érotisé dans une robe d'été, traverser les rues de la ville, à quelques kilomètres de là, sous le regard admiratif des garçons. Je m'arrêtai à « Tap Tap Tapas » et commandai des saucisses écœurantes baignant dans une sauce très grasse, que j'accompagnai de plusieurs bières ; je sentais mon estomac se gonfler, se remplir de merde, et l'idée me traversa d'accélérer consciemment le processus de destruction, de devenir vieux, répugnant et obèse pour mieux me sentir définitivement indigne du corps d'Esther. Au moment où j'entamais ma quatrième Mahou la radio du bar diffusa une chanson, je ne connaissais pas l'interprète mais ce n'était pas David Bisbal, plutôt un latino traditionnel, avec ces tentatives de vocalises que les jeunes Espagnols trouvaient à présent ridicules, un chanteur pour ménagères plutôt qu'un chanteur pour minettes en somme, toujours est-il que le refrain était : « *Mujer es fatal* », et je me rendis compte que cette chose si simple, si niaise, je ne l'avais jamais entendu exprimer aussi exactement, et que la poésie lorsqu'elle parvenait à la simplicité était une grande chose, *the big thing* décidément, le mot *fatal* en espagnol convenait à merveille, je n'en voyais aucun autre qui corresponde mieux à ma situation, c'était un enfer, un enfer authentique, j'étais moi-même rentré dans le piège, j'avais souhaité y rentrer mais je ne connaissais pas la sortie et je n'étais même pas certain de vouloir sortir, c'était de plus en plus confus dans mon esprit si tant est que j'en eusse un, j'avais en tout cas un corps, un corps souffrant et ravagé par le désir.

De retour à San José je me couchai immédiatement, après avoir absorbé une dose de somnifères massive. Les jours suivants, je ne fis qu'errer de pièce en pièce dans la résidence ; j'étais immortel, certes, mais pour l'instant ça ne changeait pas grand-chose, Esther n'appelait toujours pas, et c'était la seule chose qui paraissait avoir de l'importance. Écoutant par hasard une émission culturelle à la télévision espagnole (c'était plus qu'un hasard d'ailleurs c'était un miracle, car les émissions culturelles sont rares à la télévision espagnole, les Espagnols n'aiment pas du tout les émissions culturelles, ni la culture en général, c'est un domaine qui leur est profondément hostile, on a parfois l'impression en parlant de culture qu'on leur fait une sorte d'offense personnelle), j'appris que les dernières paroles d'Emmanuel Kant, sur son lit de mort, avaient été : « C'est suffisant. » Immédiatement je fus saisi d'une crise de rire douloureux, accompagnée de maux d'estomac, qui se prolongèrent pendant trois jours, au bout desquels je me mis à vomir de la bile. J'appelai un médecin qui diagnostiqua un empoisonnement, m'interrogea sur mon alimentation des derniers jours et me recommanda d'acheter des laitages. J'achetai des laitages, et le soir même je retournai au *Diamond Nights*, qui m'avait laissé le souvenir d'un établissement honnête, où l'on ne vous poussait pas exagérément à la consommation. Il y avait une trentaine de filles autour du bar, mais seulement deux clients. J'optai pour une Marocaine qui ne pouvait guère avoir plus de dix-sept ans ; ses gros seins étaient bien mis en valeur par le décolleté, et j'ai vraiment cru que ça allait marcher, mais une fois dans la chambre j'ai dû me rendre à l'évidence : je ne bandais même pas assez pour qu'elle puisse me mettre un préservatif ; dans ces conditions elle refusa de me sucer, et alors quoi ? Elle finit par me branler, son regard obstinément fixé sur un coin de la pièce, elle y allait trop fort, ça faisait mal. Au bout d'une minute il y eut un petit jet translucide, elle lâcha ma bite aussitôt ; je me rajustai avant d'aller pisser.

Le lendemain matin, je reçus un fax du réalisateur de « DIOGÈNE LE CYNIQUE ». Il avait entendu dire que je renonçais au projet « LES ÉCHANGISTES DE L'AUTO-

ROUTE », il trouvait ça vraiment dommage ; lui-même se sentait prêt à assumer la réalisation si j'acceptais d'écrire le scénario. Il devait passer à Madrid la semaine suivante, il me proposait de se voir pour en parler.

Je n'étais pas vraiment en contact régulier avec ce type, en fait ça faisait plus de cinq ans que je ne l'avais pas vu. En entrant dans le café, je m'aperçus que j'avais complètement oublié à quoi il pouvait ressembler ; je m'assis à la première table venue et commandai une bière. Deux minutes plus tard, un homme d'une quarantaine d'années, petit, rondouillard, aux cheveux frisés, vêtu d'un étonnant blouson de chasse kaki à poches multiples, s'arrêta devant ma table, tout sourire, son verre à la main. Il était mal rasé, son visage respirait la roublardise et je ne le reconnaissais toujours pas ; je l'invitai malgré tout à s'asseoir. Mon agent lui avait fait lire ma note d'intentions et la séquence prégénérique que j'avais développée, dit-il ; il trouvait le projet d'un intérêt tout à fait exceptionnel. J'acquiesçai machinalement en jetant un regard en coin à mon portable ; en arrivant à l'aéroport j'avais laissé un message à Esther pour la prévenir que j'étais à Madrid. Elle rappela au moment opportun, alors que je commençais à m'enferrer dans mes contradictions, et promit de passer dans une dizaine de minutes. Je relevai les yeux vers le réalisateur, je n'arrivais toujours pas à me souvenir de son nom mais je me rendis compte que je ne l'aimais pas, je n'aimais pas non plus sa vision de l'humanité, et plus généralement je n'avais rien à faire avec ce type. Il me proposait maintenant de travailler en collaboration sur le scénario ; je sursautai à cette idée. Il s'en aperçut, fit machine arrière, m'assura que je pouvais parfaitement travailler seul si je préférais, qu'il me faisait toute confiance. Je n'avais aucune envie de me lancer dans ce scénario à la con, je voulais juste vivre, vivre encore un petit peu, si la chose était possible, mais je ne pouvais pas lui en parler ouvertement, ce type avait tout de la langue de vipère, la nouvelle ne tarderait pas à faire le tour de la profession, et pour d'obscures raisons – peut-être simplement par fatigue – il me paraissait encore nécessaire de donner le change quelques mois. Afin d'alimenter la conversation je lui racontai l'histoire de cet Allemand qui en avait dévoré un autre, rencontré par Internet. D'abord il lui avait sectionné le pénis, puis l'avait fait frire, avec des oignons, et ils l'avaient dégusté ensemble. Il l'avait ensuite tué avant de le couper en morceaux, qu'il avait stockés dans son congélateur. De temps en temps il sortait un morceau, le décongelait et le faisait cuire, il utilisait à chaque fois une recette différente. Le moment de la manducation commune du pénis avait été une expérience religieuse intense, de réelle communion entre lui et sa victime, avait-il déclaré aux enquêteurs. Le réalisateur m'écoutait avec un sourire à la fois benêt et cruel, s'imaginant probablement que je comptais intégrer ces éléments dans mon travail en cours, se réjouissant déjà des images répugnantes qu'il allait pouvoir en tirer. Heureusement Esther arriva, souriante, sa jupe d'été plissée tourbillonnant autour de ses cuisses, et se jeta dans mes bras avec un abandon qui me fit tout oublier. Elle s'assit et commanda un diabolo menthe, attendant sagement que notre conversation s'achève. Le réalisateur lui jetait de temps à autre des regards appréciateurs – elle avait posé les pieds sur la chaise en face d'elle, écarté les jambes, elle ne portait pas de culotte et tout cela semblait naturel et logique, une simple conséquence de la température ambiante, je m'attendais d'un instant à l'autre à ce qu'elle s'essuie la chatte avec une des serviettes en papier du bar. Enfin il prit congé, nous nous promîmes de garder le contact. Dix minutes plus tard j'étais en elle, et j'étais bien. Le miracle se reproduisait, aussi fort qu'au premier jour, et je crus encore, pour la dernière fois, qu'il allait durer éternellement.

L'amour non partagé est une hémorragie. Pendant les mois qui suivirent, alors que l'Espagne s'installait dans l'été, j'aurais encore pu me prétendre à moi-même que tout allait bien, que nous étions à égalité dans l'amour ; mais je n'avais malheureusement jamais été très doué pour me mentir. Deux semaines plus tard elle vint me rendre visite à San José, et si elle me prêtait toujours son corps avec autant d'abandon, aussi peu de retenue, je remarquai également que, de plus en plus fréquemment, elle s'éloignait de quelques mètres pour parler dans son portable. Elle riait beaucoup dans ces conversations, plus souvent qu'avec moi, elle promettait d'être bientôt de retour, et l'idée que j'avais eue de lui proposer de passer l'été en ma compagnie apparaissait de plus en plus nettement dénuée de sens ; c'est presque avec soulagement que je la reconduisis à l'aéroport. J'avais évité la rupture, nous étions *encore ensemble*, comme on dit, et la semaine suivante c'est moi qui me déplaçai à Madrid.

Elle sortait encore souvent, je le savais, dans des boîtes, et passait parfois la nuit entière à danser ; mais jamais elle ne me proposa de l'accompagner. Je l'imaginais répondant à ses amis qui lui offraient de sortir : « Non, pas ce soir, je suis avec Daniel… » Je connaissais maintenant la plupart d'entre eux, beaucoup étaient étudiants ou acteurs ; souvent dans le genre *groove*, cheveux mi-longs et vêtements confortables ; certains au contraire surjouaient sur un mode humoristique le style *macho* et *latin lover*, mais tous étaient, évidemment, *jeunes*, comment aurait-il pu en être autrement ? Combien d'entre eux, me demandais-je parfois, avaient-ils pu être ses amants ? Elle ne faisait jamais rien qui puisse me mettre mal à l'aise ; mais je n'ai jamais eu, non plus, le sentiment de faire véritablement partie de son groupe. Je me souviens d'un soir, il pouvait être vingt-deux heures, nous étions une dizaine réunis dans un bar et tous parlaient avec animation des mérites de différentes boîtes, les unes plus house, d'autres plus trance. Depuis dix minutes j'avais horriblement envie de leur dire que je *voulais*, moi aussi, entrer dans ce monde, m'amuser avec eux, aller jusqu'au bout de la nuit ; j'étais prêt à les *implorer* de m'emmener. Puis, accidentellement, j'aperçus mon visage se reflétant dans une glace, et je compris. J'avais la quarantaine *bien sonnée* ; mon visage était soucieux, rigide, marqué par l'expérience de la vie, les responsabilités, les chagrins ; je n'avais pas le moins du monde la tête de quelqu'un avec qui on aurait pu envisager de *s'amuser* ; j'étais condamné.

Pendant la nuit, après avoir fait l'amour avec Esther (et c'était la seule chose qui marchait encore vraiment bien, c'était sans doute la seule part juvénile, inentamée de moi-même), contemplant son corps blanc et lisse qui reposait dans la clarté lunaire, je repensai avec douleur à Gros Cul. Si je devais, suivant la parole de l'Évangile, être mesuré avec la mesure dont je m'étais servi, alors j'étais bien mal parti, car il ne faisait aucun doute que je m'étais comporté avec Gros Cul de manière *impitoyable*. Non que la pitié, d'ailleurs, aurait pu servir à quoi que ce soit :

il y a beaucoup de choses qu'on peut faire par compassion, mais bander, non, cela n'est pas possible.

À l'époque où je rencontrai Gros Cul, je pouvais avoir trente ans et je commençais à avoir un certain succès – pas encore véritablement grand public, mais enfin, quand même, un succès d'estime. Je remarquai vite cette grosse femme blafarde qui venait à tous mes spectacles, s'asseyait au premier rang, me tendait à chaque fois son carnet d'autographes à signer. Il lui fallut à peu près six mois pour se décider à m'adresser la parole – encore que non, je crois que finalement c'est moi qui pris l'initiative. C'était une femme cultivée, elle enseignait la philosophie dans une université parisienne, et réellement je ne me suis pas méfié du tout. Elle me demanda l'autorisation de publier une retranscription commentée de mes sketches dans le *Cahier d'études phénoménologiques* ; naturellement, j'acceptai. J'étais un peu flatté, je l'admets, après tout je n'avais pas dépassé le bac et elle me comparait à Kierkegaard. Nous avons échangé une correspondance Internet pendant quelques mois, progressivement les choses ont commencé à dégénérer, j'ai accepté une invitation à dîner chez elle, j'aurais dû me méfier tout de suite quand j'ai vu sa robe d'intérieur, j'ai quand même réussi à partir sans lui infliger d'humiliation trop lourde, enfin c'est ce que j'avais espéré, mais dès le lendemain commencèrent les premiers e-mails pornographiques. « Ah, te sentir enfin en moi, sentir ta tige de chair écarter ma fleur… », c'était affreux, elle écrivait comme Gérard de Villiers. Elle n'était vraiment pas bien conservée, elle faisait plus, mais en réalité elle n'avait que quarante-sept ans au moment où je l'avais rencontrée – exactement le même âge que moi au moment où j'avais rencontré Esther, je sautai du lit à la seconde où j'en pris conscience, haletant d'angoisse, et je me mis à marcher de long en large dans la chambre : Esther dormait paisiblement, elle avait écarté les couvertures, mon Dieu qu'elle était belle.

Je m'imaginais alors – et quinze ans plus tard j'y repensais encore avec honte, avec dégoût – je m'imaginais qu'à partir d'un certain âge le désir sexuel disparaît, qu'il vous laisse du moins relativement tranquille. Comment avais-je pu, moi qui me prétendais un esprit acéré, caustique, comment avais-je pu former en moi une illusion aussi ridicule ? Je connaissais la vie, en principe, j'avais même lu des livres ; et s'il y avait un sujet simple, un sujet sur lequel, comme on dit, *tous les témoignages concordent*, c'était bien celui-là. Non seulement le désir sexuel ne disparaît pas, mais il devient avec l'âge de plus en plus cruel, de plus en plus déchirant et insatiable – et même chez les hommes, au demeurant assez rares, chez lesquels disparaissent les sécrétions hormonales, l'érection et tous les phénomènes associés, l'attraction pour les jeunes corps féminins ne diminue pas, elle devient, et c'est peut-être encore pire, *cosa mentale*, et désir du désir. Voilà la vérité, voilà l'évidence, voilà ce qu'avaient, inlassablement, répété tous les auteurs sérieux.

J'aurais pu, à l'extrême limite, opérer un cunnilingus sur la personne de Gros Cul – j'imaginais mon visage s'aventurant entre ses cuisses flasques, ses bourrelets blafards, essayant de ranimer son clitoris pendant. Mais même cela, j'en avais la certitude, n'aurait pas pu suffire – et n'aurait peut-être même fait qu'aggraver ses souffrances. Elle voulait, comme tant d'autres femmes, elle voulait être *pénétrée*, elle ne se satisferait pas à moins, ce n'était pas négociable.

Je pris la fuite ; comme tous les hommes placés dans les mêmes circonstances, je pris la fuite : je cessai de répondre à ses mails, je lui interdis l'accès de ma loge. Elle insista pendant des années, cinq, peut-être sept, elle insista pendant un nombre d'années effroyable ; je crois qu'elle insista jusqu'au lendemain de ma rencontre avec Isabelle. Je ne lui avais évidemment rien dit, je n'avais plus aucun contact ; peut-être est-ce qu'au bout du compte l'intuition existe, l'*intuition féminine* comme on dit, c'est en tout cas le moment qu'elle choisit pour s'éclipser, pour sortir de ma vie et peut-être de la vie tout court, comme elle m'en avait, à de nombreuses reprises, menacé.

Au lendemain de cette nuit pénible, je pris le premier vol pour Paris. Esther s'en montra légèrement surprise, elle pensait que je passerais toute la semaine à Madrid, et moi aussi d'ailleurs c'est ce que j'avais prévu, je ne comprenais pas très bien la raison de ce départ subit, peut-être est-ce que je voulais *faire le malin*, montrer que j'avais moi aussi ma vie, mes activités, mon indépendance – auquel cas c'était raté, elle ne se montra pas le moins du monde émue ni déstabilisée par la nouvelle, elle dit : « *Bueno...* » et ce fut tout. Je crois surtout que mes actes n'avaient plus réellement de sens, que je commençais à me comporter comme un vieil animal blessé à mort qui charge dans toutes les directions, se heurte à tous les obstacles, tombe et se redresse, de plus en plus furieux, de plus en plus affaibli, affolé et enivré par l'odeur de son propre sang.

J'avais pris pour prétexte l'envie de revoir Vincent, c'est ce que j'avais expliqué à Esther, mais ce n'est qu'en atterrissant à Roissy que je me rendis compte que j'avais réellement envie de le revoir, là non plus je ne sais pas pourquoi, peut-être simplement pour vérifier que le bonheur est possible. Il s'était réinstallé avec Susan dans le pavillon de ses grands-parents – dans le pavillon où il avait, finalement, vécu toute sa vie. Nous étions début juin mais le temps était gris, et le décor de briques rouges, quand même, sinistre ; je fus surpris par les noms sur l'étiquette de la boîte à lettres : « Susan Longfellow » d'accord, mais « Vincent Macaury » ? Eh oui, le prophète s'appelait Macaury, Robert Macaury, et Vincent n'avait plus le droit de reprendre le nom de sa mère ; le nom de Macaury lui avait été attribué par circulaire, parce qu'il en fallait un en attendant une décision de justice. « Je suis une erreur… » m'avait dit une fois Vincent en faisant allusion à sa filiation avec le prophète. Peut-être ; mais ses grands-parents l'avaient accueilli et chéri comme une victime, ils avaient été amèrement déçus par l'égoïsme jouisseur et irresponsable de leur fils – c'était du reste celui de toute une génération avant que les choses tournent mal et que l'égoïsme seul demeure, la jouissance une fois envolée ; ils l'avaient accueilli en tout cas, ils lui avaient ouvert les portes de leur foyer, et c'était une chose par exemple que je n'aurais jamais faite pour mon propre fils, la pensée même de vivre sous le même toit que ce petit trou du cul m'aurait été insupportable, nous étions simplement, lui comme moi, des gens qui *n'auraient pas dû être*, au contraire par exemple de Susan qui vivait maintenant dans ce décor ancien, chargé, lugubre, si loin de sa Californie natale, et qui s'y était tout de suite sentie bien, elle n'avait rien jeté, je reconnaissais les photos de famille dans leurs cadres, les médailles du travail du grand-père et les taureaux articulés souvenirs d'un séjour sur la Costa Brava ; elle avait peut-être aéré, acheté des fleurs, je ne sais pas je n'y connais rien j'ai toujours pour ma part vécu comme à l'hôtel, je n'ai pas l'instinct du *foyer*, en l'absence de femme je crois que c'est une chose à laquelle je n'aurais même jamais songé, en tout cas c'était une maison maintenant où l'on avait l'impression que les gens pouvaient être heureux, elle avait le pouvoir de faire cela. Elle aimait Vincent, je m'en rendis compte tout de suite, c'était une évidence, mais surtout elle *aimait*. Sa nature était d'aimer, comme la vache de paître (ou l'oiseau, de chanter ; ou le rat, de renifler). Ayant perdu son ancien maître, elle s'en était presque instantanément trouvé un nouveau, et le monde autour d'elle s'était de nouveau chargé d'une évidence positive. Je dînai avec eux, et ce fut une soirée agréable, harmonieuse, avec très peu de souffrance ; je n'eus pas le courage, cependant, de rester dormir, et je repartis vers onze heures après avoir retenu une chambre au Lutetia.

À la station Montparnasse-Bienvenüe je repensai à la poésie, probablement parce que je venais de revoir Vincent, et que ça me ramenait toujours à une plus claire conscience de mes limites : limitations créatrices, d'une part, mais aussi limitations dans l'amour. Il faut dire que je passais à ce moment devant une affiche « poésie RATP », plus précisément devant celle qui reproduisait *L'Amour libre*, d'André Breton, et que quel que soit le dégoût que puisse inspirer la personnalité d'André Breton, quelle que soit la sottise du titre, piteuse antinomie qui ne témoignait, outre d'un certain ramollissement cérébral, que de l'instinct publicitaire qui caractérise et finalement résume le surréalisme, il fallait le reconnaître : l'imbécile, en l'occurrence, avait écrit un très beau poème. Je n'étais pas le seul, pourtant, à éprouver certaines réserves, et le surlendemain, en repassant devant la même affiche, je m'aperçus qu'elle était maculée d'un graffiti qui disait : « Au lieu de vos poésies à la con, vous feriez mieux de nous mettre des rames aux heures de pointe », ce qui suffit à me plonger dans la bonne humeur pendant toute l'après-midi, et même à me redonner un peu de confiance en moi : je n'étais qu'un comique, certes, mais j'étais quand même un comique.

Le lendemain de mon dîner chez Vincent, j'avais averti la réception du Lutetia que je gardais la chambre, probablement pour plusieurs jours. Ils avaient accueilli la nouvelle avec une courtoisie complice. Après tout, c'est vrai, j'étais une *célébrité* ; je pouvais parfaitement claquer mon pognon en prenant des alexandras au bar avec Philippe Sollers, ou Philippe Bouvard – peut-être pas Philippe Léotard, il était mort ; mais enfin, compte tenu de ma notoriété, j'aurais eu accès à ces trois catégories de Philippes. Je pouvais passer la nuit avec une pute slovène transsexuelle ; enfin je pouvais mener une *vie mondaine brillante*, c'était même probablement ce qu'on attendait de moi, les gens se font connaître par une ou deux productions talentueuses, pas plus, c'est déjà suffisamment surprenant qu'un être humain ait une ou deux choses à dire, ensuite ils gèrent leur déclin plus ou moins paisiblement, plus ou moins douloureusement, c'est selon.

Je ne fis rien de tout cela, pourtant, dans les jours qui suivirent ; par contre, dès le lendemain, je retéléphonai à Vincent. Il avait vite compris que le spectacle de son bonheur conjugal risquait de m'être pénible, et proposa de me retrouver au bar du Lutetia. Il ne me parla à vrai dire que de son projet d'ambassade, devenue une installation dont le public serait composé des hommes du futur. Il avait commandé une limonade, mais ne toucha pas à son verre ; de temps en temps un *people* traversait le bar, m'apercevait, me faisait un signe de connivence ; Vincent n'y prêtait aucune attention. Il parlait sans me regarder, sans même vérifier que je l'écoutais, d'une voix à la fois réfléchie et absente, un peu comme s'il parlait à un magnétophone, ou qu'il témoignait devant une commission d'enquête. Au fur et à mesure qu'il m'expliquait son idée, je prenais conscience qu'il s'écartait peu à peu de son dessein initial, que le projet gagnait de plus en plus en ambition, et qu'il visait maintenant à tout autre chose qu'à témoigner sur ce qu'un auteur pompier du XXe siècle avait cru bon d'appeler la « condition humaine ». Sur l'humanité il y avait déjà, me fit-il remarquer, de nombreux témoignages, qui concordaient dans leur constat lamentable : le sujet, en somme, était *connu*. Calmement, mais sans retour possible, il quittait les rivages humains pour voguer vers l'*ailleurs absolu*, où je ne me sentais pas capable de le suivre, et sans doute était-ce le seul espace où lui-même pouvait respirer, sans doute sa vie n'avait-elle jamais eu d'autre objectif, mais alors c'était un objectif qu'il devrait poursuivre seul ; seul, cela dit, il l'avait toujours été.

Nous n'étions plus les mêmes, insista-t-il d'une voix douce, nous étions devenus *éternels* ; certes il nous faudrait du temps pour apprivoiser l'idée, pour nous la rendre familière ; il n'empêche que fondamentalement, et dès maintenant, les choses avaient changé. Savant était resté à Lanzarote après le départ de l'ensemble des adeptes, avec quelques techniciens, et poursuivait ses recherches ; il finirait, cela ne faisait aucun doute, par aboutir. L'homme avait un cerveau de grande taille, un cerveau disproportionné par rapport aux exigences primitives engendrées par le maintien de la survie, par la quête élémentaire de la nourriture et du sexe ; nous allions enfin pouvoir commencer à l'utiliser. Aucune culture de l'esprit, me rappela-t-il, n'avait jamais pu se développer dans les sociétés à délinquance forte, simplement parce que la sécurité physique est la condition de la pensée libre, qu'aucune réflexion, aucune poésie, aucune pensée un tant soi peu créative n'a jamais pu naître chez un individu qui doit se préoccuper de sa survie, qui doit être constamment *sur ses gardes*. La conservation de notre ADN une fois assurée, devenus potentiellement immortels, nous allions, poursuivit-il, nous trouver dans des conditions d'absolue sécurité physique, dans des conditions de sécurité physique qu'aucun être humain n'avait jamais connues ; nul ne pouvait prévoir ce qui allait en résulter, du point de vue de l'esprit.

Cette conversation paisible, et comme désengagée, me fit un bien immense, et pour la première fois je me mis à penser à ma propre immortalité, à envisager les choses d'une manière un peu plus ouverte ; mais de retour dans ma chambre je trouvai sur mon portable un message d'Esther, qui disait simplement : « *I miss you* », et je sentis de nouveau, incrusté dans ma chair, le besoin d'elle. La joie est si rare. Le lendemain, je repris l'avion pour Madrid.

Daniel25,8

L'importance incroyable que prenaient les enjeux sexuels chez les humains a de tout temps plongé leurs commentateurs néo-humains dans une stupéfaction horrifiée. Il était pénible quoi qu'il en soit de voir Daniel1 approcher peu à peu du *Secret mauvais*, ainsi que le désigne la Sœur suprême ; il était pénible de le sentir progressivement gagné par la conscience d'une vérité qui ne pourrait, une fois mise au jour, que l'anéantir. Au long des périodes historiques la plupart des hommes avaient estimé correct, l'âge venant, de faire allusion aux problèmes du sexe comme n'étant que des gamineries inessentielles et de considérer que les vrais sujets, les sujets dignes de l'attention d'un homme fait, étaient la politique, les affaires, la guerre, etc. La vérité, à l'époque de Daniel1, commençait à se faire jour ; il apparaissait de plus en plus nettement, et il devenait de plus en plus difficile à dissimuler que les véritables buts des hommes, les seuls qu'ils auraient poursuivis spontanément s'ils en avaient conservé la possibilité, étaient exclusivement d'ordre sexuel. Pour nous, néo-humains, c'est là un véritable point d'achoppement. Nous ne pourrons jamais, nous avertit la Sœur suprême, nous faire du phénomène une idée suffisante ; nous ne pourrons approcher de sa compréhension qu'en gardant constamment présentes à l'esprit certaines idées régulatrices dont la plus importante est que dans l'espèce humaine, comme dans toutes les espèces animales qui l'avaient précédée, la survie individuelle ne comptait absolument pas. La fiction darwinienne de la « lutte pour la vie » avait longtemps dissimulé ce fait élémentaire que la valeur génétique d'un individu, son pouvoir de transmettre à ses descendants ses caractéristiques, pouvait se résumer, très brutalement, à un seul paramètre : le nombre de descendants qu'il était au bout du compte en mesure de procréer. Aussi ne fallait-il nullement s'étonner qu'un animal, n'importe quel animal, ait été prêt à sacrifier son bonheur, son bien-être physique et même sa vie dans l'espoir d'un simple rapport sexuel : la volonté de l'espèce (pour parler en termes finalistes), un système hormonal aux régulations puissantes (si l'on s'en tenait à une approche déterministe) devaient le conduire presque inéluctablement à ce choix. Les parures et plumages chatoyants, les parades amoureuses bruyantes et spectaculaires pouvaient bien faire repérer et dévorer les animaux mâles par leurs prédateurs ; une telle solution n'en était pas moins systématiquement favorisée, en termes génétiques, dès lors qu'elle permettait une reproduction plus efficace. Cette subordination de l'individu à l'espèce, basée sur des mécanismes biochimiques inchangés, était tout aussi forte chez l'animal humain, à cette aggravation près que les pulsions sexuelles, non limitées aux périodes de rut, pouvaient s'y exercer en permanence – les récits de vie humains nous montrent par exemple avec évidence que le maintien d'une apparence physique susceptible de séduire les représentants de l'autre sexe était la seule véritable raison d'être de la *santé*, et que l'entretien minutieux de leur corps, auquel les contemporains de Daniel1 consacraient une part croissante de leur temps libre, n'avait pas d'autre objectif.

La biochimie sexuelle des néo-humains – et c'était sans doute la vraie raison de la sensation d'étouffement et de malaise qui me gagnait à mesure que j'avançais dans le récit de Daniel1, que je parcourais à sa suite les étapes de son calvaire – était demeurée presque identique.

DANIEL1,20

« Le néant néantise. »
Martin Heidegger

Une zone de hautes pressions s'était installée, depuis le début du mois d'août, sur la plaine centrale, et dès mon arrivée à l'aéroport de Barajas je sentis que les choses allaient tourner mal. La chaleur était à peine soutenable et Esther était en retard ; elle arriva une demi-heure plus tard, nue sous sa robe d'été.

J'avais oublié ma crème retardante au Lutetia, et ce fut ma première erreur ; je jouis beaucoup trop vite, et pour la première fois je la sentis un peu déçue. Elle continua à bouger, un petit peu, sur mon sexe qui devenait irrémédiablement flasque, puis s'écarta avec une moue résignée. J'aurais donné beaucoup pour bander encore ; les hommes vivent de naissance dans un monde difficile, un monde aux enjeux simplistes et impitoyables, et sans la compréhension des femmes il en est bien peu qui parviendraient à survivre. Il me semble avoir compris, dès ce moment, qu'elle avait couché avec quelqu'un d'autre en mon absence.

Nous prîmes le métro pour aller boire un verre avec deux de ses amis ; la transpiration collait le tissu contre son corps, on distinguait parfaitement les aréoles de ses seins, la raie de ses fesses ; tous les garçons dans la rame, évidemment, la fixaient ; certains, même, lui souriaient.

J'eus beaucoup de mal à prendre part à la conversation, de temps en temps je réussissais à attraper une phrase, à échanger quelques répliques, mais très vite je perdis pied, et de toute façon je pensais à autre chose, je me sentais sur une pente glissante, extrêmement glissante. Dès notre retour à l'hôtel, je lui posai la question ; elle le reconnut sans faire d'histoires. « *It was an ex boyfriend...* » dit-elle pour exprimer que ça n'avait pas beaucoup d'importance. « *And a friend of him* » ajouta-t-elle après quelques secondes d'hésitation.

Deux garçons, donc ; eh bien oui, deux garçons, après tout ce n'était pas la première fois. Elle avait rencontré son ex par hasard dans un bar, il était avec un de ses amis, une chose en entraîne une autre, enfin bref ils s'étaient retrouvés tous les trois dans le même lit. Je lui demandai comment ça s'était passé, je ne pouvais pas m'en empêcher. « *Good... good...* » me dit-elle, un peu préoccupée par le tour que prenait la conversation. « *It was... comfortable* » précisa-t-elle sans pouvoir retenir un sourire. Confortable, oui ; je pouvais imaginer. Je fis un effort atroce pour me retenir de lui demander si elle l'avait sucé, lui, son ami, les deux, si elle s'était fait sodomiser ; je sentais les images affluer et creuser des trous dans ma cervelle, ça devait se voir parce qu'elle se tut, et que son front devint de plus en plus soucieux. Elle prit très vite la seule décision possible, s'occuper de mon sexe, et elle le fit avec une telle tendresse, une telle habileté de ses doigts et de sa bouche que contre toute attente je me remis à bander, et une minute plus tard j'étais en elle, et ça allait, ça allait de nouveau, j'étais entièrement présent à la situation et elle aussi, je crois même que ça faisait longtemps qu'elle n'avait pas joui aussi fort – avec moi tout du moins, me dis-je deux minutes plus tard, mais cette fois je parvins à chasser la pensée de mon esprit, je la serrai dans mes bras très tendrement, avec toute la tendresse dont j'étais capable, et je me concentrai de toutes mes forces sur son corps, sur la présence actuelle, chaude et vivante, de son corps.

Cette petite scène si douce, si discrète, implicite, eut je le pense maintenant une influence décisive sur Esther, et son comportement au cours des semaines suivantes ne fut guidé que par une seule pensée : éviter de me faire de la peine ; essayer même, dans toute la mesure de ses moyens, de me rendre heureux. Ses moyens pour rendre un homme heureux étaient considérables, et j'ai le souvenir d'une période d'immense joie, irradiée d'une félicité charnelle de chaque instant, d'une félicité que je n'aurais pas cru soutenable, à laquelle je n'aurais pas cru pouvoir survivre. J'ai le souvenir aussi de sa gentillesse, de son intelligence, de sa pénétration compatissante et de sa grâce, mais au fond je n'ai même pas vraiment de souvenir, aucune image ne se détache, je sais que j'ai vécu quelques jours et sans doute quelques semaines dans un certain *état*, un état de perfection suffisante et complète, humaine cependant, dont certains hommes ont parfois senti la possibilité, bien qu'aucun n'ait réussi jusqu'à présent à en fournir de description plausible.

Elle avait prévu depuis longtemps déjà d'organiser une *party* pour son anniversaire, le 17 août, et commença dans les jours qui suivirent à s'occuper des préparatifs.

Elle voulait inviter pas mal de monde, une centaine de personnes, et se résolut à faire appel à un ami qui habitait Calle San Isidor. Il avait un grand loft au dernier étage, avec une terrasse et une piscine ; il nous invita à prendre un verre pour en parler. C'était un grand type appelé Pablo, aux longs cheveux frisés et noirs, plutôt cool ; il avait enfilé un léger peignoir pour nous ouvrir, mais l'ôta une fois sur la terrasse ; son corps nu était musclé, bronzé. Il nous proposa un jus d'orange. Avait-il couché avec Esther ? Et est-ce que j'allais me poser la question, désormais, pour tous les hommes que nous serions appelés à croiser ? Elle était attentive, sur ses gardes depuis le soir de mon retour ; surprenant probablement une lueur d'inquiétude dans mon regard, elle déclina la proposition de prendre un moment le soleil au bord de la piscine et s'attacha à limiter la conversation aux préparatifs de la fête. Il était hors de question d'acheter suffisamment de cocaïne et d'ecstasy pour tout le monde ; elle proposa de prendre en charge l'achat d'une première dose pour lancer la soirée, et de demander à deux ou trois dealers de passer ensuite. Pablo pouvait s'en charger, il avait d'excellents fournisseurs en ce moment ; il proposa même, dans un élan de générosité, de prendre à sa charge l'achat de quelques poppers.

Le 15 août, jour de la Vierge, Esther me fit l'amour avec encore plus de lascivité que d'habitude. Nous étions à l'hôtel Sanz, le lit faisait face à un grand miroir et il faisait si chaud que chaque mouvement nous arrachait une coulée de transpiration ; j'avais les bras et les jambes en croix, je ne me sentais plus la force de bouger, toute ma sensibilité s'était concentrée dans mon sexe. Pendant plus d'une heure elle me chevaucha, montant et descendant le long de ma bite sur laquelle elle contractait et détendait sa petite chatte qu'elle venait d'épiler. Pendant tout ce temps elle caressa d'une main ses seins luisants de sueur tout en me regardant dans les yeux, souriante et concentrée, attentive à toutes les variations de mon plaisir. Sa main libre était refermée sur mes couilles qu'elle pressait tantôt doucement, tantôt plus fort, au rythme des mouvements de sa chatte. Lorsqu'elle me sentait venir elle s'arrêtait d'un coup, pressait vivement de deux doigts pour arrêter l'éjaculation à sa source ; puis, lorsque le danger était passé, elle recommençait à aller et venir. Je passai ainsi une heure, peut-être deux, à la limite de la déflagration, au cœur de la plus grande joie qu'un homme puisse connaître, et ce fut finalement moi qui lui demandai grâce, qui souhaitai jouir dans sa bouche. Elle se redressa, plaça un oreiller sous mes fesses, me demanda si je voyais bien dans le miroir ; non, c'était mieux de se déplacer un peu. Je m'approchai du bord du lit. Elle s'agenouilla entre mes cuisses, le visage à la hauteur de ma bite qu'elle commença à lécher méthodiquement, centimètre par centimètre, avant de refermer ses lèvres sur mon gland ; puis ses mains entrèrent en action et elle me branla lentement, avec force, comme pour extraire chaque goutte de sperme des profondeurs de moi-même, cependant que sa langue effectuait de rapides mouvements de va-et-vient. La vue brouillée par la sueur, ayant perdu toute notion claire de l'espace et du temps, je parvins cependant à prolonger encore un peu ce moment, et sa langue eut le temps d'effectuer trois rotations complètes avant que je ne jouisse, et ce fut alors comme si tout mon corps irradié par le plaisir s'évanouissait, aspiré par le néant, dans un déferlement d'énergie bienheureuse. Elle me garda dans sa bouche, presque immobile, tétant mon sexe au ralenti, fermant les yeux comme pour mieux entendre les hurlements de mon bonheur.

Elle se coucha ensuite, se blottit dans mes bras pendant que la nuit tombait rapidement sur Madrid, et ce ne fut qu'après une demi-heure de tendre immobilité qu'elle me dit ce qu'elle avait, depuis quelques semaines, à me dire – personne n'était au courant jusqu'ici à l'exception de sa sœur, elle comptait l'annoncer à ses amis lors de sa fête d'anniversaire. Elle avait été acceptée dans une académie de piano prestigieuse, à New York, et avait l'intention d'y passer au moins une année scolaire. En même temps, elle avait été retenue pour un petit rôle dans une grosse production hollywoodienne sur la mort de Socrate ; elle y incarnerait une servante d'Aphrodite, le rôle de Socrate serait tenu par Robert De Niro. Ce n'était qu'un petit rôle, une semaine de tournage tout au plus, mais c'était Hollywood, et le cachet était suffisant pour payer son année d'études et de séjour. Elle partirait début septembre.

Je gardai il me semble un silence total. J'étais pétrifié, dans l'incapacité de réagir, il me semblait que si je prononçais une parole j'allais éclater en sanglots. « *Bueno... It's a big chance in my life...* » finit-elle par dire d'un ton plaintif en enfonçant sa tête au creux de mon épaule. Je faillis lui proposer de partir aux États-Unis, de m'installer là-bas avec elle, mais les mots moururent en moi avant d'être prononcés, je me rendais bien compte qu'elle n'avait même pas envisagé la possibilité. Elle ne me proposa pas, non plus, de venir lui rendre visite : c'était une nouvelle période dans sa vie, un nouveau départ.

J'allumai la lampe de chevet, la scrutai attentivement pour voir si j'apercevais en elle une trace de fascination pour l'Amérique, pour Hollywood ; non, il n'y en avait pas, elle paraissait lucide et calme, elle prenait simplement la meilleure décision, la plus rationnelle compte tenu des circonstances. Surprise par mon silence prolongé elle tourna la tête pour me regarder, ses longs cheveux blonds retombèrent de chaque côté de son visage, mon regard se posa involontairement sur ses seins, je me rallongeai, éteignis la lampe, respirai profondément ; je ne voulais pas rendre les choses plus difficiles, je ne voulais pas qu'elle me voie pleurer.

Elle consacra la journée du lendemain à se préparer pour la fête ; dans un institut de beauté proche elle se fit un masque à l'argile, un gommage de peau ; j'attendis en fumant des cigarettes dans la chambre d'hôtel. Le lendemain ce fut à peu près la même chose, après son rendez-vous chez le coiffeur elle s'arrêta dans quelques magasins, acheta des boucles d'oreilles et une nouvelle ceinture. Je me sentais l'esprit singulièrement vide, comme je pense les condamnés à mort dans l'attente de l'exécution de la sentence : à part peut-être ceux qui croient en Dieu, je n'ai jamais cru qu'ils passent leurs dernières heures à revenir sur leur vie passée, à faire un bilan ; je crois simplement qu'ils essaient de passer le temps de la manière la plus neutre possible ; les plus chanceux dorment, mais je n'étais pas dans ce cas, je ne crois pas avoir fermé l'œil durant ces deux jours.

Lorsqu'elle frappa à la porte de ma chambre, le dix-sept août vers vingt heures, et qu'elle apparut dans l'embrasure, je compris que je ne survivrais pas à son départ. Elle portait un petit haut transparent, noué sous ses seins, qui en laissait deviner la courbe ; ses bas dorés, maintenus par des jarretières, s'arrêtaient à un centimètre de sa jupe – une minijupe ultra-courte, presque une ceinture, en vinyle doré. Elle ne portait pas de sous-vêtements, et lorsqu'elle se pencha pour relacer ses bottes montantes le mouvement découvrit largement ses fesses ; malgré moi, j'avançai la main pour les caresser. Elle se retourna, me prit dans ses bras et me jeta un regard si compatissant, si tendre que je crus un instant qu'elle allait me dire qu'elle renonçait, qu'elle restait avec moi, maintenant et pour toujours, mais ceci ne se produisit pas, et nous prîmes un taxi pour nous rendre au loft de Pablo.

Les premiers invités arrivèrent vers vingt-trois heures, mais la fête ne débuta véritablement qu'après trois heures du matin. Au début je me comportai assez correctement, circulant de manière semi-nonchalante parmi les invités, mon verre à la main ; beaucoup me connaissaient ou m'avaient vu au cinéma, ce qui donna lieu à quelques conversations simples, de toute façon la musique était trop forte et assez rapidement je me contentai de hocher la tête. Il y avait à peu près deux cents personnes et j'étais sans doute le seul à avoir dépassé vingt-cinq ans, mais même cela ne parvenait pas à me déstabiliser, j'étais dans un état de calme étrange ; il est vrai que, dans un sens, la catastrophe avait déjà eu lieu. Esther était resplendissante, saluait les nouveaux arrivants en les embrassant avec effusion. Tout le monde était au courant maintenant qu'elle partait dans deux semaines pour New York, et j'avais eu peur au début d'éprouver une sensation de ridicule, après tout j'étais dans la position du mec *qui se fait larguer*, mais personne ne me le fit sentir, les gens me parlaient comme si je me trouvais dans une situation normale.

Vers dix heures du matin la house céda la place à la trance, j'avais vidé et rempli régulièrement mon verre de punch, je commençais à être un peu fatigué, ce serait merveilleux si je pouvais dormir me disais-je, mais je n'y croyais pas vraiment, l'alcool m'avait aidé à enrayer la montée de l'angoisse mais je la sentais toujours là, vivante au fond de moi, et prête à me dévorer au moindre signe de faiblesse. Des couples avaient commencé à se former un peu plus tôt, j'avais observé des mouvements en direction des chambres. Je pris un couloir au hasard, ouvris une porte décorée d'un poster représentant des spermatozoïdes en gros plan. J'eus l'impression d'arriver après la fin d'une mini-orgie ; des garçons et des filles à demi dévêtus étaient affalés en travers du lit. Dans le coin, une adolescente blonde, au tee-shirt relevé sur les seins, faisait des pipes ; je m'approchai d'elle à tout hasard mais elle me fit signe de m'éloigner. Je m'assis contre le lit non loin d'une brune à la peau mate, aux seins magnifiques, dont la jupe était relevée jusqu'à la taille. Elle paraissait profondément endormie, et ne réagit pas quand j'écartai ses cuisses, mais lorsque j'introduisis un doigt dans sa chatte elle repoussa ma main machinalement, sans vraiment se réveiller. Résigné, je me rassis au pied du lit et j'étais plongé depuis peut-être une demi-heure dans un abrutissement morose lorsque je vis entrer Esther. Elle était vive, en pleine forme, accompagnée d'un ami – un petit homosexuel très blond, tout mignon, aux cheveux courts, que je connaissais de vue. Elle avait acheté deux doses de coke et s'accroupit pour préparer les lignes, puis posa à terre le bout de carton qu'elle avait utilisé ; elle n'avait pas remarqué ma présence. Son ami prit la première dose.

Lorsqu'elle s'agenouilla à son tour sur le sol, sa jupe remonta très haut sur son cul. Elle introduisit le tube de carton dans sa narine et au moment où elle sniffa rapidement, d'un geste habile et précis, la poudre blanche, je sus que je garderais gravée dans ma mémoire l'image de ce petit animal innocent, amoral, ni bon ni mauvais, simplement en quête de sa ration d'excitation et de plaisir. Je repensai soudain à la manière dont Savant décrivait l'Italienne : un joli arrangement de particules, une surface lisse, sans individualité, dont la disparition n'aurait aucune importance... et c'était cela dont j'avais été amoureux, qui avait constitué mon unique raison de vivre – et qui, c'était bien le pire, la constituait encore. Elle se redressa d'un bond, ouvrit la porte – la musique nous parvint, beaucoup plus forte – et repartit en direction de la fête. Je me relevai sans le vouloir pour la suivre ; lorsque j'atteignis la pièce principale, elle était déjà au milieu des danseurs. Je me mis à danser près d'elle mais elle ne paraissait pas me voir, ses cheveux tourbillonnaient autour de son visage, son chemisier était complètement trempé de sueur, les bouts de ses seins pointaient sous le tissu, le beat était de plus en plus rapide – au moins 160 BPM – et j'avais de plus en plus de mal à suivre, nous fûmes brièvement séparés par un groupe de trois garçons puis nous nous retrouvâmes dos à dos, je collai mes fesses contre les siennes, elle se mit à bouger en réponse, nos culs se frottèrent de plus en plus fort, puis elle se retourna et me reconnut. « *Ola, Daniel...* » me dit-elle en souriant avant de se remettre à danser, puis nous fûmes séparés par un autre groupe de garçons et je me sentis d'un seul coup extrêmement fatigué, prêt à tomber, je m'assis sur un sofa avant de me servir un whisky mais ce n'était pas une bonne idée, je fus aussitôt envahi par une nausée atroce, la porte de la salle de bains était verrouillée et je tapai plusieurs fois en répétant : « *I'm sick ! I'm sick !* » avant qu'une fille vienne m'ouvrir, elle avait passé une serviette autour de sa taille et referma derrière moi avant de retourner dans la baignoire où deux mecs l'attendaient, elle s'agenouilla et l'un d'entre eux l'enfila aussitôt pendant que l'autre se mettait en position pour se faire sucer, je me précipitai sur la cuvette des toilettes et m'enfonçai la main dans la gorge, je vomis longuement, douloureusement avant de commencer à me sentir un peu mieux, puis je repartis m'allonger dans la chambre, il n'y avait plus personne à l'exception de la brune qui m'avait repoussé tout à l'heure, elle dormait toujours paisiblement, la jupe retroussée jusqu'à la taille, et malgré moi je commençai à me sentir affreusement triste alors je me relevai, je me mis en quête d'Esther et je m'accrochai à elle, littéralement et sans pudeur, je la pris par la taille et l'implorai de me parler, de me parler encore, de rester à mes côtés, de ne pas me laisser seul ; elle se dégageait avec une impatience croissante pour aller vers ses amis mais je revenais à la charge, la prenais dans mes bras, elle me repoussait de nouveau et je voyais leurs visages se fermer autour de moi, sans doute me parlaient-ils également mais je ne comprenais rien, le vacarme des basses recouvrait tout. Je l'entendis enfin qui répétait : « *Please, Daniel, please... It's a party !* » d'une voix pressante mais rien n'y fit, le sentiment d'abandon continuait à monter en moi, à me submerger, je posai à nouveau la tête sur son épaule, alors elle me repoussa violemment de ses deux bras en criant : « *Stop that !* », elle avait l'air vraiment furieuse maintenant, plusieurs personnes autour de nous s'étaient arrêtées de danser, je me retournai et je repartis dans la chambre, je me recroquevillai sur le sol, je pris ma tête dans mes mains et, pour la première fois depuis au moins vingt ans, je me mis à pleurer.

La fête continua encore toute la journée, vers cinq heures de l'après-midi Pablo revint avec des pains au chocolat et des croissants, j'acceptai un croissant que je trempai dans un bol de café au lait, la musique était plus calme, c'était une espèce de chill out mélodieux et serein, plusieurs filles dansaient en bougeant lentement leurs bras, comme de grandes ailes. Esther était à quelques mètres mais ne prêta aucune attention à moi au moment où je m'assis, elle continua à bavarder avec ses amis, à évoquer des souvenirs d'autres soirées, et c'est à ce moment-là que je compris. Elle partait aux États-Unis pour un an, peut-être pour toujours ; là-bas elle se ferait de nouveaux amis, et bien entendu elle trouverait un nouveau *boyfriend*. J'étais abandonné, certes, mais exactement au même titre qu'eux, mon statut n'avait rien de spécial. Ce sentiment d'attachement exclusif que je sentais en moi, qui allait me torturer de plus en plus jusqu'à m'anéantir, ne correspondait absolument à rien pour elle, n'avait aucune justification, aucune raison d'être : nos chairs étaient distinctes, nous ne pouvions ressentir ni les mêmes souffrances ni les mêmes joies, nous étions de toute évidence des êtres séparés. Isabelle n'aimait pas la jouissance, mais Esther n'aimait pas l'amour, elle *ne voulait pas* être amoureuse, elle refusait ce sentiment d'exclusivité, de dépendance, et c'est toute sa génération qui le refusait avec elle. J'errais parmi eux comme une sorte de monstre préhistorique avec mes niaiseries romantiques, mes attachements, mes chaînes. Pour Esther, comme pour toutes les jeunes filles de sa génération, la sexualité n'était qu'un divertissement plaisant, guidé par la séduction et l'érotisme, qui n'impliquait aucun engagement sentimental particulier ; sans doute l'amour n'avait-il jamais été, comme la pitié selon Nietzsche, qu'une fiction inventée par les faibles pour culpabiliser les forts, pour introduire des limites à leur liberté et à leur férocité naturelles. Les femmes avaient été faibles, en particulier au moment de leurs couches, elles avaient eu besoin à leurs débuts de vivre sous la tutelle d'un protecteur puissant, et à cet effet elles avaient inventé l'amour, mais à présent elles étaient devenues fortes, elles étaient indépendantes et libres, et elles avaient renoncé à inspirer comme à éprouver un sentiment qui n'avait plus aucune justification concrète. Le projet millénaire masculin, parfaitement exprimé de nos jours par les films pornographiques, consistant à ôter à la sexualité toute connotation affective pour la ramener dans le champ du divertissement pur, avait enfin, dans cette génération, trouvé à s'accomplir. Ce que je ressentais, ces jeunes gens ne pouvaient ni le ressentir, ni même exactement le comprendre, et s'ils l'avaient pu ils en auraient éprouvé une espèce de gêne, comme devant quelque chose de ridicule et d'un peu honteux, comme devant un stigmate de temps plus anciens. Ils avaient réussi, après des décennies de conditionnement et d'efforts ils avaient finalement réussi à extirper de leur cœur un des plus vieux sentiments humains, et maintenant c'était fait, ce qui avait été détruit ne pourrait se reformer, pas davantage que les morceaux d'une tasse brisée ne pourraient se réassembler d'eux-mêmes, ils avaient atteint leur objectif : à aucun moment de leur vie, ils ne connaîtraient l'amour. Ils étaient libres.

Vers minuit quelqu'un remit de la techno, et les gens recommencèrent à danser ; les dealers étaient repartis, mais il restait encore pas mal d'ecstasy et des poppers. J'errais dans des zones intérieures pénibles, confinées, comme une succession de pièces sombres. Sans raison précise je repensai à Gérard, l'humoriste élohimite. « Ça n'a au-trou-du-cune importance… » dis-je à un moment donné à une fille, une Suédoise abrutie qui de toute façon ne parlait que l'anglais ; elle me regarda bizarrement, je m'aperçus alors que plusieurs personnes me regardaient bizarrement, et que je parlais tout seul, apparemment depuis quelques minutes. Je hochai la tête, jetai un coup d'œil à ma montre, m'assis sur un transat au bord de la piscine ; il était déjà deux heures du matin, mais la chaleur restait suffocante.

Plus tard je me rendis compte que ça faisait déjà longtemps que je n'avais pas vu Esther, et je partis plus ou moins à sa recherche. Il n'y avait plus grand monde dans la pièce principale ; j'enjambai plusieurs personnes dans le couloir et je finis par la découvrir dans l'une des chambres du fond, allongée au milieu d'un groupe ; elle n'avait plus que sa minijupe dorée, retroussée jusqu'à la taille. Un garçon allongé derrière elle, un grand brun aux longs cheveux frisés, qui pouvait être Pablo, lui caressait les fesses et s'apprêtait à la pénétrer. Elle parlait à un autre garçon, brun lui aussi, très musclé, que je ne connaissais pas ; en même temps elle jouait avec son sexe, le tapotait en souriant contre son nez, contre ses joues.

Je refermai la porte discrètement ; je l'ignorais encore, mais ce serait la dernière image que je garderais d'elle.

Plus tard encore, alors que le jour se levait sur Madrid, je me masturbai rapidement près de la piscine. À quelques mètres de moi il y avait une fille vêtue de noir, au regard vide ; je pensais qu'elle ne remarquait même pas ma présence, mais elle cracha de côté au moment où j'éjaculais.

Je finis par m'endormir, et je dormis probablement longtemps, parce qu'à mon réveil il n'y avait plus personne ; même Pablo était sorti. Il y avait du sperme séché sur mon pantalon, et j'avais dû renverser du whisky sur ma chemise, ça empestait. Je me levai avec difficulté, traversai la terrasse au milieu des reliefs de nourriture et des bouteilles vides. Je m'accoudai au balcon, observai la rue en contrebas. Le soleil avait déjà entamé sa descente dans le ciel, la nuit n'allait pas tarder à tomber, et je savais à peu près ce qui m'attendait. J'étais manifestement rentré dans la dernière ligne droite.

DANIEL25,9

Des sphères de métal brillant lévitaient dans l'atmosphère ; elles tournaient lentement sur elles-mêmes en émettant un chant légèrement vibrant. La population locale avait à leur égard un comportement étrange, fait de vénération et de sarcasme. Cette population était indiscutablement composée de primates sociaux – avait-on cela dit affaire à des sauvages, à des néo-humains, ou à une troisième espèce ? Leur habillement, composé de grandes capes noires, de cagoules noires avec des trous percés pour les yeux, ne permettait pas de le déterminer. Le décor effondré comportait vraisemblablement des références à des paysages réels – certaines vues pouvaient rappeler la description que Daniel1 donne de Lanzarote ; je ne comprenais pas tout à fait où Marie23 voulait en venir, avec cette reconstitution iconographique.

Nous rendons témoignage
Au centre aperceptif,
À l'IGUS émotif
Survivant du naufrage.

Même si Marie23, même si l'ensemble des néo-humains et moi-même n'étions, comme il m'arrivait de le soupçonner, que des fictions logicielles, la prégnance même de ces fictions démontrait l'existence d'un ou plusieurs IGUS, que leur nature soit biologique, numérique ou intermédiaire. L'existence en elle-même d'IGUS suffisait à établir qu'une décrue s'était produite, à un moment de la durée, au sein du champ des potentialités innombrables ; cette décrue était la condition du paradigme de l'existence. Les Futurs eux-mêmes, s'ils venaient à être, devraient conformer leur statut ontologique aux conditions générales de fonctionnement des IGUS. Hartle et Gell-Mann établissent déjà que la fonction cognitive des IGUS (Information Gathering and Utilizing Systems) présuppose des conditions de stabilité et d'exclusion mutuelle des séquences d'événements. Pour un IGUS observateur, qu'il soit naturel ou artificiel, une seule branche d'univers peut être dotée d'une existence réelle ; si cette conclusion n'exclut nullement la possibilité d'autres branches d'univers, elle en interdit tout accès à un observateur donné ; pour reprendre la formule, assez mystérieuse mais synthétique, de Gell-Mann, « sur chaque branche, seule cette branche est préservée ». La présence même d'une communauté d'observateurs, fût-elle réduite à deux IGUS, apportait ainsi la preuve de l'existence d'une *réalité*.

Pour s'en tenir à l'hypothèse courante, celle d'une évolution sans solution de continuité au sein d'une lignée « biologie du carbone », il n'y avait aucune raison de penser que l'évolution des sauvages ait été interrompue par le Grand Assèchement ; rien n'indiquait cependant qu'ils aient pu, comme le supposait Marie23, accéder de nouveau au langage, ni que des communautés intelligentes se soient formées, reconstruisant des sociétés nouvelles sur des bases opposées à celles instaurées jadis par les Fondateurs.

Ce thème des sociétés de sauvages, pourtant, obsède Marie23, et elle y revient de plus en plus souvent au cours de nos échanges, qui se font de plus en plus animés. Je ressens en elle une sorte d'ébullition intellectuelle, d'impatience qui déteint peu à peu sur moi alors que rien, dans les circonstances extérieures, ne justifie la sortie de notre état de stase, et je sors souvent ébranlé, et comme affaibli, de nos séquences d'intermédiation. La présence de Fox, heureusement, ne tarde pas à m'apaiser, et je m'installe dans mon fauteuil préféré, à l'extrémité Nord de la pièce principale, pour attendre, les yeux clos, tranquillement assis dans la lumière, notre prochain contact.

DANIEL1,21

Je pris le train pour Biarritz le jour même ; il y avait un changement à Hendaye, des jeunes filles en jupe courte et une atmosphère générale de vacances – qui me concernait évidemment assez peu, mais j'étais encore capable d'en prendre note, j'étais encore humain, il n'y avait pas d'illusions à se faire, je n'étais pas totalement *blindé*, la délivrance ne serait jamais complète, jamais avant ma mort effective. Sur place je m'installai à la Villa Eugénie, une ancienne résidence de villégiature offerte par Napoléon III à l'impératrice, devenue un hôtel de luxe au XXe siècle. Le restaurant s'appelait, lui aussi, la Villa Eugénie, et il avait une étoile au Guide Michelin. Je pris des chipirons et du riz crémeux avec une sauce à l'encre ; c'était bon. J'avais l'impression que je pourrais prendre la même chose tous les jours, et plus généralement que je pourrais rester ici très longtemps, quelques mois, toute ma vie peut-être. Le lendemain matin, j'achetai un micro-ordinateur Samsung X10 et une imprimante Canon I80. J'avais plus ou moins l'intention d'entamer le projet dont j'avais parlé à Vincent : retracer, à l'intention d'un public encore indéterminé, les événements dont j'avais été le témoin à Lanzarote. Ce n'est que bien plus tard, à l'issue de plusieurs conversations avec lui, après que je lui eusse longtemps expliqué l'apaisement réel mais faible, la sensation de lucidité partielle que m'apportait cette narration, qu'il eut l'idée de demander à tous les aspirants à l'immortalité de se livrer à l'exercice du *récit de vie*, et de le faire de manière aussi exhaustive que possible ; mon propre projet, par contrecoup, en subit l'empreinte, et en devint nettement plus autobiographique.

J'avais bien sûr eu l'intention, en venant à Biarritz, de revoir Isabelle, mais après mon installation à l'hôtel j'eus l'impression que ce n'était, au fond, pas si pressé – chose assez étrange d'ailleurs, parce qu'il était déjà évident pour moi que je ne disposais plus que d'un temps de vie limité. Tous les jours je faisais une promenade sur la plage, d'un quart d'heure environ, je me disais que j'avais une chance de la rencontrer en compagnie de Fox ; mais cela ne se produisit pas, et au bout de deux semaines je me décidai à lui téléphoner. Après tout elle avait peut-être quitté la ville, cela faisait déjà plus d'un an que nous n'avions plus aucun contact.

Elle n'avait pas quitté la ville, mais m'informa qu'elle allait le faire dès que sa mère serait morte – ce qui se produirait dans une à deux semaines, un mois au grand maximum. Elle n'avait pas l'air spécialement heureuse de m'entendre, et ce fut moi qui dus lui proposer une rencontre. Je l'invitai à déjeuner au restaurant de mon hôtel ; ce n'était pas possible, me dit-elle, les chiens n'y étaient pas admis. Nous convînmes finalement de nous retrouver comme d'habitude au *Surfeur d'Argent*, mais je sentis tout de suite que quelque chose avait changé. C'était curieux, assez peu explicable, mais pour la première fois j'eus l'impression qu'elle m'en *voulait* ; je me rendis compte aussi que je ne lui avais jamais parlé d'Esther, pas un seul mot, et j'avais du mal à le comprendre parce que nous étions je le répète des gens civilisés, *modernes* ; notre séparation n'avait été marquée par aucune mesquinerie, en particulier financière, on pouvait dire que nous nous étions quittés *bons amis*.

Fox avait un peu vieilli et grossi, mais il était toujours aussi câlin, et enjoué ; il fallait un peu l'aider pour monter sur les genoux, c'est tout. Nous parlâmes de lui pendant une dizaine de minutes : il faisait le ravissement des rombières *rock and roll* de Biarritz, probablement parce que la reine d'Angleterre avait le même chien – et Mick Jagger aussi, depuis son anoblissement. Ce n'était pas du tout un bâtard, m'apprit-elle, mais un Welsh Corgi Pembroke, le chien attitré de la famille royale ; les raisons pour lesquelles cette petite créature de noble extraction s'était retrouvée, âgée de trois mois, agrégée à une meute de chiens errants sur le bord d'une autoroute espagnole, resteraient à jamais un mystère.

Le sujet nous retint à peu près un quart d'heure, puis inéluctablement, comme par l'effet d'une loi naturelle, nous en vînmes au cœur du problème, et je parlai à Isabelle de mon histoire avec Esther. Je lui racontai tout, depuis le début, je parlai pendant un peu plus de deux heures, et je terminai par le récit de la *party* d'anniversaire à Madrid. Elle m'écouta attentivement, sans m'interrompre, sans marquer de réelle surprise. « Oui, tu as toujours aimé le sexe… » dit-elle juste brièvement, à mi-voix, au moment où je me livrais à quelques considérations érotiques. Ça faisait longtemps qu'elle avait deviné quelque chose, me dit-elle une fois que j'eus terminé ; elle était contente que je me décide à lui en parler.

« Au fond, j'aurai eu deux femmes importantes dans ma vie, conclus-je : la première – toi – qui n'aimait pas suffisamment le sexe ; et la deuxième – Esther – qui n'aimait pas suffisamment l'amour. » Cette fois, elle sourit franchement. « C'est vrai… me dit-elle d'une voix changée, curieusement malicieuse et juvénile, tu n'as pas eu de chance… »

Elle réfléchit, puis ajouta : « Finalement, les hommes ne sont jamais contents de leurs femmes…

– Rarement, oui.

– Ils veulent des choses contradictoires, sans doute. Enfin les femmes aussi maintenant, mais c'est plus récent. Au fond, la polygamie était peut-être une bonne solution… »

C'est triste, le naufrage d'une civilisation, c'est triste de voir sombrer ses plus belles intelligences – on commence par se sentir légèrement mal à l'aise dans sa vie, et on finit par aspirer à l'établissement d'une république islamique. Enfin, disons que c'est *un peu triste* ; il y a des choses plus tristes, à l'évidence. Isabelle avait toujours aimé les discussions théoriques, c'est en partie ce qui m'avait attiré en elle ; autant l'exercice est stérile, et peut s'avérer funeste lorsqu'il est pratiqué pour lui-même, autant il est profond, créatif et tendre immédiatement après l'amour – immédiatement après la vraie vie. Nous nous regardions droit dans les yeux et je savais, je sentais que quelque chose allait se produire, les bruits du café semblaient s'être estompés, c'était comme si nous étions entrés dans une zone de silence, provisoire ou définitive, je ne pouvais pas encore me prononcer là-dessus, et finalement, toujours en me regardant dans les yeux, d'une voix nette et irréfutable, elle me dit : « Je t'aime encore ».

Je dormis chez elle la nuit même, et aussi les nuits suivantes – sans, toutefois, abandonner ma chambre d'hôtel. Comme je m'y attendais, son appartement était décoré avec goût ; il était situé dans une petite résidence au milieu d'un parc, à une centaine de mètres de l'océan. C'est avec plaisir que je préparais la gamelle de Fox, que je lui faisais faire sa promenade ; il marchait moins vite, maintenant, et s'intéressait moins aux autres chiens.

Tous les matins, Isabelle prenait sa voiture pour se rendre à l'hôpital ; elle passait la plus grande partie de sa journée dans la chambre de sa mère ; celle-ci était bien soignée, me dit-elle, ce qui était devenu exceptionnel. Comme chaque année maintenant l'été était caniculaire en France, et comme chaque année les vieux mouraient en masse, faute de soins, dans leurs hôpitaux et leurs maisons de retraite ; mais cela faisait déjà longtemps que l'on avait cessé de s'en indigner, c'était en quelque sorte *passé dans les mœurs*, comme un moyen somme toute naturel de résorber une situation statistique de très grande vieillesse forcément préjudiciable à l'équilibre économique du pays. Isabelle était différente, et je reprenais en vivant avec elle conscience de sa supériorité morale par rapport aux hommes et aux femmes de sa génération : elle était plus généreuse, plus attentive, plus aimante. Sur le plan sexuel, cela dit, il ne se passa rien entre nous ; nous dormions dans le même lit sans même en être gênés, sans pouvoir accéder à la résignation pourtant. J'étais fatigué à vrai dire, la chaleur m'accablait moi aussi, je me sentais à peu près autant d'énergie qu'une huître morte, et cette torpeur s'étendait à tout : pendant la journée je m'installais pour écrire à une petite table qui donnait sur le jardin mais rien ne me venait, rien ne me paraissait important ni significatif, j'avais eu une vie qui était sur le point de s'achever et voilà tout, j'étais comme tous les autres, ma carrière de *showman* me paraissait bien loin maintenant, de tout cela il ne resterait nulle trace.

Parfois, pourtant, je reprenais conscience que ma narration avait à l'origine un autre objectif ; je me rendais bien compte que j'avais assisté à Lanzarote à une des étapes les plus importantes, peut-être à l'étape décisive de l'évolution du genre humain. Un matin où je me sentais un peu plus d'énergie, je téléphonai à Vincent : ils étaient en plein déménagement, me dit-il, ils avaient décidé de revendre la propriété du prophète à Santa Monica pour transférer le siège social de l'Église à Chevilly-Larue. Savant était resté à Lanzarote, près du laboratoire, mais Flic était là avec sa femme, ils avaient acheté un pavillon proche du sien et ils construisaient de nouveaux locaux, ils embauchaient du personnel, ils songeaient à acheter des parts d'antenne dans un canal de télévision dédié aux nouveaux cultes. Manifestement lui-même faisait des choses importantes et significatives, à ses propres yeux tout du moins. Je ne parvenais pourtant pas à l'envier : pendant toute ma vie je ne m'étais intéressé qu'à ma bite ou à rien, maintenant ma bite était morte et j'étais en train de la suivre dans son funeste déclin, je n'avais que ce que je méritais me répétais-je en feignant d'en éprouver une délectation morose alors que mon état mental évoluait de plus en plus vers l'horreur pure et simple, une horreur encore accrue par la chaleur stable et brutale, par l'éclat intransformé de l'azur.

Isabelle sentait tout cela, je pense, et me regardait en soupirant, au bout de deux semaines il commença à devenir évident que les choses allaient tourner mal, il valait mieux que je reparte encore une fois, et pour la dernière fois à vrai dire, cette fois nous étions vraiment trop vieux, trop usés, trop amers, nous ne pouvions plus que nous faire du mal, nous reprocher l'un à l'autre l'impossibilité générale des choses. Lors de notre dernier repas (le soir apportait un peu de fraîcheur, nous avions tiré la table dans le jardin, et Isabelle avait fait un effort pour la cuisine), je lui parlai de l'Église élohimite, et de la promesse d'immortalité qui avait été faite à Lanzarote. Bien entendu elle avait un peu suivi les informations, mais elle pensait comme la plupart des gens que tout ça était complètement bidon, et elle ignorait que j'avais été sur place. Je pris alors conscience qu'elle n'avait jamais rencontré Patrick, même si elle se souvenait de Robert le Belge, et qu'au fond il s'était passé beaucoup de choses dans ma vie depuis son départ, c'était même surprenant que je ne lui en aie pas parlé plus tôt. Sans doute l'idée était-elle trop neuve, à vrai dire j'oubliais moi-même la plupart du temps que j'étais devenu immortel, il me fallait faire un effort pour m'en souvenir. Je lui expliquai pourtant, en reprenant l'histoire depuis le début, avec toutes les précisions requises, j'insistai sur la personnalité de Savant, sur l'impression générale de compétence qu'il m'avait faite. Son intelligence, à elle aussi, fonctionnait encore très bien, je crois qu'elle ne connaissait rien à la génétique, elle n'avait jamais pris le temps de s'y intéresser, pourtant elle suivit sans difficulté mes explications, et en tira aussitôt les conséquences.

« L'immortalité, donc... dit-elle. Ce serait comme une deuxième chance.

– Ou une troisième chance ; ou des chances multiples, à l'infini. L'immortalité, vraiment.

– D'accord ; je suis d'accord pour leur laisser mon ADN, pour leur léguer mes biens. Tu vas me donner leurs coordonnées. Je le ferai pour Fox également. Pour ma mère… » Elle hésita, s'assombrit. « Je pense que c'est trop tard pour elle ; elle ne comprendrait pas. Elle souffre, en ce moment ; je crois qu'elle veut vraiment mourir. Elle veut le néant. »

La rapidité de sa réaction me surprit, et c'est à partir de ce moment, je pense, que j'eus l'intuition qu'un phénomène nouveau allait se produire. Qu'une religion nouvelle puisse naître en Occident était déjà en soi une surprise, tant l'histoire européenne des trente dernières années avait été marquée par l'effondrement massif, d'une rapidité stupéfiante, des croyances religieuses traditionnelles. Dans des pays comme l'Espagne, la Pologne, l'Irlande, une foi catholique profonde, unanime, massive structurait la vie sociale et l'ensemble des comportements depuis des siècles, elle déterminait la morale comme les relations familiales, conditionnait l'ensemble des productions culturelles et artistiques, des hiérarchies sociales, des conventions, des règles de vie. En l'espace de quelques années, en moins d'une génération, en un temps incroyablement bref, tout cela avait disparu, s'était évaporé dans le néant. Dans ces pays aujourd'hui plus personne ne croyait en Dieu, n'en tenait le moindre compte, ne se souvenait même d'avoir cru ; et cela s'était fait sans difficulté, sans conflit, sans violence ni protestation d'aucune sorte, sans même une discussion véritable, aussi aisément qu'un objet lourd, un temps maintenu par une entrave extérieure, revient dès qu'on le lâche à sa position d'équilibre. Les croyances spirituelles humaines étaient peut-être loin d'être ce bloc massif, solide, irréfutable qu'on se représente habituellement ; elles étaient peut-être au contraire ce qu'il y avait en l'homme de plus fugace, de plus fragile, de plus prompt à naître et à mourir.

DANIEL25,10

La plupart des témoignages nous le confirment : c'est en effet à partir de cette époque que l'Église élohimite allait faire de plus en plus d'adeptes et se répandre sans résistance sur l'ensemble du monde occidental. Après avoir réalisé, en moins de deux ans, une OPA ultra-rapide sur les courants bouddhistes occidentaux, le mouvement élohimite absorba avec la même facilité les ultimes résidus de la chute du christianisme avant de se tourner vers l'Asie dont la conquête, opérée à partir du Japon, fut là aussi d'une rapidité surprenante, surtout si l'on considère que ce continent avait, des siècles durant, résisté victorieusement à toutes les tentatives missionnaires chrétiennes. Il est vrai que les temps avaient changé, et que l'élohimisme marchait en quelque sorte à la suite du capitalisme de consommation – qui, faisant de la jeunesse la valeur suprêmement désirable, avait peu à peu détruit le respect de la tradition et le culte des ancêtres – dans la mesure où il promettait la conservation indéfinie de cette même jeunesse, et des plaisirs qui lui étaient associés.

L'islam, curieusement, fut un bastion de résistance plus durable. S'appuyant sur une immigration massive et incessante, la religion musulmane se renforça dans les pays occidentaux pratiquement au même rythme que l'élohimisme ; s'adressant en priorité aux populations venues du Maghreb et d'Afrique noire, elle n'en connaissait pas moins un succès croissant auprès des Européens « de souche », succès uniquement imputable à son machisme. Si l'abandon du machisme avait en effet rendu les hommes malheureux, il n'avait nullement rendu les femmes heureuses. De plus en plus nombreux étaient ceux, et surtout celles, qui rêvaient d'un retour à un système où les femmes étaient pudiques et soumises, et leur virginité préservée. Bien entendu, en même temps, la pression érotique sur le corps des jeunes filles ne cessait de s'accroître, et l'expansion de l'islam ne fut rendue possible que grâce à l'introduction d'une série d'accommodements, sous l'influence d'une nouvelle génération d'imams qui, s'inspirant à la fois de la tradition catholique, des *reality-shows* et du sens du spectacle des télé-évangélistes américains, mirent au point à destination du public musulman un scénario de vie édifiant basé sur la conversion et le pardon des péchés, deux notions pourtant relativement étrangères à la tradition islamique. Dans le schéma type, qui se trouve reproduit à l'identique dans des douzaines de *telenovelas* le plus souvent tournées en Turquie ou en Afrique du Nord, la jeune fille, à la consternation de ses parents, mène d'abord une vie dissolue marquée par l'alcool, la consommation de drogues et la liberté sexuelle la plus effrénée. Puis, marquée par un événement qui provoque en elle un choc salutaire (un avortement douloureux ; la rencontre avec un jeune musulman intègre et pieux poursuivant des études d'ingénieur), elle laisse loin d'elle les tentations du monde et devient une épouse soumise, chaste et voilée. Le même schéma existait sous forme masculine, mettant cette fois en scène généralement des rappeurs, et insistant davantage sur la délinquance et la consommation de drogues dures. Ce scénario hypocrite devait connaître un succès d'autant plus vif que l'âge choisi pour la conversion (entre vingt-deux et vingt-cinq ans) correspondait assez bien à celui où les jeunes Maghrébines, d'une beauté spectaculaire pendant leurs années d'adolescence, commençaient à grossir et à éprouver le besoin de vêtements plus couvrants. En l'espace d'une à deux décennies, l'islam devait ainsi parvenir à assumer en Europe le rôle qui était celui du catholicisme au cours de sa période faste : celui d'une religion « officielle », organisatrice du calendrier et des mini-cérémonies rythmant le passage du temps, aux dogmes suffisamment primitifs pour être à la portée du plus grand nombre tout en conservant une ambiguïté propre à séduire les esprits les plus déliés, se réclamant en principe d'une austérité morale redoutable tout en maintenant, dans la pratique, des passerelles susceptibles de réintégrer n'importe quel pécheur. Le même phénomène se produisit aux États-Unis d'Amérique, à partir surtout de la communauté noire – à ceci près que le catholicisme, porté par l'immigration latino-américaine, y conserva longtemps des positions plus importantes.

Tout cela ne pouvait, pourtant, durer qu'un temps, et le refus de vieillir, de *se ranger* et de se transformer en bonne grosse mère de famille devait, quelques années plus tard, toucher à leur tour les populations issues de l'immigration. Lorsqu'un système social est détruit, cette destruction est définitive, et aucun retour en arrière n'est possible ; les lois de l'entropie sociale, valables en théorie pour n'importe quel système relationnel humain, ne furent démontrées en toute rigueur que par Hewlett et Dude, deux siècles plus tard ; mais elles étaient déjà depuis longtemps intuitivement connues. La chute de l'islam en Occident rappelle en fait curieusement celle, quelques décennies plus tôt, du communisme : dans l'un et l'autre cas, le phénomène de reflux devait naître dans les pays d'origine et balayer en quelques années les organisations, pourtant puissantes et richissimes, mises sur pied dans les pays d'accueil. Lorsque les pays arabes, après des années d'un travail de sape fait essentiellement de connexions Internet clandestines et de téléchargement de produits culturels décadents, purent enfin accéder à un mode de vie basé sur la consommation de masse, la liberté sexuelle et les loisirs, l'engouement des populations fut aussi intense et aussi vif qu'il l'avait été, un demi-siècle plus tôt, dans les pays communistes. Le mouvement partit, comme souvent dans l'histoire humaine, de la Palestine, plus précisément d'un refus soudain des jeunes filles palestiniennes de limiter leur existence à la procréation répétée de futurs djihadistes, et de leur désir de profiter de la liberté de mœurs qui était celle de leurs voisines israéliennes. En quelques années, la mutation, portée par la musique techno (comme l'attraction pour le monde capitaliste l'avait été quelques années plus tôt par le rock, et avec une efficacité encore accrue par l'usage du réseau) se répandit à l'ensemble des pays arabes, qui eurent à faire face à une révolte massive de la jeunesse, et ne purent évidemment y parvenir. Il devint alors parfaitement clair, aux yeux des populations occidentales, que les pays musulmans n'avaient été maintenus dans leur foi primitive que par l'ignorance et la contrainte ; privés de leur base arrière, les mouvements islamistes occidentaux s'effondrèrent d'un seul coup.

L'élohimisme, de son côté, était parfaitement adapté à la civilisation des loisirs au sein de laquelle il avait pris naissance. N'imposant aucune contrainte morale, réduisant l'existence humaine aux catégories de l'intérêt et du plaisir, il n'en reprenait pas moins à son compte la promesse fondamentale qui avait été celle de toutes les religions monothéistes : la victoire contre la mort. Éradiquant toute dimension spirituelle ou confuse, il limitait simplement la portée de cette victoire, et la nature de la promesse, à la prolongation illimitée de la vie matérielle, c'est-à-dire à la satisfaction illimitée des désirs physiques.

La première cérémonie fondamentale marquant la conversion de chaque nouvel adepte – le prélèvement de l'ADN – s'accompagnait de la signature d'un acte au cours duquel le postulant confiait à l'Église, après sa mort, tous ses biens – celle-ci se réservant la possibilité de les investir, tout en lui promettant, après sa résurrection, de les lui rendre en pleine propriété. La chose apparaissait d'autant moins choquante que l'objectif poursuivi était l'élimination de toute filiation naturelle, donc de tout système d'héritage, et que la mort était présentée comme une période neutre, une simple stase dans l'attente d'un corps rajeuni. Après une intense campagne auprès des milieux d'affaires américains, le premier converti fut Steve Jobs – qui demanda, et obtint, une dérogation partielle au bénéfice des enfants qu'il avait procréés avant de découvrir l'élohimisme. Il fut suivi de près par Bill Gates, Richard Branson, puis par un nombre croissant de dirigeants des plus importantes firmes mondiales. L'Église devint ainsi extrêmement riche, et peu d'années après la mort du prophète elle représentait déjà, en capital investi comme en nombre d'adeptes, la première religion européenne.

La seconde cérémonie fondamentale était l'entrée dans l'attente de la résurrection – en d'autres termes le suicide. Après une période de flottement et d'incertitude, la coutume s'instaura peu à peu de l'accomplir en public, selon un rituel harmonieux et simple, au moment choisi par l'adepte, lorsqu'il estimait que son corps physique n'était plus en état de lui donner les joies qu'il pouvait légitimement en attendre. Il s'accomplissait avec une grande confiance, dans la certitude d'une résurrection proche – chose d'autant plus surprenante que Miskiewicz, malgré les moyens de recherche colossaux mis à sa disposition, n'avait fait aucun réel progrès, et que s'il pouvait en effet garantir une conservation illimitée de l'ADN, il était pour l'instant incapable d'engendrer un organisme vivant plus complexe qu'une simple cellule. La promesse d'immortalité faite en son temps par le christianisme reposait, il est vrai, sur des bases encore bien plus minces. L'idée de l'immortalité n'avait au fond jamais abandonné l'homme, et même s'il avait dû, contraint et forcé, renoncer à ses anciennes croyances, il en avait gardé, toute proche, la nostalgie, il ne s'était jamais résigné, et il était prêt, moyennant n'importe quelle explication un tant soit peu convaincante, à se laisser guider par une nouvelle foi.

DANIEL1,22

« Alors, un culte transformable obtiendra sur un dogme flétri la prépondérance empirique qui doit préparer l'ascendant systématique attribué par le positivisme à l'élément affectif de la religion. »

Auguste Comte – Appel aux conservateurs

J'avais si peu moi-même la nature d'un *croyant* que les croyances d'autrui m'étaient en réalité presque indifférentes ; c'est sans difficulté, mais aussi sans y attacher d'importance, que je communiquai à Isabelle les coordonnées de l'Église élohimite. Je tentai de faire l'amour, cette dernière nuit, avec elle, mais ce fut un échec. Pendant quelques minutes elle essaya de mastiquer ma bite, mais je sentais bien qu'elle n'avait pas fait ça depuis des années, qu'elle n'y croyait plus, et pour mener ce genre de choses à bien il faut quand même un minimum de foi, et d'enthousiasme ; la chair dans sa bouche demeurait molle, et mes couilles pendantes ne réagissaient plus à ses caresses approximatives. Elle finit par renoncer et par me demander si je voulais des somnifères. Oui je voulais bien, c'est toujours une erreur de refuser je pense, c'est inutile de se torturer. Elle était toujours capable de se lever en premier et de préparer le café, ça c'était encore une chose qu'elle pouvait faire. Il y avait un peu de rosée sur les lilas, la température était plus fraîche, j'avais réservé dans le train de 8 h 32 et l'été commençait à lâcher prise.

Je m'installai comme d'habitude au Lutetia, et là aussi je mis longtemps à rappeler Vincent, peut-être un mois ou deux, sans raison précise, je faisais les mêmes choses qu'avant mais je les faisais au ralenti, comme si je devais décomposer les actes pour parvenir à les accomplir de manière à peu près satisfaisante. De temps en temps je m'installais au bar, je m'imbibais tranquillement, avec flegme ; assez souvent, j'étais reconnu par d'anciennes relations. Je ne faisais aucun effort pour alimenter la conversation, et n'en ressentais aucune gêne ; voilà bien un des seuls avantages d'être une *star* – ou plutôt une ancienne star, dans mon cas : lorsqu'on rencontre quelqu'un d'autre et qu'on en vient, comme c'est normal, à s'ennuyer ensemble, sans qu'aucun des deux en soit précisément à l'origine, en quelque sorte *d'un commun accord*, c'est toujours l'autre qui s'en sent responsable, qui se sent coupable de n'avoir pas su maintenir la conversation à un niveau suffisamment élevé, de n'avoir pas su installer une ambiance suffisamment étincelante et chaleureuse. Il s'agit là d'une situation confortable, et même relaxante dès l'instant où l'on commence véritablement à s'en foutre. Parfois, au milieu d'un échange verbal où je me contentais de dodeliner de la tête d'un air entendu, je me laissais aller à des rêveries involontaires – en général d'ailleurs plutôt déplaisantes : je repensais à ces castings où Esther devait embrasser des garçons, à ces scènes de sexe qu'elle devait interpréter dans différents courts métrages ;

je me souvenais combien je prenais sur moi – inutilement du reste, j'aurais bien pu lui faire des scènes ou éclater en sanglots que ça n'y aurait rien changé – et je me rendais bien compte que je n'aurais pas pu de toute façon tenir très longtemps dans ces conditions, que j'étais trop vieux, que je n'avais plus la force ; cette constatation ne diminuait d'ailleurs en rien mon chagrin, parce qu'au point où j'en étais je n'avais plus d'autre issue que de souffrir jusqu'au bout, jamais je n'oublierais son corps, sa peau ni son visage, et jamais non plus je n'avais ressenti avec autant d'évidence que les relations humaines naissent, évoluent et meurent de manière parfaitement déterministe, aussi inéluctable que les mouvements d'un système planétaire, et qu'il est absurde et vain d'espérer, si peu que ce soit, en modifier le cours.

Là encore j'aurais pu résider assez longtemps au Lutetia, peut-être moins longtemps qu'à Biarritz parce que je commençais malgré tout à boire un peu trop, l'angoisse creusait lentement son trou dans mes organes et je restais des après-midi entières au Bon Marché à regarder les pull-overs, ça n'avait plus de sens de continuer comme ça. Un matin d'octobre, un lundi matin probablement, je téléphonai à Vincent. Dès mon arrivée dans le pavillon de Chevilly-Larue j'eus l'impression de pénétrer dans une termitière ou une ruche, dans une organisation de toute façon où chacun avait une tâche précisément définie, et où les choses s'étaient mises à tourner à plein régime. Vincent m'attendait dans l'entrée, prêt à partir, son téléphone portable à la main. Il se leva en m'apercevant, me serra la main avec chaleur, m'invita à l'accompagner dans leurs nouveaux locaux. Ils avaient acheté un petit immeuble de bureaux, la construction n'était pas encore terminée, des ouvriers posaient des plaques isolantes et des rampes d'halogènes, mais une vingtaine de personnes étaient déjà au travail : certains répondaient au téléphone, d'autres tapaient des courriers, mettaient à jour des bases de données ou je ne sais quoi, enfin j'étais dans une PME, et même dans une grosse PME à vrai dire. S'il y a une chose à laquelle je ne m'attendais pas la première fois que j'avais rencontré Vincent, c'était bien de le voir se transformer en *chef d'entreprise*, mais après tout c'était possible, et en plus il avait l'air à l'aise dans le rôle, certaines améliorations se produisent quand même, parfois, dans la vie de certaines personnes, le processus vital ne peut pas être ramené à un mouvement de pur déclin, ce serait là une simplification abusive. Après m'avoir présenté à deux de ses collaborateurs, il m'annonça qu'ils venaient de remporter une victoire importante : après plusieurs mois de bataille juridique, le Conseil d'État venait de rendre un avis autorisant l'Église élohimite à racheter pour son usage propre les édifices religieux que l'Église catholique n'avait plus les moyens d'entretenir. La seule obligation était celle qui s'appliquait déjà aux propriétaires précédents : maintenir, en partenariat avec la Caisse nationale des monuments historiques, le patrimoine artistique et architectural en bon état de conservation ; mais, sur le plan du culte qui serait célébré à l'intérieur des édifices, aucune limitation n'était imposée. Même à des époques esthétiquement plus favorisées que la nôtre, me fit remarquer Vincent, il aurait été impensable de mener à bien en quelques années la conception et la réalisation d'un tel déploiement de splendeurs artistiques ;

cette décision allait leur permettre, tout en mettant à la disposition des fidèles de nombreux lieux de culte d'une grande beauté, de concentrer tous leurs efforts sur l'édification de l'ambassade.

Au moment où il commençait à m'expliquer sa vision de l'esthétique des cérémonies rituelles, Flic fit son entrée dans le bureau, vêtu d'un impeccable blazer bleu marine ; lui aussi avait l'air dans une forme éblouissante, et me serra la main avec énergie. Décidément, la secte ne semblait nullement avoir souffert de la disparition du prophète ; au contraire, même, les choses semblaient tourner de mieux en mieux. Il ne s'était pourtant rien passé depuis la résurrection mise en scène au début de l'été, à Lanzarote ; mais l'événement avait eu un tel impact médiatique que cela avait suffi, les demandes d'information affluaient continûment, et beaucoup étaient suivies d'une adhésion, le nombre de fidèles et les fonds disponibles augmentaient sans cesse.

Le soir même, je fus invité à dîner chez Vincent en compagnie de Flic et de sa femme – c'était la première fois que je la rencontrais, elle me fit l'effet d'une personne posée, solide et plutôt chaleureuse. J'étais une fois de plus frappé par le fait qu'on aurait aussi bien pu imaginer Flic sous les traits d'un cadre d'entreprise – disons, d'un directeur des relations humaines – ou d'un fonctionnaire chargé de la distribution des subventions à l'agriculture en zone de haute montagne ; rien en lui n'évoquait le mysticisme, ni même la simple religiosité. De fait, il semblait même particulièrement peu impressionnable, et c'est sans émotion apparente qu'il informa Vincent de la naissance d'une dérive inquiétante, qui lui avait été signalée dans certaines zones nouvellement touchées par la secte – en particulier l'Italie et le Japon. Rien dans le dogme n'indiquait de quelle manière la cérémonie du départ volontaire devait se dérouler ; toute l'information nécessaire à la reconstruction du corps de l'adepte étant conservée dans son ADN, ce corps lui-même pouvait être désintégré ou réduit en cendres sans que cela eût la moindre importance. Une théâtralisation malsaine semblait peu à peu se développer, dans certaines cellules, autour de la dispersion des éléments constitutifs du corps ; étaient particulièrement touchés des médecins, des travailleurs sociaux, des infirmières. Avant de prendre congé Flic remit à Vincent un dossier d'une trentaine de pages, ainsi que trois DVD – la plupart des cérémonies avaient été filmées. J'acceptai de rester dormir ; Susan me servit un cognac pendant que Vincent commençait sa lecture. Nous étions dans le salon qui avait été celui de ses grands-parents, et rien n'avait changé depuis ma première visite : les fauteuils et le canapé de velours vert étaient toujours surmontés de têtières en dentelle, les photos de paysages alpestres étaient toujours dans leurs cadres, je reconnaissais même le philodendron près du piano. Le visage de Vincent s'assombrissait rapidement à mesure qu'il parcourait le dossier ; il fit à Susan un résumé en anglais, puis cita quelques exemples à mon intention :

« Dans la cellule de Rimini, le corps d'un adepte a été entièrement vidé de son sang ; les participants s'en sont barbouillés avant de manger son foie et ses organes sexuels. Dans celle de Barcelone, le type a demandé à être suspendu à des crocs de boucherie, puis laissé à la disposition de tous ; son corps est resté accroché comme ça, dans une cave, pendant quinze jours : les participants se servaient, en découpaient une tranche qu'ils mangeaient en général sur place. À Osaka, l'adepte a demandé à ce que son corps soit broyé et compacté par une presse industrielle, jusqu'à être réduit à une sphère de vingt centimètres de diamètre, qui serait ensuite recouverte d'une pellicule de silicone transparente et pourrait servir à disputer une partie de bowling ; il était paraît-il de son vivant un passionné de bowling. »

Il s'interrompit, sa voix tremblait un peu ; il était visiblement choqué par l'ampleur du phénomène.

« C'est une tendance de la société… dis-je. Une tendance générale vers la barbarie, il n'y a aucune raison que vous y échappiez…

– Je ne sais pas comment faire, je ne sais pas comment enrayer ça. Le problème c'est qu'on n'a jamais parlé de morale, à aucun moment…

– *There are not a lot of basic socio-religious emotions…* intervint Susan. *If you have no sex, you need ferocity. That's all…* »

Vincent se tut, réfléchit, se resservit un verre de cognac ; ce fut le lendemain matin, au petit déjeuner, qu'il nous annonça sa décision de lancer à l'échelle mondiale une action « DONNEZ DU SEXE AUX GENS. FAITES-LEUR PLAISIR. » De fait, après les quelques semaines qui avaient suivi la disparition du prophète, la sexualité des adeptes avait rapidement décru jusqu'à se stabiliser à un niveau sensiblement égal à la moyenne nationale, c'est-à-dire très bas. Ce déclin de la sexualité était un phénomène universel, commun à l'ensemble des couches sociales, à l'ensemble des nations développées, et qui n'épargnait que les adolescents et les très jeunes gens ; les homosexuels eux-mêmes, après une brève période de frénésie consécutive à la libéralisation de leurs pratiques, s'étaient beaucoup calmés, aspiraient maintenant à la monogamie et à une vie tranquille, rangée, en couple, consacrée au tourisme culturel et à la découverte des vins de pays. Pour l'élohimisme c'était un phénomène préoccupant, car même si elle se base fondamentalement sur une promesse de vie éternelle une religion augmente considérablement son pouvoir d'attraction dès lors qu'elle semble pouvoir proposer dans l'immédiat une vie plus pleine, plus riche, plus exaltante et plus joyeuse. « Avec le Christ, tu vis plus fort », tel était à peu près le thème constant des campagnes publicitaires organisées par l'Église catholique immédiatement avant sa disparition. Vincent avait donc songé, au-delà de la référence fouriériste, à renouer avec une pratique de la prostitution sacrée, classiquement attestée à Babylone, et dans un premier temps à faire appel à celles des anciennes fiancées du prophète qui le souhaiteraient afin d'organiser une espèce de tournée orgiaque, dans le but de donner aux adeptes l'exemple d'un don sexuel permanent et de propager dans l'ensemble des implantations locales de l'Église une onde de luxure et de plaisir capable de faire barrage au développement des pratiques nécrophiles et mortifères. L'idée parut excellente à Susan : elle connaissait les filles, elle pouvait leur téléphoner, et elle était certaine que la plupart accepteraient avec enthousiasme. Pendant la nuit, Vincent avait crayonné une série d'esquisses destinées à être reproduites sur Internet. Ouvertement pornographiques (elles représentaient des groupes de deux à dix personnes, hommes ou femmes, utilisant leurs mains, leurs sexes et leurs bouches d'à peu près toutes les manières envisageables), elles n'en étaient pas moins extrêmement stylisées, d'une grande pureté de lignes, et tranchaient vivement avec le réalisme photographique écœurant qui caractérisait les productions du prophète.

Au bout de quelques semaines, il devint évident que l'action était un vrai succès : la tournée des fiancées du prophète était un triomphe, et les adeptes, dans leurs cellules, s'ingéniaient à reproduire les configurations érotiques jetées sur le papier par Vincent ; ils y prenaient un réel plaisir, à tel point que, dans la plupart des pays, le rythme des réunions avait été multiplié par trois ; l'orgie rituelle donc, contrairement à d'autres propositions sexuelles d'origine plus profane et plus récente telles que l'échangisme, ne semblait pas être une formule désuète. Plus significativement encore, les conversations entre adeptes dans la vie quotidienne, dès lors qu'elles se faisaient avec un minimum d'empathie, s'accompagnaient de plus en plus souvent d'attouchements, de caresses intimes, voire de masturbations mutuelles ; la re-sexualisation des rapports humains, en somme, semblait en passe d'aboutir. C'est alors que l'on prit conscience d'un détail qui, dans les premiers moments d'enthousiasme, avait échappé à tous : dans son désir de stylisation, Vincent s'était largement éloigné d'une représentation réaliste du corps humain. Si le phallus était assez ressemblant (encore que plus rectiligne, imberbe, et dépourvu d'irrigation veineuse apparente), la vulve se réduisait dans ses dessins à une fente longue et fine, dépourvue de poils, située au milieu du corps, dans le prolongement de la raie des fesses, et qui pouvait certes s'ouvrir largement pour accueillir des bites, mais n'en était pas moins impropre à toute fonction d'excrétion. Tous les organes excréteurs, plus généralement, avaient disparu, et les êtres ainsi imaginés, s'ils pouvaient faire l'amour, étaient à l'évidence incapables de se nourrir.

Les choses auraient pu en rester là, et être mises sur le compte d'une simple convention d'artiste, sans l'intervention de Savant, revenu de Lanzarote début décembre pour présenter l'avancement de ses travaux. Même si j'habitais encore au Lutetia, je passais la plupart de mes journées à Chevilly-Larue ; je ne faisais pas partie du comité directeur, mais j'étais un des seuls témoins directs des événements ayant accompagné la disparition du prophète, et tout le monde me faisait confiance, Flic n'avait plus de secrets pour moi. Il se passait bien sûr des choses à Paris, une actualité politique, une vie culturelle ; j'avais cependant la certitude que les choses importantes, et significatives, se déroulaient à Chevilly-Larue. J'en étais depuis longtemps persuadé, même si je n'avais pas pu traduire cette conviction dans mes films ni dans mes sketches, faute d'avoir eu avant un contact réel avec le phénomène : les événements politiques ou militaires, les transformations économiques, les mutations esthétiques ou culturelles peuvent jouer un rôle, parfois un très grand rôle dans la vie des hommes ; mais rien, jamais, ne peut avoir d'importance historique comparable au développement d'une nouvelle religion, ou à l'effondrement d'une religion existante. Aux relations que je croisais encore parfois au bar du Lutetia, je racontais que *j'écrivais* ; ils supposaient probablement que j'écrivais un roman, et ne s'en montraient pas autrement surpris, j'avais toujours eu la réputation d'un comique plutôt *littéraire* ; s'ils avaient pu savoir, me disais-je parfois, s'ils avaient pu savoir qu'il ne s'agissait pas d'un simple ouvrage de fiction, mais que je m'efforçais de retracer un des événements les plus importants de l'histoire humaine ; s'ils avaient pu savoir, me dis-je à présent, ils n'en auraient même pas été spécialement impressionnés. Tous autant qu'ils étaient ils s'étaient habitués à une vie morne et peu modifiable, ils s'étaient habitués à se désintéresser peu à peu de l'existence réelle, et à lui préférer son commentaire ; je les comprenais, j'avais été dans le même cas – et je l'étais encore dans une large mesure, et peut-être davantage. Pas une seule fois, depuis que l'action « DONNEZ DU SEXE AUX GENS. FAITES-LEUR PLAISIR » avait été lancée, je n'avais songé à profiter pour moi-même des services sexuels des fiancées du prophète ; je n'avais pas davantage demandé à une adhérente l'aumône d'une fellation ou d'une simple branlette, qui m'aurait été aisément accordée ; j'avais toujours Esther dans la tête, dans le corps, partout. Je le dis un jour à Vincent, c'était la fin de la matinée, une très belle matinée déjà hivernale, par la fenêtre de son bureau je regardais les arbres du parc municipal : pour moi c'est une action « TA FEMME T'ATTEND » qui aurait pu me sauver, mais les choses n'en prenaient pas le chemin, pas le moins du monde. Il me regarda avec tristesse, il avait de la peine pour moi, il ne devait avoir aucun mal à me comprendre, il devait parfaitement se souvenir de ces moments encore si proches où son amour pour Susan paraissait sans espoir. J'agitai faiblement la main en chantonnant : « La-la-la... », je fis une petite grimace qui ne parvenait pas tout à fait à être humoristique ; puis, tel Zarathoustra entamant son déclin, je me dirigeai vers le restaurant d'entreprise.

J'étais présent, quoi qu'il en soit, lors de la réunion où Savant nous annonça que, loin d'être une simple vision d'artiste, les dessins de Vincent préfiguraient l'homme du futur. Depuis longtemps la nutrition animale lui apparaissait comme un système primitif, d'une rentabilité énergétique médiocre, producteur d'une quantité de déchets nettement excessive, déchets qui non seulement devaient être évacués mais qui dans l'intervalle provoquaient une usure non négligeable de l'organisme. Depuis longtemps il songeait à doter le nouvel animal humain de ce système photosynthétique qui, par une bizarrerie de l'évolution, était l'apanage des végétaux. L'utilisation directe de l'énergie solaire était de toute évidence un système plus robuste, plus performant et plus fiable – ainsi qu'en témoignaient les durées de vie pratiquement illimitées atteintes par les plantes. En outre, l'adjonction à la cellule humaine de capacités autotrophes était loin d'être une opération aussi complexe qu'on pouvait l'imaginer ; ses équipes travaillaient déjà sur la question depuis un certain temps, et le nombre de gènes concernés s'avérait étonnamment faible. L'être humain ainsi transformé ne subsisterait, outre l'énergie solaire, qu'au moyen d'eau et d'une petite quantité de sels minéraux ; l'appareil digestif, tout comme l'appareil excréteur, pouvaient disparaître – les minéraux en excès seraient aisément éliminés, avec l'eau, au moyen de la sueur.

Habitué à ne suivre que d'assez loin les explications de Savant, Vincent acquiesça machinalement, et Flic pensait à autre chose : c'est donc ainsi, en quelques minutes, et sur la base d'un hâtif croquis d'artiste, que fut décidée la Rectification Génétique Standard, qui devait être appliquée, uniformément, à toutes les unités d'ADN destinées à être rappelées à la vie, et marquer une coupure définitive entre les néo-humains et leurs ancêtres. Le reste du code génétique restait inchangé ; on n'en avait pas moins affaire à une nouvelle espèce, et même, à proprement parler, à un nouveau règne.

DANIEL25,11

Il est ironique de penser que la RGS, conçue au départ pour de simples raisons de convenance esthétique, est ce qui allait permettre aux néo-humains de survivre sans grande difficulté aux catastrophes climatiques qui allaient s'ensuivre, et que nul ne pouvait prévoir à l'époque, alors que les humains de l'ancienne race seraient presque entièrement décimés.

Sur ce point crucial, le récit de vie de Daniel1, une fois encore, est parfaitement corroboré par ceux de Vincent1, Slotan1 et Jérôme1, même s'ils accordent à l'événement une place tout à fait inégale. Alors que Vincent1 n'y fait allusion que dans des paragraphes espacés de son récit, et que Jérôme1 la passe presque entièrement sous silence, Slotan1 consacre des dizaines de pages à l'idée de la RGS, et aux travaux qui devaient permettre quelques mois plus tard sa réalisation opérationnelle. Plus généralement, le récit de vie de Daniel1 est souvent considéré par les commentateurs comme central et canonique. Alors que Vincent1 insiste souvent à l'excès sur le sens esthétique des rituels, que Slotan1 se consacre presque exclusivement à l'évocation de ses travaux scientifiques, et Jérôme1 aux questions de discipline et d'organisation matérielle, Daniel1 est le seul à nous donner de la naissance de l'Église élohimite une description complète, en même temps que légèrement détachée ; alors que les autres, pris dans le mouvement quotidien, ne songeaient qu'à la solution des problèmes pratiques auxquels ils devaient faire face, il semble souvent être le seul à avoir pris un peu de recul, et à avoir réellement compris l'importance de ce qui se déroulait sous ses yeux.

Cet état de choses me confère, comme à tous mes prédécesseurs de la série des Daniel, une responsabilité particulière : mon commentaire n'est pas, ne peut pas être un commentaire ordinaire, puisqu'il touche de si près aux circonstances de la création de notre espèce, et de son système de valeurs. Son caractère central est encore accru par le fait que mon lointain ancêtre était, dans l'esprit de Vincent1 comme sans doute dans le sien propre, un être humain typique, représentatif de l'espèce, un homme *parmi tant d'autres*.

Selon la Sœur suprême, la jalousie, le désir et l'appétit de procréation ont la même origine, qui est la souffrance d'être. C'est la souffrance d'être qui nous fait rechercher l'autre, comme un palliatif ; nous devons dépasser ce stade afin d'atteindre l'état où le simple fait d'être constitue par lui-même une occasion permanente de joie ; où l'intermédiation n'est plus qu'un jeu, librement poursuivi, non constitutif d'être. Nous devons atteindre en un mot à la liberté d'indifférence, condition de possibilité de la sérénité parfaite.

DANIEL1,23

C'est le jour de Noël, en milieu de matinée, que j'appris le suicide d'Isabelle. Je n'en fus pas réellement surpris : en l'espace de quelques minutes, je sentis que s'installait en moi une espèce de vide ; mais il s'agissait d'un vide prévisible, attendu. Je savais depuis mon départ de Biarritz qu'elle finirait par se tuer ; je le savais depuis un regard que nous avions échangé, ce dernier matin, alors que je franchissais le seuil de sa cuisine pour monter dans le taxi qui m'emmenait à la gare. Je me doutais aussi qu'elle attendrait la mort de sa mère pour la soigner jusqu'au bout, et pour ne pas lui faire de peine. Je savais enfin que j'allais moi-même, tôt ou tard, me diriger vers une solution du même ordre.

Sa mère était morte le 13 décembre ; Isabelle avait acheté une concession dans le cimetière municipal de Biarritz, s'était occupée des obsèques ; elle avait rédigé son testament, mis ses affaires en ordre ; puis, la nuit du 24 décembre, elle s'était injectée une dose massive de morphine. Non seulement elle était morte sans souffrance, mais elle était probablement morte dans la joie ; ou, du moins, dans cet état de détente euphorique qui caractérise le produit. Le matin même, elle avait déposé Fox dans un chenil ; elle ne m'avait pas laissé de lettre, pensant sans doute que c'était inutile, que je ne la comprendrais que trop bien ; mais elle avait pris les dispositions nécessaires pour que le chien me soit remis.

Je partis quelques jours plus tard, elle avait déjà été incinérée ; le matin du 30 décembre, je me rendis à la « salle du silence » du cimetière de Biarritz. C'était une grande pièce ronde au plafond constitué d'une verrière baignant la pièce d'un doux éclairage gris. L'intégralité des murs était percée de petites alvéoles où l'on pouvait faire coulisser des parallélépipèdes de métal contenant les cendres des défunts. Au-dessus de chaque niche une étiquette portait, gravés en anglaises, le nom et le prénom du disparu. Au centre, une table de marbre, également ronde, était entourée de chaises de verre, ou plutôt de plastique transparent. Après m'avoir fait entrer, le gardien avait déposé sur la table la boîte contenant les cendres d'Isabelle ; puis il m'avait laissé seul. Personne d'autre, pendant que j'étais dans la pièce, ne pouvait y pénétrer ; ma présence était signalée par une petite lampe rouge qui s'allumait à l'extérieur, comme celles qui indiquent le tournage sur les plateaux de cinéma. Je demeurai dans la salle du silence, comme la plupart des gens, pendant une dizaine de minutes.

Je passai un réveillon étrange, seul dans ma chambre de la Villa Eugénie, à ruminer des pensées simples et terminales, extrêmement peu contradictoires. Au matin du 2 janvier, je passai chercher Fox. Il me fallait malheureusement, avant de partir, retourner dans l'appartement d'Isabelle pour prendre les papiers nécessaires au règlement de la succession. Dès notre arrivée à l'entrée de la résidence, je remarquai que Fox tressaillait d'impatience joyeuse ;

il avait encore un peu grossi, les Corgi sont une race sujette à l'embonpoint, mais il courut jusqu'à la porte d'Isabelle, puis, essoufflé, s'arrêta pour m'attendre alors que je remontais, sur un rythme beaucoup plus lent, l'allée de marronniers dénudés par l'hiver. Il poussa de petits jappements d'impatience au moment où je cherchais les clefs ; pauvre bonhomme, me dis-je, pauvre petit bonhomme. Dès que j'eus ouvert la porte il se précipita à l'intérieur de l'appartement, en fit rapidement le tour, puis revint et me jeta un regard interrogateur. Pendant que je cherchais dans le secrétaire d'Isabelle il repartit plusieurs fois, explorant une à une les pièces en reniflant un peu partout puis revenant vers moi, s'arrêtant à la porte de la chambre et me regardant avec une expression dépitée. Toute fin de vie quelconque s'apparente plus ou moins au *rangement* ; on n'a plus envie de se lancer dans un projet neuf, on se contente d'expédier les affaires courantes. Toute chose que l'on n'a jamais faite, fût-elle aussi anodine que préparer une mayonnaise ou disputer une partie d'échecs, devient peu à peu inaccessible, le désir de toute nouvelle expérience comme de toute nouvelle sensation disparaît absolument. Les choses, quoi qu'il en soit, étaient remarquablement rangées, et il ne me fallut que quelques minutes pour retrouver le testament d'Isabelle, l'acte de propriété de l'appartement. Je n'avais pas l'intention de voir le notaire tout de suite, je me disais que je reviendrais ultérieurement à Biarritz, tout en sachant qu'il s'agirait d'une démarche pénible, que je n'aurais probablement jamais le courage d'accomplir, mais cela n'avait plus beaucoup d'importance, plus rien n'avait beaucoup d'importance à présent. En ouvrant l'enveloppe, je m'aperçus que cette démarche elle-même serait inutile : elle avait légué ses biens à l'Église élohimite, je reconnus le contrat type ; les services juridiques allaient s'en occuper.

Fox me suivit sans difficulté au moment où je quittais l'appartement, croyant probablement à une simple promenade. Dans une animalerie proche de la gare, j'achetai un container en plastique pour le transporter pendant le voyage ; puis je réservai un billet dans le rapide d'Irún.

Le temps était doux dans la région d'Almeria, un rideau de pluie fine ensevelissait les journées brèves, qui donnaient l'impression de ne jamais vraiment commencer, et cette paix funèbre aurait pu me convenir, nous aurions pu passer ainsi des semaines entières, mon vieux chien et moi, à des songeries qui n'en étaient même plus vraiment, mais les circonstances ne le permettaient malheureusement pas. Des travaux avaient commencé, partout autour de ma maison et à des kilomètres à la ronde, afin de construire de nouvelles résidences. Il y avait des grues, des bétonneuses, il était devenu presque impossible d'accéder à la mer sans avoir à contourner des tas de sable, des piles de poutrelles métalliques, au milieu de bulldozers et de camions de chantier qui fonçaient sans ralentir au milieu de geysers de boue. Peu à peu je perdis l'habitude de sortir, hormis deux fois par jour pour la promenade de Fox, qui n'était plus vraiment agréable : il hurlait et se serrait contre moi, terrorisé par le bruit des camions. J'appris du marchand de journaux qu'Hildegarde était morte et que Harry avait revendu sa propriété pour finir ses jours en Allemagne. Je cessai progressivement de sortir de ma chambre et j'en vins à passer la plus grande partie de mes journées au lit, dans un état de grand vide mental, douloureux pourtant. Parfois je repensais à notre arrivée ici avec Isabelle, quelques années auparavant ; je me souvenais qu'elle avait pris plaisir à la décoration, et surtout à essayer de faire pousser des fleurs, d'aménager un jardin ; nous avions eu, quand même, quelques petits moments de bonheur. Je repensai aussi à notre dernier moment d'union, la nuit sur les dunes, après notre visite chez Harry ; mais il n'y avait plus de dunes, les bulldozers avaient nivelé la zone, c'était maintenant une surface boueuse, entourée de palissades. Moi aussi j'allais revendre, je n'avais aucune raison de rester ici : je pris contact avec un agent immobilier qui m'apprit que cette fois le prix des terrains avait beaucoup augmenté, je pouvais espérer une plus-value considérable ; je ne savais pas très bien dans quel état je mourrais, mais en tout cas je mourrais *riche*. Je lui demandai d'essayer de hâter la vente, même s'il n'avait pas d'offre aussi élevée qu'il l'espérait ; chaque jour, l'endroit me devenait un peu plus insupportable. J'avais l'impression non seulement que les ouvriers n'avaient aucune sympathie pour moi mais qu'ils m'étaient franchement hostiles, qu'ils faisaient exprès de me frôler au volant de leurs camions énormes, de m'asperger de boue, de terroriser Fox. Cette impression était probablement justifiée : j'étais un étranger, un homme du Nord, et de plus ils savaient que j'étais plus riche qu'eux, beaucoup plus riche ; ils éprouvaient à mon égard une haine sourde, animale, d'autant plus forte qu'elle était impuissante, le système social était là pour protéger les gens comme moi, et le système social était solide, la Guardia Civil était présente et faisait de plus en plus fréquemment des rondes, l'Espagne venait de se doter d'un gouvernement socialiste, moins sensible que d'autres à la corruption, moins lié aux mafias locales et fermement décidé à protéger la classe cultivée, aisée, qui faisait l'essentiel de son électorat. Je n'avais jamais éprouvé de sympathie pour les pauvres, et aujourd'hui que ma vie était foutue j'en avais moins que jamais ; la supériorité que mon fric me donnait sur eux aurait même pu constituer une légère consolation : j'aurais pu les regarder de haut alors qu'ils pelletaient leurs tas de gravats, le dos courbé par l'effort, qu'ils déchargeaient leurs cargaisons de madriers et de briques ; j'aurais pu considérer avec ironie leurs mains ravinées, leurs muscles, les calendriers de femmes à poil qui décoraient leurs engins de chantier. Ces satisfactions minimes, je le savais, ne m'empêcheraient pas d'envier leur virilité non contrariée, simpliste ; leur jeunesse aussi, la brutale évidence de leur jeunesse prolétarienne, animale.

Daniel25,12

Ce matin, peu avant l'aube, j'ai reçu de Marie23 le message suivant :

Les membranes alourdies
De nos demi-réveils
Ont le charme assourdi
Des journées sans soleil.

399, 2347, 3268, 3846. Sur l'écran s'afficha l'image d'un immense living-room aux murs blancs, meublé de divans bas de cuir blanc ; la moquette, elle aussi, était blanche. Par la baie vitrée, on apercevait les tours du Chrysler Building – j'avais déjà eu l'occasion de les voir sur une ancienne reproduction. Au bout de quelques secondes une néo-humaine assez jeune, de vingt-cinq ans tout au plus, entra dans le champ de la caméra pour venir se placer face à l'objectif. Sa chevelure et sa toison pubienne étaient bouclées, fournies et noires ; son corps harmonieux aux hanches larges, aux seins ronds, dégageait une grande impression de solidité et d'énergie ; physiquement, elle ressemblait assez à ce que j'avais pu imaginer. Un message défila rapidement, se superposant à l'image :

Et la mer qui m'étouffe, et le sable,
La procession des instants qui se succèdent
Comme des oiseaux qui planent doucement sur New
York,
Comme de grands oiseaux au vol inexorable.

Allons ! Il est grand temps de briser la coquille
Et d'aller au devant de la mer qui scintille
Sur de nouveaux chemins que nos pas reconnaissent
Que nous suivrons ensemble, incertains de faiblesse.

L'existence de défections chez les néo-humains n'est pas absolument un secret ; même si le sujet n'est jamais réellement abordé, certaines allusions, certaines rumeurs ont pu çà et là se faire jour. Aucune mesure n'est prise à l'encontre des déserteurs, rien n'est fait pour retrouver leur trace ; la station qu'ils occupaient est simplement, et définitivement refermée par une équipe en provenance de la Cité centrale ; la lignée qu'ils représentaient est déclarée éteinte.

Si Marie23 avait décidé d'abandonner son poste pour rejoindre une communauté de sauvages, je savais que rien de ce que je pourrais dire ne la ferait changer d'avis. Pendant quelques minutes, elle marcha de long en large dans la pièce ; elle semblait en proie à une vive excitation nerveuse, et faillit par deux fois sortir du champ de la caméra. « Je ne sais pas exactement ce qui m'attend, dit-elle finalement en se retournant vers l'objectif, mais je sais que j'ai besoin de vivre davantage. J'ai mis du temps à prendre ma décision, j'ai essayé de recouper toutes les informations disponibles. J'en ai beaucoup parlé avec Esther31, qui vit elle aussi dans les ruines de

New York ; nous nous sommes même rencontrées physiquement, il y a trois semaines. Ce n'est pas impossible ; il y a une grosse tension mentale au début, ce n'est pas facile de quitter les limites de la station, on ressent une inquiétude et un désarroi énormes ; mais ce n'est pas impossible... »

Je digérai l'information, manifestai que j'avais compris par un léger signe de tête. « Il s'agit bien d'une descendante de la même Esther que connaissait ton ancêtre, poursuivit-elle. J'ai cru un moment qu'elle allait accepter de m'accompagner ; finalement elle y a renoncé, pour l'instant tout du moins, mais j'ai l'impression qu'elle non plus n'est pas satisfaite de notre mode de vie. Nous avons parlé de toi, à plusieurs reprises ; je pense qu'elle serait heureuse d'entrer dans une phase d'intermédiation. »

Je hochai la tête à nouveau. Elle fixa encore l'objectif quelques secondes sans rien dire, puis avec un sourire bizarre assujettit un léger sac à dos sur ses épaules, se retourna et quitta le champ par la gauche. Je restai longtemps immobile devant l'écran qui retransmettait l'image de la pièce vide.

DANIEL1,24

Après quelques semaines de prostration je repris mon récit de vie, mais cela ne m'apporta qu'un soulagement faible ; j'en étais à peu près au moment de ma rencontre avec Isabelle, et la création de ce redoublement atténué de mon existence réelle me paraissait un exercice légèrement malsain, je n'avais en tout cas nullement l'impression d'accomplir quelque chose d'important ni de remarquable, mais Vincent par contre semblait y attacher un grand prix, toutes les semaines il me téléphonait pour savoir où j'en étais, une fois même il me dit qu'à sa manière ce que je faisais était aussi important que les travaux de Savant à Lanzarote. Il exagérait de toute évidence, il n'empêche que je me remis à la tâche avec plus d'ardeur ; c'est curieux comme j'en étais venu à lui faire confiance, à l'écouter comme un oracle.

Peu à peu les journées rallongèrent, le temps devint plus doux et plus sec, et je me mis à sortir un peu plus ; évitant le chantier situé en face de la maison, je prenais le chemin qui montait par les collines, puis je redescendais jusqu'aux falaises ; de là je contemplais la mer, immense et grise ; aussi plate, aussi grise que ma vie. Je m'arrêtais à chaque virage, adoptant le rythme de Fox ; il était heureux, je le voyais, de ces longues promenades, même s'il avait maintenant un peu de mal à marcher. Nous nous couchions très tôt, avant le soleil ; je ne regardais jamais la télévision, j'avais négligé de renouveler mon abonnement satellite ; je ne lisais plus beaucoup, non plus, et j'avais même fini par me lasser de Balzac. La vie sociale me concernait moins, sans doute, qu'à l'époque où j'écrivais mes sketches ; je savais déjà à l'époque que j'avais choisi un genre limité, qui ne me permettrait pas d'accomplir, dans toute ma carrière, le dixième de ce que Balzac avait pu faire en un seul roman. J'avais par ailleurs parfaitement conscience de ce que je lui devais : je conservais l'ensemble de mes sketches, tous les spectacles avaient été enregistrés, cela faisait une quinzaine de DVD ; jamais, au cours de ces journées pourtant interminables, je n'eus l'idée d'y jeter un coup d'œil. On m'avait souvent comparé aux moralistes français, parfois à Lichtenberg ; mais jamais personne n'avait songé à Molière, ni à Balzac. Je relus quand même *Splendeurs et Misères des courtisanes*, surtout pour le personnage de Nucingen. Il était quand même remarquable que Balzac ait su donner au personnage du barbon amoureux cette dimension si pathétique, dimension à vrai dire évidente dès qu'on y pense, inscrite dans sa définition même, mais à laquelle Molière n'avait nullement songé ; il est vrai que Molière œuvrait dans le comique, et c'est toujours le même problème, on finit toujours par se heurter à la même difficulté, qui est que la vie, au fond, *n'est pas* comique.

Un matin d'avril, un matin pluvieux, après avoir pataugé cinq minutes dans des ornières boueuses, je décidai d'abréger la promenade. En arrivant à la porte de ma résidence, je m'aperçus que Fox n'était pas là ; la pluie s'était mise à tomber à verse, on n'y voyait pas à cinq mètres ; j'entendais à proximité le vacarme d'une pelleteuse, que je ne parvenais pas à distinguer. Je rentrai pour prendre un ciré, puis je partis à sa recherche sous une pluie battante ; je parcourus un à un tous les endroits où il aimait à s'arrêter, dont il aimait à renifler les odeurs.

Je ne le retrouvai que tard dans l'après-midi ; il n'était qu'à trois cents mètres de la résidence, j'avais dû passer devant plusieurs fois sans le voir. Il n'y avait que sa tête qui dépassait, légèrement tachée de sang, la langue sortie, le regard immobilisé dans un rictus d'horreur. Fouillant de mes mains dans la boue, je dégageai son corps qui avait éclaté comme un boudin de chair, les intestins étaient sortis ; il était largement sur le bas-côté, le camion avait dû faire un écart pour l'écraser. Je retirai mon ciré pour l'envelopper et rentrai chez moi le dos courbé, le visage ruisselant de larmes, détournant les yeux pour ne pas croiser le regard des ouvriers qui s'arrêtaient sur mon passage, un sourire mauvais aux lèvres.

Ma crise de larmes dura sans doute longtemps, quand je me calmai la nuit était presque tombée ; le chantier était désert, mais la pluie tombait toujours. Je sortis dans le jardin, dans ce qui avait été le jardin, qui était maintenant un terrain vague poussiéreux en été, un lac de boue en hiver. Je n'eus aucun mal à creuser une tombe au coin de la maison ; je posai dessus un de ses jouets préférés, un petit canard en plastique. La pluie provoqua une nouvelle coulée de boue, qui engloutit le jouet ; je me remis aussitôt à pleurer.

Je ne sais pas pourquoi mais quelque chose céda en moi cette nuit-là, comme une ultime barrière de protection qui n'avait pas cédé lors du départ d'Esther, ni de la mort d'Isabelle. Peut-être parce que la mort de Fox coïncidait avec le moment où j'en étais à raconter, dans mon récit de vie, comment nous l'avions rencontré sur une bretelle d'autoroute entre Saragosse et Tarragone ; peut-être simplement parce que j'étais plus vieux, et que ma résistance s'amoindrissait. Toujours est-il que c'est en larmes que je téléphonai à Vincent, en pleine nuit, et avec l'impression que mes larmes ne pourraient plus jamais s'arrêter, que je ne pourrais plus rien faire, jusqu'à la fin de mes jours, que pleurer. Cela s'observe, je l'avais déjà observé chez certaines personnes âgées : parfois leur visage est calme, statique, leur esprit paraît paisible et vide ; mais dès qu'elles reprennent contact avec la réalité, dès qu'elles reprennent conscience et se remettent à penser, elles se remettent aussitôt à pleurer – doucement, sans interruption, des journées entières. Vincent m'écouta avec attention, sans protester malgré l'heure tardive ; puis il me promit qu'il allait tout de suite téléphoner à Savant. Le code génétique de Fox avait été conservé, me rappela-t-il, et nous étions devenus immortels ; nous, mais aussi, si nous le souhaitions, les animaux domestiques.

Il semblait y croire ; il semblait absolument y croire, et je me sentis soudain paralysé par la joie. Par l'incrédulité, aussi : j'avais grandi, j'avais vieilli dans l'idée de la mort, et dans la certitude de son empire. C'est dans un état d'esprit étrange, comme si j'étais sur le point de m'éveiller dans un monde magique, que j'attendis l'aurore. Elle se leva, incolore, sur la mer ; les nuages avaient disparu, un coin de ciel bleu apparut à l'horizon, minuscule.

Miskiewicz appela un peu avant sept heures. L'ADN de Fox avait été conservé, oui, il était stocké dans de bonnes conditions, il n'y avait pas d'inquiétude à avoir ; malheureusement, pour l'instant, l'opération de clonage était aussi impossible chez les chiens qu'elle l'était chez les hommes. Peu de chose les séparait du but, ce n'était qu'une question d'années, de mois probablement ; l'opération avait déjà été réussie chez des rats, et même – quoique de manière non reproductible – chez un chat domestique. Le chien, bizarrement, semblait poser des problèmes plus complexes ; mais il me promit de me tenir au courant, et il me promit aussi que Fox serait le premier à bénéficier de la technique.

Sa voix que je n'avais pas entendue depuis longtemps produisait toujours la même impression de technicité, de compétence, et au moment où je raccrochais je ressentis quelque chose d'étrange : c'était un échec, pour l'instant c'était un échec, et j'étais sans nul doute condamné à finir ma vie dans la solitude la plus complète ; pour la première fois pourtant je commençais à comprendre Vincent, et les autres convertis ; je commençais à comprendre la portée de la Promesse ; et au moment où le soleil s'installait, montait sur la mer, je ressentis pour la première fois, encore obscure, lointaine, voilée, comme une émotion qui s'apparentait à l'espérance.

DANIEL25,13

Le départ de Marie23 me trouble davantage que je ne l'avais escompté ; je m'étais habitué à nos entretiens ; leur disparition m'occasionne comme une tristesse, un manque, et je n'ai encore pu me résoudre à rentrer en contact avec Esther31.

Le lendemain de son départ, j'ai imprimé les relevés topographiques des zones que Marie23 aurait à traverser en direction de Lanzarote ; il m'arrive fréquemment de songer à elle, de l'imaginer sur les étapes de son parcours. Nous vivons comme entourés d'un voile, un rempart de données, mais nous avons le choix de déchirer le voile, de briser le rempart ; nos corps encore humains sont tout prêts à revivre. Marie23 a décidé de se séparer de notre communauté, et il s'agit d'un départ libre et définitif ; j'éprouve des difficultés persistantes à accepter l'idée. En de telles circonstances, la Sœur suprême recommande la lecture de Spinoza ; j'y consacre environ une heure journalière.

DANIEL1,25

Ce n'est qu'après la mort de Fox que je pris vraiment une conscience exhaustive des paramètres de l'aporie. Le temps changeait rapidement, la chaleur n'allait pas tarder à s'installer sur le Sud de l'Espagne ; des jeunes filles dénudées commençaient à se faire bronzer, le week-end surtout, sur la plage à proximité de la résidence, et je commençais à sentir renaître, faible et flasque, pas même vraiment un désir – car le mot me paraît malgré tout supposer une croyance minimale dans la possibilité de sa réalisation – mais le souvenir, le fantôme de ce qui aurait pu être un désir. Je voyais se profiler la *cosa mentale*, l'ultime tourment, et à ce moment je pus enfin dire que j'avais compris. Le plaisir sexuel n'était pas seulement supérieur, en raffinement et en violence, à tous les autres plaisirs que pouvait comporter la vie ; il n'était pas seulement l'unique plaisir qui ne s'accompagne d'aucun dommage pour l'organisme, mais qui contribue au contraire à le maintenir à son plus haut niveau de vitalité et de force ; il était l'unique plaisir, l'unique objectif en vérité de l'existence humaine, et tous les autres – qu'ils soient associés aux nourritures riches, au tabac, aux alcools ou à la drogue – n'étaient que des compensations dérisoires et désespérées, des mini-suicides qui n'avaient pas le courage de dire leur nom, des tentatives pour détruire plus rapidement un corps qui n'avait plus accès au plaisir unique. La vie humaine, ainsi, était organisée de manière terriblement simple, et je n'avais fait pendant une vingtaine d'années, à travers mes scénarios et mes sketches, que tourner autour d'une réalité que j'aurais pu exprimer en quelques phrases. La jeunesse était le temps du bonheur, sa saison unique ; menant une vie oisive et dénuée de soucis, partiellement occupée par des études peu absorbantes, les jeunes pouvaient se consacrer sans limites à la libre exultation de leurs corps. Ils pouvaient jouer, danser, aimer, multiplier les plaisirs. Ils pouvaient sortir, aux premières heures de la matinée, d'une fête, en compagnie des partenaires sexuels qu'ils s'étaient choisis, pour contempler la morne file des employés se rendant à leur travail. Ils étaient le sel de la terre, et tout leur était donné, tout leur était permis, tout leur était possible. Plus tard, ayant fondé une famille, étant entrés dans le monde des adultes, ils connaîtraient les tracas, le labeur, les responsabilités, les difficultés de l'existence ; ils devraient payer des impôts, s'assujettir à des formalités administratives sans cesser d'assister, impuissants et honteux, à la dégradation irrémédiable, lente d'abord, puis de plus en plus rapide, de leur corps ; ils devraient entretenir des enfants, surtout, comme des ennemis mortels, dans leur propre maison, ils devraient les choyer, les nourrir, s'inquiéter de leurs maladies, assurer les moyens de leur instruction et de leurs plaisirs, et contrairement à ce qui se passe chez les animaux cela ne durerait pas qu'une saison, ils resteraient jusqu'au bout esclaves de leur progéniture, le temps de la joie était bel et bien terminé pour eux, ils devraient continuer à peiner jusqu'à la fin, dans la douleur et les ennuis de santé croissants, jusqu'à ce qu'ils ne soient plus bons à rien et soient définitivement jetés au rebut, comme des vieillards encombrants et inutiles. Leurs enfants en retour ne leur seraient nullement reconnaissants, bien au contraire leurs efforts, aussi acharnés soient-ils, ne seraient jamais considérés comme suffisants, ils seraient jusqu'au bout, du simple fait qu'ils étaient *parents*, considérés comme coupables. De cette vie douloureuse, marquée par la honte, toute joie serait impitoyablement bannie. Dès qu'ils voudraient s'approcher du corps des jeunes ils seraient pourchassés, rejetés, voués au ridicule, à l'opprobre, et de nos jours de plus en plus souvent à l'emprisonnement. Le corps physique des jeunes, seul bien désirable qu'ait jamais été en mesure de produire le monde, était réservé à l'usage exclusif des jeunes, et le sort des vieux était de travailler et de pâtir. Tel était le vrai sens de la *solidarité entre générations* : il consistait en un pur et simple holocauste de chaque génération au profit de celle appelée à la remplacer, holocauste cruel, prolongé, et qui ne s'accompagnait d'aucune consolation, aucun réconfort, aucune compensation matérielle ni affective.

J'avais trahi. J'avais quitté ma femme peu après qu'elle avait été enceinte, j'avais refusé de m'intéresser à mon fils, j'étais resté indifférent à son trépas ; j'avais refusé la chaîne, brisé le cercle illimité de la reproduction des souffrances, et tel était peut-être le seul geste noble, le seul acte de rébellion authentique dont je puisse me prévaloir à l'issue d'une vie médiocre malgré son caractère artistique apparent ; j'avais même, quoique peu de temps, couché avec une fille qui avait l'âge qu'aurait pu avoir mon fils. Tel l'admirable Jeanne Calment, un temps doyenne de l'humanité, finalement morte à cent vingt-deux ans, et qui, aux questions bêtifiantes des journalistes : « Allons, Jeanne, vous ne croyez pas que vous allez revoir votre fille ? Vous ne croyez pas qu'il y a quelque chose *après* ? », répondait inflexiblement, avec une droiture magnifique : « Non. Rien. Il n'y a rien. Et je ne reverrai pas ma fille, puisque ma fille est *morte* », j'avais maintenu jusqu'au bout la parole et l'attitude de vérité. Du reste j'avais brièvement rendu hommage à Jeanne Calment par le passé, dans un sketch évoquant son *bouleversant témoignage* : « J'ai cent seize ans et je ne veux pas mourir. » Personne n'avait compris à l'époque que je pratiquais l'*ironie du double exact* ; je regrettais ce malentendu, je regrettais surtout de ne pas avoir insisté davantage, de ne pas avoir suffisamment souligné que son combat était celui de l'humanité entière, qu'il était au fond le seul digne d'être mené. Certes Jeanne Calment était morte, Esther avait fini par me quitter et la biologie, plus généralement, avait repris ses droits ; il n'empêche que cela s'était fait malgré nous, malgré moi, malgré Jeanne, nous ne nous étions pas rendus, jusqu'au bout nous avions refusé de collaborer et d'approuver un système conçu pour nous détruire.

La conscience de mon héroïsme me fit passer une excellente après-midi ; je décidai quand même dès le lendemain de repartir pour Paris, probablement à cause de la plage, des seins des jeunes filles, et de leurs touffes ; à Paris il y avait également des jeunes filles, mais on voyait moins leurs seins, et leurs touffes. Ce n'était de toute façon pas la seule raison, même si j'avais besoin de prendre un peu de recul (par rapport aux seins, et aux touffes). Mes réflexions de la veille m'avaient plongé dans un tel état que j'envisageais d'écrire un nouveau spectacle : quelque chose de dur, de radical cette fois, auprès duquel mes provocations antérieures n'apparaîtraient que comme un doucereux bavardage humaniste. J'avais téléphoné à mon agent, pris rendez-vous pour en parler ; il s'était montré un peu surpris, cela faisait si longtemps que je lui disais que j'étais las, lessivé, mort qu'il avait fini par y croire. Il était, ceci dit, agréablement surpris : je lui avais causé quelques ennuis, fait gagner pas mal d'argent, dans l'ensemble il m'aimait bien.

Dans l'avion pour Paris, sous l'effet d'une fiasque de Southern Comfort achetée au duty-free d'Almeria, mon héroïsme haineux se mua en un auto-apitoiement que l'alcool rendait, au fond, pas si désagréable, et je composai le poème suivant, assez représentatif de mon état d'esprit au cours des dernières semaines, que je dédiai mentalement à Esther :

Il n'y a pas d'amour
(Pas vraiment, pas assez)
Nous vivons sans secours,
Nous mourons délaissés.

L'appel à la pitié
Résonne dans le vide,
Nos corps sont estropiés
Mais nos chairs sont avides.

Disparues les promesses
D'un corps adolescent,

Nous entrons en vieillesse
Où rien ne nous attend

Que la mémoire vaine
De nos jours disparus,
Un soubresaut de haine
Et le désespoir nu.

À l'aéroport de Roissy je pris un double express qui me dégrisa complètement, et en cherchant ma carte bleue je retombai sur le texte. Il est j'imagine impossible d'écrire quoi que ce soit sans ressentir une sorte d'énervement, d'exaltation nerveuse qui fait que, si sinistre soit-il, le contenu de ce qu'on écrit ne produit dans l'immédiat aucun effet déprimant. Avec le recul c'est autre chose, et je me rendis compte tout de suite que ce poème ne correspondait pas simplement à mon état d'esprit, mais à une réalité platement observable : quels qu'aient pu être mes soubresauts, mes protestations, mes dérobades, j'étais bel et bien tombé dans le *camp des vieux*, et c'était sans espoir de retour. Je rabâchai pendant quelque temps l'affligeante pensée, un peu comme on mâche longuement un plat pour s'habituer à son amertume. Ce fut en vain : déprimante au premier abord, la pensée restait, à plus ample examen, toujours aussi déprimante.

L'accueil empressé des serveurs du Lutetia me montra en tout cas que je n'étais pas oublié, que sur le plan médiatique j'étais toujours dans la course. « Venu pour le travail ? » me demanda le réceptionniste avec un sourire complice, un peu comme s'il s'agissait de savoir s'il fallait faire monter une pute dans ma chambre ; je confirmai d'un clin d'œil, ce qui provoqua un nouveau sursaut d'empressement et un « J'espère que vous serez bien... » glissé d'un ton de prière. C'est, pourtant, dès cette première nuit à Paris que ma motivation commença à fléchir. Mes convictions restaient toujours aussi fortes, mais il me paraissait dérisoire de m'en remettre à un mode d'expression artistique quelconque alors qu'était en marche quelque part dans le monde, et même tout près d'ici, une révolution *réelle*. Deux jours plus tard, je pris le train pour Chevilly-Larue. Lorsque j'exposai à Vincent mes conclusions sur le caractère de sacrifice inacceptable qui s'attachait aujourd'hui à la procréation, je remarquai chez lui une espèce d'hésitation, de gêne, que j'eus du mal à identifier.

« Tu sais que nous sommes assez impliqués dans le mouvement *childfree*... me répondit-il avec un peu d'impatience. Il faut que je te présente à Lucas. Nous venons d'acheter une télévision, enfin une partie d'une télévision, sur un canal dédié aux nouveaux cultes. Ce sera le responsable des programmes, nous l'avons engagé pour l'ensemble de notre communication. Je pense qu'il te plaira. »

Lucas était un jeune homme d'une trentaine d'années, au visage intelligent et aigu, vêtu d'une chemise blanche et d'un costume noir au tissu souple. Lui aussi m'écouta avec un peu d'embarras, avant de me projeter la première d'une série de publicités qu'ils avaient prévu de diffuser, dès la semaine suivante, sur la plupart des canaux à couverture mondiale. D'une durée de trente secondes, elle représentait, en un seul plan-séquence qui donnait une impression de véracité insoutenable, un enfant de six ans piquant une crise de nerfs dans un supermarché. Il réclamait un paquet de bonbons supplémentaire, d'abord d'une voix geignarde – et déjà déplaisante – puis devant le refus de ses parents se mettait à hurler, à se rouler par terre, apparemment au bord de l'apoplexie mais s'interrompant de temps à autre pour vérifier, par de petits regards rusés, que ses géniteurs demeuraient sous son entière domination mentale ; les clients en passant jetaient des regards indignés, les vendeurs eux-mêmes commençaient à s'approcher de la source de troubles et les parents, de plus en plus gênés, finissaient par s'agenouiller devant le petit monstre en attrapant tous les paquets de bonbons à leur portée pour les lui tendre, comme autant d'offrandes. L'image se gelait alors, cependant que s'inscrivait, en lettres capitales sur l'écran, le message suivant : « JUST SAY NO. USE CONDOMS. »

Les autres publicités reprenaient, avec la même force de conviction, les principaux éléments du choix de vie élohimite – sur la sexualité, le vieillissement, la mort, enfin les questions humaines habituelles – mais le nom de l'Église lui-même n'était pas cité, sinon tout à fait à la fin, par un carton informatif très bref, presque subliminal, qui portait simplement l'inscription « Église élohimite » et un téléphone de contact.

« Pour les publicités positives, j'ai eu plus de mal… glissa Lucas à mi-voix. J'en ai quand même fait une, je pense que tu reconnaîtras l'acteur… » En effet dès les premières secondes je reconnus Flic, vêtu d'une salopette en jean, qui s'affairait, dans un hangar au bord d'une rivière, à une tâche manuelle consistant apparemment en la réfection d'un canot. L'éclairage était superbe, moiré, les trous d'eau derrière lui scintillaient dans une brume de chaleur, c'était un peu une ambiance à la Jack Daniels mais en plus frais, plus joyeux sans vivacité excessive, comme un printemps qui aurait acquis la sérénité de l'automne. Il travaillait calmement, sans hâte, donnant l'impression d'y prendre plaisir et d'avoir tout le temps devant lui ; puis il se retournait vers la caméra et souriait largement cependant que s'inscrivait, en surimpression, le message : « L'ÉTERNITÉ. TRANQUILLEMENT. »

Je compris alors la gêne qui les avait tous, plus ou moins, saisis : ma découverte sur le bonheur réservé à la jeunesse et sur le sacrifice des générations n'en était nullement une, tout le monde ici l'avait parfaitement compris ; Vincent l'avait compris, Lucas l'avait compris, et la plupart des adeptes aussi. Sans doute Isabelle aussi en avait-elle été consciente depuis longtemps, et elle s'était suicidée sans émotion, sous l'effet d'une décision rationnelle, comme on demande une deuxième donne une fois la partie mal engagée – dans les jeux, peu nombreux, qui le permettent. Étais-je plus bête que la moyenne ? demandai-je à Vincent le soir même alors que je prenais l'apéritif chez lui. Non, répondit-il sans s'émouvoir, sur le plan intellectuel je me situais en réalité légèrement au-dessus de la moyenne, et sur le plan moral j'étais semblable à tous : un peu sentimental, un peu cynique, comme la plupart des hommes. J'étais seulement très honnête, là résidait ma vraie spécificité ; j'étais, par rapport aux normes en usage dans l'humanité, d'une honnêteté presque incroyable. Je ne devais pas me formaliser de ces remarques, ajouta-t-il, tout cela aurait déjà pu se déduire de mon immense succès public ; et c'était également ce qui donnait un prix incomparable à mon récit de vie. Ce que je dirais aux hommes serait perçu par eux comme authentique, comme *vrai* ; et là où j'étais passé tous pourraient, moyennant un léger effort, passer à leur tour. Si je me convertissais cela voulait dire que tous les hommes pourraient, à mon exemple, se convertir. Il me disait tout cela très calmement, en me regardant droit dans les yeux, avec une expression de sincérité absolue ; et en plus je savais qu'il m'aimait bien. C'est alors que je compris, exactement, ce qu'il voulait faire ; c'est alors que je compris, également, qu'il allait y parvenir.

« Vous en êtes à combien d'adhérents ?

– Sept cent mille. » Il avait répondu en une fraction de seconde, sans réfléchir. Je compris alors une troisième chose, c'est que Vincent était devenu le véritable chef de l'Église, son conducteur effectif. Savant, comme il l'avait toujours souhaité, se consacrait exclusivement à ses travaux scientifiques ; et Flic s'était rangé derrière Vincent, obéissait à ses ordres, mettait entièrement à sa disposition son intelligence pratique et son impressionnante puissance de travail. C'était Vincent, sans le moindre doute, qui avait recruté Lucas ; c'était lui qui avait lancé l'action : « DONNEZ DU SEXE AUX GENS. FAITES-LEUR PLAISIR » ; c'était lui également qui l'avait interrompue, une fois l'objectif atteint ; il avait cette fois bel et bien pris la place du prophète. Je me souvins alors de ma première visite au pavillon de Chevilly-Larue, et comme il m'était apparu au bord du suicide, ou de l'effondrement nerveux. « La pierre que les bâtisseurs avaient rejetée... » me dis-je. Je ne ressentais pour Vincent ni jalousie, ni envie : il était d'une essence différente de la mienne ; ce qu'il faisait, j'aurais été incapable de le faire ; il avait obtenu beaucoup, mais il avait misé, également, beaucoup, il avait misé l'intégralité de son être, il avait tout jeté dans la balance, et cela depuis longtemps, depuis l'origine, il aurait été incapable de procéder autrement, il n'y avait jamais eu en lui aucune place pour la stratégie ni pour le calcul. Je lui demandai alors s'il travaillait toujours au projet de l'ambassade. Il baissa les yeux avec une pudeur inattendue, que je ne lui avais pas vue depuis longtemps, et me dit que oui, qu'il pensait même terminer bientôt, que si je restais encore un mois ou deux il pourrait me montrer ; qu'il souhaitait beaucoup, en réalité, que je reste, et que je sois le premier visiteur – immédiatement après Susan, car cela concernait, très directement, Susan.

Naturellement, je restai ; rien ne me pressait particulièrement de rentrer à San José ; sur la plage il y aurait probablement un peu plus de seins, et de touffes, il allait falloir que je gère. J'avais reçu un fax de l'agent immobilier, il avait eu une offre intéressante d'un Anglais, un chanteur de rock apparemment, mais pour cela non plus il n'y avait pas vraiment d'urgence : depuis la mort de Fox je pouvais aussi bien mourir sur place, et être enterré à ses côtés. J'étais au bar du Lutetia, et au bout de mon troisième alexandra l'idée me parut décidément excellente : non, je n'allais pas revendre, j'allais laisser la propriété à l'abandon, et j'allais même défendre par testament qu'on revende, j'allais mettre de côté une somme pour l'entretien, j'allais faire de cette maison une sorte de mausolée, un mausolée à des choses merdiques, parce que ce que j'y avais vécu était dans l'ensemble merdique, mais un mausolée tout de même. « Mausolée merdique... » : je me répétai l'expression à mi-voix, sentant grandir en moi, avec la chaleur de l'alcool, une jubilation mauvaise. Entre-temps, pour adoucir mes derniers instants, j'inviterais des putes. Non, pas des putes, me dis-je après un instant de réflexion, leurs prestations étaient décidément trop mécaniques, trop médiocres. Je pouvais par contre proposer aux adolescentes qui se faisaient bronzer sur la plage ; la plupart refuseraient, mais quelques-unes accepteraient peut-être, j'étais certain en tout cas qu'elles ne seraient pas choquées. Évidemment il y avait quelques risques, elles pouvaient avoir des petits copains délinquants ; il y avait aussi les femmes de ménage que je pouvais essayer, certaines étaient tout à fait potables, et ne seraient peut-être pas opposées à l'idée d'un *supplément*. Je commandai un quatrième cocktail et soupesai lentement les différentes possibilités en faisant tourner l'alcool dans mon verre avant de m'apercevoir que très probablement je ne ferais rien, que je n'aurais pas davantage recours à la prostitution maintenant qu'Esther m'avait quitté que je ne l'avais fait après le départ d'Isabelle, et je me rendis compte aussi, avec un mélange d'effarement et de dégoût, que je continuais (de manière à vrai dire purement théorique, parce que je savais bien qu'en ce qui me concerne tout était terminé, j'avais gaspillé mes dernières chances, j'étais sur le départ maintenant, il fallait mettre un terme, il fallait conclure), mais que je continuais quand même au fond de moi, et contre toute évidence, à croire en l'amour.

DANIEL25,14

Mon premier contact avec Esther31 me surprit ; probablement influencé par le récit de vie de mon prédécesseur humain, je m'attendais à une personne jeune. Avertie de ma demande d'intermédiation, elle passa en mode visuel : je me retrouvai face à une femme au visage posé, sérieux, qui avait de peu dépassé la cinquantaine ; elle se tenait face à son écran, dans une petite pièce bien rangée qui devait lui servir de bureau, et portait des lunettes de vue. L'ordinal 31 qui était le sien constituait déjà en soi une légère surprise ; elle m'expliqua que la lignée des Esther avait hérité de la malformation rénale de sa fondatrice, et se caractérisait par conséquent par des durées de vie plus brèves. Elle était, naturellement, au courant du départ de Marie23 : il lui paraissait, à elle aussi, presque certain qu'une communauté de primates évolués était installée à l'emplacement de ce qui avait été Lanzarote ; cette zone de l'Atlantique Nord, m'apprit-elle, avait connu un destin géologique tourmenté : après avoir été entièrement engloutie au moment de la Première Diminution, l'île avait ressurgi sous l'effet de nouvelles éruptions volcaniques ; elle était devenue une presqu'île au moment du Grand Assèchement, et une étroite bande de terre la reliait toujours, selon les derniers relevés, à la côte africaine.

Contrairement à Marie23, Esther31 pensait que la communauté installée dans la zone n'était pas constituée de sauvages, mais de néo-humains ayant rejeté les enseignements de la Sœur suprême. Les images satellite, c'est vrai, laissaient planer le doute : il pouvait s'agir, ou non, d'êtres transformés par la RGS ; mais comment des hétérotrophes, me fit-elle remarquer, auraient-ils pu survivre dans un endroit qui ne portait aucune trace de végétation ? Elle était persuadée que Marie23, comptant rencontrer des humains de l'ancienne race, allait en fait retrouver des néo-humains ayant suivi le même parcours qu'elle.

« C'était peut-être, au fond, ce qu'elle recherchait... » lui dis-je. Elle réfléchit longuement avant de me répondre, d'une voix neutre : « C'est possible. »

Daniel 1,26

Vincent s'était installé pour travailler dans un hangar sans fenêtres, d'une cinquantaine de mètres de côté, situé à proximité immédiate des locaux de l'Église, et qui leur était relié par un passage couvert. En traversant les bureaux où malgré l'heure matinale s'affairaient déjà derrière leurs écrans d'ordinateur des secrétaires, des documentalistes, des comptables, je fus une nouvelle fois frappé par le fait que cette organisation spirituelle puissante, en plein essor, qui revendiquait déjà, dans les pays du nord de l'Europe, un nombre d'adhérents équivalent à celui des principales confessions chrétiennes, était, à d'autres égards, exactement organisée comme une petite entreprise. Flic se sentait bien, je le savais, dans cette ambiance laborieuse et modeste qui correspondait à ses valeurs ; le côté flambeur, *show off* du prophète lui avait toujours, en réalité, profondément déplu. À l'aise dans sa nouvelle existence, il se comportait en patron social, à l'écoute de ses employés, toujours prêt à leur accorder une demi-journée de congé ou une avance sur salaire. L'organisation tournait à merveille, le legs des adhérents venait, après leur mort, enrichir un patrimoine déjà évalué au double de celui de la secte Moon ; leur ADN, répliqué à cinq exemplaires, était conservé à basse température dans des salles souterraines imperméables à la plupart des radiations connues, et qui pouvaient résister à une attaque thermonucléaire. Les laboratoires dirigés par Savant ne constituaient pas seulement le *nec plus ultra* de la technologie du moment ; rien en réalité, dans le secteur privé aussi bien que public, ne pouvait leur être comparé, lui et son équipe avaient acquis, dans le domaine du génie génétique comme dans celui des réseaux neuronaux à câblage flou, une avance irrattrapable, cela dans le respect absolu de la législation en vigueur, et les étudiants les plus prometteurs, dans la plupart des universités technologiques américaines et européennes, postulaient maintenant pour travailler à leurs côtés.

Une fois établis le dogme, le rituel et le régime, tout danger de dérive écarté, Vincent n'avait plus fait que de brèves apparitions médiatiques au cours desquelles il avait pu se payer le luxe de la tolérance, convenant avec les représentants des religions monothéistes de l'existence d'une aspiration spirituelle commune – sans dissimuler, toutefois, que leurs objectifs étaient radicalement différents. Cette stratégie d'apaisement avait payé, et les deux attentats perpétrés contre des locaux de l'Église – l'un à Istanbul, revendiqué par un groupe islamiste ; l'autre à Tucson, dans l'Arizona, attribué à un groupement fondamentaliste protestant – avaient suscité une réprobation générale, et s'étaient retournés contre leurs instigateurs. L'aspect novateur des propositions de vie élohimites était maintenant essentiellement assumé par Lucas dont la communication incisive, ridiculisant sans détour la paternité, jouant avec une audace contrôlée de l'ambiguïté sexuelle des très jeunes filles, dévaluant sans l'attaquer de front l'antique tabou de l'inceste, assurait à chacune de ses campagnes de presse un impact sans commune mesure avec l'investissement consenti, cependant qu'il maintenait les moyens d'un large consensus par une apologie sans réserve des valeurs hédonistes dominantes et par un hommage appuyé aux techniques sexuelles orientales, le tout dans un habillage visuel à la fois esthétisé et très direct qui avait fait école (le spot « L'ÉTERNITÉ, TRANQUILLEMENT » avait ainsi été complété d'un « L'ÉTERNITÉ, SENSUELLEMENT », puis d'un « L'ÉTERNITÉ, AMOUREUSEMENT » qui innovaient, sans le moindre doute, dans le domaine de la publicité religieuse). C'est sans résistance aucune, et sans même jamais envisager la possibilité d'une contre-attaque, que les Églises constituées virent, en quelques années, s'évaporer la plupart de leurs fidèles, et leur étoile pâlir au profit du nouveau culte, qui, de surcroît, recrutait la majorité de ses adeptes dans des milieux athées, aisés et modernes – des CSP+ et CSP++, pour reprendre la terminologie de Lucas – auxquels elles n'avaient plus depuis longtemps accès.

Conscient que les choses tournaient bien, qu'il s'était entouré des meilleurs collaborateurs possible, Vincent s'était de plus en plus exclusivement consacré, au cours des dernières semaines, à son grand projet, et c'est avec surprise que j'avais vu se manifester à nouveau sa timidité, son malaise, la manière incertaine et maladroite de s'exprimer qu'il avait lors de nos premières rencontres. Il hésita longuement, ce matin-là, avant de me laisser découvrir l'œuvre de sa vie. Nous prîmes un café, puis un second, au distributeur automatique. Tournant le gobelet vide entre ses doigts, il me dit finalement : « Je crois que ce sera mon dernier travail... » avant de baisser les yeux. « Susan est d'accord... ajouta-t-il. Lorsque le moment sera venu... enfin, le moment de quitter ce monde, et d'entrer dans l'attente de la prochaine incarnation, nous entrerons ensemble dans cette salle ; nous nous rendrons en son centre, où nous prendrons ensemble le mélange létal. D'autres salles seront construites sur le même modèle, afin que tous les adeptes puissent y avoir accès. Il m'a semblé... il m'a semblé qu'il était utile de formaliser ce moment. » Il se tut, me regarda droit dans les yeux. « Ç'a été un travail difficile... dit-il. J'ai beaucoup pensé à *La Mort des pauvres*, de Baudelaire ; ça m'a énormément aidé. »

Les vers sublimes me revinrent immédiatement en mémoire, comme s'ils avaient toujours été présents dans un recoin de mon esprit, comme si ma vie entière n'avait été que leur commentaire plus ou moins explicite :

C'est la mort qui console, hélas ! et qui fait vivre ;
C'est le but de la vie, et c'est le seul espoir
Qui, comme un élixir, nous monte et nous enivre,
Et nous donne le cœur de marcher jusqu'au soir ;

À travers la tempête, et la neige, et le givre,
C'est la clarté vibrante à notre horizon noir ;
C'est l'auberge fameuse inscrite sur le livre,
Où l'on pourra manger, et dormir, et s'asseoir...

Je hochai la tête ; que pouvais-je faire d'autre ? Puis je m'engageai dans le couloir en direction du hangar. Dès que j'eus ouvert la porte hermétique, blindée, qui menait à l'intérieur, je fus ébloui par une lumière aveuglante, et pendant trente secondes je ne distinguai rien ; la porte se referma derrière moi avec un bruit mat.

Progressivement mon regard s'accoutuma, je reconnus des formes et des contours ; cela ressemblait un peu à la simulation informatique que j'avais vue à Lanzarote, mais la luminosité de l'ensemble était encore accrue, il avait vraiment travaillé dans le blanc sur blanc, et il n'y avait plus du tout de musique, juste quelques frémissements légers, comme des vibrations atmosphériques incertaines. J'avais l'impression de me mouvoir à l'intérieur d'un espace laiteux, isotrope, qui se condensait parfois, subitement, en micro-formations grenues – en m'approchant je distinguais des montagnes, des vallées, des paysages entiers qui se complexifiaient rapidement puis disparaissaient presque aussitôt, et le décor replongeait dans une homogénéité floue, traversée de potentialités oscillantes. Étrangement je ne voyais plus mes mains, ni aucune autre partie de mon corps. Je perdis très vite toute notion de direction, et j'eus alors l'impression d'entendre des pas qui faisaient écho aux miens : lorsque je m'arrêtais ces pas s'arrêtaient eux aussi, mais avec un léger temps de retard. Tournant mon regard vers la droite j'aperçus une silhouette qui répétait chacun de mes mouvements, qui ne se distinguait de la blancheur éblouissante de l'atmosphère que par un blanc légèrement plus mat. J'en ressentis une légère inquiétude : la silhouette disparut aussitôt. Mon inquiétude se dissipa : la silhouette se matérialisa à nouveau, comme surgie du néant. Peu à peu je m'habituai à sa présence, et continuai mon exploration ; il me paraissait de plus en plus évident que Vincent avait utilisé des structures fractales, je reconnaissais des tamis de Sierpinski, des ensembles de Mandelbrot, et l'installation elle-même semblait évoluer à mesure que j'en prenais conscience. Au moment où j'avais l'impression que l'espace autour de moi se fragmentait en ensembles triadiques de Cantor la silhouette disparut, et le silence devint total. Je n'entendais même plus ma propre respiration, et je compris alors que j'étais *devenu* l'espace ; j'étais l'univers et j'étais l'existence phénoménale, les micro-structures étincelantes qui apparaissaient, se figeaient, puis se dissolvaient dans l'espace faisaient partie de moi-même, et je sentais miennes, se produisant à l'intérieur de mon corps, chacune de leurs apparitions comme chacune de leurs cessations. Je fus alors saisi par un intense désir de disparaître, de me fondre dans un néant lumineux, actif, vibrant de potentialités perpétuelles ; la luminosité redevint aveuglante, l'espace autour de moi sembla exploser et se diffracter en parcelles de lumière, mais il ne s'agissait pas d'un espace au sens habituel du terme, il comportait des dimensions multiples et toute autre perception avait disparu – cet espace ne contenait, au sens habituel du terme, rien. Je demeurai ainsi, parmi les potentialités sans forme, au-delà même de la forme et de l'absence de forme, pendant un temps que je ne parvins pas à définir ; puis quelque chose apparut en moi, au début presque imperceptible, comme le souvenir ou le rêve d'une sensation de pesanteur ; je repris alors conscience de ma respiration, et des trois dimensions de l'espace, qui se fit peu à peu immobile ; des objets apparurent de nouveau autour de moi, comme de discrètes émanations du blanc, et je parvins à sortir de la pièce.

Il était en effet probablement impossible, dis-je à Vincent un peu plus tard, de demeurer vivant dans un tel endroit pendant plus d'une dizaine de minutes. « J'appelle cet endroit *l'amour*, dit-il. L'homme n'a jamais pu aimer, jamais ailleurs que dans l'immortalité ; c'est sans doute pourquoi les femmes étaient plus proches de l'amour, lorsqu'elles avaient pour mission de donner la vie. Nous avons retrouvé l'immortalité, et la coprésence au monde ; le monde n'a plus le pouvoir de nous détruire, c'est nous au contraire qui avons le pouvoir de le créer par la puissance de notre regard. Si nous demeurons dans l'innocence, et dans l'approbation du seul regard, nous demeurons également dans l'amour. »

Ayant pris congé de Vincent, une fois remonté dans le taxi, je me calmai peu à peu ; mon état d'esprit lors de la traversée de la banlieue parisienne restait cependant assez chaotique, et ce n'est qu'après la porte d'Italie que je retrouvai la force d'ironiser, et de me répéter mentalement : « Serait-ce donc possible ! Cet immense artiste, ce créateur de valeurs, il ne l'a pas encore appris, que l'amour est *mort* ! » Je ressentis aussitôt une certaine tristesse à constater que je n'avais toujours pas renoncé à être ce que j'avais été, tout au long de ma carrière : une espèce de Zarathoustra des classes moyennes.

Le réceptionniste du Lutetia me demanda si mon séjour s'était bien passé. « Impeccable, lui fis-je en cherchant ma carte Premier, à fond les manettes. » Il voulut ensuite savoir s'ils auraient le privilège de me revoir bientôt. « Non, ça, je ne crois pas... répondis-je, je ne crois pas que j'aurai l'occasion de revenir avant longtemps. »

DANIEL25,15

« Nous tournons nos regards vers les cieux, et les cieux sont vides » écrit Ferdinand12 dans son commentaire. C'est autour de la douzième génération néo-humaine qu'apparurent les premiers doutes concernant l'avènement des Futurs – soit, environ, un millénaire après les événements relatés par Daniel1 ; c'est à peu près à la même époque que se manifestèrent les premières défections.

Un millénaire supplémentaire s'est écoulé, et la situation est restée stable, la proportion de défections inchangée. Inaugurant une tradition de désinvolture par rapport aux données scientifiques qui devait conduire la philosophie à sa perte, le penseur humain Friedrich Nietzsche voyait dans l'homme « l'espèce dont le type n'est pas encore fixé ». Si les humains ne justifiaient nullement une telle appréciation – moins en tout cas que la plupart des espèces animales –, elle ne s'applique pas davantage aux néo-humains qui prirent leur suite. On peut même dire que ce qui nous caractérise le mieux, par rapport à nos prédécesseurs, c'est sans doute un certain conservatisme. Les humains, tout du moins les humains de la dernière période, adhéraient semble-t-il avec une grande facilité à tout projet nouveau, un peu indépendamment de la direction du mouvement proposé ; le *changement* en lui-même était à leurs yeux une valeur. Nous accueillons au contraire l'innovation avec la plus grande réticence, et ne l'adoptons que lorsqu'elle nous paraît constituer une amélioration indiscutable. Depuis la Rectification Génétique Standard, qui fit de nous la première espèce animale autotrophe, aucune modification d'une ampleur comparable n'a été mise en chantier. Des projets ont été soumis à notre approbation par les instances scientifiques de la Cité centrale, proposant par exemple de développer notre aptitude au vol, ou à la survie dans les milieux sous-marins ; ils ont été débattus, longuement débattus, avant d'être finalement rejetés. Les seuls caractères génétiques qui me séparent de Daniel2, mon premier prédécesseur néo-humain, sont des améliorations minimes, guidées par le bon sens, concernant par exemple une augmentation de l'efficacité métabolique dans l'utilisation des minéraux, ou une légère diminution de la sensibilité des fibres nerveuses réceptrices de la douleur. Notre histoire collective, à l'exemple de nos destinées individuelles, apparaît donc, comparée à celle des humains de la dernière période, singulièrement calme. Parfois, la nuit, je me relève pour observer les étoiles. Des transformations climatiques et géologiques de grande ampleur ont remodelé la physionomie de la région, comme celle de la plupart des régions du monde, au cours des deux derniers millénaires ; l'éclat et la position des étoiles, leurs regroupements en constellations sont sans doute les seuls éléments naturels qui n'aient, depuis l'époque de Daniel1, subi aucune transformation. Il m'arrive en considérant le ciel nocturne de songer aux Élohim, à cette étrange croyance qui devait finalement, par des voies détournées, déclencher la Grande Transformation. Daniel1 revit en moi, son corps y connaît une nouvelle incarnation, ses pensées sont les miennes, ses souvenirs les miens ; son existence se prolonge réellement en moi, bien plus qu'aucun homme n'a jamais rêvé se prolonger à travers sa descendance. Ma propre vie pourtant, j'y pense souvent, est bien loin d'être celle qu'il aurait aimé vivre.

Daniel1,27

De retour à San José je *continuai*, c'est à peu près tout ce qu'on peut en dire. Les choses en somme se passaient plutôt bien, pour un suicide, et c'est avec une facilité surprenante que j'achevai, durant les mois de juillet et d'août, la narration d'événements qui étaient pourtant les plus significatifs et les plus atroces de ma vie. J'étais un auteur débutant dans le domaine de l'autobiographie, à vrai dire je n'étais même pas un auteur du tout, c'est sans doute ce qui explique que je ne me sois jamais rendu compte, au cours de ces journées, que c'était le simple fait d'écrire, en me donnant l'illusion d'un contrôle sur les événements, qui m'empêchait de sombrer dans des états justifiables de ce que les psychiatres, dans leur jargon charmant, appellent des *traitements lourds*. Il est surprenant que je ne me sois pas rendu compte que je marchais au bord d'un précipice ; et cela d'autant plus que mes rêves auraient dû m'alerter. Esther y revenait de plus en plus souvent, de plus en plus aimable et *coquine*, et ils prenaient un tour naïvement pornographique, un tour d'authentiques *rêves de famine* qui n'annonçait rien de bon. Il me fallait bien sortir, de temps en temps, pour racheter de la bière et des biscottes, en général je revenais par la plage, évidemment je croisais des jeunes filles nues, et même en très grand nombre : elles se retrouvaient la nuit même au centre d'orgies d'un pathétique irréalisme dont j'étais le héros, et Esther l'organisatrice ; je songeais, de plus en plus souvent, aux *pollutions nocturnes* des vieillards, qui font le désespoir des aides-soignantes – tout en me répétant que je n'en arriverais pas là, que j'accomplirais à temps le geste fatal, qu'il y avait quand même en moi une certaine *dignité* (ce dont rien pourtant, dans ma vie, ne donnait jusqu'à présent l'exemple). Il n'était peut-être au fond nullement certain que je me suicide, je ferais peut-être partie de ceux qui *font chier* jusqu'au bout, d'autant plus qu'ayant suffisamment de pognon je pouvais faire chier un nombre de gens considérable. Je haïssais l'humanité, c'est certain, je l'avais haïe dès le début, et le malheur rendant mauvais je la haïssais aujourd'hui encore bien davantage. En même temps j'étais devenu un pur toutou, qu'un simple morceau de sucre aurait suffi à apaiser (je ne pensais même pas spécialement au corps d'Esther, n'importe quoi aurait convenu : des seins, une touffe) ; mais personne ne me le tendrait, ce morceau de sucre, et j'étais bien parti pour terminer ma vie comme je l'avais commencée : dans la déréliction et dans la rage, dans un état de panique haineuse encore exacerbé par la chaleur de l'été. C'est par l'effet d'une ancienne appartenance animale que les gens ont tant de conversations au sujet de la météorologie et du climat, par l'effet d'un souvenir primitif, inscrit dans les organes des sens, et relié aux conditions de survie à l'époque préhistorique. Ces dialogues balisés, convenus, sont cependant toujours le signe d'un enjeu réel : alors même que nous vivons en appartement, dans des conditions de stabilité thermique garanties par une technologie fiable et bien rodée, il nous reste impossible de nous défaire de cet atavisme animal ; c'est ainsi que la pleine conscience de notre ignominie et de notre malheur, de leur caractère entier et définitif, ne peut par contraste se manifester que dans des conditions climatiques suffisamment favorables.

Peu à peu, le temps de la narration rejoignit le temps de ma vie effective ; le 17 août, par une chaleur atroce, je mis en forme mes souvenirs de la *party* d'anniversaire de Madrid – qui s'était déroulée un an auparavant, jour pour jour. Je passai rapidement sur mon dernier séjour à Paris, sur la mort d'Isabelle : tout cela me semblait déjà inscrit dans les pages précédentes, c'était de l'ordre de la conséquence, du sort commun de l'humanité, et je souhaitais au contraire faire œuvre de pionnier, apporter quelque chose de surprenant et de neuf.

Le mensonge m'apparaissait à présent dans toute son étendue : il s'appliquait à tous les aspects de l'existence humaine, et son usage était universel ; les philosophes sans exception l'avaient entériné, ainsi que la quasi-totalité des littérateurs ; il était probablement nécessaire à la survie de l'espèce, et Vincent avait raison : mon récit de vie, une fois diffusé et commenté, allait mettre fin à l'humanité telle que nous la connaissions. Mon *commanditaire*, pour parler en termes mafieux (et il s'agissait bel et bien d'un crime, et même, en termes propres, d'un *crime contre l'humanité*) pouvait être satisfait. L'homme allait bifurquer ; il allait se convertir.

Avant de mettre le point final à mon récit je repensai pour la dernière fois à Vincent, le véritable inspirateur de ce livre, et le seul être humain qui m'ait jamais inspiré ce sentiment si étranger à ma nature : l'admiration. C'est à juste titre que Vincent avait discerné en moi les capacités d'un *espion* et d'un *traître*. Des espions, des traîtres, dans l'histoire humaine, il y en avait déjà eu (pas tant que ça d'ailleurs, juste quelques-uns, à intervalles espacés, c'était plutôt remarquable dans l'ensemble de constater à quel point les hommes s'étaient comportés en *braves bêtes*, avec la bonne volonté du bœuf grimpant joyeusement dans le camion qui l'emmène à l'abattoir) ; mais j'étais sans doute le premier à vivre à une époque où les conditions technologiques pouvaient donner à ma trahison tout son impact. Je ne ferais d'ailleurs qu'accélérer, en la conceptualisant, une évolution historique inéluctable. De plus en plus les hommes allaient vouloir vivre dans la liberté, dans l'irresponsabilité, dans la quête éperdue de la jouissance ; ils allaient vouloir vivre comme vivaient déjà, au milieu d'eux, les *kids*, et lorsque l'âge ferait décidément sentir son poids, lorsqu'il leur serait devenu impossible de soutenir la lutte, ils mettraient fin ; mais ils auraient entre-temps adhéré à l'Église élohimite, leur code génétique aurait été sauvegardé, et ils mourraient dans l'espoir d'une continuation indéfinie de cette même existence vouée aux plaisirs. Tel était le sens du mouvement historique, telle était sa direction à long terme, qui ne se limiterait pas à l'Occident, l'Occident se contentait de défricher, de tracer la route, comme il le faisait depuis la fin du Moyen Âge.

Alors disparaîtrait l'espèce, sous sa forme actuelle ; alors apparaîtrait quelque chose de différent, dont on ne pouvait encore dire le nom, qui serait peut-être pire, peut-être meilleur, mais qui serait plus limité dans ses ambitions, et qui serait de toute façon plus calme, l'importance de l'impatience et de la frénésie ne devait pas être sous-estimée dans l'histoire humaine. Peut-être ce grossier imbécile de Hegel avait-il vu juste, au bout du compte, peut-être étais-je une *ruse de la raison*. Il était peu vraisemblable que l'espèce appelée à nous succéder soit, au même degré, une *espèce sociale* ; depuis mon enfance l'idée qui concluait toutes les discussions, qui mettait fin à toutes les divergences, l'idée autour de laquelle j'avais le plus souvent vu se dégager un consensus absolu, tranquille, *sans histoires*, pouvait à peu près se résumer ainsi : « Au fond on naît seul, on vit seul et on meurt seul. » Accessible aux esprits les plus sommaires, cette phrase était également la conclusion des penseurs les plus déliés ; elle provoquait en toutes circonstances une approbation unanime, et il semblait à chacun, ces mots sitôt prononcés, qu'il n'avait jamais rien entendu d'aussi beau, d'aussi profond ni d'aussi juste – ceci quels que soient l'âge, le sexe, la position sociale des interlocuteurs. C'était déjà frappant pour ma génération, et ça l'était encore bien davantage pour celle d'Esther. De telles dispositions d'esprit ne peuvent guère, à long terme, favoriser une sociabilité riche. La sociabilité avait fait son temps, elle avait joué son rôle historique ; elle avait été indispensable dans les premiers temps de l'apparition de l'intelligence humaine, mais elle n'était plus aujourd'hui qu'un vestige inutile et encombrant. Il en allait de même de la sexualité, depuis la généralisation de la procréation artificielle. « Se masturber, c'est faire l'amour avec quelqu'un qu'on aime vraiment » : la phrase était attribuée à différentes personnalités, allant de Keith Richards à Jacques Lacan ; elle était de toute façon, à l'époque où elle fut prononcée, *en avance sur son temps*, et ne pouvait par conséquent avoir de réel impact. Les relations sexuelles allaient d'ailleurs certainement se maintenir quelque temps comme support publicitaire et principe de différenciation narcissique, tout en étant de plus en plus réservées à des spécialistes, à une *élite érotique*. Le combat narcissique durerait aussi longtemps qu'il pourrait s'alimenter de victimes consentantes, prêtes à y chercher leur ration d'humiliation, il durerait probablement aussi longtemps que la sociabilité elle-même, il en serait l'ultime vestige, mais il finirait par s'éteindre. Quant à *l'amour*, il ne fallait plus y compter : j'étais sans doute un des derniers hommes de ma génération à m'aimer suffisamment peu pour être capable d'aimer quelqu'un d'autre, encore ne l'avais-je été que rarement, deux fois dans ma vie exactement. Il n'y a pas d'amour dans la liberté individuelle, dans l'indépendance, c'est tout simplement un mensonge, et l'un des plus grossiers qui se puisse concevoir ; il n'y a d'amour que dans le désir d'anéantissement, de fusion, de disparition individuelle, dans une sorte comme on disait autrefois de *sentiment océanique*, dans quelque chose de toute façon qui était, au moins dans un futur proche, condamné.

Trois ans auparavant, j'avais découpé dans *Gente Libre* une photographie où le sexe d'un homme, dont on ne distinguait que le bassin, s'enfonçait à moitié, et pour ainsi dire calmement, dans celui d'une femme d'environ vingt-cinq ans, aux longs cheveux châtains et bouclés. Toutes les photographies de ce magazine destiné aux « couples libéraux » tournaient plus ou moins autour du même thème : pourquoi ce cliché me charmait-il tant ? Appuyée sur les genoux et les avant-bras, la jeune femme tournait son visage vers l'objectif comme si elle était surprise par cette intromission inattendue, survenue au moment où elle pensait tout à fait à autre chose, par exemple à nettoyer son carrelage ; elle semblait d'ailleurs plutôt agréablement surprise, son regard trahissait une satisfaction benoîte et impersonnelle, comme si c'étaient ses muqueuses qui réagissaient à ce contact imprévu, plutôt que son esprit. En lui-même son sexe paraissait souple et doux, de bonnes dimensions, confortable, il était en tout cas agréablement ouvert et donnait l'impression de pouvoir s'ouvrir facilement, à la demande. Cette hospitalité aimable, sans tragédie, à la bonne franquette en quelque sorte, était à présent tout ce que je demandais au monde, je m'en rendais compte semaine après semaine en regardant cette photographie ; je me rendais compte aussi que je ne parviendrais plus jamais à l'obtenir, que je ne chercherais même plus vraiment à l'obtenir, et que le départ d'Esther n'avait pas été une transition douloureuse, mais une fin absolue. Elle était peut-être rentrée des États-Unis à l'heure actuelle, probablement même, il me paraissait peu vraisemblable que sa carrière de pianiste ait connu de grands développements, elle n'avait quand même pas le talent nécessaire, ni la dose de folie qui l'accompagne, c'était une petite créature au fond très raisonnable. Rentrée ou pas je savais que cela n'y changerait rien, qu'elle n'aurait pas envie de me revoir, pour elle j'étais de l'histoire ancienne, et à vrai dire j'étais de l'histoire ancienne pour moi-même également, toute idée de reprendre une carrière publique, ou plus généralement d'avoir des relations avec mes semblables, m'avait cette fois définitivement quitté, elle m'avait vidé, j'avais utilisé avec elle mes dernières forces, j'étais *rendu* à présent ; elle avait été mon bonheur, mais elle avait été aussi, et comme je le pressentais dès le début, ma mort ; cette prémonition ne m'avait du reste nullement fait hésiter, tant il est vrai qu'on doit rencontrer sa propre mort, la voir au moins une fois en face, que chacun d'entre nous, au fond de lui-même, le sait, et qu'il est à tout prendre préférable que cette mort, plutôt que celui, habituel, de l'ennui et de l'usure, ait par extraordinaire le visage du plaisir.

DANIEL25,16

Au commencement fut engendrée la Sœur suprême, qui est première. Furent ensuite engendrés les Sept Fondateurs, qui créèrent la Cité centrale. Si l'enseignement de la Sœur suprême est la base de nos conceptions philosophiques, l'organisation politique des communautés néo-humaines doit à peu près tout aux Sept Fondateurs ; mais elle ne fut, de leur propre aveu, qu'un paramètre inessentiel, conditionné par les évolutions biologiques ayant augmenté l'autonomie fonctionnelle des néo-humains comme par les mouvements historiques, déjà largement amorcés dans les sociétés précédentes, ayant entraîné le dépérissement des fonctions de relation. Les motifs qui conduisirent à une séparation radicale entre néo-humains n'ont d'ailleurs rien d'absolu, et tout indique que celle-ci ne s'est opérée que de manière progressive, probablement en l'espace de plusieurs générations. La séparation physique totale constitue à vrai dire une configuration sociale possible, compatible avec les enseignements de la Sœur suprême, et allant globalement dans le même sens, plutôt qu'elle n'en est une conséquence au sens strict.

Le contact disparu, s'envola à sa suite le désir. Je n'avais ressenti aucune attraction physique pour Marie23 – pas plus naturellement que je n'en ressentais pour

Esther31, qui avait de toute façon passé l'âge de susciter ce genre de manifestations. J'étais persuadé que ni Marie23, malgré son départ, ni Marie22, malgré l'étrange épisode précédant sa fin, relaté par mon prédécesseur, n'avaient elles non plus connu le désir. Ce qu'elles avaient par contre connu, et cela de manière singulièrement douloureuse, c'était la nostalgie du désir, l'envie de l'éprouver à nouveau, d'être irradiées comme leurs lointaines ancêtres par cette force qui paraissait si puissante. Bien que Daniel1 se montre, sur ce thème de la nostalgie du désir, particulièrement éloquent, j'ai pour ma part jusqu'ici été épargné par le phénomène, et c'est avec le plus grand calme que je discute avec Esther31 du détail des relations entre nos prédécesseurs respectifs ; elle manifeste de son côté une froideur au moins égale, et c'est sans regret, sans trouble que nous nous séparons à l'issue de nos intermédiations épisodiques, que nous reprenons nos vies calmes, contemplatives, qui seraient probablement apparues, à des humains de l'âge classique, comme d'un insoutenable ennui.

L'existence d'une activité mentale résiduelle, détachée de tout enjeu, orientée vers la connaissance pure, constitue l'un des points clefs de l'enseignement de la Sœur suprême ; rien n'a permis, jusqu'à présent, de la mettre en doute.

Un calendrier restreint, ponctué d'épisodes suffisants de mini-grâce (tels qu'en offrent le glissement du soleil sur les volets, ou le retrait soudain, sous l'effet d'un vent plus violent venu du Nord, d'une formation nuageuse aux contours menaçants) organise mon existence, dont la durée exacte est un paramètre indifférent.

Identique à Daniel24, je sais que j'aurai en Daniel26 un successeur équivalent ; les souvenirs limités, avouables, que nous gardons d'existences aux contours identiques, n'ont nullement la prégnance nécessaire pour que la fiction individuelle puisse y prendre appui. La vie de l'homme, dans ses grandes lignes, est semblable, et cette vérité secrète, dissimulée tout au long de la période historique, n'a pu prendre corps que chez les néo-humains. Rejetant le paradigme incomplet de la forme, nous aspirons à rejoindre l'univers des potentialités innombrables. Refermant la parenthèse du devenir, nous sommes dès à présent entrés dans un état de stase illimité, indéfini.

DANIEL1,28

Nous sommes en septembre, les derniers vacanciers vont repartir ; avec eux les derniers seins, les dernières touffes ; les derniers micro-mondes accessibles. Un automne interminable m'attend, suivi d'un hiver sidéral ; et cette fois j'ai réellement terminé ma tâche, j'ai dépassé les toutes dernières minutes, il n'y a plus de justification à ma présence ici, plus de mise en relation, d'objectif assignable. Il y a toutefois quelque chose, quelque chose d'affreux, qui flotte dans l'espace, et semble vouloir s'approcher. Avant toute tristesse, avant tout chagrin ou tout manque nettement définissable, il y a autre chose, qui pourrait s'appeler la *terreur pure de l'espace*. Était-ce cela, le dernier stade ? Qu'avais-je fait pour mériter un tel sort ? Et qu'avaient fait, en général, les hommes ? Je ne sens plus de haine en moi, plus rien à quoi m'accrocher, plus de repère ni d'indice ; la peur est là, vérité de toutes choses, en tout égale au monde observable. Il n'y a plus de monde réel, de monde senti, de monde humain, je suis sorti du temps, je n'ai plus de passé ni d'avenir, je n'ai plus de tristesse ni de projet, de nostalgie, d'abandon ni d'espérance ; il n'y a plus que la peur.

L'espace vient, s'approche et cherche à me dévorer. Il y a un petit bruit au centre de la pièce. Les fantômes sont là, ils constituent l'espace, ils m'entourent. Ils se nourrissent des yeux crevés des hommes.

DANIEL25,17

Ainsi s'achevait le récit de vie de Daniel1 ; je regrettais, pour ma part, cette fin abrupte. Ses anticipations finales sur la psychologie de l'espèce appelée à remplacer l'humanité étaient assez curieuses ; s'il les avait prolongées nous aurions pu, me semblait-il, en tirer des indications utiles.

Ce sentiment n'est nullement partagé par mes prédécesseurs. Un individu certes honnête mais limité, borné, assez représentatif des limitations et des contradictions qui devaient conduire l'espèce à sa perte : tel est dans l'ensemble le jugement sévère qu'ils ont, à la suite de Vincent1, porté sur notre ancêtre commun. S'il avait vécu, font-ils valoir, il n'aurait pu, compte tenu des apories constitutives de sa nature, que continuer ses oscillations cyclothymiques entre le découragement et l'espérance, tout en évoluant en moyenne vers un état de déréliction croissant lié au vieillissement et à la perte du tonus vital ; son dernier poème, écrit dans l'avion qui l'emmenait d'Almeria à Paris, est, observent-ils, à ce point symptomatique de l'état d'esprit des humains de la période qu'il aurait pu servir d'épigraphe à l'ouvrage classique de Hatchett et Rawlins, *Déréliction, senioritude*.

J'étais conscient de la force de leurs arguments, et ce n'est à vrai dire qu'une intuition légère, presque impalpable, qui me poussa à essayer d'en savoir un peu plus. Esther31 opposa d'abord une fin de non-recevoir abrupte à mes demandes. Naturellement elle avait lu le récit de vie d'Esther1, elle avait même terminé son commentaire ; mais il ne lui paraissait pas opportun que j'en prenne connaissance.

« Vous savez… lui écrivis-je (nous étions depuis longtemps repassés en mode non visuel), je me sens quand même très éloigné de mon ancêtre…

– On n'est jamais aussi éloigné qu'on le croit » répondit-elle brutalement.

Je ne comprenais pas ce qui lui faisait penser que cette histoire vieille de deux millénaires, concernant des humains de l'ancienne race, puisse encore aujourd'hui avoir un impact. « Elle en a eu un, pourtant, et un impact puissamment négatif… » me répondit-elle, énigmatique.

Sur mon insistance pourtant elle finit par céder, et par me raconter ce qu'elle savait des derniers moments de la relation de Daniel1 avec Esther1. Le 23 septembre, deux semaines après avoir terminé son récit de vie, il lui avait téléphoné. Ils ne s'étaient en fin de compte jamais revus, mais il avait rappelé à de nombreuses reprises ; elle avait répondu, doucement d'abord, mais de manière irrévocable, qu'elle ne souhaitait pas le revoir. Constatant l'échec de sa méthode il était passé aux SMS, puis aux e-mails, enfin il avait franchi les étapes sinistres de la disparition du vrai contact. Au fur et à mesure que toute possibilité de réponse s'évanouissait il devenait de plus en plus audacieux, il admettait franchement la liberté sexuelle d'Esther, allait jusqu'à l'en féliciter, multipliait les allusions licencieuses, rappelait les moments les plus érotiques de leur liaison, suggérait qu'ils pourraient fréquenter ensemble des boîtes pour couples, tourner des vidéos coquines, vivre de nouvelles expériences ; c'était pathétique, et un peu répugnant. En fin de compte il lui écrivit de nombreuses lettres, restées sans réponse. « Il s'est humilié... commenta Esther31, il s'est vautré dans l'humiliation, et de la manière la plus abjecte. Il est allé jusqu'à lui proposer de l'argent, beaucoup d'argent, simplement pour passer une dernière nuit avec elle ; c'était d'autant plus absurde qu'elle commençait à en gagner elle-même pas mal, en tant qu'actrice. Sur la fin, il s'est mis à traîner autour de son domicile à Madrid – elle l'a aperçu plusieurs fois dans des bars, et a commencé à prendre peur. Elle avait un nouveau petit ami à l'époque, avec qui ça se passait bien – elle éprouvait beaucoup de plaisir à faire l'amour avec lui, ce qui n'avait jamais été tout à fait le cas avec votre prédécesseur. Elle a même envisagé de s'adresser à la police, mais il se contentait de traîner dans le quartier, sans jamais essayer d'entrer en contact avec elle, et finalement il a disparu. »

Je n'étais pas surpris, tout cela correspondait assez à ce que je pouvais savoir de la personnalité de Daniel1. Je demandai à Esther31 ce qui s'était passé ensuite – tout en étant conscient, là aussi, que je connaissais déjà la réponse.

« Il s'est suicidé. Il s'est suicidé après l'avoir vue dans un film, *Una mujer desnuda*, où elle tenait le rôle principal – c'était un film tiré du roman d'une jeune Italienne, qui avait eu un certain succès à l'époque, où celle-ci racontait comment elle multipliait les expériences sexuelles sans jamais éprouver le moindre sentiment. Avant de se suicider, il lui a écrit une dernière lettre – où il ne parlait pas du tout de son suicide, elle ne l'a appris que par la presse ; au contraire c'était une lettre d'un ton joyeux, presque euphorique, où il se déclarait confiant dans leur amour, dans le caractère superficiel des difficultés qu'ils traversaient depuis un an ou deux. C'est cette lettre qui a eu sur Marie23 une influence catastrophique, qui l'a poussée à partir, à s'imaginer qu'une communauté sociale – d'humains ou de néo-humains, au fond elle ne savait pas très bien – s'était formée quelque part, et qu'elle avait découvert un nouveau mode d'organisation relationnelle ; que la séparation individuelle radicale que nous connaissons pouvait être abolie dès maintenant, sans attendre l'avènement des Futurs. J'ai essayé de la raisonner, de lui expliquer que cette lettre témoignait simplement d'une altération des capacités mentales de votre prédécesseur, d'une ultime et pathétique tentative de déni du réel, que cet amour sans fin dont il parle n'existait que dans son imagination, qu'Esther en réalité ne l'avait même jamais aimé. Rien n'y a fait : Marie23 attribuait à cette lettre, en particulier au poème qui la termine, une importance énorme.

– Vous n'êtes pas de cet avis ?

– Je dois reconnaître que c'est un texte curieux, dénué d'ironie comme de sarcasme, pas du tout dans sa manière habituelle ; je le trouve, même, assez émouvant. Mais de là à lui donner une telle importance… Non, je ne suis pas d'accord. Marie23 n'était probablement pas très équilibrée elle-même, c'est la seule raison qui puisse expliquer qu'elle ait donné au dernier vers le sens d'une information concrète, utilisable. »

Esther31 s'attendait certainement à ma demande suivante, et je n'eus que deux minutes à attendre, le temps qu'elle le tape sur son clavier, avant de découvrir le dernier poème que Daniel, avant de se donner la mort, avait adressé à Esther ; celui-là même qui avait poussé Marie23 à abandonner son domicile, ses habitudes, sa vie, et à partir à la recherche d'une hypothétique communauté néo-humaine :

Ma vie, ma vie, ma très ancienne
Mon premier vœu mal refermé
Mon premier amour infirmé,
Il a fallu que tu reviennes.

Il a fallu que je connaisse
Ce que la vie a de meilleur,
Quand deux corps jouent de leur bonheur
Et sans fin s'unissent et renaissent.

Entré en dépendance entière,
Je sais le tremblement de l'être
L'hésitation à disparaître,
Le soleil qui frappe en lisière

Et l'amour, où tout est facile,
Où tout est donné dans l'instant ;
Il existe au milieu du temps
La possibilité d'une île.

troisième partie

Commentaire final, épilogue

« Qu'y avait-il à l'extérieur du monde ? »

À cette période du début du mois de juin le soleil commençait à poindre dès quatre heures, malgré la latitude plutôt basse ; la modification de l'axe de rotation de la Terre avait eu, outre le Grand Assèchement, plusieurs conséquences de cet ordre.

Comme tous les chiens, Fox n'avait pas d'horaires de sommeil précis : il dormait avec moi, se réveillait de même. Il me suivit avec curiosité lorsque je parcourus les pièces pour préparer un sac léger que j'attachai sur mes épaules, agita joyeusement la queue au moment où je sortis de la résidence pour marcher jusqu'à la barrière de protection ; notre première promenade du jour était, d'ordinaire, beaucoup plus tardive.

Lorsque j'actionnai le dispositif de déverrouillage, il me jeta un regard surpris. Les roues métalliques tournèrent lentement sur leur axe, dégageant une ouverture de trois mètres ; je fis quelques pas et me retrouvai à l'extérieur. Fox me jeta de nouveau un regard hésitant, interrogateur : rien dans les souvenirs de sa vie antérieure, ni dans sa mémoire génétique, ne l'avait préparé à un événement de cet ordre ; rien ne m'y avait préparé non plus, à vrai dire. Il hésita encore quelques secondes, puis trottina doucement jusqu'à mes pieds.

J'aurais d'abord à traverser un espace plan, dépourvu de végétation, pendant une dizaine de kilomètres ; puis commençait une pente boisée, très douce, qui s'étendait jusqu'à l'horizon. Je n'avais aucun autre projet que de me diriger vers l'ouest, de préférence vers l'ouest-sud-ouest ; une communauté néo-humaine, humaine ou indéterminée pouvait être installée à l'emplacement de Lanzarote, ou dans une zone proche ; je parviendrais peut-être à la retrouver ; c'est à cela que se résumait mes intentions. Le peuplement des régions que j'étais appelé à traverser était très mal connu ; leur topographie, par contre, avait fait l'objet de relevés récents et précis.

Je marchai pendant à peu près deux heures, sur un terrain caillouteux mais facile, avant de rejoindre le couvert boisé ; Fox trottait à mes côtés, visiblement heureux de cette promenade prolongée, et d'exercer les muscles de ses petites pattes. Pendant tout ce temps je demeurai conscient que mon départ était un échec, et probablement un suicide. J'avais rempli mon sac à dos de capsules de sels minéraux, je pouvais tenir plusieurs mois, car je ne manquerais sans doute pas d'eau potable ni de lumière solaire durant mon parcours ; la réserve, bien entendu, finirait par s'épuiser, mais le vrai problème dans l'immédiat était la nourriture de Fox : je pouvais chasser, j'avais pris un pistolet et plusieurs boîtes de cartouches à plombs, mais je n'avais jamais tiré et j'ignorais totalement quel type d'animaux j'étais appelé à rencontrer dans les régions que j'allais traverser.

Vers la fin de l'après-midi la forêt commença à s'éclaircir, puis j'atteignis une pelouse d'herbe rase qui marquait le sommet de la pente que je suivais depuis le début du jour. En direction de l'Ouest la pente redescendait, nettement plus abrupte, puis on distinguait une succession de collines et de vallées escarpées, toujours recouvertes d'une forêt dense, à perte de vue. Depuis mon départ je n'avais aperçu aucune trace de présence humaine, ni plus généralement de vie animale. Je décidai de faire halte pour la nuit près d'une mare où un ruisseau prenait naissance avant de descendre vers le Sud. Fox but longuement avant de s'allonger à mes pieds. Je pris les trois comprimés quotidiens nécessaires à mon métabolisme, puis dépliai la couverture de survie, assez légère, que j'avais emportée ; elle serait sans doute suffisante, je savais que je n'aurais normalement à traverser aucune zone de haute altitude.

Vers le milieu de la nuit, la température se fit légèrement plus fraîche ; Fox se blottit contre moi en respirant avec régularité. Son sommeil était parfois traversé de rêves ; il agitait alors les pattes, comme s'il franchissait un obstacle. Je dormis très mal ; mon entreprise m'apparaissait de plus en plus nettement déraisonnable, et vouée à un échec certain. Je n'avais pourtant aucun regret ; j'aurais d'ailleurs parfaitement pu rebrousser chemin, aucun contrôle n'était exercé par la Cité centrale, les défections n'étaient en général constatées que par hasard, à la suite d'une livraison ou d'une réparation nécessaire, et parfois au bout de nombreuses années. Je pouvais revenir, mais je n'en avais pas envie : cette routine solitaire, uniquement entrecoupée d'échanges intellectuels, qui avait constitué ma vie, qui aurait dû la constituer jusqu'au bout, m'apparaissait à présent insoutenable. Le bonheur aurait dû venir, le bonheur des enfants sages, garanti par le respect des petites procédures, par la sécurité qui en découlait, par l'absence de douleur et de risque ; mais le bonheur n'était pas venu, et l'équanimité avait conduit à la torpeur. Parmi les faibles joies des néohumains, les plus constantes tournaient autour de l'organisation et du classement, de la constitution de petits ensembles ordonnés, du déplacement minutieux et rationnel d'objets de petite taille ; elles s'étaient révélées insuffisantes. Planifiant l'extinction du désir en termes bouddhiques, la Sœur suprême avait tablé sur le maintien d'une énergie affaiblie, non tragique, d'ordre purement conservatif, qui devait continuer à permettre le fonctionnement de la pensée – d'une pensée moins rapide mais plus exacte, parce que plus lucide, d'une pensée *délivrée*. Ce phénomène ne s'était produit que dans des proportions insignifiantes, et c'est au contraire la tristesse, la mélancolie, l'apathie languide et finalement mortelle qui avaient submergé nos générations désincarnées. Signe le plus patent de l'échec, j'en étais venu sur la fin à envier la destinée de Daniel1, son parcours contradictoire et violent, les passions amoureuses qui l'avaient agité – quelles qu'aient pu être ses souffrances, et sa fin tragique au bout du compte.

Chaque matin au réveil et depuis des années je pratiquais, suivant les recommandations de la Sœur suprême, les exercices définis par le Bouddha dans son sermon sur l'établissement de l'attention. « *Ainsi il demeure, observant le corps intérieurement ; il demeure, observant le corps extérieurement ; il demeure, observant le corps intérieurement et extérieurement. Il demeure observant l'apparition du corps ; il demeure observant la disparition du corps ; il demeure, observant l'apparition et la disparition du corps. "Voilà le corps" : cette introspection est présente à lui, seulement pour la connaissance, seulement pour la réflexion, ainsi il demeure libéré, et ne s'attache à rien dans le monde.* » À chaque minute de ma vie et depuis son début j'étais resté conscient de ma respiration, de l'équilibre kinesthésique de mon organisme, de son état central fluctuant. Cette immense joie, cette transfiguration de son être physique qui submergeaient Daniel1 au moment de la réalisation de ses désirs, cette impression en particulier d'être transporté dans un autre univers qu'il connaissait lors de ses pénétrations charnelles, je ne les avais jamais connues, je n'en avais même aucune notion, et il me semblait à présent que, dans ces conditions, je ne pouvais plus continuer à vivre.

L'aube se leva, humide, sur le paysage de forêts, et vinrent avec elle des rêves de douceur, que je ne parvins pas à comprendre. Vinrent les larmes, aussi, dont le contact salé me parut bien étrange. Ensuite apparut le soleil, et avec lui les insectes ; je commençai, alors, à comprendre ce qu'avait été la vie des hommes. La paume de mes mains, la plante de mes pieds étaient couvertes de centaines de petites vésicules ; la démangeaison était atroce et je me grattai furieusement, pendant une dizaine de minutes, jusqu'à en être couvert de sang.

Plus tard, alors que nous abordions une prairie dense, Fox parvint à capturer un lapin ; d'un geste net il lui brisa les vertèbres cervicales, puis apporta le petit animal dégouttant de sang à mes pieds. Je détournai la tête au moment où il commençait à dévorer ses organes internes ; ainsi était constitué le monde naturel.

Pendant la semaine suivante nous traversâmes une zone escarpée qui devait, d'après ma carte, correspondre à la sierra de Gádor ; mes démangeaisons diminuaient, ou plutôt je finissais par m'habituer à cette douleur constante, plus forte à la tombée du jour, de même que je m'habituais à la couche de crasse qui recouvrait ma peau, à une odeur corporelle plus prononcée.

Un matin, peu avant l'aube, je m'éveillai sans ressentir la chaleur du corps de Fox. Je me relevai, terrorisé. Il était à quelques mètres et se frottait contre un arbre en éternuant de fureur ; le point douloureux était apparemment situé derrière ses oreilles, à la base de la nuque. Je m'approchai, pris doucement sa tête entre mes mains. En lissant son poil je découvris rapidement une petite surface bombée, grise, large de quelques millimètres : c'était une tique, je reconnus l'aspect pour en avoir lu la description dans des ouvrages de biologie animale. L'extraction de ce parasite était, je le savais, délicate ; je retournai à mon sac à dos, pris des pinces et une compresse imbibée d'alcool. Fox gémit faiblement, mais resta immobile au moment où j'opérais : lentement, millimètre par millimètre, je parvins à extraire l'animal de sa chair ; c'était un cylindre gris, charnu, d'aspect répugnant, qui avait grossi en se gorgeant de son sang ; ainsi était constitué le monde naturel.

Le premier jour de la seconde semaine, au milieu de la matinée, je me retrouvai face à une faille immense qui me barrait la route en direction de l'Ouest. Je connaissais son existence par les relevés satellite, mais je m'étais imaginé qu'il serait possible de la franchir pour continuer ma route. Les parois de basalte bleuté, d'une verticalité absolue, plongeaient sur plusieurs centaines de mètres jusqu'à un plan confus, légèrement accidenté, dont le sol semblait une juxtaposition de pierres noires et de lacs de boue. Dans l'air limpide on distinguait les moindres détails de la paroi opposée, qui pouvait être située à une dizaine de kilomètres : elle était tout aussi verticale.

Si les cartes établies à partir des relevés ne permettaient nullement de prévoir le caractère infranchissable de cet accident de terrain, elles donnaient par contre une idée précise de son tracé : partant d'une zone qui correspondait à l'emplacement de l'ancienne Madrid (la cité avait été détruite par une succession d'explosions nucléaires au cours d'une des dernières phases des conflits interhumains), la faille traversait tout le sud de l'Espagne, puis la zone marécageuse correspondant à ce qui avait été la Méditerranée, avant de s'enfoncer très loin au cœur du continent africain. La seule solution possible était de la contourner par le nord ; cela représentait un détour de mille kilomètres. Je m'assis quelques minutes, découragé, les pieds ballants dans le vide, cependant que le soleil montait sur les sommets ; Fox s'assit à mes côtés en me jetant des regards interrogateurs. Le problème de sa nourriture, du moins, était résolu : les lapins, très nombreux dans la région, se laissaient approcher et égorger sans la moindre méfiance ; sans doute leurs prédateurs naturels avaient-ils disparu depuis de nombreuses générations. J'étais surpris de la rapidité avec laquelle Fox retrouvait les instincts de ses ancêtres sauvages ; surpris aussi de la joie manifeste qu'il éprouvait, lui qui n'avait connu que la tiédeur d'un appartement, à humer l'air des sommets, à gambader dans les prairies de montagne.

Les journées étaient douces et déjà chaudes ; c'est sans difficulté que nous franchîmes les chaînes de la sierra Nevada par le puerto de la Ragua, à deux mille mètres d'altitude ; au loin, on distinguait le sommet couronné de neige du Mulhacén, qui avait été – et restait, malgré les bouleversements géologiques intervenus – le point culminant de la péninsule ibérique.

Plus au nord s'étendait une zone de plateaux et de buttes calcaires, au sol creusé de très nombreuses grottes. Elles avaient servi d'abri aux hommes préhistoriques qui avaient pour la première fois habité la région ; plus tard, elles avaient été utilisées comme refuge par les derniers musulmans chassés par la Reconquista espagnole, avant d'être transformées au XXe siècle en zones récréatives et en hôtels ; je pris l'habitude de m'y reposer dans la journée, et de poursuivre mon chemin à la tombée de la nuit. C'est au matin du troisième jour que je perçus, pour la première fois, des indices de la présence des sauvages – un feu, des ossements de petits animaux. Ils avaient allumé le feu à même le sol d'une des chambres installées dans les grottes, carbonisant du même coup la moquette, alors que les cuisines de l'hôtel renfermaient une batterie de cuisinières vitrocéramiques – dont ils avaient été incapables de comprendre le fonctionnement. C'était pour moi une surprise constante de constater qu'une grande partie des équipements construits par les hommes étaient encore, plusieurs siècles après, en état de marche – les centrales électriques elles-mêmes continuaient à débiter des milliers de kilowatts qui n'étaient plus utilisés par personne. Profondément hostile à tout ce qui pouvait venir de l'humanité, désireuse d'établir une coupure radicale avec l'espèce qui nous avait précédés, la Sœur suprême avait très vite décidé de développer une technologie autonome dans les enclaves destinées à l'habitation des néo-humains qu'elle avait progressivement rachetées aux nations en ruine, incapables de boucler leur budget, puis bientôt de subvenir aux besoins sanitaires de leurs populations. Les installations précédentes avaient été entièrement laissées à l'abandon ; la permanence de leur fonctionnement n'en était que plus remarquable : quel qu'il ait pu être par ailleurs, l'homme avait décidément été un mammifère *ingénieux*.

Parvenu à la hauteur de l'embalse de Negratin, je marquai une halte brève. Les gigantesques turbines du barrage tournaient au ralenti ; elles n'alimentaient plus qu'une rangée de lampadaires au sodium qui s'alignaient inutilement le long de l'autoroute entre Grenade et Alicante. La chaussée, crevassée, recouverte de sable, était envahie çà et là d'herbe et de buissons. Installé à la terrasse d'un ancien café-restaurant qui dominait la surface turquoise de la retenue d'eau, au milieu des tables et des chaises métalliques rongées par la rouille, je me surpris une fois de plus à être saisi par un accès de nostalgie en songeant aux fêtes, aux banquets, aux réunions de famille qui devaient se dérouler là bien des siècles auparavant. J'étais pourtant, et plus que jamais, conscient que l'humanité *ne méritait pas* de vivre, que la disparition de cette espèce ne pouvait, à tous points de vue, qu'être considérée comme une bonne nouvelle ; ses vestiges dépareillés, détériorés n'en avaient pas moins quelque chose de navrant.

« Jusqu'à quand se perpétueront les conditions du malheur ? » s'interroge la Sœur suprême dans sa *Seconde Réfutation de l'Humanisme*. « Elles se perpétueront, répond-elle aussitôt, tant que les femmes continueront d'enfanter. » Aucun problème humain, enseigne la Sœur suprême, n'aurait pu trouver l'ébauche d'une solution sans une limitation drastique de la densité de la population terrestre. Une opportunité historique exceptionnelle de dépeuplement raisonné s'était offerte au début du XXIe siècle, poursuivait-elle, à la fois en Europe par le biais de la dénatalité et en Afrique par celui des épidémies et du sida. L'humanité avait préféré gâcher cette chance par l'adoption d'une politique d'immigration massive, et portait donc l'entière responsabilité des guerres ethniques et religieuses qui s'ensuivirent, et qui devaient constituer le prélude à la Première Diminution.

Longue et confuse, l'histoire de la Première Diminution n'est aujourd'hui connue que de rares spécialistes, qui s'appuient essentiellement sur la monumentale *Histoire des Civilisations Boréales*, en vingt-trois tomes, de Ravensburger et Dickinson. Source d'informations incomparable, cet ouvrage a parfois été considéré comme manquant de rigueur dans leur vérification ; on lui a en particulier reproché de laisser trop de place à la relation de Horsa, qui, selon Penrose, doit plus à l'influence littéraire des chansons de geste et au goût pour une métrique régulière qu'à la stricte vérité historique. Ses critiques se sont, par exemple, focalisées sur le passage suivant :

Les trois îles du Nord sont bloquées par les glaces ;
Les plus fines théories refusent de cadrer ;
On dit que quelque part un lac s'est effondré
Et les continents morts remontent à la surface.

Des astrologues obscurs sillonnent nos provinces,
Proclamant le retour du Dieu des Hyperbores ;
Ils annoncent la gloire de l'Alpha du Centaure
Et jurent obéissance au sang de nos vieux princes.

Ce passage, argue-t-il, est en contradiction manifeste avec ce que nous savons de l'histoire climatique du globe. Des recherches plus poussées ont cependant montré que le début de l'effondrement des civilisations humaines fut marqué par des variations thermiques aussi soudaines qu'imprévisibles. La Première Diminution en elle-même, c'est-à-dire la fonte des glaces, qui, produite par l'explosion de deux bombes thermonucléaires aux pôles arctique et antarctique, devait provoquer l'immersion de l'ensemble du continent asiatique à l'exception du Tibet et diviser par vingt le chiffre de la population terrrestre, n'intervint qu'au bout d'un siècle.

D'autres travaux ont mis en évidence la résurgence, au cours de cette période troublée, de croyances et de comportements venus du passé folklorique le plus reculé de l'humanité occidentale, tels que l'astrologie, la magie divinatoire, la fidélité à des hiérarchies de type dynastique. Reconstitution de tribus rurales ou urbaines, réapparition de cultes et de coutumes barbares : la disparition des civilisations humaines, au moins dans sa première phase, ressembla assez à ce qui avait été pronostiqué, dès la fin du XXe siècle, par différents auteurs de fiction spéculative. Un futur violent, sauvage, était ce qui attendait les hommes, beaucoup en eurent conscience avant même le déclenchement des premiers troubles ; certaines publications comme *Métal Hurlant* témoignent à cet égard d'une troublante prescience. Cette conscience anticipée ne devait d'ailleurs nullement permettre aux hommes de mettre en œuvre, ni même d'envisager une solution quelconque. L'humanité, enseigne la Sœur suprême, devait accomplir son destin de violence, jusqu'à la destruction finale ; rien n'aurait pu la sauver, à supposer même qu'un tel sauvetage eût pu être considéré comme souhaitable. La petite communauté néo-humaine, rassemblée dans des enclaves protégées par un système de sécurité sans faille, dotée d'un système de reproduction fiabilisé et d'un réseau de communications autonome, devait traverser sans difficulté cette période d'épreuves. Elle devait survivre avec la même facilité à la Seconde Diminution, corrélative du Grand Assèchement. Maintenant à l'abri de la destruction et du pillage l'ensemble des connaissances humaines, les complétant à l'occasion avec mesure, elle devait jouer à peu près le rôle qui était celui des monastères tout au long de la période du Moyen Âge – à ceci près qu'elle n'avait nullement pour objectif de préparer une résurrection future de l'humanité, mais au contraire de favoriser, dans toute la mesure du possible, son extinction.

Durant les trois jours qui suivirent nous traversâmes un plateau sec et blanc, à la végétation anémiée ; l'eau et le gibier devenaient plus rares, et je décidai d'obliquer vers l'Est, m'écartant du parcours de la faille. Suivant le cours du rio Guardal, nous atteignîmes l'embalse de San Clemente, puis c'est avec plaisir que nous retrouvâmes les ombrages frais et giboyeux de la sierra de Segura. Ma constitution biochimique me donnait, j'en prenais conscience à mesure que se poursuivait notre route, une résistance exceptionnelle, une facilité d'adaptation aux différents milieux qui n'avait pas son équivalent dans le monde animal. Je n'avais vu jusqu'à présent aucune trace de grands prédateurs, et c'est plutôt en hommage à une ancienne tradition humaine que j'allumais un feu chaque soir, après avoir établi notre campement. Fox retrouvait sans difficulté les atavismes qui étaient ceux du chien depuis qu'il avait décidé d'accompagner l'homme, voici déjà de nombreux millénaires, avant de reprendre sa place auprès des néo-humains. Un froid léger descendait des sommets, nous étions à près de deux mille mètres d'altitude et Fox contemplait les flammes avant de s'étendre à mes pieds alors que rougeoyaient les braises. Il ne dormirait, je le savais, que d'un œil, prêt à se dresser à la première alerte, à tuer et à mourir s'il le fallait pour protéger son maître, et son foyer. Malgré ma lecture attentive de la narration de Daniel1 je n'avais toujours pas totalement compris ce que les hommes entendaient par *l'amour*, je n'avais pas saisi l'intégralité des sens multiples, contradictoires qu'ils donnaient à ce terme ; j'avais saisi la brutalité du combat sexuel, l'insoutenable douleur de l'isolement affectif, mais je ne voyais toujours pas ce qui leur avait permis d'espérer qu'ils pourraient, entre ces aspirations contraires, établir une forme de synthèse. À l'issue pourtant de ces quelques semaines de voyage dans les sierras de l'intérieur de l'Espagne jamais je ne m'étais senti aussi près d'aimer, dans le sens le plus élevé qu'ils donnaient à ce terme ; jamais je n'avais été aussi près de ressentir personnellement « ce que la vie a de meilleur », pour reprendre les mots utilisés par Daniel1 dans son poème terminal, et je comprenais que la nostalgie de ce sentiment ait pu précipiter Marie23 sur les routes, si loin de là, sur l'autre rive de l'Atlantique. J'étais à vrai dire moi-même entraîné sur un chemin tout aussi hypothétique, mais il m'était devenu indifférent d'atteindre ma destination : ce que je voulais au fond c'était continuer à cheminer avec Fox par les prairies et les montagnes, connaître encore les réveils, les bains dans une rivière glacée, les minutes passées à se sécher au soleil, les soirées ensemble autour du feu à la lumière des étoiles. J'étais parvenu à l'innocence, à un état non conflictuel et non relatif, je n'avais plus de plan ni d'objectif, et mon individualité se dissolvait dans la série indéfinie des jours ; j'étais heureux.

Après la sierra de Segura nous abordâmes la sierra d'Alcaraz, moins élevée en altitude ; j'avais renoncé à garder le décompte exact de nos jours de marche, mais c'est à peu près début août, je pense, que nous arrivâmes en vue d'Albacete. La chaleur était écrasante. Je m'étais largement écarté du parcours de la faille ; si je voulais la rejoindre il me fallait à présent prendre plein ouest, et traverser sur plus de deux cents kilomètres les plateaux de la Manche où je ne trouverais ni végétation, ni abri. Je pouvais aussi, en obliquant vers le nord, atteindre les zones plus boisées qui s'étendent autour de Cuenca, puis, en traversant la Catalogne, rejoindre la chaîne pyrénéenne.

Jamais je n'avais eu, au cours de mon existence néohumaine, de décision ni d'initiative à prendre, c'était un processus qui m'était totalement étranger. L'initiative individuelle, enseigne la Sœur suprême dans ses *Instructions pour une vie paisible*, est la matrice de la volonté, de l'attachement et du désir ; aussi les Sept Fondateurs, travaillant à sa suite, s'attachèrent à mettre au point une cartographie exhaustive des situations de vie envisageables. Leur objectif était naturellement en premier lieu d'en finir avec l'argent et avec le sexe, deux facteurs dont ils avaient pu, au travers de l'ensemble des récits de vie humains, reconnaître l'importance délétère ; il s'agissait également d'écarter toute notion de choix politique, source comme ils l'écrivent de passions « factices mais violentes ». Ces pré-conditions d'ordre négatif, pour indispensables qu'elles soient, n'étaient cependant pas suffisantes à leurs yeux pour permettre à la néo-humanité de rejoindre l'« évidente neutralité du réel », selon leur expression fréquemment citée ; il convenait, également, de fournir un catalogue concret de prescriptions positives. Le comportement individuel, notent-ils dans leurs *Prolégomènes à l'Édification de la Cité centrale* (le premier ouvrage néo-humain qui, significativement, ne comporte aucun nom d'auteur) devait devenir « aussi prévisible que le fonctionnement d'un réfrigérateur ». Dans la rédaction de leurs consignes, ils se reconnaissent d'ailleurs comme principale source d'inspiration stylistique, plus que toute autre production littéraire humaine, « le mode d'emploi des appareils électroménagers de taille et de complexité moyennes, en particulier celui du magnétoscope JVC HR-DV3S/MS ». Les néo-humains, avertissent-ils d'emblée, peuvent tout comme les humains être considérés comme des mammifères rationnels de taille et de complexité moyennes ; aussi est-il loisible, au sein d'une vie stabilisée, d'établir un répertoire complet des conduites.

En quittant les chemins d'une vie répertoriée, je m'étais également écarté de tout schéma applicable. Ainsi, en l'espace de quelques minutes, accroupi sur mes talons au sommet d'une butte calcaire, contemplant la plaine interminable et blanche qui s'étendait à mes pieds, je découvris les affres du choix personnel. Je réalisai également – et définitivement cette fois – que mon désir n'était pas, n'était plus et probablement n'avait jamais été de rejoindre une communauté de primates quelle qu'elle fût. C'est sans réelle hésitation, un peu comme sous l'effet d'une sorte de pesanteur interne, un peu comme on finit par pencher du côté le plus lourd, que je décidai d'obliquer vers le Nord. Peu après La Roda, en apercevant les forêts et les premiers miroitements des eaux de l'embalse d'Alarcón, alors que Fox trottait joyeusement à mes côtés, je me rendis compte que je ne rencontrerais jamais Marie23, ni aucune autre néo-humaine, et que je n'en éprouvais aucun regret véritable.

J'atteignis le village d'Alarcón peu après la tombée de la nuit ; la lune se reflétait sur les eaux du lac, animées d'un frémissement léger. Alors que j'arrivais à la hauteur des premières maisons, Fox se figea sur place et gronda doucement. Je m'immobilisai ; je n'entendais aucun bruit mais je faisais confiance à son ouïe, plus aiguisée que la mienne. Des nuages passèrent devant la lune et je distinguai un léger grattement sur ma droite ; lorsque la lumière redevint plus vive j'aperçus une forme humaine, qui me parut courbée et contrefaite, se glisser entre deux maisons. Je retins Fox, qui s'apprêtait à se lancer à sa poursuite, et je continuai à gravir la rue principale. C'était peut-être imprudent de ma part ; mais, d'après tous les témoignages de ceux qui avaient été en contact avec eux, les sauvages éprouvaient une véritable terreur des néo-humains, leur première réaction était dans tous les cas de prendre la fuite.

Le château fort d'Alarcón avait été construit au XIIe siècle puis transformé en parador au XXe, m'apprit une pancarte touristique aux caractères usés ; sa masse restait imposante, il dominait le village et devait permettre de surveiller les alentours à des kilomètres à la ronde ; je décidai de m'y installer pour la nuit, sans tenir compte des rumeurs et des silhouettes qui détalaient dans l'obscurité. Fox grondait continuellement, et je finis par le prendre dans mes bras pour le calmer ; j'étais de plus en plus persuadé que les sauvages éviteraient toute confrontation si je faisais suffisamment de bruit pour les avertir de mon approche.

L'intérieur du château portait toutes les traces d'une occupation récente ; du feu brûlait même dans la grande cheminée, et il y avait une réserve de bois ; ils n'avaient du moins pas perdu ce secret, celui d'une des plus anciennes inventions humaines. Je me rendis compte après une rapide inspection des chambres que c'était à peu près tout ce qu'on pouvait dire en leur faveur : l'occupation du bâtiment par les sauvages se traduisait surtout par du désordre, de la puanteur, des tas d'excréments séchés sur le sol. Il n'y avait aucun indice d'activité mentale, intellectuelle ni artistique ; cela correspondait à la conclusion des rares chercheurs qui s'étaient penchés sur l'histoire des sauvages : en l'absence de toute transmission culturelle, l'effondrement s'était fait avec une rapidité foudroyante.

Les murs épais conservaient bien la chaleur et je décidai d'installer mon campement dans la grande salle, me contentant de tirer un matelas près du feu ; dans une réserve, je découvris une pile de draps propres. Je découvris également deux carabines à répétition, ainsi qu'une réserve impressionnante de cartouches et un nécessaire complet permettant de nettoyer et de graisser les armes. La région, vallonnée et boisée, avait dû être très giboyeuse du temps des humains ; j'ignorais ce qu'il en était à présent, mais mes premières semaines de marche m'avaient révélé que certaines espèces du moins avaient survécu à la succession de raz de marée et d'assèchements extrêmes, aux nuages de radiations atomiques, à l'empoisonnement des cours d'eau, à tous les cataclysmes enfin qui avaient ravagé la planète au cours des deux derniers millénaires. Les derniers siècles de la civilisation humaine, c'est un fait peu connu mais significatif, avaient vu l'apparition en Europe occidentale de mouvements inspirés par une idéologie d'un masochisme étrange, dite « écologiste » bien qu'elle n'eût que peu de rapports avec la science du même nom. Ces mouvements insistaient sur la nécessité de protéger la « nature » contre les agissements humains, et plaidaient pour l'idée que toutes les espèces, quel que soit leur degré de développement, avaient un « droit » égal à l'occupation de la planète ; certains adeptes de ces mouvements semblaient même à vrai dire prendre systématiquement le parti des animaux contre l'homme, éprouver plus de chagrin à l'annonce de la disparition d'une espèce d'invertébrés qu'à celle d'une famine ravageant la population d'un continent. Nous avons aujourd'hui un peu de mal à comprendre ces concepts de « nature » et de « droit » qu'ils manipulaient avec tant de légèreté, et nous voyons simplement dans ces idéologies terminales un des indices du désir de l'humanité de se retourner contre elle-même, de mettre fin à une existence qu'elle sentait inadéquate. Les « écologistes », quoi qu'il en soit, avaient largement sous-estimé la capacité d'adaptation du monde vivant, sa rapidité à reconstituer de nouveaux équilibres sur les ruines d'un monde détruit, et mes premiers prédécesseurs néo-humains, tels Daniel3 et Daniel4, soulignent cette sensation d'ironie légère qu'ils éprouvent à voir des forêts denses, peuplées de loups et d'ours, gagner rapidement du terrain sur les anciens complexes industriels. Il est cocasse également, à l'heure où les humains ont pratiquement disparu, et où leur domination passée ne se manifeste plus que par de nostalgiques vestiges, de constater la remarquable résistance des acariens et des insectes.

Je passai une nuit paisible, et m'éveillai peu avant l'aube. Fox sur mes talons, je fis le tour du chemin de ronde en regardant le soleil qui se levait sur les eaux du lac ; les sauvages, ayant abandonné le village, s'étaient probablement repliés sur ses rives. J'entrepris ensuite une exploration complète du château, où je découvris de nombreux objets de fabrication humaine, certains en bon état de conservation. Tous ceux qui comportaient des composants électroniques et des piles au lithium destinées à conserver les données pendant les coupures d'alimentation avaient été irrémédiablement détériorés par le passage des siècles ; je laissai ainsi de côté les téléphones portables, les ordinateurs, les agendas électroniques. Les appareils, par contre, qui ne comportaient que des pièces mécaniques et optiques, avaient pour la plupart très bien résisté. Je jouai quelque temps avec un appareil photo, un Rolleiflex double objectif à la carrosserie de métal d'un noir mat : la manivelle permettant l'entraînement de la pellicule tournait sans heurt ; les lamelles de l'obturateur s'ouvraient et se refermaient avec un petit bruit soyeux, à une vitesse qui variait suivant le chiffre sélectionné sur la molette de contrôle. S'il avait encore existé des pellicules photographiques, des laboratoires de développement, j'étais sûr que j'aurais pu réaliser d'excellents clichés. Alors que le soleil commençait à chauffer, à illuminer de reflets dorés la surface du lac, je méditai quelque temps sur la grâce, et sur l'oubli ; sur ce que l'humanité avait eu de meilleur : son ingéniosité technologique. Rien ne subsistait aujourd'hui de ces productions littéraires et artistiques dont l'humanité avait été si fière ; les thèmes qui leur avaient donné naissance avaient perdu toute pertinence, leur pouvoir d'émotion s'était évaporé. Rien ne subsistait non plus de ces systèmes philosophiques ou théologiques pour lesquels les hommes s'étaient battus, étaient morts parfois, avaient tué plus souvent encore ; tout cela n'éveillait plus chez un néo-humain le moindre écho, nous n'y voyions plus que les divagations arbitraires d'esprits limités, confus, incapables de produire le moindre concept précis ou simplement utilisable. Les productions technologiques de l'homme, par contre, pouvaient encore inspirer le respect : c'est dans ce domaine que l'homme avait donné le meilleur de lui-même, qu'il avait exprimé sa nature profonde, il y avait atteint d'emblée à une excellence opérationnelle à laquelle les néo-humains n'avaient rien pu ajouter de significatif.

Mes propres besoins technologiques, cela dit, étaient très limités ; je me contentai d'une paire de jumelles à fort grossissement et d'un couteau à large lame que je glissai à ma ceinture. Il était possible, après tout, que je sois amené à rencontrer des animaux dangereux dans la suite de mon voyage, si tant est que je le poursuive. Dans l'après-midi, des nuages s'accumulèrent au-dessus de la plaine, et la pluie commença à tomber un peu plus tard par longs rideaux lents et lourds, les gouttes s'écrasaient dans la cour du château avec un bruit mat. Je sortis peu avant le coucher du soleil : les chemins étaient détrempés, impraticables ; je compris alors que l'été faisait place à l'automne, et je sus aussi que j'allais rester là quelques semaines, quelques mois peut-être ; j'attendrais le début de l'hiver, que les journées redeviennent froides et sèches. Je pourrais chasser, tuer des cerfs ou des biches que je ferais rôtir dans la cheminée, mener cette vie simple que je connaissais par différents récits de vie humains. Fox en serait, je le savais, heureux, la mémoire en était inscrite dans ses gènes ; pour ma part j'avais besoin de capsules de sels minéraux, mais il me restait encore six mois de réserve. Ensuite il me faudrait trouver de l'eau de mer, si la mer existait encore, si je pouvais l'atteindre ; ou bien je devrais mourir. Mon attachement à la vie n'était pas très élevé par rapport aux critères humains, tout dans l'enseignement de la Sœur suprême était orienté vers l'idée de détachement ; retrouvant le monde originel, j'avais la sensation d'être une présence incongrue, facultative, au milieu d'un univers où tout était orienté vers la survie, et la perpétuation de l'espèce.

Tard dans la nuit je me réveillai et distinguai un feu sur les rives du lac. Braquant mes jumelles dans cette direction, j'éprouvai un choc en découvrant les sauvages : jamais je n'en avais vu d'aussi près, et ils étaient différents de ceux qui peuplaient la région d'Almeria, leurs corps étaient plus robustes et leur peau plus claire ; le spécimen contrefait que j'avais aperçu à mon arrivée dans le village était probablement une exception. Ils étaient une trentaine, réunis autour du feu, vêtus de haillons de cuir – probablement de fabrication humaine. Je ne pus soutenir leur vue très longtemps et partis me rallonger dans l'obscurité en tremblant légèrement ; Fox se blottit contre moi, me poussant l'épaule du museau, jusqu'à ce que je m'apaise.

Le lendemain matin, à la porte du château, je découvris une valise de plastique rigide, elle aussi de fabrication humaine ; incapables de mener à bien par eux-mêmes la production d'un objet quelconque, n'ayant développé aucune technologie, les sauvages vivaient sur les débris de l'industrie humaine et se contentaient d'utiliser les objets qu'ils trouvaient çà et là dans les ruines des anciennes habitations, ceux du moins dont ils comprenaient la fonction. J'ouvris la valise : elle contenait des tubercules, dont je ne parvins pas à déterminer la nature, et un quartier de viande rôtie. Cela confirmait la totale ignorance que les sauvages avaient des néohumains : ils n'étaient apparemment même pas conscients que mon métabolisme différait du leur, et que ces aliments étaient inutilisables pour moi ; Fox par contre dévora le quartier de viande avec appétit. Cela confirmait également qu'ils éprouvaient à mon égard une grande crainte, et souhaitaient se concilier ma bienveillance, ou du moins ma neutralité. Le soir venu, je déposai la valise vide à l'entrée afin de montrer que j'acceptais l'offrande.

La même scène se reproduisit le lendemain, puis les jours suivants. Dans la journée, j'observais à la jumelle le comportement des sauvages ; je m'étais à peu près habitué à leur aspect, à leurs traits burinés, grossiers, à leurs organes sexuels apparents. Lorsqu'ils ne chassaient pas ils semblaient la plupart du temps dormir, ou s'accoupler – ceux du moins à qui la possibilité en était offerte. La tribu était organisée selon un système hiérarchique strict, qui m'apparut dès mes premières journées d'observation. Le chef était un mâle d'une quarantaine d'années, au poil grisonnant ; il était assisté par deux jeunes mâles au poitrail bien découplé, de très loin les individus les plus grands et les plus robustes du groupe ; la copulation avec les femelles leur était réservée : lorsque celles-ci rencontraient un des trois mâles dominants, elles se mettaient à quatre pattes et présentaient leur vulve ; elles repoussaient par contre avec violence les avances des autres mâles. Le chef avait dans tous les cas la préséance sur ses deux subordonnés, mais il ne semblait pas y avoir de hiérarchie claire entre ceux-ci : en l'absence du chef ils bénéficiaient tour à tour, et parfois simultanément, des faveurs des différentes femelles. La tribu ne comportait aucun sujet âgé, et cinquante ans semblait être le maximum qu'ils pussent atteindre. En somme, c'était un mode d'organisation qui évoquait d'assez près les sociétés humaines, en particulier celles des denières périodes, postérieures à la disparition des grands systèmes fédérateurs. J'étais certain que Daniel1 n'aurait pas été dépaysé dans cet univers, et qu'il y aurait facilement trouvé ses repères.

Une semaine après mon arrivée, alors que j'ouvrais, comme à mon habitude, le portail du château, je découvris aux côtés de la valise une jeune sauvage hirsute à la peau très blanche, aux cheveux noirs. Elle était nue à l'exception d'une jupette de cuir, sa peau était grossièrement ornée de traits de peinture bleue et jaune. En me voyant approcher elle se retourna, puis retroussa sa jupe et cambra les reins pour présenter son cul. Lorsque Fox s'approcha pour la flairer elle se mit à trembler de tous ses membres, mais ne changea pas de position. Comme je ne bougeais toujours pas, elle finit par tourner la tête dans ma direction ; je lui fis signe de me suivre à l'intérieur du château.

J'étais assez ennuyé : si j'acceptais ce nouveau type d'offrande, elle serait probablement renouvelée les jours suivants ; d'un autre côté, renvoyer la femelle aurait été l'exposer aux représailles des autres membres de la tribu. Elle était visiblement terrorisée, guettait mes réactions avec une lueur de panique dans le regard. Je connaissais les procédures de la sexualité humaine, même s'il s'agissait d'un savoir purement théorique. Je lui indiquai le matelas ; elle se mit à quatre pattes et attendit. Je lui fis signe de se retourner ; elle obéit, écartant largement les cuisses, et commença à passer une main sur son trou, qui était étonnamment velu. Les mécanismes du désir étaient restés à peu près les mêmes chez les néo-humains, bien qu'ils se fussent considérablement affaiblis, et je savais que certains avaient coutume de se prodiguer des excitations manuelles. J'avais pour ma part essayé une fois, plusieurs années auparavant, sans réellement parvenir à évoquer d'image mentale, essayant de concentrer mon esprit sur les sensations tactiles – qui étaient restées modérées, ce qui m'avait dissuadé de renouveler l'expérience. J'ôtai cependant mon pantalon, dans le but de manipuler mon organe afin de lui donner la rigidité voulue. La jeune sauvage émit un grognement de satisfaction, frotta son trou avec une énergie redoublée. En m'approchant, je fus saisi par l'odeur pestilentielle qui émanait de son entrecuisse. Depuis mon départ j'avais perdu mes habitudes d'hygiène néo-humaines, mon odeur corporelle était légèrement plus prononcée, mais cela n'avait rien à voir avec la puanteur qui émanait du sexe de la sauvage, mélange de relents de merde et de poisson pourri. Je reculai involontairement ; elle se redressa aussitôt, toute son inquiétude réveillée, et rampa vers moi ; arrivée à la hauteur de mon organe, elle approcha sa bouche. La puanteur était moins insoutenable mais quand même très forte, ses dents étaient petites, avariées, noires. Je la repoussai doucement, me rhabillai, la raccompagnai jusqu'à la porte du château en lui indiquant par signes de ne pas revenir. Le lendemain, je négligeai de prendre la valise qui avait été déposée pour moi ; il me paraissait tout compte fait préférable d'éviter de développer une trop grande familiarité avec les sauvages. Je pouvais chasser pour subvenir aux besoins de Fox, le gibier était abondant et peu aguerri ; les sauvages, peu nombreux, n'utilisaient pas d'autres armes que l'arc et la flèche, mes deux carabines à répétition constitueraient un atout décisif. Dès le lendemain je fis une première sortie et, à la grande joie de Fox j'abattis deux biches qui paissaient dans les douves. À l'aide d'une courte hache je découpai deux cuissots, laissant le reste du cadavre pourrir sur place. Ces bêtes n'étaient que des machines imparfaites, approximatives, d'une durée de vie faible ; elles n'avaient ni la robustesse, ni l'élégance et la perfection de fonctionnement d'un Rolleiflex double objectif, songeai-je en observant leurs yeux globuleux, que la vie avait désertés. Il pleuvait encore mais plus doucement, les chemins redevenaient praticables ; lorsque le gel aurait commencé, il serait temps de repartir en direction de l'Ouest.

Dans les jours qui suivirent, je m'aventurai plus loin dans la forêt qui entourait le lac ; sous le couvert des arbres élevés poussait une herbe rase, illuminée çà et là de plaques de soleil. De temps en temps j'entendais un bruissement dans un fourré plus dense, ou j'étais alerté par un grondement de Fox. Je savais que les sauvages étaient là, que je traversais leur territoire, mais qu'ils n'oseraient pas se montrer ; les détonations devaient les terroriser.

À juste titre, d'ailleurs : je maîtrisais bien, maintenant, le fonctionnement de mes carabines, je parvenais à recharger très rapidement, et j'aurais pu en faire un carnage. Les doutes qui avaient pu occasionnellement, au cours de ma vie abstraite et solitaire, m'assaillir, avaient à présent disparu : je savais que j'avais affaire à des êtres néfastes, malheureux et cruels ; ce n'est pas au milieu d'eux que je trouverais l'amour, ou sa possibilité, ni aucun des idéaux qui avaient pu alimenter les rêveries de nos prédécesseurs humains ; ils n'étaient que le résidu caricatural des pires tendances de l'humanité ordinaire, celle que connaissait déjà Daniel1, celle dont il avait souhaité, planifié et dans une large mesure accompli la perte. J'en eus une nouvelle confirmation au cours d'une sorte de fête organisée quelques jours plus tard par les sauvages. C'était une nuit de pleine lune et je fus réveillé par les hurlements de Fox ; le rythme des tambourins était d'une violence obsédante. Je montai au sommet de la tour centrale, ma paire de jumelles à la main. L'ensemble de la tribu était réuni dans la clairière, ils avaient allumé un grand feu et paraissaient surexcités. Le chef présidait la réunion dans ce qui ressemblait à un siège de voiture défoncé ; il portait un tee-shirt « Ibiza Beach » et une paire de bottines montantes ; ses jambes et ses organes sexuels étaient à découvert. Sur un signe de sa part la musique se ralentit et les membres de la tribu formèrent un cercle, délimitant une sorte d'arène au centre de laquelle les deux assistants du chef amenèrent, en les poussant et les tirant sans ménagements, deux sauvages âgés – les plus âgés de la tribu, ils pouvaient avoir atteint la soixantaine. Ils étaient entièrement nus, et armés de poignards à la lame large et courte – identiques à ceux que j'avais trouvés dans une réserve du château. Le combat se déroula d'abord dans le plus grand silence ; mais dès l'apparition du premier sang les sauvages se mirent à pousser des cris, des sifflements, à encourager les adversaires. Je compris tout de suite qu'il s'agirait d'un combat à mort, destiné à éliminer l'individu le moins apte à la survie ; les combattants frappaient sans ménagements, essayant d'atteindre le visage ou les endroits sensibles. Après les trois premières minutes il y eut une pause, ils s'accroupirent aux extrémités de l'arène, s'épongeant et buvant de larges rasades d'eau. Le plus corpulent semblait en difficulté, il avait perdu beaucoup de sang. Sur un signal du chef, le combat reprit. Le gros se releva en titubant ; sans perdre une seconde, son adversaire bondit sur lui et lui enfonça son poignard dans l'œil. Il tomba à terre, le visage aspergé de sang, et la curée commença. Le poignard levé, les mâles et les femelles de la tribu se précipitèrent en hurlant sur le blessé qui essayait de ramper hors d'atteinte ; en même temps, les tambourins recommencèrent à battre. Au début, les sauvages découpaient des morceaux de chair qu'ils faisaient rôtir dans les braises, mais la frénésie augmentant ils se mirent à dévorer directement le corps de la victime, à laper son sang dont l'odeur semblait les enivrer. Quelques minutes plus tard le gros sauvage était réduit à l'état de résidus sanguinolents, dispersés sur quelques mètres dans la prairie. La tête gisait de côté, intacte hormis son œil crevé. Un des assistants la ramassa et la tendit au chef qui se leva et la brandit sous les étoiles, cependant que la musique se taisait de nouveau et que les membres de la tribu entonnaient une mélopée inarticulée en frappant lentement dans leurs mains. Je supposai qu'il s'agissait d'un rite d'union, un moyen de resserrer les liens du groupe – en même temps que de se débarrasser des sujets affaiblis ou malades ; tout cela me paraissait assez conforme à ce que je pouvais connaître de l'humanité.

À mon réveil, une mince couche de givre recouvrait les prairies. Je consacrai le reste de la matinée à me préparer pour ce que j'espérais être la dernière étape de mon périple. Fox me suivit de pièce en pièce en gambadant. En continuant vers l'Ouest, je savais que je traverserais des régions plus plates et plus chaudes ; la couverture de survie était devenue inutile. Je ne sais pas exactement pourquoi j'en étais revenu à mon projet initial d'essayer de rejoindre Lanzarote ; l'idée de rencontrer une communauté néo-humaine ne m'inspirait toujours pas de réel enthousiasme, je n'avais d'ailleurs eu aucun indice supplémentaire de l'existence d'une telle communauté. Sans doute la perspective de vivre le reste de mon existence dans des zones infestées par les sauvages, même en compagnie de Fox, même si je savais qu'ils seraient terrorisés par moi beaucoup plus que l'inverse, qu'ils feraient tout leur possible pour se maintenir à distance respectueuse, m'était-elle, à l'issue de cette nuit, devenue intolérable. Je me rendis compte alors que je me coupais, peu à peu, de toutes les possibilités ; il n'y avait peut-être pas, dans ce monde, de place qui me convienne.

J'hésitai longuement devant mes carabines à répétition. Elles étaient encombrantes, et me ralentiraient dans ma marche ; je ne craignais nullement pour ma sécurité personnelle. D'un autre côté, il n'était pas certain que Fox trouve aussi facilement à se nourrir dans les régions que nous allions traverser. La tête posée sur ses pattes avant, il me suivait du regard comme s'il comprenait mes hésitations. Lorsque je me relevai en tenant la carabine la plus courte, après avoir fourré une réserve de cartouches dans mon sac, il se redressa en agitant joyeusement la queue. Il avait, visiblement, pris goût à la chasse ; et, dans une certaine mesure, moi aussi. J'éprouvais maintenant une certaine joie à tuer des animaux, à les délivrer du phénomène ; intellectuellement je savais que j'avais tort, car la délivrance ne peut être obtenue que par l'ascèse, sur ce point les enseignements de la Sœur suprême me paraissaient plus que jamais indiscutables ; mais je m'étais peut-être, dans le plus mauvais sens du terme, humanisé. Toute destruction d'une forme de vie organique, quoi qu'il en soit, était un pas en avant vers l'accomplissement de la loi morale ; demeurant dans l'espérance des Futurs, je devais en même temps essayer de rejoindre mes semblables, ou ce qui pouvait s'en rapprocher. En bouclant la fermeture de mon sac je repensai à Marie23, qui était partie en quête de l'amour, et ne l'avait sans doute pas trouvé. Fox bondissait autour de moi, fou de joie à l'idée de reprendre la route. Je jetai un regard circulaire sur les forêts, sur la plaine, et je récitai mentalement la prière pour la délivrance des créatures.

C'était la fin de la matinée et dehors il faisait doux, presque chaud ; le gel n'avait pas tenu, nous n'étions qu'au début de l'hiver, et j'allais définitivement quitter les régions froides. Pourquoi vivais-je ? Je n'avais guère d'appartenance. Avant de partir je décidai de faire une dernière promenade autour du lac, ma carabine à la main, non pour chasser vraiment, car je ne pourrais pas emporter le gibier, mais pour offrir à Fox une dernière fois la satisfaction de folâtrer dans les fourrés, de flairer les odeurs du sous-bois, avant d'aborder la traversée des plaines.

Le monde était là, avec ses forêts, ses prairies et ses animaux dans leur innocence – des tubes digestifs sur pattes, terminés par des dents, dont la vie se résumait à rechercher d'autres tubes digestifs afin de les dévorer et de reconstituer leurs réserves énergétiques. Plus tôt dans la journée, j'avais observé le campement des sauvages ; la plupart dormaient, repus d'émotions fortes après leur orgie sanglante de la veille. Ils étaient au sommet de la chaîne alimentaire, leurs prédateurs naturels étaient peu nombreux ; aussi devaient-ils procéder eux-mêmes à l'élimination des sujets vieillissants ou malades afin de préserver la bonne santé de la tribu. Ne pouvant compter sur la concurrence naturelle, ils devaient également organiser un système social de contrôle d'accès à la vulve des femelles, afin de maintenir le capital génétique de l'espèce. Tout cela était dans l'ordre des choses, et l'après-midi était d'une douceur étrange. Je m'assis au bord du lac pendant que Fox furetait dans les fourrés. Parfois un poisson sautait hors de l'eau, déclenchant à sa surface des ondes légères qui venaient mourir sur ses bords. Je comprenais de plus en plus mal pourquoi j'avais quitté la communauté abstraite, virtuelle des néo-humains. Notre existence dépourvue de passions était celle des vieillards ; nous portions sur le monde un regard empreint d'une lucidité sans bienveillance. Le monde animal était connu, les sociétés humaines étaient connues ; tout cela ne recelait aucun mystère, et rien ne pouvait en être attendu, hormis la répétition du carnage. « Ceci étant, cela est » me répétai-je machinalement, à de nombreuses reprises, jusqu'à atteindre un état légèrement hypnotique.

Au bout d'un peu plus de deux heures je me relevai, apaisé peut-être, décidé en tout cas à poursuivre ma quête – ayant en même temps accepté son échec probable, et le trépas qui s'ensuivrait. Je m'aperçus alors que Fox avait disparu – il avait dû flairer une piste, et s'aventurer plus loin dans les sous-bois.

Je battis les buissons qui entouraient le lac pendant plus de trois heures, appelant de temps à autre, à intervalles réguliers, dans un silence angoissant, cependant que la lumière commençait à baisser. Je retrouvai son corps à la tombée de la nuit, transpercé par une flèche. Sa mort avait dû être affreuse, ses yeux déjà vitreux reflétaient une expression de panique. Dans un ultime geste de cruauté, les sauvages avaient découpé ses oreilles ; ils avaient dû procéder rapidement de peur que je ne les surprenne, la découpe était grossière, du sang avait éclaboussé son museau et son poitrail.

Mes jambes fléchirent sous moi, je tombai agenouillé devant le cadavre encore tiède de mon petit compagnon ; il aurait peut-être suffi que je survienne cinq ou dix minutes plus tôt pour tenir les sauvages à distance. J'allais devoir creuser une sépulture, mais pour l'instant je ne m'en sentais pas la force. La nuit tombait, des masses de brume froide commençaient à se former autour du lac. Je contemplai longuement, très longuement, le corps mutilé de Fox ; puis les mouches arrivèrent, en petit nombre.

« C'était un lieu celé,
et le mot de passe était : élenthérine. »

À présent, j'étais seul. La nuit tombait sur le lac, et ma solitude était définitive. Jamais Fox ne revivrait, ni lui ni aucun chien doté du même capital génétique, il avait sombré dans l'anéantissement intégral vers lequel je me dirigeais à mon tour. Je savais maintenant avec certitude que j'avais connu l'amour, puisque je connaissais la souffrance. Fugitivement je repensai au récit de vie de Daniel, conscient maintenant que ces quelques semaines de voyage m'avaient donné une vision simplifiée, mais exhaustive, de la vie humaine. Je marchai toute la nuit, puis le jour suivant, puis la nuit suivante, et une grande partie du troisième jour. De temps en temps je m'arrêtais, j'absorbais une capsule de sels minéraux, je buvais une rasade d'eau et je reprenais ma route ; je ne ressentais aucune fatigue. Je n'avais pas beaucoup de connaissances biochimiques ni physiologiques, la lignée des Daniel n'était pas une lignée de scientifiques ; je savais cependant que le passage à l'autotrophie s'était, chez les néo-humains, accompagné de diverses modifications dans la structure et le fonctionnement des muscles lisses. Par rapport à un humain je bénéficiais d'une souplesse, d'une endurance et d'une autonomie de fonctionnement largement accrues. Ma psychologie, bien entendu, était elle aussi différente ; je ne connaissais pas la peur, et si j'étais accessible à la souffrance je n'éprouvais pas toutes les dimensions de ce que les humains appelaient le *regret* ; ce sentiment existait en moi, mais il ne s'accompagnait d'aucune projection mentale. Je ressentais déjà un manque en pensant aux caresses de Fox, à cette façon qu'il avait de se blottir sur mes genoux ; à ses baignades, à ses courses, à la joie surtout qui se lisait dans son regard, cette joie qui me bouleversait parce qu'elle m'était si étrangère ; mais cette souffrance, ce manque me paraissaient inéluctables, du simple fait qu'ils *étaient*. L'idée que les choses auraient pu être différentes ne me traversait pas l'esprit, pas plus que l'idée qu'une chaîne de montagnes, présente devant mes yeux, aurait pu s'évanouir pour être remplacée par une plaine. La conscience d'un déterminisme intégral était sans doute ce qui nous différenciait le plus nettement de nos prédécesseurs humains. Comme eux, nous n'étions que des machines conscientes ; mais, contrairement à eux, nous avions conscience de n'être que des machines.

J'avais marché sans réfléchir pendant une quarantaine d'heures, dans un brouillard mental complet, uniquement guidé par un vague souvenir du trajet sur la carte. J'ignore ce qui me fit m'arrêter, et me ramena à la pleine conscience ; sans doute le caractère étrange du paysage qui m'entourait. Je devais maintenant être près des ruines de l'ancienne Madrid, j'étais en tout cas au milieu d'un espace de macadam immense, qui s'étendait presque à perte de vue, ce n'est que dans le lointain qu'on distinguait, confusément, un paysage de collines sèches et peu élevées. Çà et là le sol s'était soulevé sur plusieurs mètres, formant des cloques monstrueuses, comme sous l'effet d'une terrifiante onde de chaleur venue du sous-sol. Des rubans de macadam montaient vers le ciel, se soulevaient sur plusieurs dizaines de mètres avant d'être brisés net et de s'achever dans un éboulis de gravier et de pierres noires ; des débris métalliques, des vitres explosées jonchaient le sol. Je crus d'abord que je me trouvais près d'un péage autoroutier, mais il n'y avait aucune indication de direction, nulle part, et je finis par comprendre que j'étais au milieu de ce qui restait de l'aéroport de Barajas. En continuant vers l'ouest, j'aperçus quelques signes d'une ancienne activité humaine : des téléviseurs à écran plat, des piles de CD en miettes, une immense PLV représentant le chanteur David Bisbal. Les radiations devaient être encore fortes dans cette zone, ç'avait été un des endroits les plus bombardés au cours des dernières phases du conflit interhumain. J'étudiai ma carte : je devais être tout près de l'épicentre de la faille ; si je voulais maintenir mon cap il me fallait obliquer vers le Sud, ce qui me ferait passer par l'ancien centre ville.

Des carcasses de voitures agglomérées, fondues, ralentirent quelque temps ma progression au niveau de l'échangeur de la M 45 et de la R 2. C'est en traversant les anciens entrepôts IVECO que j'aperçus les premiers sauvages urbains. Ils étaient une quinzaine, regroupés sous l'auvent de métal d'un hangar, à une cinquantaine de mètres. J'épaulai ma carabine et tirai rapidement : une des silhouettes s'effondra, les autres se replièrent à l'intérieur du hangar. Un peu plus tard, en me retournant, je vis que deux d'entre eux ressortaient prudemment et traînaient leur compagnon à l'intérieur – sans doute dans le but de s'en repaître. J'avais emporté les jumelles, et pus constater qu'ils étaient plus petits et plus contrefaits que ceux que j'avais observés dans la région d'Alarcón ; leur peau, d'un gris sombre, était parsemée d'excroissances et de pustules – sans doute une conséquence des radiations. Ils manifestaient en tout cas la même terreur des néo-humains, et tous ceux que je croisai dans les ruines de la ville prirent la fuite aussitôt, sans me laisser le temps d'ajuster mon tir ; j'eus quand même la satisfaction d'en abattre cinq ou six. Bien que la plupart fussent affectés d'une claudication ils se déplaçaient rapidement, en s'aidant parfois de leurs membres antérieurs ; j'étais surpris, et même atterré, par cette pullulation imprévue.

Pénétré du récit de vie de Daniel1, ce fut pour moi une émotion étrange que de me retrouver dans la Calle Obispo de León, où avait eu lieu son premier rendez-vous avec Esther. Du bar qu'il mentionnait ne demeurait nulle trace, en fait la rue se limitait à deux pans de mur noircis dont l'un, par hasard, portait une plaque indicatrice. L'idée me vint alors de rechercher la Calle San Isidor où avait eu lieu, au dernier étage du numéro 3, la party d'anniversaire qui avait marqué la fin de leur relation. Je me souvenais assez bien du plan du centre de Madrid tel qu'il se présentait à l'époque de Daniel : certaines rues étaient complètement détruites, d'autres intactes, sans logique apparente. Il me fallut à peu près une demi-heure pour trouver l'immeuble que je cherchais ; il était encore debout. Je montai jusqu'au dernier étage, soulevant une poussière de béton sous mes pieds. Les meubles, les tentures, les tapis avaient entièrement disparu ; il n'y avait, sur le sol souillé, que quelques petits tas d'excréments séchés. Pensivement, je parcourus les pièces où avait eu lieu ce qui avait sans doute été un des pires moments de la vie de Daniel. Je marchai jusqu'à la terrasse d'où il avait contemplé le paysage urbain juste avant d'entrer dans ce qu'il appelait sa « dernière ligne droite ». Naturellement, je ne pus m'empêcher de méditer une fois de plus sur la passion amoureuse chez les humains, sa terrifiante violence, son importance dans l'économie génétique de l'espèce. Aujourd'hui le paysage d'immeubles calcinés, éventrés, les tas de gravats et de poussière produisaient une impression apaisante, invitaient à un détachement triste, dans leur dégradé de gris sombre. La vue qui s'offrait à moi était à peu près la même dans toutes les directions ; mais je savais qu'en direction du Sud-Ouest, une fois la faille franchie, à la hauteur de Leganes ou peut-être de Fuenlabrada, j'allais devoir aborder la traversée du Grand Espace Gris. L'Estrémadure, le Portugal avaient disparu en tant que régions différenciées. La succession d'explosions nucléaires, de raz de marée, de cyclones qui avaient déferlé sur cette zone géographique pendant plusieurs siècles avaient fini par araser complètement sa surface et par la transformer en un vaste plan incliné, de déclivité faible, qui apparaissait sur les photos satellite comme uniformément composé de cendres pulvérulentes d'un gris très clair. Ce plan incliné continuait sur environ deux mille cinq cents kilomètres avant de déboucher sur une région du monde mal connue, au ciel presque continuellement saturé de nébulosités et de vapeurs, située à l'emplacement des anciennes îles Canaries. Gênées par la couche nuageuse, les rares observations satellite disponibles étaient peu fiables. Lanzarote pouvait être demeurée une presqu'île, être devenue une île, ou avoir complètement disparu ;

telles étaient, sur le plan géographique, les données de mon voyage. Sur le plan physiologique, il est certain que j'allais manquer d'eau. En marchant vingt heures par jour, je pouvais parcourir quotidiennement une distance de cent cinquante kilomètres ; il me faudrait un peu plus de deux semaines pour parvenir aux zones maritimes, si tant est qu'elles existent. J'ignorais la résistance exacte de mon organisme à la dessication ; il n'avait, je pense, jamais été testé dans ces conditions extrêmes. Avant de prendre la route j'eus une brève pensée pour Marie23, qui avait eu, venant de New York, à affronter des difficultés comparables ; j'eus également une pensée pour les anciens humains, qui en ces circonstances recommandaient leur âme à Dieu ; je regrettai l'absence de Dieu, ou d'une entité du même ordre ; j'élevai enfin mon esprit vers l'espérance en l'avènement des Futurs.

Les Futurs, contrairement à nous, ne seront pas des machines, ni même véritablement des êtres séparés. Ils seront un, tout en étant multiples. Rien ne peut nous donner une image exacte de la nature des Futurs. La lumière est une, mais ses rayons sont innombrables. J'ai retrouvé le sens de la Parole ; les cadavres et les cendres guideront mes pas, ainsi que le souvenir du bon chien Fox.

Je partis à l'aube, environné par le bruissement multiplié de la fuite des sauvages. Traversant les banlieues en ruines, j'abordai le Grand Espace Gris peu avant midi. Je déposai ma carabine, qui ne m'était plus d'aucune utilité : aucune vie, ni animale ni végétale, n'avait été signalée au-delà de la grande faille. Tout de suite, ma progression s'avéra plus facile que prévu : la couche de cendres n'avait qu'une épaisseur de quelques centimètres, elle recouvrait un sol dur qui avait l'apparence du mâchefer, et où la démarche prenait facilement appui. Le soleil était haut dans un azur immobile, il n'y avait aucune difficulté de terrain, aucun relief qui aurait pu me détourner de mon cap. Progressivement, je glissai tout en marchant dans une rêverie paisible où se mêlaient des images de néo-humains modifiés, plus ténus et plus frêles, presque abstraits, et le souvenir des visions soyeuses, veloutées, que Marie23 avait longtemps auparavant, dans ma vie antérieure, fait naître sur mon écran afin de paraphraser l'absence de Dieu.

Peu avant le coucher du soleil, je fis une halte brève. À l'aide de quelques observations trigonométriques, je pus déterminer la déclivité à environ 1 %. Si la pente restait la même jusqu'au bout, la surface des océans était située à vingt-cinq mille mètres en dessous du niveau de la plaque continentale. On n'était, alors, plus très loin de l'asthénosphère ; je devais m'attendre à une augmentation sensible de la température au cours des jours suivants.

La chaleur ne devint en réalité pénible qu'une semaine plus tard, en même temps que je commençais à ressentir les premières atteintes de la soif. Le ciel était d'une pureté immuable et d'un bleu de smalt de plus en plus intense, presque sombre. Je me dépouillai, un à un, de mes vêtements ; mon sac ne contenait plus que quelques capsules de sels minéraux ; j'avais maintenant du mal à les prendre, la sécrétion de salive devenait insuffisante. Physiquement je souffrais, ce qui était une sensation nouvelle pour moi. Entièrement placée sous l'emprise de la nature, la vie des animaux sauvages n'avait été que douleur, avec quelques moments de détente brusque, de bienheureux abrutissement lié à la satisfaction des instincts – alimentaires ou sexuels. La vie des hommes avait été, en gros, semblable, et placée sous la domination de la souffrance, avec de brefs instants de plaisir liés à la conscientisation de l'instinct, devenu désir dans l'espèce humaine. Celle des néo-humains se voulait apaisée, rationnelle, éloignée du plaisir comme de la souffrance, et mon départ était là pour témoigner de son échec. Les Futurs, peut-être, connaîtraient la joie, autre nom du plaisir continué. Je marchais sans répit, toujours au rythme de vingt heures journalières, conscient que ma survie dépendait maintenant d'une banale question de régulation de la pression osmotique, d'équilibre entre ma teneur en sels minéraux et la quantité d'eau que mes cellules avaient pu mettre en réserve. Je n'étais pas, à proprement parler, certain de vouloir vivre, mais l'idée de la mort n'avait aucune consistance. Je percevais mon corps comme un véhicule, mais c'était un véhicule de rien. Je n'avais pas été capable d'accéder à l'Esprit ; je continuais, pourtant, à attendre un signe.

Sous mes pas les cendres devenaient blanches, et le ciel prenait des tonalités ultramarines. C'est deux jours plus tard que je trouvai le message de Marie23. Calligraphié d'une écriture nette et serrée, il avait été tracé sur des feuilles d'un plastique fin, transparent, indéchirable ; celles-ci avaient été roulées et placées dans un tube de métal noir, qui fit un bruit léger quand je l'ouvris. Ce message ne m'était pas spécifiquement destiné, il n'était à vrai dire destiné à personne : ce n'était qu'une manifestation supplémentaire de cette volonté absurde ou sublime, présente chez les humains, et restée identique chez leurs successeurs, de témoigner, de laisser une trace.

La teneur générale de ce message était d'une profonde tristesse. Pour sortir des ruines de New York, Marie23 avait dû côtoyer de nombreux sauvages, parfois regroupés en tribus importantes ; contrairement à moi, elle avait cherché à établir le contact. Protégée par la crainte qu'elle leur inspirait, elle n'en avait pas moins été écœurée par la brutalité de leurs rapports, par leur absence de pitié pour les sujets âgés ou faibles, par leur appétit indéfiniment renouvelé de violence, d'humiliations hiérarchiques ou sexuelles, de cruauté pure et simple. Les scènes auxquelles j'avais assisté près d'Alarcón, elle les avait vues se renouveler, presque identiques, à New York – alors que les tribus étaient situées à des distances considérables et qu'elles n'avaient pu avoir, depuis sept ou huit siècles, aucun contact. Aucune fête chez les sauvages ne pouvait apparemment se concevoir sans la violence, le sang versé, le spectacle de la torture ; l'invention de supplices compliqués et atroces semblait même être le seul point sur lequel ils eussent conservé quelque chose de l'ingéniosité de leurs ancêtres humains ; là se bornait toute leur civilisation. Si l'on croyait à l'hérédité du caractère moral, cela n'avait rien de surprenant : il est naturel que ce soient les individus les plus brutaux et les plus cruels, ceux disposant du potentiel d'agressivité le plus élevé, qui survivent en plus grand nombre à une succession de conflits de longue durée, et transmettent leur caractère à leur descendance. Rien, en matière d'hérédité morale, n'avait jamais pu être confirmé – ni infirmé ; mais le témoignage de Marie23, comme le mien, légitimait amplement le verdict définitif que la Sœur suprême avait porté sur l'humanité, et justifiait sa décision de ne rien faire pour contrecarrer le processus d'extermination dans lequel elle s'était, voici deux millénaires, engagée.

On pouvait se demander pourquoi Marie23 avait continué sa route ; il semblait d'ailleurs, à lire certains passages, qu'elle ait envisagé d'abandonner, mais il s'était sans doute développé en elle, comme chez moi, comme chez tous les néo-humains, un certain fatalisme, lié à la conscience de notre propre immortalité, par lequel nous nous rapprochions des anciennes peuplades humaines chez qui des croyances religieuses s'étaient implantées avec force. Les configurations mentales survivent en général longtemps à la réalité qui leur a donné naissance. Devenu techniquement immortel, ayant au moins atteint un stade qui s'apparentait à la *réincarnation*, Daniel1 ne s'en était pas moins comporté jusqu'au bout avec l'impatience, la frénésie, l'avidité d'un simple mortel. De même, bien qu'étant sorti de ma propre initiative du système de reproduction qui m'assurait l'immortalité, ou plus exactement la reproduction indéfinie de mes gènes, je savais que je ne parviendrais jamais à prendre tout à fait conscience de la mort ; je ne connaîtrais jamais l'ennui, le désir ni la crainte au même degré qu'un être humain.

Au moment où je m'apprêtais à replacer les feuilles dans le tube je m'aperçus qu'il contenait un dernier objet, que j'eus un peu de mal à extraire. Il s'agissait d'une page arrachée d'un livre de poche humain, pliée et repliée jusqu'à former une lamelle de papier qui tomba en morceaux lorsque j'essayai de la déplier. Sur le plus grand des fragments, je lus ces phrases où je reconnus le dialogue du *Banquet* dans lequel Aristophane expose sa conception de l'amour :

« Quand donc un homme, qu'il soit porté sur les garçons ou sur les femmes, rencontre celui-là même qui est sa moitié, c'est un prodige que les transports de tendresse, de confiance et d'amour dont ils sont saisis ; ils ne voudraient plus se séparer, ne fût-ce qu'un instant.

Et voilà les gens qui passent toute leur vie ensemble, sans pouvoir dire d'ailleurs ce qu'ils attendent l'un de l'autre ; car il ne semble pas que ce soit uniquement le plaisir des sens qui leur fasse trouver tant de charme dans la compagnie de l'autre. Il est évident que leur âme à tous deux désire autre chose, qu'elle ne peut dire, mais qu'elle devine, et laisse deviner. »

Je me souvenais parfaitement de la suite : Héphaïstos le forgeron apparaissant aux deux mortels « pendant qu'ils sont couchés ensemble », leur proposant de les fondre et de les souder ensemble « de sorte que de deux ils ne fassent plus qu'un, et qu'après leur mort, là-bas, chez Hadès, ils ne soient plus deux, mais un seul, étant morts d'une commune mort ». Je me souvenais, surtout, des dernières phrases : « Et la raison en est que notre ancienne nature était telle que nous formions un tout complet. C'est le désir et la poursuite de ce tout qui s'appelle amour ». C'est ce livre qui avait intoxiqué l'humanité occidentale, puis l'humanité dans son ensemble, qui lui avait inspiré le dégoût de sa condition d'animal rationnel, qui avait introduit en elle un rêve dont elle avait mis plus de deux millénaires à essayer de se défaire, sans jamais y parvenir totalement. Le christianisme lui-même, saint Paul lui-même n'avaient pu que s'incliner devant cette force. « Les deux deviendront une seule chair ; ce mystère est grand, je l'affirme, par rapport au Christ et à l'Église. » Jusque dans les derniers récits de vie humains, on en retrouvait la nostalgie inguérissable. Lorsque je voulus replier le fragment, il s'effrita entre mes doigts ; je rebouchai le tube, le reposai sur le sol. Avant de repartir j'eus une dernière pensée pour Marie23, encore humaine, si humaine ; je me remémorai l'image de son corps, que je n'aurais pas l'occasion de connaître. Tout à coup, je pris conscience avec inquiétude que si j'avais trouvé son message, c'est que l'un de nous avait dévié de sa route.

La surface uniforme et blanche n'offrait aucun point de repère, mais il y avait le soleil, et un rapide examen de mon ombre m'apprit que j'avais en effet pris trop à l'Ouest ; il me fallait maintenant obliquer plein Sud. Je n'avais pas bu depuis dix jours, je ne parvenais plus à m'alimenter, et ce simple moment de distraction risquait de m'être fatal. Je ne souffrais plus beaucoup à vrai dire, le signal de la douleur s'était atténué, mais je ressentais une immense fatigue. L'instinct de survie existait toujours chez les néo-humains, il était simplement plus modéré ; je suivis en moi, pendant quelques minutes, sa lutte avec la fatigue, tout en sachant qu'il finirait par l'emporter. D'un pas plus lent, je repris ma route en direction du Sud.

Je marchai tout le jour, puis la nuit suivante, me guidant sur les constellations. C'est trois jours plus tard, dans les premières heures, que j'aperçus les nuages. Leur surface soyeuse apparaissait comme une simple modulation de l'horizon, un tremblement de lumière, et je crus d'abord à un mirage, mais en m'approchant davantage je distinguai plus nettement des cumulus d'un beau blanc mat, séparés de minces volutes d'une immobilité surnaturelle. Vers midi je traversais la couche nuageuse, et je faisais face à la mer. J'avais atteint le terme de mon voyage.

Ce paysage ne ressemblait guère, à vrai dire, à l'océan tel que l'homme avait pu le connaître ; c'était un chapelet de mares et d'étangs à l'eau presque immobile, séparés par des bancs de sable ; tout était baigné d'une lumière opaline, égale. Je n'avais plus la force de courir, et c'est d'un pas chancelant que je me dirigeai vers la source de vie. La teneur en minéraux des premières mares, peu profondes, était très faible ; tout mon corps, pourtant, accueillit le bain salé avec reconnaissance, j'eus l'impression d'être traversé de part en part par une onde nutritive, bienfaisante. Je comprenais, et je parvenais presque à ressentir les phénomènes qui se déroulaient en moi : la pression osmotique qui revenait à la normale, les chaînes métaboliques qui recommençaient à tourner, produisant l'ATP nécessaire au fonctionnement des muscles, les protéines et les acides gras requis par la régénération cellulaire. C'était comme la continuation d'un rêve après un moment de réveil angoissé, comme un soupir de satisfaction de la machine.

Deux heures plus tard je me relevai, mes forces déjà un peu reconstituées ; la température de l'air et celle de l'eau étaient égales, et devaient être proches de 37 °C, car je ne ressentais aucune sensation de froid ni de chaleur ; la luminosité était vive sans être éblouissante. Entre les mares, le sable était creusé d'excavations peu profondes qui ressemblaient à de petites tombes. Je m'allongeai dans l'une d'elles ; le sable était tiède, soyeux. Alors je réalisai que j'allais vivre ici, et que mes jours seraient nombreux. Les périodes diurne et nocturne avaient une durée égale de douze heures, et je pressentais qu'il en serait de même toute l'année, que les modifications astronomiques survenues lors du Grand Assèchement avaient créé ici une zone qui ne connaissait pas les saisons, où régnaient les conditions d'un perpétuel début d'été.

Assez vite, je perdis l'habitude d'avoir des horaires de sommeil réguliers ; je dormais par périodes d'une heure ou deux, de jour comme de nuit, mais sans savoir pourquoi j'éprouvais à chaque fois le besoin de me blottir dans une des anfractuosités. Il n'y avait aucune trace de vie végétale ni animale. Les points de repère dans le paysage, plus généralement, étaient rares : des bancs de sable, des étangs et des lacs de taille variable s'étendaient à perte de vue. La couche nuageuse, très dense, ne permettait le plus souvent pas de distinguer le ciel ; elle n'était, pourtant, pas complètement immobile, mais ses mouvements étaient d'une extrême lenteur. Parfois, un léger espace se dégageait entre deux masses nuageuses, par lequel on pouvait apercevoir le soleil, ou les constellations ; c'était le seul événement, la seule modification dans le déroulement des jours ; l'univers était enclos dans une espèce de cocon ou de stase, assez proche de l'image archétypale de l'éternité. J'étais, comme tous les néo-humains, inaccessible à l'ennui ; des souvenirs restreints, des rêveries sans enjeu occupaient ma conscience détachée, flottante. J'étais pourtant très loin de la joie, et même de la véritable paix ; le seul fait d'exister est déjà un malheur. Quittant de mon plein gré le cycle des renaissances et des morts, je me dirigeais vers un néant simple, une pure absence de contenu. Seuls les Futurs parviendraient, peut-être, à rejoindre le royaume des potentialités innombrables.

Au cours des semaines suivantes, je m'aventurai plus avant dans mon nouveau domaine. Je remarquai que la taille des étangs et des lacs augmentait à mesure qu'on se dirigeait vers le Sud, jusqu'à ce qu'on puisse, sur certains d'eux, observer un léger phénomène de marée ; ils restaient cependant très peu profonds, je pouvais nager jusqu'à leur centre tout en étant certain de rejoindre un banc de sable sans difficulté. Il n'y avait toujours aucune trace de vie. Je croyais me souvenir que la vie était apparue sur Terre dans des conditions très particulières, dans une atmosphère saturée d'ammoniac et de méthane, en raison de l'intense activité volcanique des premiers âges, et qu'il était peu vraisemblable que le processus se reproduise sur la même planète. Prisonnière des conditions aux limites imposées par les lois de la thermodynamique, la vie organique ne pourrait de toute façon si elle venait à renaître que répéter les mêmes schémas : constitution d'individus isolés, prédation, transmission sélective du code génétique ; rien de nouveau ne pouvait en être attendu. D'après certaines hypothèses la biologie du carbone avait fait son temps, et les Futurs seraient des êtres de silicium, dont la civilisation se construirait par interconnexion progressive de processeurs cognitifs et mémoriels ; les travaux de Pierce, se situant uniquement au niveau de la logique formelle, ne permettaient ni de confirmer, ni d'infirmer cette hypothèse.

Si la zone où je me trouvais était habitée, elle ne pouvait l'être en tout cas que par des néo-humains ; jamais l'organisme d'un sauvage n'aurait résisté au trajet que j'avais accompli. J'envisageais maintenant sans joie, et même avec embarras, la rencontre avec un de mes semblables. La mort de Fox, puis la traversée du Grand Espace Gris, m'avaient intérieurement desséché ; je ne ressentais plus en moi aucun désir, et surtout pas celui, décrit par Spinoza, de persévérer dans mon être ; je regrettais, pourtant, que le monde me survive. L'inanité du monde, évidente déjà dans le récit de vie de Daniel1, avait cessé de me paraître acceptable ; je n'y voyais plus qu'un lieu terne, dénué de potentialités, dont la lumière était absente.

Un matin, juste après mon réveil, je me sentis sans raison perceptible moins oppressé. Après quelques minutes de marche j'arrivai en vue d'un lac largement plus grand que les autres, dont, pour la première fois, je ne parvenais pas à distinguer l'autre rive. Son eau, aussi, était légèrement plus salée.

C'était donc cela que les hommes appelaient la mer, et qu'ils considéraient comme la grande consolatrice, comme la grande destructrice aussi, celle qui érode, qui met fin avec douceur. J'étais impressionné, et les derniers éléments qui manquaient à ma compréhension de l'espèce se mirent d'un seul coup en place. Je comprenais mieux, à présent, comment l'idée de l'infini avait pu germer dans le cerveau de ces primates ; l'idée d'un infini accessible, par transitions lentes ayant leur origine dans le fini. Je comprenais, aussi, comment une première conception de l'amour avait pu se former dans le cerveau de Platon. Je repensai à Daniel, à sa résidence d'Almeria qui avait été la mienne, aux jeunes femmes sur la plage, à sa destruction par Esther, et pour la première fois je fus tenté de le plaindre, sans l'estimer pourtant. De deux animaux égoïstes et rationnels, le plus égoïste et le plus rationnel des deux avait finalement survécu, comme cela se produisait toujours chez les êtres humains. Je compris, alors, pourquoi la Sœur suprême insistait sur l'étude du récit de vie de nos prédécesseurs humains ; je compris le but qu'elle cherchait à atteindre. Je compris, aussi, pourquoi ce but ne serait jamais atteint.

J'étais indélivré.

Plus tard je marchai, réglant mon pas sur le mouvement des vagues. Je marchai des journées entières, sans ressentir aucune fatigue, et la nuit j'étais bercé par un léger ressac. Au troisième jour j'aperçus des allées de pierre noire qui s'enfonçaient dans la mer et se perdaient dans la distance. Étaient-elles un passage, une construction humaine ou néo-humaine ? Peu m'importait, à présent ; l'idée de les emprunter m'abandonna très vite.

Au même instant, sans que rien ait pu le laisser prévoir, deux masses nuageuses s'écartèrent et un rayon de soleil étincela à la surface des eaux. Fugitivement je songeai au grand soleil de la loi morale, qui, d'après la Parole, finirait par briller à la surface du monde ; mais ce serait un monde dont je serais absent, et dont je n'avais même pas la capacité de me représenter l'essence. Aucun néo-humain, je le savais maintenant, ne serait en mesure de trouver une solution à l'aporie constitutive ; ceux qui l'avaient tenté, s'il y en avait eu, étaient probablement déjà morts. Pour moi je continuerais, dans la mesure du possible, mon obscure existence de singe amélioré, et mon dernier regret serait d'avoir été la cause de la mort de Fox, le seul être digne de survivre qu'il m'ait été donné d'entrevoir ; car son regard contenait déjà, parfois, l'étincelle annonçant la venue des Futurs.

Il me restait peut-être soixante ans à vivre ; plus de vingt mille journées qui seraient identiques. J'éviterais la pensée comme j'éviterais la souffrance. Les écueils de la vie étaient loin derrière moi ; j'étais maintenant entré dans un espace paisible dont seul m'écarterait le processus létal.

Je me baignais longtemps, sous le soleil comme sous la lumière des étoiles, et je ne ressentais rien d'autre qu'une légère sensation obscure et nutritive. Le bonheur n'était pas un horizon possible. Le monde avait trahi. Mon corps m'appartenait pour un bref laps de temps ; je n'atteindrais jamais l'objectif assigné. Le futur était vide ; il était la montagne. Mes rêves étaient peuplés de présences émotives. J'étais, je n'étais plus. La vie était réelle.

Cet ouvrage a été composé en Garamond par Palimpseste à Paris

Aubin Imprimeur
LIGUGÉ, POITIERS